ぼくがイグアナだったこと

テネシー・ウィリアムズの七つの作品

市川節子

南雲堂

まえがき

テネシー・ウィリアムズ（Tennessee Williams 一九一一-八三）が日本でも急激にファンを獲得したのは、一九五三年の初演以来「文学座」のレパートリーになった『欲望という名の電車』や、一九五九年に「民芸」が上演した『ガラスの動物園』を通してである。一九六〇年代、私自身はといえば、アメリカの劇作家では、ユージン・オニールやアーサー・ミラーに注目していて、テネシー・ウィリアムズには甘ったるいような印象を受け、そう近付きたいとは思わなかった。

ところが、いかなる縁か、二十年も経った後、当時教えていた新潟大学で、鳴海弘（四郎）先生による『青春の甘い鳥』の集中講義が行われ、私はそこに出席した。『青春の甘い鳥』は難解だったが、ウィリアムズをもっとよく知りたいという欲求がつのった。『ガラスの動物園』を読み直した私は、若かった自分が、いかに頭でっかちの冷淡な文学少女であったかを思い知らされた。長い蜜月の後、上の息子が私から去ろうとしていた頃である。一九八五年になっていた。

ボストンとニューヨークにおける『ガラスの動物園』初演の際の、あの熱狂の秘密は何だったのだろう。そして、それは、テネシー・ウィリアムズが老いて死んでしまった今でも、今後も、そして異なる歴史と文化を持つここ日本でも人々の心をとらえ続ける魅力なのだろうか。一九八三年の彼の死は、いささかセンセーショナルにではあったが、日本でも、ちょっとしたブームを作っており、そのことも私にきっかけを与えた。

彼の劇作品を語る時よく使われてきた言葉は、アメリカでも日本でも「詩的」、「象徴的」、「抒情的」、「センチメンタル」、「追憶」、「告白」、「ボヘミアン」である。『欲望という名の電車』はチェホフの『桜の園』と比較され、滅びゆくものの美として語られることが多かったし、『ガラスの動物園』は、甘酸っぱい青春の歌をプレイバックしている繊細な情感の表現として観客を獲得していた。私は、彼が、「『ガラスの動物園』を書くのに地獄の苦しみを味わった」と言っていたというのが気にかかった。彼は、いったいそれほど苦しんで、何を追憶し、何を告白したのだろう。何のために？　彼はほんとうにセンチメンタルなのだろうか。センチメンタルな作品を書くのに「死ぬほど苦しむ」ものだろうか。すでに失われた過去の、どうしてもここで明らかにしなければならない火急の真実とはいったい何だったのだろう。

一部の批評家は、テネシー・ウィリアムズの作品が表現しているものは、「既成社会への不適応と頑固な自己主張の苦脳」、「傷ついた誇り」であると指摘している。彼はたしかに一種のヒッピーだった。しかし、彼が描く放浪者は、はたして彼等が言うような、因習的な社会に反抗し自由の旗を振るボヘミアンとして、彼が自己主張を託したキャラクターなのだろうか。「主張」という言葉には抵抗をおぼえた。主張というよりは、悲しみや、畏れが目立つように感じていた。

それにしても、どうして彼の作品にはこんなに象徴が多いのだろう。それが詩を感じさせる一因でもあり、作品の理解を難しくしている原因でもある。象徴が失敗して、下手な化粧のように目に付くことも、無いとはいえない。しかし、読み込むにつれて、彼は象徴でしか書くことのできないものを書こうとしているのだということが、しだいに解ってきた。詩的とか象徴的とかは表現上の問題だが、当然ながら、内容と表現には必然的な関わりがなくてはならない。では、なぜテネシー・ウィリアムズにはそうした表現が必要だったのだろう。

それは、ふだん人が見ようとせず避けているために日常的な言葉を持たない、あるいは遠回しにしか触れたくない影の部分について、彼が書こうとしたからだと思う。影とは何か。心の暗みの問題と言うことも出来る。自我、あるいは魂の問題、そこから必然的に生じる神の問題でもある。影は等身大であり、無視するわけにはいかないのだ。彼は、人間とはなにかをトータルで考え、人間のディグニテイについて書こうとしたのだが、結果的には人間の罪と贖いについて書くことになったのだと私は感じた。罪から出発してディグニティへの道を求めたと言ってもいい。

いったい、いかなる罪であるのか。罪と関連して、彼の同性愛が引き合いに出される。彼は後年『回想録』で、自分はホモセクシュアルであったと告白もしている。牧師館に育ち、ピューリタンの信仰心を引きずる彼自身、同性愛に対して罪の意識があったことは否めない。しかし、それはすでに社会が禁じており、阻害され、事実を隠すという恥辱によって、贖っているという感覚もあったのではないか。また、この罪は、時代と社会との落とし子であり、現在ではすでに世界の各地でホモセクシュアリティは市民権を獲得し、罪ではなくなった。では、彼は無罪放免か。そうではあるまい。テネシー・ウィリアムズが苦しんだ罪は、もっと別の、人間が人間であるかぎり続く罪だったと思う。それについては、次章以下で作品を読みながら解説していきたい。

ここに取り上げたのは、『ガラスの動物園』にはじまる七つの作品である。私の目には今、これらの作品が相互に関わりあって描いている仄かな円環が映っている。それは、私の目を見張らせる茨の円環であった。円環は茨でありながら、それぞれの作品は、その真摯さによって、瞬く星のように輝いている。私は、この円環上の七つの星々を辿って、出発点に、出発した時とは別の視点をもって帰ったテネシー・ウィリアムズに会えたと感じた。そして、星案内人の役を引き受けずにはおれなくなった。一章から七章まで書き進むには、かなりの時間がかかったので、今回、文体の統一に努め、原文もすべて拙訳による日本語に置き換えた。

では、私の星案内が正しいことを願って、第一章にご案内します。読み通していただければ、とてもうれしく思います。長いことつきあったので、私はつい彼をウィリアムズではなく、彼が好んで付けた「テネシー」の名で呼んでしまいます。それもここでお断わりしておきたいと思います。テネシー・ウィリアムズ理解の一助になるようにという気持ちで、第一章で考察している『ガラスの動物園』でデビューするまでの、彼の簡単な伝記を最初にご紹介します。不必要な方は直接第一章にお進み下さい。

ぼくがイグアナだったこと　目次

ぼくがイグアナだったこと

――テネシー・ウィリアムズの七つの作品

序章

ぶどうを摘みし者

アメリカ合衆国の歴史書をひもとくと、時に、一八六六年ミシシッピ州東部のコロンバスで、第一回南部同盟者追悼式典がひらかれたという小さな記述を見つける。コロンバスは、主として綿花交易で名の通った港町で、南北戦争の最中は、筋金入りの南部同盟の砦であった。しかし、町のほとんどは戦火をまぬがれ、一九世紀前半に建てられた凝った造りの家々は、古びた落ち着いたたたずまいを保って、ためらいがちに新しい時代を迎えたのである。

ドナルド・スポートの記述によれば、二十世紀に入っても、コロンバスの生活には南部独特の伝統が保たれていたという。そこでは、時はゆったりと流れ、社会には階級というものがあり、人々は信仰心が篤く礼儀正しかった。北部のインテリや政治家の主張を嫌い、勇気や独立心といった南部魂を誇りとしていた。北部の理屈っぽさ、勤勉さ、合理精神にはまだ馴染まぬ、いわゆる〈南部ヴィクトリア風〉のモラリティがあった。それは〈マナー〉と呼んでもよい日常の心遣いで、現代の単純明快な平等主義の視点から見れば、不正直で窮屈な、そして不平等なものだった、とスポートは解説している。[1] これを、乱暴に「田舎だった」と言い換えてもいいかもしれない。

一九一一年三月二六日、コロンバスの聖公会派教会の牧師館に暮らして布教に当たっていた牧師ウォルター・エドウィン・デイキンに孫息子が授けられた。トーマス・ラニア・ウィリアムズと名づけられたその子には、すでに二歳ちがいの姉がいた。姉の名はローズ。牧師の妻である祖母にちなんでつけられた名前だった。姉は、青い目と赤褐色の捲き毛を持ち、顔立ちは母に似て美しかったという。母はエドウィナといい、牧師の一人娘だった。夫コーネリアスが旅まわりのセールスマンで留守がちであったので、エドウィナはローズを連れて、両親の牧師館で暮らしていることが多かったのだ。祖父も、祖母も、母も、姉も、はじめての男の子トーマスを「トム」と呼んで、とてもかわいがった。トーマスは後に劇作家となり、自分をテネシー・ウィリアムズと呼ぶようになる。

牧師館でのトムの暮らしは、たいていの子供と同様、幸福で満ち足りたものであったようだと、八歳年下の弟デイキンは後になって『身近な伝記』*An Intimate Biography* に書いている。[2]

写真で見る牧師館は、南部色の強い、ゴシック様式の建物である。作家テネシー・ウィリアムズの、甘さが残る感受性を育てたのは、この牧師館が象徴するような、いささか時代の流れとかけ離れた、しかし至福に満ちた暮らしであった。セールスマンの父は、「たまに帰ってくる」というほうが正確なほど留守が多く、したがって、トムは、「お祖父ちゃん」の他には、ほとんど女ばかりに囲まれて過ごした。祖母のローズ、母エドウィナ、姉ローズ、それに黒人の乳母オジー。ほとんどの子供たちがそうであるように、トムは回りの誰からも愛され、みんなを愛したが、とりわけオジーが大好きだった。

オジーの主な仕事の一つは、ローズとトムをお風呂に入れることだった。水を井戸からポンプで汲み、薪ストーブでお湯を沸かし、離れた母屋の二階にあるバスタブまでバケツで運ぶ。トムは、小さなセルロイドの魚を湯槽じゅう追い回して遊んだという。夜ともなれば、オジーは子供たちのベッドの脇に座ってお話をしてくれるのが常だった。熊や狐や兎が登場し、子供心に、それはそれは楽しく素晴らしいお話だった。間もなくトムもお話を作るようになったとき、お気にいりの登場人物がいつも動物だったことからも、幼い心に焼きついたイマジネーションの原点を窺い知ることが出来る。トムが夢見たのは多様性を受け入れる、ひとつの理想郷だったのだ。

お祖父ちゃんが二度目の転勤でクラークスデールに移った時、オジーはついては来ず、家族から姿を消した。トムは四才になっていた。納得のいかない「喪失」の、最初の体験であった。しかし、当時のトムにとっては、この空洞は、エドウィナが慌ただしく埋めることのできるものだった。息子と母親は、それまでにも増して親密になった。

物心ついたトムの目に映ったお祖父ちゃんは、物静かな読書家であり、けっして媚びることのない人だった。(大人になってからも、テネシーはお祖父ちゃんを尊敬し、神に疑いを抱くことはあっても、お祖父ちゃんに疑いを抱くことはなかった。)トムはときどきお祖父ちゃんの後について教区をまわった。病人や、貧しくて助けが必要な人たちを訪問したのである。幼いトムはそれを「死の床へのお見舞い」[3]と呼んだ。生と死、健康と病いがコインの裏表であることを、幼な心に焼き付けられたとも言える。貧しさは尊厳を傷つけないことも、こうした中で学んだのであった。お祖母ちゃんは音楽を愛し、トムにはひたすら優しかった。

姉のローズは頭の回転が早く、非常に活発で、いつも遊びのリーダーだった。九九表をすらすらと暗記し、女の子特有の高慢さの持ち主でもあったようだ。トムはときどきいらだち、ローズの髪の毛を引っ張って、甲斐ない抵抗をしたが、そんな喧嘩は些細なことだった。姉と弟は、いつもいっしょに遊んだ。白い兎を飼ったり、メイル・オーダーのカタログを切って紙人形を作ったり、紙ボートを水に浮かべたり、割れたビンの色つきガラスのかけらを集めたり、ありふれた、子供らしい楽しみに満ちた遊びであった。

母エドウィナもまた、感性豊かな、お祖母ちゃん似の美しい女性であった。結婚前は多くの「ジェントルマン・コーラー」(紳士の訪問客)が彼女に群がったが、彼女は、いささか流れ者の気質を持つがハンサムで家柄の良いコーネリアス・コフィン・ウィリアムズを選んだ。だが、結婚してからは着実な暮らしの出来ない夫に失望し、子供達に夢を託して、いわゆる教育ママとなり、多くの母親たち同様、自分の少女時代を忘れて厳しく躾けようとした。しかしまた、過保護で盲目的な愛情においても人後に落ちなかった。例を挙げよう。トムは五歳の時大病を患ったが、エドウイナは、この時九日間もいっしょにベッドに入り、喉の氷嚢を取り替えた。「九日目に」とエドウィナは『トムによろしく』*Remember Me to Tom* に書いている。

私はトムの喉を覗いて、病気で腫れあがっていた扁桃腺が完全に消えているのに気が付いた。私はあわてふためいて医者を呼んだ。医者は来てトムを診察し、扁桃腺を飲み込んだに違いないと言った。[4]

この一節だけでも、テネシーが、どんなに愚かしく溺愛されていたかがわかる。かろうじて命をとりとめたものの、この大病のためトムの両足はマヒし、視力も損なわれた。その結果、この病気は、彼の性格に決定的な暗い影をおとした。愛されていることを承知している子供たちがしばしばそうであるように、「どちらかといえば攻撃的であった」[5]と、『回想録』*Memoirs* の中で彼自身が認めている幼児期の性質は、すっかり内向的になった。一人あそびに熱中し、想像をたくましくした。男の子の好む遊びに入っていく時期に大病をしたことは、後年、彼がホモセクシュアルになった要因のひとつかもしれない。だがその後も、小さな世界の中で、彼は十分に幸せだった。

トムが健康を取り戻しかけていたころ、成功した父コーネリアスが母子をミズーリ州セント・ルイスに呼んだ。一九一〇年代、セールス業者は、まさに洪水のような勢いで市場を拡大し、コーネリアスも販売成績優秀のご褒美に純金の時計を三個も獲得したあげく、「インターナショナル靴会社」のマネージャーに抜擢されたのだ。一家は都会暮しをすることになった。だが、コーネリアスはこの頃までには大酒飲みになっており、もともと短気な彼は、しょっちゅう雷のような声で怒鳴った。言葉づかいのやわらかい、静かなお祖父ちゃんと、しっかり者で家族思い、そのうえ、ピアノとヴァイオリンの上手なお祖母ちゃんのいる限りなく楽しい生活は終わった。都会に向かう期待感の陰に、癒され得ない喪失があった。

一九一八年、セント・ルイスの下町のユニオン駅についた時、トムは、駅前の売店に並んでいた葡萄の房に手を伸ばして一粒摘み取り、コーネリアスにこっぴどく叱られた。この中西部の薄汚れた都会で、田舎育ちの少年の汚れない悪戯は、情け容赦なく、汚れたものの烙印を押されたのだ。都市の規律に制裁された第一歩であった。これ以後トムは立て続けに襲ってくる恐ろしい出来事によって、それまでの自分たちの暮らしがいかに幸せなものであったかを、早々と、痛みをもって振り返ることになる。後年『回想録』の中でも、テネシーは

ミシシッピ州で過ごした最初の八年間は、わが生涯で最も楽しい純粋無垢の歳月だった。[6]

と回顧しているが、あらためて彼の生涯を振り返るとき、この短い文章こそが彼の作品を解く鍵であり、彼は、この歳月の喪失に耐えがたいほど傷つき、一生をかけて、この「最初の八年間」に帰る道を探したのだと言ってもあながち大げさではないように思えてならない。残酷なことに、彼のこの探索は、人間の罪を知り、人間の運命を考え、あきらめ、癒しを求める旅となった。

さて、セント・ルイスで一家が落ち着いたウェストミンスター・プレイスという区画は、一見しゃれたところだったが、自動車の普及によっていわゆるドーナツ現象が生じ、すでにスラム化が始まっていた。アパートは正面と裏側にしか窓がなく、子供心にはとても陰気だった。裏側の窓は暗い路地の上にあり、路地には猫の死骸が無残に放置されていた。表面的には活気にあふれた発展途上の都市には、一皮めくれば、早々と荒廃が影を落としていたのである。

引っ越して数ヵ月後に弟デイキンが生まれて、母は忙しくなった。近所にはちょっとした友達ができるにはできたが、彼らは私立学校へ通っており、トム姉弟は公立だったせいもあって「仲間」になりきれなかった。トムは病気の後遺症で走れず、そのため学校ではいじめられた。団体のあそびにトムが入るとチームが負けるからである。南部訛りも、ばかにされる種だった。トムとローズは、ふたりきりで過ごすことが多くなった。人と人との間に作られた壁を知ったのである。それでも、トムにはヘイゼル・クレイマーという女の子の仲良しができた。

同じ年に一家は太陽を求めて、少し移動した。ウェストミンスター・プレイスからサウス・テイラーへ。その結果、わずかな友人を殆んどすべて失った。孤独は深まる一方であった。それでも、セント・ルイスにはフォレスト・パークがあり、ここには、すべてが癒される、きらめく時間が流れていた。動物園、植物園、池や沼もある公園は美しく、プールで泳ぐこともできた。

十一歳のとき、エドウィナは、トムに、流行のタイプライターを買い与えた。彼は夢中になった。十二歳のとき、授業中に書いた物語が大好評で、作家になろうと思ったという。

一方、コーネリアスは、加速度的に回転速度を増す仕事についていけなくなっていた。彼はポーカーに憂さを晴らすようになり、スキャンダルまでおこした。エドウィナは彼を軽蔑した。トムはヘイゼルとの交際を続けていたが、エドウィナはヘイゼルを気にいらず、ローズの友達も気にいらなかった。父はトムを弱虫と見て、「ミス・ナンシー」と呼んでからかった。家の中には、とげとげしい空気が充満するようになった。ローズとトムは二人だけで解りあった。だが、ある日ローズは「女」になり、トムも、自分のうちに変化を感じた。二人を分かつ線が引かれたのである。

コーネリアスとエドウィナの結婚生活は、年毎に、希望のない惨憺たるものとなり、子供たちはますます内気で神経質になった。トムは、「神」や「孤独」ついて考えた。一方でヘイゼルに恋をして、欲望をもてあましていた。

いつも、どこでも、トムは書き続けていた。十六歳で怪奇小説雑誌「ウィアード・テールズ」

Weird Tales に送った短篇小説で、最初の賞金を獲得した。彼は読書にも、果てしない時間を費やした。D・H・ロレンスに傾倒した。当時の彼には、もうひとり、崇拝の対象があった。P・B・シェリーである。

一九二九年、高校を卒業したトムは、ヘイゼルにプロポーズしたが、断られた。彼は、失意のうちにミズーリ大学に入学した。入学の費用の大半はお祖母ちゃんが出してくれた。ミズーリの下宿でホモセクシュアルな体験をした。

この頃、ローズは、家族の手で社交界にデビューさせられたが、極度の緊張のため失敗した。これは悲惨であった。この失敗をきっかけに、彼女の神経がバランスを欠き始めたのである。ある医者によると、ローズの神経症の原因は性的抑圧で、結婚が必要ということであった。父と母は、相変わらず、すさまじい夫婦喧嘩をくりかえしていた。ローズは父を恥じ、ますます追いつめられていった。どちらを向いても、きりきりと胃が痛む状況だった。

書き物をしては遊び暮らしていたトムは、成績優秀というわけにはいかず、予備将校訓練隊の入隊資格試験に失敗した。腹を立てたコーネリアスは、トムを大学から中退させ、「インターナショナル靴会社」の倉庫で働かせた。出口を失ったローズとトムは、互いを思いやり、ひたすら仲良しだった。晩にはデートをし、ウインドゥ・ショッピングをした。家では、蓄音機にあわせて二人で踊った。

セント・ルイスの夏はものすごく暑い。倉庫番のトムは、この都会に涼しい隠れ家を見付けた。映画館である。クーラーのある映画館は、三時間たっぷりの心地よい夢を提供してくれた。トムは映画もよく観たが、すべての口実に映画館をつかったので、母は「映画館」と聞くとアレルギーを起こした。セント・ルイスの下町には「アメリカ座」という劇場があり、トムはここにもこっそり通い、天井桟敷の常連だった。イプセン、オニール、シェイクスピア、とくにチェホフに傾倒した。

一九三五年、ヘイゼルが結婚。相手は、トムとはまったくちがうタイプの、おべんちゃらを言う男だった。過労とコーヒー、そして失恋は、トムの神経を追い詰めていった。ローズも昂ぶっていた。家中が神経過敏気味だった。とうとう、トムは働くことができないほど疲れ果てた。

病気を理由に靴会社を辞めたトムは、テネシー州メンフィスに引退していた祖父母の家を訪れて休養し、劇や短篇を書いた。ここでようやく自分をとりもどし、セント・ルイスに戻ってからは、比較的冷静に執筆と生活のことを考えている。だが、現実に適応していくかに見えた一方で、若くして死んだ詩人ハート・クレインに大きな影響を受けたのも、この頃であった。

一九三六年『魔法の塔』*The Magic Tower* を書き、「ウエブスター・グロウズ演劇組合」の一幕劇コンテストで受賞。ハワードというペンネームで応募していたトムは相変わらず内気で、授賞式で名を呼ばれても名乗れないほどだった。同年、セント・ルイスの女性グループが募集した詩のコンテストで賞金を獲得。秋にはワシントン大学に入学し、W・G・Bカーソンの劇作のクラスを取る。しかし、テネシーは、ここでは成果をあげられなかった。

一方、ウィラード・ホランドの率いる小さなアマチュア演劇グループ「ママーズ」との出会いは、幸せなものだった。ホランドがトムに電話をしてきて、劇を書いてくれと頼んだのである。ホランドはとても貧しかったが、テネシーに言わせると、ほんものの演出家だった。トムはこの劇団の上演ではじめて劇作者として舞台にひっぱり出され、ささやかな恍惚感を味わった。

このころ、ローズは再び失恋を繰り返していた。ローズはそのつど真剣で、ダメージは大きかった。いっとき会社で盛り返したコーネリアスが、酒がもとでふたたびスキャンダルをおこし、とうとう馘になったことは、ローズをいっそう追い詰めた。彼女自身の就職もうまくいかなかった。トムが、ローズの崩壊に拍車をかけた。彼は、一生そのことを悔いることになる。あれほど彼女を愛していたのに、友人達と酔っ払い、いいかげんな彼らにいい顔をして、まじめで繊細な彼女に向かって、「二度と顔も見たくない！」と、大声で叫んだのだ。ローズには晴天の霹靂であった。ローズの神経症は狂気に進行した。これについては後に述べる。

互いを傷めつけずにはいられない家庭から逃れるかのように、一九三七年、トムは心機一転、アイオワ大学に進み、E・C・メイビー教授に劇作の指導をうけた。家に残されたデイキンによれば、ローズはしばしば野獣のようになったという。「聖ヴィンセント療養所」でローズの入院を断られた一家は、「ファーミントン精神病院」の脳外科医師エメット・ホクター博士に相談する。ホクター博士は、数か月の観察の後、ロボトミー（前頭葉切除手術）を提案した。コーネリアスはアル中がひどくなっており、エドウィナはトムに相談した。トムは答えを怠った。耐えかねたエドウィナは手術を依頼する決意をし、同年のうちにアメリカ全土でもまだほとんど前例のなかった手術が実施された。手術の結果、ローズは大人しくなったが、彼女の活発な精神は葬られてしまった。ミード・ロバーツの表現によれば、「いつも微笑を浮かべて生を漂っている」[7]状態になってしまったのである。

アイオワ大学では、トムの才能は評価された。親密なガールフレンドもできたが、ある時、彼女には別のボーイフレンドがいることが判明した。トムは、自分も他の娘とデートしようとしたができず、その後生涯女性とセックスをしなかったという。

アイオワにいる間に、トムは作品をつぎつぎと書き、一九三八年、はじめて「テネシー・ウイリアムズ」の名を使った。アイオワ大学で学位を手にしたのち、彼はセント・ルイスにもどって、「ママーズ」のために筆をとったが、「ママーズ」は解散の瀬戸際にあり、上演は不可能だった。たまたま、当時脚光を浴びていたニューヨークの「グループ・シアター」主催の演劇コンテストの記事を読んだテネシーは、手元にある脚本を全部送り、その足で、かねてから憧れていたニュー・オールリンズへ向かった。放浪の旅の始まりだった。ニュー・オールリンズで、「テネシー・ウィリアムズ」は、内なる何者かに急き立てられるように、急速に、「トム・ウィリアムズ」から離れて自由に活動するようになった。一切のしがらみや束縛を捨てようとしたのである。これ以後、私も彼を「テネシー」と呼ぶことにしよう。

一九三九年三月二十日、旅の途中ロス・アンジェルスにいたテネシーのところへ「グループ・

シアター」から電報が届いた。彼が送った作品のうち、三篇の短篇をシリーズにした『アメリカン・ブルース』*American Blues*が特別賞を受けたという報せである。たくさんのエージェントから勧誘の手紙が届き、テネシーはオードリー・ウッドと契約した。この年は、正真正銘の大変な年だった。賞金を使い果してセント・ルイスに帰ると、追い掛けるようにして、ロックフェラー助成金の該当者になったという電報が届いた。オードリー・ウッドの勧めで応募してあったのだ。

テネシーはニューヨークへ上る。プロへの道がはじまる。しかし、劇作修業のためのブロードウェイは、技法中心の訓練が幅をきかせ、彼が長く居たいと思う場所ではなかった。にもかかわらず彼は、私が思うに、成功の夢にうなされるニューヨーク病に罹ってしまった。彼は舞い上がりかけていたのである。無理もなかった。一九四一年には、彼があっさり書いた『天使の戦い』*Battle of Angels*を、当時評価の高かった劇団「シアター・ギルド」が上演すると言ったのだ。

『天使の戦い』は、彼が前年ケープ・コッドのプロヴィンスタウンで恋をした、キップというダンサーがモデルである。結局、キップはプロのホモセクシュアルで、テネシーはいささか失望したのだが、にもかかわらず、彼がその劇に描いた男は、キップのように美しく、(男ならぬ)女が群がってくる男だった。すくなくとも、キップは自由であろうとしていたのだと、テネシーは理解したのだ。

劇の主人公、蛇皮のシャツを着てミシシッピ州の小さな町にあらわれ、欲求を閉じこめて暮らしている女たちをゆさぶるハンサムな放浪者は、無垢な自由の権化、D・H・ロレンスの夢見た、性の理想の担い手であったと言えよう。だが、ボストンの実直な観客は、この劇をゆるさなかった。テネシーは、ボストンの人々は詩を解さないとやり返した。しかし、私の考えでは、やはり、テネシーはいい気になっていたのだと思う。彼は「寓話」によって観客に何かを訴えようとしたと言っているが、この寓話には、ミュージカルに浮かれた観客の頬に平手を食わせるだけのリアリティはなかった。象徴の手法は、厳しくリアルな目をその背骨としなければ成功しないが、テネシーの背骨はまだ育ちきっていなかった。

オードリーは、テネシーにシナリオ・ライターの仕事をさがしてやったりしたが、はかばかしい作品は生まれず、やっと職を得たMGM（Metro-Goldwyn-Mayer）は、六ヵ月で彼をオプションの扱いにした。彼はだいぶ長いことかけて取り組んできた『紳士の訪問客』*A Gentleman Caller* の脚本をMGMに差し出して留任を希望したが、MGMはこの作品を採用しなかった。

一九四四年一月、大好きなお祖母ちゃんが死んだ。生涯、ピアノとヴァイオリンの先生をして、演劇にうつつを抜かす孫に仕送りをしてくれた、やさしいお祖母ちゃんだった。葬儀は、離散した家族にとって再会の場である。家族との再会は、テネシーに過去と現在の苦痛を生々しい形で思い出させた。彼は『紳士の訪問客』を、自分を深く関わらせた告白風の舞台劇として書きなおし、『ガラスの動物園』*The Glass Menagerie* という新しい題名をつけて、オードリー・ウッドに渡した。前書きでも引用したとおり、「それを書くのは地獄の苦しみだった」とテネシーは語っている。脚本を読んだ人々はみな、この劇に強く心を揺さぶられた。オードリーは、エディ・ダウリングという、売れっ子ではないが信頼できるプロデューサーに原稿をまわした。

十二月二十六日、シカゴ、「シヴィック・シアター」で『ガラスの動物園』初演。それは、記念すべき偉大な劇作家誕生の夜となった。翌一九四五年には、ニューヨークのブロードウェイで熱狂的に迎えられた。三月三十一日、「プレイハウス劇場」で開幕。尽きることのない波のような拍手と二十回以上ものカーテン・コールがあったという。脚本を生かしきったロレット・テイラーのアマンダが、この劇の評価を決定的なものにしたのである。

『ガラスの動物園』は、いくつもの賞をたてつづけに獲得した。「ニューヨーク劇評家サークル賞」、国内カトリック誌による「サイン賞」、「シドニー・ハワード記念賞」、「トニー賞」、なかでもすばらしいのは、舞台係からスターにいたる、ブロードウェイで働く人たち全員を対象にした投票によって選ばれた「ドナルドソン賞」であろう。だが、この成功は、テネシーに、言いようの無い居心地の悪さを感じさせることになる。彼は、「成功と言う名の電車に乗って」というエッセイの中で、次のように述懐している。

私は、人々が「あなたの劇が好きです」と言ってくれるのにうんざりして、ありがとうと言えなくなりました。言葉に詰まり、いつもは誠実なはずなのに、乱暴に顔をそむけてしまうのです。劇にプライドも感じられず、嫌にすらなりました。[8]

『ガラスの動物園』は、まれに見る美しい幻想風の劇であった。表現法に一票を投じた批評家もいたことだろう。しかし、私の考えでは、観客は、たしかに、自分の罪を引き受けてくれたテネシーに拍手を惜しまなかったのである。そう考える理由は、次の章で明らかにしたい。

第1章　*The Glass Menagerie*

ぼくが最初にやったこと

『ガラスの動物園』

1944年12月26日
シカゴで初演
1945年3月31日
ニューヨーク、プレイハウス劇場にて開幕

プロローグ

ヒビが入って今にも壊れてしまいそうだが、なんとか毎日の使用に耐える茶碗が、たいていの家には一つや二つは有るものだ。手に馴染んだ茶碗なので、壊さぬように大切に扱っているのだが、ヒビを、見知らぬ汚いもののように眺めてしまうこともある。「汚いじゃないか！」と叫んだら割れてしまったとしよう。割れたことに対して、自分は責任があると感じるだろうか。カケラを貼り合わせようとするだろうか。この茶碗はキズ物であった、何時かこうなることは当然だ、今日でなければ明日だ、とマクベスのように失望し、冷然と〈あるいは冷酷ぶって〉うそぶくだろうか。カケラに手を出す勇気があるだろうか。カケラがチクリと手を刺して細い赤い血が流れたら、それで償ったと言えるだろうか。

あるいは、これがもし、茶碗よりもっと壊れやすい、薄く色付けしてあるガラスのコップで、ブラインドを降ろした薄暗い部屋の、どんなに微かな光でも吸い取って、時には仄かに透明な輝きを放っていたとしたらどうだろう。その喪失に耐えられるだろうか。さらにもし、それが茶碗でもコップでもなく、人の精神、さらには人の一生であったなら……。

あらかじめ「死」という決済を約束させられているものの在りようは、実は、儚さにおいて、茶碗やコップと大差ないのではなかろうか。不完全であるままで変化を拒み、不動であろうとする、あるいはあらしめようとする意志によって自らのアイデンティティを主張し、〈絶対的存在〉としての瞬間を獲得する。微妙なバランスの上で危うく成立する、日々の「わたし」。変化は免れず、しかも、最終的な変化はすなわち壊れることにほかならない。個々の細胞の生と死の交代で成長が可能となるように、人は母を傷つけて生まれ、様々な出会いと別れの中で傷つけたり傷つけられたりしないでは生きられない。ヒビは深まるばかりだ。傷が深すぎれば致命傷にもなるだろう。日々の決算は、しばらくの間、かろうじて「存続」の方に残高を残しているにすぎない。

幼く汚れない目に最初に映るすべてのものは、ほとんど完璧に見える。父、母、姉、兄、祖父、祖母――。家――。関係――。だが、ある時、人は他者と自分の傷や汚れ、存在のもろさに気付く。結局は、壊れる。存在、そして関わりそのものが「壊れ」を前提としている。しかも、その「崩壊」の作業は、脈々として続いている。これを人は「変化」と呼ぶ。あるいは「成長」、「発展」とすら。だが、ある時突然、人は、飛び込み台の上に立ったように、変化の前に立ちすくんだりもするのだ。後ろに置いて行こうとしている自分と、その自分を取りまいていたものは、あまりにいとおしく温かい。

トーマス少年は、繊細な感受性の持ち主ではあったが、姉ローズに吐いた自分の言葉の重大さに打ちのめされるまで、「壊れる」ことの意味について、他の少年たちよりことさらに深く考えていたとは思えない。ただ、序章でも触れたように、彼は、大病をし、自分の体と心が以前のような輝きを失ったことへのつらい自覚があった。そのため、肉体とそれに付随する精神が、普段人々が考えているよりずっと不安定なものであるという体験的認識を、かなり早い時期から持っていたようだ。一九七五年、六十四歳のときに出版された『回想録』によれば、セント・ルイスのユニヴァーシテイ・ハイスクールの生徒だった十六歳頃、彼は極度の赤面症に閉口し、「精神には見えないヒビが入っている」と知ったというし、十七歳の旅行中に突然胸痛の発作に襲われ、非常に苦しんだという。診察した医師は神経性の心臓疾患と判断したようだが、トーマス自身はこれを「思考作用恐怖症」[1]と呼び、病いは自分の意識の中にあると考えていた。傷つきやすい自分を客観的に捕える強さがあったのだ。この強さは自己回復能力と呼んでもよいもので、自意識の強い人にはとりわけ必要な自己防御本能であるが、トーマスは、加えて、行動的であった。彼は、同じ旅行中に二度の発作に襲われたのであるが、二度目は医者に頼らず、詩作による一種の自己治療を行なったというのだ。彼が採った方法は、いわば「逃走」であった。群衆の中に紛れ、時と共に歩き続けることで、変化にたじろぐ自分を見ないようにしたのだ。詩は次のようなものである。

見知らぬ人たちが通りでぼくを追い越してゆく
尽きることない流れになって
規則正しく、みな同じ足音をたて
ぼくの感覚は痺れ、恐怖は鈍る
笑い声、ため息
無数の瞳
すると突然ぼくの嘆きは冷えて消えるのだ
雪の上の燃え殻のように[2]

見知らぬ隣人、言い換えれば、周囲の、自分と同じ形をした無機的な光景に自分を同化させ、流れる時間と同じ速さで歩むことで、自分の意識を捨て、精神の安定を求めたのである。この方法をテネシーは後年になっても自ら高く評価し、つぎのように述べている。

このささやかな詩には自分と同じような人がたくさんいるという認識がありますが、これは、とても大切な認識なのです。すくなくとも、精神のバランスを求めるにあたっては、もっとも大切と言ってもいいものです。自分は、さまざまな要求、問題、そして感情をかかえたたくさんの人類のひとり、一人しかいない特別な生きものではなく、いくらでもいる同類のひとりにすぎないという認識こそ、今日のような状況下にあってはとくに我々全員が到達すべき認識であると思えるのです。[3]

なるほど、究極的には死を目指して運動している個人の運命、個の存在が、きわめて危機的であり、失われた時間はもどることがないと知り、なおも意味を求めて生き続けることには耐え難いものがある。どうしたら耐え抜くことができるだろうと考える時、「いかに胸破るる苦悩に満ちていようとも、それが万人の運命であり、人類全体の大いなる忍耐と無意味の前に、個々の苦悩は、雪のうえに落ちた小さなタバコの火のように、焼け焦げひとつ残すことすらない、はかなくささやかなもがきである」という、テネシーの、この認識は、シェイクスピアの『リア王』*King Lear* に登場するエドガーの不幸の発見を思い出させる。人生の殆んどの期間において幸せすぎたリアは、晩年、きわめて厳しいかたちで「変化」を目の当たりにする運命にあり、その結果、あまりにも遅れて、あまりにも急激に学ぶことになった。このため、リアは、正気を代償にして「認識」を獲得するという悲惨を経験する。だが、リアの忠臣グロスターの息子エドガーは、若く、エネルギーに満ち、いわば、粉粉になる前に、あえて茶碗を割ったのである。彼は、みずから乞食に身をやつして盲目の父を導いたが、それは、生の本質を知るに必要な過程であったのだ。

この、「過程」を自ら選び取り、それによって逆説的に「今」を根底のところで支えるエドガーの強靱な精神を、テネシーも持ちたいと考えていたことは想像に難くない。しかし、右に引用した詩では、決意が、用心深く先回りをしている。別の言い方をすれば、認識が、自らの行為から搾り出されていく尊い過程を未だ持たない。従って、(テネシーもそれを認めているが)彼自身が感心しているほどの説得力を他に対して持たない。彼が、「存在」の意味を、「壊れる」を基本条件として受け止め、「傷つくこと」の意味を真剣に考え始め、この詩に表現されている認識の有効性を文字どおり真剣に問い始めるきっかけは、思いがけないかたちで訪れたのであった。その時のことを彼は、『回想録』において次のように述べている。

それから、たしか、父さんと母さんがオザークスに出掛けたあの週末の事件だ。ローズとぼくはパーシング通りの家に二人だけで残った。ぼくはその週末、仲間になりたての連中を家に呼んだんだ。ひとりが、ぐでんぐでんに酔っ払った。いや、みんな酔っ払っていたが、奴は特別だった。ほかの連中を束にしたよりひどい酔っ払い方だった。そいつが踊り場に行って、そこに電話があったんでね、手当たり次第に卑猥な電話をかけまくった。

両親がオザークスから帰ると、ローズ姉様は、乱痴気騒ぎと痴漢電話と飲んだくれを言いつけたってわけだ。

母親に、二度と仲間を家に呼んではいかんと厳しく言い渡された——。

(中略)

そう、あの乱痴気騒ぎのことをローズがちくった後だ。そう、両親が休暇にオザークスへ行っていた間の、そして、初めてできた仲間をもう二度と家に呼んじゃいけないと言い渡された時のことだ。ぼくは階段を降りていった。ローズが上ってくる。踊り場ですれちがった。ぼくは、すれちがいざまに野良猫みたいにふりむいて彼女に牙を剝いたんだ。

「おまえのみっともない婆あ面なんか、二度と見たくもねえ!」

彼女は、言葉を飲み込んで、雷に打たれたようにおびえきって縮こまり、踊り場の隅に、はりつけになった。ぼくはそのまま家を飛び出したんだ。

ぼくが一生でやった、もっとも残酷なことだ。そして、思うに、決して償うことができない。[4]

テネシーは、自分という茶碗ではなく、ローズというコップを割ってしまったのである。その理由は、テネシーが仲間の一人の男を愛し始めていたから、彼を失ってはならなかったからであった。右の引用で（中略）とした部分には、次の一文が書かれている。

これは、ぼくには決定的だった。グループには、ぼくのセント・ルイスでの初めての親友、才能に溢れたハンサムな詩人クラーク・ミルズがいたからである。

強かったはずの姉ローズが自分より傷つきやすかったという驚き。愛情を自認していたのに、裏切ったことの罪。彼は、自分が、意識下ではローズよりもクラークを選び、家族からの出発を望んでいたのだと知ったのだ。さらに、ローズが、彼同様、いや、彼以上に自意識を持つ、ガラスのように傷つきやすい存在であったと、ようやく思い知ったのである。

言わなくても済んだのではないか――。言葉を投げることによって、ガラスは、貼り合わせようもないほど粉粉に砕けたのだ。自分と姉ローズの双方にとってまさに決定的となったこの「瞬間」に、トーマスは固執せずにはおれなかった。自分の一言は、すべての象徴であったことに気付いたのだ。そして、彼の作家としての出発点もここにあった。一言ですべてが覆るものならば、いずれが守るべき真実であったのか。壊れるならば、壊れることこそ真実ではなかったか。とすれば、真実とは、なんと残酷なものなのか。そして崩壊を回避する方法はやはり、互いにやさしさごっこをすることしかなかったのだろうか。皮肉なことに、この、挫折は、劇作家テネシー・ウィリアムズに生涯のテーマを提供した。劇作家テネシーの仮面をかぶったトーマスは、自分の本質が自分の決意を裏切って犯してしまった罪を覗き見る犯罪者のように、自分の行為とローズの有り様を振り返らずにはおれなかったのだ。こうして、『ガラスの少女』*Portrait of a Girl in Glass*、そして『ガラスの動物園』が生まれた。

先に引用した詩と『回想録』中のコメントとの間には、四十五年の開きがある。この事実は、自我の不安にさいなまれ続けたテネシーが、その間中、十七歳の自分が書いた詩の有効性を問い続けていたことを物語っている。十七才のトーマスは、孤独や願望や状況を見つめて勝ち目のない戦いを挑む〈自我〉を捨てよ、今の自分を受け入れ、ひたすら群れに潜めと、自分を説得しているのである。それなのに、彼は一方で、いつも、他人とは違う自分を確認せずにはおれなかったのだ。自分とは何か、自分は何をしたらよいのかを問わずにはいられなかったのである。自我の発生そのものが悲しみのみならず罪と背中合わせであることを見つめた最初の作品が『ガラスの動物園』である。長い旅の始まりであった。

1

テネシーが劇作を手掛け始めた一九三〇年代の終わり、アメリカでは、真面目に人生の問題を考える、いわゆる「純演劇」"serious play"が停滞し、安易なリアリズムによるミュージカルがもっぱら客を集めていた。そのテーマにも表現形式にも飽き足らぬ思いを抱いたテネシーは、

「詩人」たる自分はいかなる劇を書くべきかに心を砕き、ユージーン・オニールに始まった象徴主義（表現主義）的手法で彼なりの演劇改革を試みていた。彼は自らの作劇を「プラスティック・シアター」"plastic theatre" と名付け、「真実」の表現のためにはリアリズムでは限界があると主張した。だが、プラスティック・シアター宣言の最初の試みとみられる一九四〇年の作品『天使の戦い』*Battle of Angels* では、手法の先走りが目立った。記憶の確かさを裏付けるはずのヘビ革は見せ物のように商品化され、ニグロの予言者は思わせぶりに過ぎ、テネシーの苦心のほとんどが、いまだ成熟した表現を得ていない。それどころか、シニシズムを避けようとしてメロドラマに陥ってしまった感さえある。彼は、特有の直感によってギリシャ神話の世界を自分の作品の土台としているが、ここでは未消化のギリシャ神話が、いまだ入魂されていない彫刻のようにもどかしい。ブロードウェイのテクニック重視の教育に反発しながらも、テネシーもまた、「かくあるべし」と受け狙いに束縛される若い才人の一人であったようだ。彼は、その後書き上げた『ガラスの動物園』の成功を「演劇上の一改革たる新しい手法」が評価されたと自負しているが、『ガラスの動物園』を優れた作品にしたのは、書かずにはおれなかった痛恨の思いである。「壊れること」、「壊すこと」、「修復すること」、つまり自分も他者も、不確か極まりない存在であることをどう受けとめるかを、自らを告発して問い直したとき初めて、彼にとって課題であった〈手法〉と〈テーマ〉は、幸福な結合を果たし、彼に応えたのだ。『天使の戦い』に続いて書かれたにしては不自然なほど、『ガラスの動物園』ではギリシャ神話の影響が影をひそめている。これは、彼が、ようやく自分自身の出発点に立ったことを裏付けるものであろう。もちろん、ここから、『天使の戦い』の改作『地獄のオルフェ』*Orpheus Descending* で到達した普遍的表現に到るまでには、まだ道のりがあった。しかし、テネシー自身は、若さに逸り、時代の旗手のつもりでいたようだ。『ガラスの動物園』のプロダクション・ノートは、自己の表現法にたどり着いたテネシーの興奮を示すかのように長い。

劇が斬新な手法を採用しているからといって現実を扱わないとか、経験を解釈しないでおこうというのではありません。むしろ対象をよく見、物事のありのままを、より本質に迫る生き生きした表現で表そうとしているのです。

(中略)

今日、写実が芸術の重要課題でないことはもはや明らかです。真実、人生、現実などは有機体であります。その本質は、詩的想像が可能にする「変形」によってのみ、言い換えれば目に見える形として仮にそこにあるにすぎないものを、それとは違うかたちに変えてのみ、再現する、あるいは示唆することができるのです。[5]

主人公の微妙な心の陰影と人間の存在の本質を表現したいと願った時、テネシーは、自分の心の奥底に沈んでいる「象徴的」な出来事を思い出したのであろう。また、リアリズムを以って描こうとすると、どうしても希薄にならざるを得ない、ヒロインであるローラの存在の意味と、自分の行為を暴露的でなく描くには、「行為の模倣」と「台詞」といった従来の手段以外の方法を見つけずにはすまなかったのであろう。まず、すべての表現主義的技法をローラに集中することで、ローラの存在の意味を見つめること。そのためにテネシーが考えたのが、音楽、照明などあらゆる手段を援用することであった。そして、プロダクション・ノートに記された指示は微に入り、細にわたっているが、ここではその概略だけを紹介する。


音楽の調べは遠くに聞こえるサーカスの音楽のようになつかしく、途絶えること無く、いつも意識の奥底のように繰り返し微かに聞こえて来るべきで、それはおそらくこの世で聴くことのできる最も繊細かつ物悲しい調べでなくてはならない。ガラス細工を見ると、人は、なんと美しいものであろうかという思いと、同時に、なんと壊れやすいことであろうかという不安に襲われる。時には強く、時には遠く、かそけき風に乗って劇の内と外に自在に流れ込み、流れ去ってゆく音楽に、この二つの印象が編み込まれるようにするのだ。

(中略)

追憶の雰囲気を保つため、舞台は薄暗いままにしておく必要がある。そして、舞台上の目立つ行為に観客が騙されることの無いよう、たとえば会話からとり残されたローラにスポットライトを当て、ローラの姿を常に印象付けるようにすること。[6]

ここで解るように、音楽も、照明も、さらにはブロードウェイの上演では使用されなかった幻灯も、ローラの存在の象徴であるか、あるいはローラの心象の象徴である。すると、この劇のメイン・テーマは、壊れやすく、それゆえに限りなくいとおしい存在としてのローラを慈しむところにあると考えていいのだろうか。ローラこそ、人間の存在の危うさの具現、人間に運命付けられた「在る」と「成る」の問題、存在の耐えられないむごさを身をもって証言している証人なのだと。

ところが、同じノートにおいてテネシーは、この劇は「追憶」の劇であるとも説明している。はたして、象徴と追憶は、同様の効果を発揮するものであろうか。ここでテネシーがキー・ワードとして使っている言葉は「真実」である。

『ガラスの動物園』は「追憶の劇」なので、従来の手法から思い切って自由に演出するといいと思う。題材がとても繊細で、はかないものなので、舞台の雰囲気と正確な方針がとくに要求される。表現主義にせよ、その他演劇の新しいテクニックにせよ、めざす目的はただ一つで、それは、より「真実」に近くという一点なのだ。[7]

テネシーはさらに続けて、「語り手という枠組みを用意してより幻想性を強調し、その幻想の仮面の下に真実を呈示するのだ」[8]と言う。語り手は、すでに家を出ているトム自身である。語り手トムは、ステージに再現された過去の自分と家族の脇に立って、一部始終を見ている。「限りなくいとおしいローラ」という真実を描き出すために、これほどややこしい手続きが、果たして必要だろうか。

「象徴」は、対象をある姿に置き換えることで表現者の主観的解釈を語る。しかし、象徴において重要なことは、普遍性の獲得であろう。象徴は、普遍性を獲得することによって「真実」を証明すると言ってもいい。これに対し、「追憶」は、追憶する者の内的時間の篩にかかったものだけを拾うことによって、きわめて個人的な「真実」を確認していく。ここでは、追憶は、次の引用でトムが述べているとおり、トムの心の中にあり、したがって追憶の劇は、彼の心の支配下にある。言い換えれば、真実は、過去の幻影の中にあるのではなく、過去を幻影の中に見直そうとする現在の「心」の中にあると言える。テネシーが解説を加えれば加えるほど、この劇の構造は、「象徴」とは異なる、作者の個人的な真実を物語るものではないかという感じを強くさせる。この枠組みは、手法上の工夫をテネシーの内的必然が利用したものではないか、『ガラスの動物園』は、「象徴」を言いつつ、実はきわめて個人的な事情で書かれた作品なのではないかという印象を受けるのだ。

その必然とはなにか。彼は、過去のある事実を、時効になった事件として扱うつもりだったのではないか。その事件が自分を責めていることが気になっていたので、フィクションに移し替えることで放免されたいと考えたのではないだろうか。テネシーは、第一幕第一場の舞台装置について も、冗舌すぎる指示をしている。

場面は追憶であるから、舞台も現実離れをしている。追憶というのは、たくさんの詩的な特権を持つものだ。たとえば細部の省略、あるいは誇張。それを決めるのは思い出がくれたものが、どれだけ感動的な価値を引き起こしたかということに他ならない。なぜなら、追憶は、主として心の中にあるのだから。したがって舞台装置もぼんやりと詩的である。[9]

この用心深さは、ますます私の疑惑を強める。『ガラスの動物園』は、生身のトムが受け止めかねて壊し、逃れてきた姉ローズを、ローラという血と肉のない「象徴的存在」に移し替えて、もう一度、しかし用心深い枠を用意して、安全な場所から彼女へのオマージュを送ろうとする試みなのではないか。喪失の前提においてローズの化身、ローラを見る。ローズ＝ローラを、過去に葬り直す。テネシーは、自分の犯罪が完全犯罪であったことを確認したがっている逃亡者のように、自分の行為とローラの在りようを、舞台上のパペット達に反復させているように思えるのだ。それでは、劇の進行に従って問題を明らかにしていくことにしよう。

2

象徴主義を提唱するテネシーの主張どおり、『ガラスの動物園』におけるトム・ウィングフィールド一家の人々は、その特性が誇張され、それぞれがある役割を果たしている。父親は不在であるが、〈存在〉の意味を語りかける三種のシンボルとして機能している。第一に、「永久に笑顔を向け続ける」写真の中の父。これは〈死〉もしくは〈絶対的存在〉を表わす。恒常性を指向するエネルギーが瞬間的もしくは最終的に達成する、人間の究極の姿だ。この父親は、なにものにも捕われず自由、しかもいたるところに存在し、かつ、神のように高潔でなければならない。第二は長距離電話の向こうへ渡ったきり帰ってこない、今にも帰ってくるかもしれない不安定な父、これは壊れ続ける父、逃げ続ける父である。〈不安定な実体〉、〈崩れ続ける現在〉だ。もうひとつは社会的アイデンティティを持つ、つまり、決まった役を演じる父。客に迎合して靴のセールスをする忍耐強いピューリタンだ。後者二つは、生身の人間の存在の仕方を表現している。この三つの父親像（劇中では、彼に名前は無い）は、総合すると、分裂した自我の象徴となり、テネシー自身の心中の分裂と呼応する。三つの像は、テネシーの引き裂かれた自画像なのだ。人は、死までの時間をどうすごせば良いのか。何もしないではいられない。うろうろとうろたえ、不安になるばかりだ。しかも、すべての道は破壊に通じ、破壊し尽くすと、逆説的に安定がある。
一方、母アマンダは、不毛の「母」という役割を懸命に演じている。なにも進歩しない母。なにも起こらない母。テネシーはアマンダを愛すべき愚かな母として描き、その愛とその愚直さに免じて存在を赦そうとしている。共に流した涙に免じて。しかし彼女の生命、彼女の本質は〈理想の瞬間〉、〈絶対的存在〉を求め続けている。だからこそ置き去りにして出ていった夫の写真を飾り続けているのだ。そして、彼の〈不安定な存在〉がどれほどの傷を彼女にもたらしたにせよ、今飾られている夫の像は、永久に彼女に微笑みかけている。それが彼女の選択であり、「追憶」があぶりだした彼女の真実だ。こうして書き始められた『ガラスの動物園』が過激な自意識にむしばまれていることは当然であり、劇は、奇妙なトムの解説で始まることになる。

トム「そうです、ぼくのポケットには種があり、袖にもなにか隠しています。でも、ぼくは手品師とは正反対なんです。彼は真実に見せかけて幻想を提供する。ぼくは、楽しい幻想に見せかけた真実をさしあげます。」[10]

彼はさらに続けて、自分が舞台に乗せるのは、マッチ売りの少女の擦ったマッチの炎に浮かび上がるような幻影であると断っている。炎が、マッチの産物でありながらマッチとは切り離された固有の存在であるように、この芝居は奇妙な現実と幻、〈壊れ、消失し続ける現在〉と〈瞬間目撃される絶対的存在〉の微妙な二重構造の繰り返しと対照で構成され、その危ういバランスの上にドラマとしての動きが成立している。

まず、激動する社会の産物でありながら社会とは切り離されたアパートという舞台設定が、すでに存在の状況を雄弁に語っている。そこは不完全で不十分ではあるが、「家庭」という仮ながら安定した形で、おそらくは母の子宮のように、「不安定」の象徴である傷つきやすい未成熟な子供らを束の間包み暖める始源的な場である。だが、それはあくまでも「束の間」である。実は、子宮自身もまた(あるいは子宮自身こそが)、不安定な、崩れてゆく存在であるからだ。そして、この、自らは安定を装いつつ、新しい不安定なものを内包する子宮にも例えられるべき存在として、劇の大きな枠をそのまま体現している人物が母親アマンダだ。『ガラスの動物園』は「傷・壊れ」がテーマであり、この胸やぶれるテーマを「過去」の枠のなかに置くことによって、作家があらかじめ追及に対して逃げを打っているのではないかという疑いはすでに述べたが、にもかかわらずこのテーマがリアリティを与えられているのは、この劇が、子宮からの脱出、胎盤を破って産声をあげる生命誕生の血みどろの過程をなぞっていることによる。不安定と安定の問題は、すなわち〈生〉と〈死〉の問題であり、傷つくこと、傷つけること、その傷を癒す術の問題は、その本質において新しい誕生の問題と同義なのだ。「ローラ、ローラ」と叫び続けるこの劇の中で、アマンダがだれにも増して生き生きと動き、読者や観客の記憶の中にその姿が鮮かに残るのは、そのためである。『ガラスの動物園』は、アマンダにその発生を依存している。過去のトムはもちろん、今、舞台のソデに立って精一杯スマートに解説しているトムも、言わば、臍の緒がまだ落ちていない状態にいる。トムにとって、過去は、幻想として浮かび上がる時、もはや過去ではなく、切り取られた「現在」であり、ここへ「自由に出入りする」ことは、トムの精神が、いまだにその一部を閉ざされた子宮に残してきていることの証に他ならない。だが、まずその子宮の中の様子を解説しておく必要があるだろう。

セント・ルイスのアパートに住むウィングフィールド一家の状況は、テネシーが「インターナショナル靴会社」に勤めていたときの状況とほとんど重なる。父コーネリアスはまだ家出こそしてはいなかったが、両親の争いは絶えず、コーネリアスの精神は、すでにあまりにもセールスマンらしく、外をぐるぐると彷徨っていたのである。一九一九年セント・ルイスに引っ越し。一九三二年テネシーが「インターナショナル靴会社」に勤務。一九三五年退職、メンフィスへ。一九三六年セント・ルイスに帰る。一九三七年テネシー、アイオワへ。ローズ前頭葉切除手術。『ガラスの動物園』は一九三四年から三五年の、テネシーの胎動期に舞台を設定してある。

登場人物は母親アマンダ、娘ローラ、そして息子トム。ローラは足が悪い。そのためか、非常に内気である。友達もなく、小さなガラスの動物のコレクションと遊んでいる。母親は、娘も「社会」という安定の枠の中に入って役割を持たないと生きていくことすらおぼつかないと焦るが、うまくゆかず苦労している。

しかし、胎児がそうであるように、アマンダの子宮の中に在りながら、ローラの実体はアマンダとはまったく異なるものである。ローラは、彼女が集めているガラス細工が棚から動けないのと同様、アマンダの君臨する薄暗いアパートから出られない。タイプライターに向かうことができない。自分のエネルギーを無機物に換算してかりそめの安定を得ることを、彼女の無垢がこばむのだ。彼女に出来るのは、公園をぐるぐる歩き、少しでも暖かい、少しでも子宮に似た場所に潜んで時間を潰すことだけである。だが、アマンダが見抜いているとおり、ローラもまた、内心では、生れること、結婚すること、もっと意味を正確に求めて言うならば、愛され抱かれること、処女を失うこと、壊されること、変化することを密かに求めている。

トムは「自分自身」でありたいと熱望しながら、一家の生計を支えるため、靴会社の倉庫で働いている。しかし、「倉庫番」という借り物の仮面は、ちょっと頭の上に乗っけているだけで、外すチャンスをねらっている。「自分自身」といっても、それが何なのか分からないまま焦っているのだが。分かっているのは自分の求めているものがここには無いということだけだ。探求の旅が必要なのだ。母親は、とにかく姉をなんとかするまでは頑張ってもらわないと困ると言う。だれかお婿さんになってくれるのが、いちばん手っ取りばやい。トムはジムという先輩を思いつく。彼も靴会社の臨時雇いだが、母の気に入りそうな青年だ。

3

かくして、「誕生」のテーマは、ローラにおいては「結婚」の形をとって表現されることになる。焦るアマンダは、まるで産み月を過ぎた妊婦のようだ。彼女は助産婦を待っている。このままでは死産しかねないローラを早く引き出してもらわなければならない。ガラスのように傷つきやすいローラは、生まれ落ちる前に手を添えてもらって、そっと受けとめてもらわなくてはならない。あとは、そちらの責任だ。ビジネス・スクールを卒業する才覚すらローラには無いのだから、当時流行り言葉だった「紳士のお客様」"gentleman caller"を迎えて、彼女を渡してしまうに限る。自分がかつて選んだ夫がローラとトムを置土産にして幻想のように消えてしまったにもかかわらず、アマンダは、ひたすらローラの夫候補者を待つ。生まれることが必然的に傷と出血を伴うものであるなら、そして、自力で生まれることの難しい子供ならば、まだ胎児のうちに次の保護者に手渡すこと。過程を省略することで、傷を避けることが、上手に社会的仮面を付けてやる原則であると知っているからだ。

舞台上では、トムが「現在」からこの様子をただ眺めている。いつでも逃げられる非常階段の手摺りに寄り掛かって、煙草を吸っている。「過去から安全な現在」は、「ぐうたらな過去」と呼応する。今、彼は〈不安定な実体〉をさらし、時の流れのなかに浮遊している。彼は、ようやく、あの時自分は何をしたのかを検証しようとしている。

アマンダは必死で婦人雑誌のセールスをしている。ローラに身仕度をしてやるためである。トムはローラのために必死にはならない。トムは書き物をしている。アマンダはトムのぐうたらな日々について口出しをする。その頃トムの読んでいた本はD・H・ロレンスの作品である。ロレンスの描いた息子達のように、トムはアマンダの子宮の中で窒息しかけている。彼は、ガタガタ揺れる子宮から出ていく時のことばかり考えている。いや、もう彼は出ている。こうやって大人びて煙草を吸っている。こうして、過去と現在は突然入れ替わる。この劇は極度に「過程」を恐れている。「過去」も「現在」も、仮の存在という脆い実存の一部であり、一瞬の安定である。その二つを繋ぐ「壊れ」る過程は、出産の現場のように、正視に耐えない。

アマンダは、難産のローラを、なんとか無事に産み落としたいと思っている。時はすでに満ち、子宮はパンクしかけ、もう一方の胎児は順番を待ちきれず、もがいているというのに。まだだめ、あなたはだめ。手を差し伸べるべき夫が不在なのだから、あなたが償うのです。身重の女を支えるのですと、彼女はトムを押し止める。トムがいったい子宮の中にいるのか、外にいるのか、彼女にはどうでもいい。彼女は、トムに雑多な役割を押しつけ、自分でも整理できない。彼女にとって、トムは夫であり、子供であり、過去であり、未来である。トムには荷が重すぎる。時々、トムは、いっそ瞬時にして消えてしまいたいと思う。いつもトムが通う劇場で魔術を駆使する魔王のように。魔王が絶対不動の存在であるのは、その有無を言わせぬ破壊力による。魔王は、すでに消えたアマンダの夫とパラレルな存在である。消えることによって、夫はアマンダの願望どおり、不動のものとなった。魔王は、夫よりさらに強大な、「過程」を不要とする〈動＝破壊〉のエネルギーそのものとして、過程に耐え血を流す子宮の対極に、スマートに存在する。魔王もまた、『ガラスの動物園』の多重構造のひとつを担うものだ。

トム「ぼくは阿片窟に行くのさ。そう、悪と犯罪のたむろするところだ。母さん。ぼくは、ホーガン一味に入って殺し屋をやってる。ヴァイオリンのケースに入っているのはトミー・ガンだ。ぼくのあだ名は「殺し屋」だ。殺し屋ウィングフィールド。ぼくは二重生活をしてる。昼間は、実直な倉庫番、夜は暗黒街の帝王だぜ、母さん。カジノへ行ってルーレットを回す。片目には眼帯、着け髭もつける。青髭だって着けるんだ。そうすると奴らはぼくを「大魔王」と呼ぶ！　母さんが聞いたら眠れなくなるようなことばかりさ。敵は、この家をダイナマイトでぶっ飛ばそうと狙ってるんだ。いつか夜中に、僕らみんなを空中に吹き上げるだろうよ。いいね、やってもらおうじゃないか、母さんも嬉しいだろう！　ほうきに乗って高く高くブルー・マウンテンの向こうまで、十七人の紳士のお客さまとご一緒にってわけだ。みっともないほら吹きばばぁめ！」[11]

呆然としているアマンダを尻目に、トムは勢いに乗って家を飛び出そうとする。しかし、魔王のまねごとは、その華々しさのゆえに失敗する。「解放だぞ！」とトムが叫んで振り回した外套が、腕に引っ掛かって、アマンダの胎盤のようにトムを羽交い締めにする。いらいらして彼が投げた外套が、ローラのガラスのコレクションの棚に当たる。ガラスの砕ける音。ローラの叫び声。この、すんでのところで決定的瞬間となったはずの一瞬は、アマンダの激しい罵声と、トムのためらいのために、過去のあの時のような決定的瞬間とはなり得ない。ガラスが割れたかもしれないことが、トムを引き止めた。と同時に、アマンダの罵声がガラスの割れを凌駕し、そうすることで、あり得たかもしれない割れのエネルギーを凌駕したのである。しかもその声はまた、トムはまだ出て行くことは出来ないのだと、恐ろしい声で念を押したのであった。

アマンダ「おまえが謝ってこないかぎり、もう二度とおまえとは口をきかないから！」[12]

トムは踏み止まって謝るだろう。陣痛は始まりかけて治まってしまった。これは、実は、トムの願望にも関わらず、彼自身が行動する決心がつかないでいることを示すものだ。失意のうちに映画を観に行ったトムは泥酔して帰ってくるが、その手に握られているのは小さな玩具のガラガラである。トムは、ガラガラを振ってやる父親であり、同時に、ガラガラを振って遊ぶ子供でありたいと望んでいるのだ。つまり、トムはまだ家庭での「役割」を気にしている。朝の教会の鐘の響きの中では、ガラガラの音は弱々しく虚ろにすら響くが、ローラとトムは、束の間、あたかも生まれてくる直前の双子の姉弟のように、魔法の世界で遊ぶのである。これは、役割を捨てようとするトムの、別れの儀式のひとつなのだ。その時間を分けあったことで赦してほしいとでも言うように。このシーンのトムの台詞は、劇の秘められた願望を語る、最も美しく魅力あるものである。

トム「それと、あ、忘れていた！　すごいステージ・ショーがあったんだよ。このショウの主役はマジシャン、マルヴォーリオだ。彼の手品はすごかったなあ。水をこっちの水差しからあっちの水差しへやったり取ったりなんかもするんだよ。それがね、ワインに変わったかと思うとこんどはビールに、次にはウイスキーに変わるんだ。なんで最後がウイスキーだって知ってるかって？　彼が、どなたかお客さん助手になってくださいって言ったんだ。ぼくが出ていったのさ。二度ともね！　ケンタッキー・ストレート・バーボンだった。やさしい人でね、お土産をくれたんだ。(彼は尻ポケットから、かげろうのように薄い虹色のスカーフを引っ張り出す。) これだよ。これは彼の魔法のスカーフなんだ。あげるよ、ローラ。ほーら、カナリアの鳥かごの上に一振りすると、金魚鉢になります。金魚鉢の上にふわっとかければカナリアに逆戻り……。最高だったのは、棺桶の手品だ。ぼくらは彼を棺桶に閉じこめて釘を打った。それなのに、彼ときたら釘一本動かさずに棺桶から出て来ちゃったのさ！」[13]

魔法のスカーフをローラに渡すトムには、弟の情愛が溢れている。これから離れ離れになるのだから、せめて、ね、姉さん、せめてこれをあげる。詩人の幻影、夢を……。トムは、さり気なく話題を変える。棺桶の話。観客にはトムの言葉にならない解説が伝わるはずだ。——子宮は、そしてこのアパートは、実は棺桶だった。厳重に釘づけされた棺桶。奇術師ならあっさり抜け出せる。釘一本動かさずに。ガラスだって壊れることはないだろう。逃げた父さんは、おそらく奇術師だったに相違ない。置き去りにされた母さんが、今でも壁の写真と微笑みあっているのだから。自分だって今晩、傷つけずに抜け出すトリックを身につけてマジック・ショウから帰ってきたかもしれない。さらりとやってのけるのがいいんだ——。しかし、無邪気なローラに、どんなトリックが通用するというのだろう。彼女は、いつまでだって彼の帰りを待ってこう聞くのだ。

「ずーっと、居なくてはならなかったの?」[14]

それに、明るい光の下で目が覚めてみると、醜く傷ついたアマンダがいる。トムは奇術師の弟子ですら無い。彼は引き下がるしかない。ローラを傷つけず抜け出す手は、アマンダの言うとおり、紳士のお客様"gentleman caller"を連れてくることだけかもしれない。それに、ローラと順番を入れ替わって彼女より先にこのアパート、つまり子宮の外に出ることを、アマンダはなんとしても拒むだろう。トムは、アマンダの罠にかかる。

アマンダ「あなたがなにを夢見てるか、ちゃんとわかってるわ。わたしの目は節穴ではないのよ。いいわ、それならおやりなさい！　でも、あなたの代わりを見つけてからね。」

トム「どういうこと？」

アマンダ「つまりね、ローラにだれか面倒を見てくれる人ができたら。結婚して、家庭を持ちさえしたらね、独立した。そしたらすぐにどこへでも好きなところへ飛んでっていいわ。陸でも、海でも風に吹き飛ばされて行っちゃいなさい！　でも、その時までは駄目。姉さんの面倒を見てあげて。わたしの面倒とは言わないわ。わたしは年寄りで、どうだっていいのよ。姉さんのために言っているの。若くて頼りないのだもの。」[15]

しかし、その罠をトムは逆手にとって利用したのだと言っては酷だろうか。冒険と変化を渇望し、少しでも小遣いができれば映画を観、煙草を吸う自分とは正反対の、小金を貯めて夜学に通うジムを連れてくることで、トム自身は、するりと抜け出そうとしたのであると。テネシーはジムについて、トムの口を借りて、「彼は、ずいぶん遅れてくるけれどいつまでも待たれている、わたしたちの生きがいです」[16]と解説している。自分自身の限界を知り、この世で生きていく覚悟のできている人間ということだ。「彼」が来る時にどのようなことが起こるかは、人知のうかがい知るところではない。トムは、運命の神の使者のように、お告げをくだす。

「彼は、明日やって来ます。」[17]

4

だけど、他にどうすることができたと仰言るんですかと、今はもう外套に深々と身を包んですっかり旅人となり、仮面をつけることを放棄しているトムは、舞台のソデに居て、相変わらず煙草を吸ってうそぶいてみせる。だが、そのポーズとは裏腹に、トムの心にひっかかってならないのは、置き去りにした姉ローラのことだ。子宮からは飛び出したものの、その外に在ったのは、さらに巨大で手強い帝国主義とプラグマティズムの厚い壁に囲まれた、それとは知らぬ者が自由の幻想を抱いていただけの牢獄で、実際、彼にできる事は何もなかった。世界に出てみれば、どこへ行っても、看取か囚人しかいないのだ。トムには今、それがずっと前から解っていたような気がしている。では、アマンダに、王子様“gentleman caller”を待たずに武装すべきだと言えばよかったのだろうか。彼女が銀の靴のような三日月にむかって真剣に祈る願い事を、笑うことが出来たろうか。

ジムをアパートに連れて来た時、トムはいったい何を決意していたのだろうか。母親の求めどおり、「お会いするだけ」とか「お知り合いになるために」、たまたま傍にいた一人の男性を連れてきたにすぎないのか。しかし、それは実はトムにとっては「世界」、言い換えれば「人生」を、子宮の中に無理矢理持ち込むようなことであった。本質的、本能的に、時間にとらわれ変化に過敏なトムは、〈仮初めの安定＝役割〉の連鎖として人生を捉えることが出来ないし、ましてやひとつの仮初めの形に、自分自身も、ローラも、過程抜きでいきなり手渡ししてしまうことなどできない。彼には、時と時の間に横たわる深い裂け目が見えてしまうからだ。彼の出来ることは、「世界」がどんなものかを子宮の中に居るまま覗かせてやることであった。

トム「ひとつだけ、ちょっとした忠告があるんだ。彼にはローラのことを言ってない。下心があるなんて言えなかった。夕食に来ないかってだけ言ったんだ。彼はオーケーと言った。それで全部さ。」[18]

トムは、アマンダに向かってひとつづつガラス細工を投げつけるように、言葉を投げつける。アマンダは、ローラが変化に堪えない繊細な存在であって、役割演技ができないということをはっきりと認めたほうがいい。ローラのヒビは深く、「世界」に出ていくには恐らく耐えられないとトムは考えている、と。

トム「他の人の目から見ると、彼女はものすごく内気で自分ひとりの世界に住んでいるように見えると思うよ。で、よその人にはちょっと変り者に見えると思う。」
アマンダ「変り者なんて言わないで。」
トム「逃げないで。彼女はそうなんだよ。」
アマンダ「どう変り者だって言うの？」
トム「彼女は自分の世界に住んでいる。ちいさなガラスの動物の世界だよ、母さん。」[19]

アマンダは抵抗する。彼女は、ローラにヒビが入っていることを知っている。でも、貼りあわせれば間に合うだろう。月が欠けていくものならば、欠けぬ前に願い事をすればいい。壊れぬ前に。間に合ううちに。

そう、結果はご覧のとおりです、と非常階段のトムは、ひとり煙草を吸い続ける。トムの属性の煙、変化と不確かさの象徴としての煙が流れる。

トムが誘ったジムは、ハイスクールの英雄だった。つまり、トムが以前から知っていた男である。ジムとローラがハイスクールで知り合いだったこともトムは知っていた。トムは、いや、劇作家テネシー・ウイリアムズは、いったい何をたくらんだのだろうか。過去に〈絶対的な存在〉に見えていたものが不安定な存在であったことを骨身にしみて知っている男、しかしなおアマンダと同じく「場」や「役割」、つつましい成功といったような、この世での安定を評価する男。

ジムを好意的に書いているのは、テネシーの、いわば育ちの良さとでも言うべき資質である。ジムは、うってつけの恋人役であり、"gentleman caller"であり、しかもそれらは配役にすぎず、何時でも変わり得るということを知っている男だ。彼なら、どんな役でもこなすはずだ。彼がある役割を演ずる時、ローラは子宮の出口で彼を眺めるだけではすまないだろう。ローラの決定的瞬間は、こんどこそ間違いなく近づいていた。追憶の幻灯を見ているだれもがそれと感じるように、トム＝テネシー・ウィリアムズは、ジムの訪問を待つローラの身仕度を整えてやる。これはテネシーが好んで劇中で使う「儀式」である。アマンダも、儀式に参加している者にふさわしくローラの前にひざまずいている。ローラを美しく、美しく描いているテネシーの胸中にあるのは、トム＝テネシーの自責の念と、壊れてゆくものへの胸をかきむしられるような愛情に他ならない。ト書に次のように描かれているローラは、犠牲の聖女のようでもあり、花嫁のようでもある。

ローラは部屋の中央に両手をあげ、アマンダが彼女の前にひざまずいて、恭しくドレスの裾を揃えている。ドレスは、追憶を表す色と形をしている。ローラの髪型も手を入れられ、やさしい感じがローラによく似合っている。ローラは、この世の者でないような、はかない愛らしさを醸し出している。まるで光を受けて束の間幻のように輝く透明なガラスのように。[20]

しかし、この儀式は、思いがけず、アマンダの押さえていたものを垣間見せることになる。アマンダがローラのための儀式に参加したかに見えるのは、トムの見た幻影なのだ。アマンダは一瞬、ローラと並んで共々に女性の美の具現となる。水仙の花束を抱えたアマンダは、初々しく清らかだ。腕に溢れる黄水仙は今やローラのものであらねばならないのだが、その水仙をローラは肘掛椅子の上に置き、アマンダが無意識のうちにそれを取り戻す格好になり、その手で花束を花瓶に挿してしまう。恋人役は、アマンダのものであってローラのものではない。ローラがアマンダを越えることはアマンダが許さない。アマンダは、客のジムまでも自分の子宮に引き込もうとしているかのように魅力的であり、彼女の雄弁は、今にもジムを飲み込まんばかりの勢いである。ローラの誕生を願っているはずのアマンダの生命力もまた、ローラを裏切りかねないことを、このシーンは一瞬明らかにしている。だが、もちろん、これもまたつかの間の幻である。アマンダの選択した道は彼女を生かさず、アマンダもまた救いを求めてはいるのだが、テネシーは、これに冷淡とすら言える態度をとっている。アマンダは今、責任を果たすことを問われているのだ。

5

ジムを案内してきたトムは、解説者として追憶の外にいる時と同じ仕草で煙草を吸う。ここではすでに、過去のトムと現在のトムは重なり、彼には、これから起きることが何であるか分かっている。――ローラは今、誕生に失敗し、壊れて、何者にもなり得ない存在であることを露呈する、しかし、壊すのは自分じゃあない。自分は、この暗く閉ざされた世界から飛び出す。一人で飛び出す。自分のことだけを考えて飛び出す。自分は不安定な状態に耐えられる。ローラは耐えられまい――。トムは、ジムに理解してもらいたがっている。トムはジムに何を託そうとしているのだろうか。自分に出来なかったこと。ローラの運命の引き金を引くこと。ローラを心から愛している自分には出来ず、ローラが長い間憧れ待ち焦がれてはきたが、ローラを愛したことの無いジムにこそ出来る役割。壊すか、それとも糊づけして「役割」に固めるか、いずれになるか、トムはあの時も分かっていたのだろうか。どちらにしても、ローラは子宮から出たとたんに死んでしまうも同然なのだ。繊細すぎるローラに、転生は無理だとトムが考えていたことは、先に引用した台詞からも明らかだ。

ジムとローラがハイスクールで知り合いであったことは、トムは承知していた。ローラがしきりにジムのことを讃めるのも聞いていた。だが、トムは肝腎のことをジムに確かめなかった。そのことでトムは罪を負うべきだろうか。食事の最中に電灯が消えたのは紛れもなくトムのせいであった。彼は電気代を払うはずの金で、「全米船員組合」の組合費を納めてしまったのである。だが、その事実は、意識下でテネシーが暗がりを望んでいたことを表さないでもない。明るい電灯の下では、ローラの崩壊は白々として残酷すぎる。舞台は、こうして整っていかなくてはならない。ジムにしても、この大役を果たすためには、グラスではおぼつかず、ビンの酒をラッパ飲みしなくてはならない。ローラにとって、おそらくは生涯最大の事件を受けとめる心構えがジムに出来ていく。「役割」の必要な人間ジムは、自分に与えられた「役割」を理解するのが早い。それ以上のものではない。しかし、『ガラスの動物園』の中でジムの果たす役割の大きさは計り知れない。ジムはすでにハイスクールの時にローラの本質に触れたニックネームを彼女につけている。今度もまたローラに本当のことを言うに違いない。

ジムには、トムに代わってローラの誕生を促すのに必要かつ決定的な能力である図太さがあった。ジムは信頼の置ける人物ではあったが、トムとは違って、アマンダと並ぶ、「もう一人の大人」だったのである。得意も失意も、絶頂も絶望も、劣等感も、ゴシップも、愛敬も、恋愛も、すべて、とうに経験済みの「この世の人」"a man of the world"。味が無くなったガムを早々に吐き出す、分別臭い、変わり身の早い大人なのだ。アマンダとは対照的だが、アマンダ同様、生き残る人。ガムを捨てるように経験を一つづつ整頓して捨てる。ローラがハイスクールの時悩んだ、ビッコのせいで歩くたびに雷のように鳴り響いた足音だって、彼に言わせれば「たったそれしきのこと!」[21]である。ローラを厳然として他と区別するはずのものの価値が疑われている。〈傷がある状態〉、〈壊れそうな状態〉、〈不虞〉とは、言うまでもなく自意識の変形である。ジムは、ローラの自意識を過大なものとして斥ける。

「他のだれも気付いてなんかいないんだよ。皆、生まれて死んでいくだけなんですよ、それだけのことですよ」[22]

と、彼は言う。それだけのことなんだから、その中で少しの存在理由を持ち安心せよと言っているジムの言葉は、この章の最初に引用したテネシーの詩の理論と重なる部分がある。これは自分の個性の限界を目の前に突き付けられた者の、起死回生の方便でもある。万人一律の回転の中で、機械の一部としての自分を唯々諾々として認めてしまうことが、優雅に楽しく生きるための良薬だと開き直っているのだ。かさぶたの張った傷が見える。自分とは違うが、そういう他人を見倣うことで狂気をまぬがれようとしているテネシーの姿が重なって見える。あの詩がテネシーの本心を語るものであり、のちに『回想録』でこの詩を容認したテネシーが正直ならば、テネシーは、ジムを通じて、アマンダとは別のやり方でローラを守ろうとしたのだ。つまり、割ってすぐ、今ふうに都合よく貼りあわせることで。最低の生命保証付きで。グロスターを偽りの崖に導いたエドガーのように。

6

ローラは、ジムの勉強したての弁論術に我を忘れて聞き入り、ガラスの動物を惜し気もなく彼の掌に乗せてしまう。一番古くからある、一番大切なユニコーン。処女の象徴。それがどんなに美しくキラキラ光ろうとも、その光をローラがどんなに慈しんでいたのであろうとも、だからどうなんだ、ときっと彼は後で言うのに。ジムは、ユニコーンが現代の世の中ではいささか時代遅れだと気になっている。彼は言う。

「普通でないとさみしいんじゃないかな。」[23]

なるほど、彼が先程から力説する「長所」は、すべて「普通」の範疇に納まるものである。ローラは期待と自信を込めて答える。テネシーは、心をこめて、彼女に自分への認識と世界への誤解を語らせているのだ。

ローラ「(微笑んで) もしそうでも、彼はそのことをボヤいたりはしないわ。角のない馬に交じって棚の上にいるわ。みんなと、仲良くしてるわ。」[24]

ジムはこの言葉に安堵し、ローソクの光で大きく壁に映った自分の影法師に見とれて踊りたくなる。ダンスは、ここではきわめて象徴的に用いられている。ダンスを通じて、ジムはトムに出来なかったことをやり遂げるのである。傷つかず、傷つけずに壊すこと、変えることを。生まれ出る時のように。力を抜いて、うんと楽な気持ちで、ローラ。

ジム「その調子、その調子。」[25]

ローラはジムに身を任す。不器用に、おどおどと。望みながらためらって。それはダンスであると同時に誕生の儀式のようであり、ぎこちない処女喪失のしぐさでもある。この時、茫然自失のうちに、確かにローラは壊れたのだ。しかも、悲しむいとまもなく。ガラスは音たてて落ち、ユニコーンは角を失う。ローラは、痛みすら感じない。

ローラ「ほら、これでほかのと同じになったわ。」
ジム「角が――」
ローラ「角がなくてもだいじょうぶ！　かえってよかったみたい。」
ジム「きみは決してぼくを許さないだろうね。それは君のお気にいりだったんでしょう？」
ローラ「そんなに気に入ってたってわけじゃないわ。なんてことないわ。気にすることはないわ。ガラスはすぐ壊れてしまうの。いくら注意深く扱ってもね。棚の上がきゅうくつになって落ちたりもするのよ。」
ジム「ぼくのせいだ。」[26]

ジムの詫びは、トムが絶対に言うことの出来ない、残酷な言葉だ。自分が原因だなどという恐ろしいことに、どうやって耐えていったらいいのだろう。ローラは、微笑みを浮かべて壊れを受け止める。ジムとの記念にかけて。それに、多分、彼女は「ぼくのせいだ」というジムの言葉を誤解したのだ。難産の赤子は、突如として大人に変身したかのようだ。ジムが引き受けてくれるなら……。泣いたり叫んだりする代わりに、彼女はとっさに言う。

ローラ「(微笑んで) 手術を受けたと思えばいいわ。あんまり突飛だと感じないですむように角をとったのよ……。きっと他の馬と前よりうまく行くようになったと感じるわ。だって、他の馬には角がないんですもの……。」[27]

ここで劇は意外な展開を迎えることになる。ジムはさすがにローラが耐えている真実の重みを受けとめ切れず、ローラにユニコーンを返して、自分の役割を終了してしまうのだ。彼は、彼の真実を語ってしまう。ローラにユニコーンを返して、自分の役割を終了してしまうのだ。彼は、彼の真実を語ってしまう。彼は正直になることで、トムが考えていた以上にトムの役割を立派に果たしてしまう。強かに傷つけることまで。ジムはローラに、ユニコーンは馬にはなれないと告げるのである。ローラの無垢が、ジムに、真実を語ることを促したのだ。

ジム「君は他の人とはまったく違う。今までに出会った誰とも違う。違うことを認めるんだ。その違いの故に美しいんだよ。他の人と同じになるはずがない。そして多分ぼくとも違う……。」[28]

残酷極まるジムの宣言だが、その真実味が持つ類い稀な優しい調子に、掌に壊れたユニコーンを載せたローラは、何も判断できないまま、夢遊病にかかったように、恍惚のうちに今度は彼の拒絶を受け入れている。——君は青いバラ、たった一人の美しい孤独なバラ。——ジムはこの時トムの、ひいてはテネシーの、普通であってほしい、他の者と同じであると思いたいという願いと、それと矛盾して同居する、他の者と同じではありえない、あってはならないという願望の双方を代弁している。ユニコーンが壊れても何も起こらないという残酷を実現し、ユニコーンが壊れても他の者と同じになり得ないと宣言する困難極まる役割を、誰かがしなくてはならなかったのだ。トムは、あるいはそこまでジムに期待していなかったかもしれない。誠実さが、傷を避けがたいものとしたのである。

ジムはローラに心を込めて、はなむけのキスをする。大人の彼は、物事をスマートに片づける方法を知っている。ローラの受けとめ方があまりに素直なのに多少狼狽はあっても、ともあれ落ち着いて話すことだ。彼の話というのは、彼にはすでに婚約者がいて、今晩もこれから会うことになっているというものである。白状しさえすれば、彼はすこぶる楽になり、早く恋人に会いたいと思うようになる。

ローラの心中の嵐はすさまじいばかりだが、彼女は必死に耐えぬく。ローラは手のひらに、壊れた自分を見ている。壊れたのに変わっていない、変わっているのに変わっていない。ローラのアイデンティティは混乱してしまった。せめて壊れたユニコーンは、ジムに持っていてもらわなくては。このまま持っていては気が狂うだろう。けれども彼女は、なぜくれるのかとジムに聞かれて、今夜の記念にとしか言えない。アマンダがいつもながらタイミング良く舞台に現われて、後を引き受けてくれる。ここでもアマンダはローラに代わってすべてを引き受けたいのだが、あまりに突然ローラを襲った一撃は、アマンダに娘をかばう暇を与えなかった。しかし、アマンダに後始末を委ねることで、テネシーは、ローラを彼なりのやり方で労っている。

ジムは、ローラの土産をいつまでも大切にするというのだが、いったい、どうやって？　ほっとしたジムは、元気に会釈をして帰っていく。写真のなかのコーネリアスとそっくりに笑いながら。彼よりももっと鮮やかなお手並みで。壊しただけで。アマンダが心配し、避けたいと必死になっていたとおりになってしまった。

すべてはトムの与かり知らぬところであったろうか。不幸な偶然として、トムは無罪だろうか。陪審員の前でトムは何の指示もしていませんと言うだろう。――何も知りませんでした。ジムはいい奴だったので、食事に来てくれたんです――。

ともあれ、ローズ＝ローラのユニコーンは壊れ、彼女はその現実を自分自身で受けとめなくてはならない。トムは、他人からも、自分からも責任を問われることはない。ただ、アマンダだけは息子の本当の姿を直観的に知っている。

「よくもすばらしい悪ふざけをしてくれたもんだ！」[29]

と叫ぶアマンダに対して答えるすべを、トムは持たない。

7

ぎこちない脚でかろうじてバランスを保っているガラスの動物たち。危うい、けれども紛うかたなき〈存在〉。脆さにおいて酷似してはいるが、ひとつひとつがみんな違う生き物。そのガラスの動物たちの集まりのような、「家庭」という名のMENAGERIE＝ガラスの動物園。"Menagerie" は本来、「異色の人々（の集まり）」の意味を持つ。〈動〉を内包する、見せかけの〈静〉。言い換えれば、不安定さが凝縮された、子宮にも喩うべきところ。生命はそこに憩いながら、いつかその檻を破って逃げ出そうと機会を狙ってもいる。「安定」はひと揺すりされると壊れ、「不安定」であったことを白状する。

もともと『紳士の訪問客』*A Gentleman Caller* という題を付けて『ガラスの動物園』の構想

を繰り返し練っていたテネシーは、ハート・クレインの詩「ワイン・メナジェリー」"The Wine Menagerie" からこの劇のタイトルを貰おうと決めたとき、成功を予感して小躍りしたにちがいない。それほど、このタイトルは、頼りない家族の有り様とローラその人を物語り、優れて象徴的である。動物園の檻は、アパートを外界と遮断する壁であるばかりでなく、子宮の壁であり、胎児をつつむ胎盤であり、まだ他者にむかって開かれる以前の、青い、頑なな個性でもある。それぞれの menagerie からの脱出の過程を見つめるとき、「傷」と「破壊」の問題を避けて通るわけにはいかない。一つの固体から新たなる固体が誕生するとき、あるいは一つの個性が身内に未知なるものの誕生を孕むとき、そこにエネルギーが生じ、固体は破壊され、不安定に移ろう存在である事が露呈される。子供が成長し新しい家庭をつくることすら、既存の家庭を壊すことになる。既存の家庭を壊すことは、既存の関わり、既存の相互依存、さらには既存の人格の変革につながる。『ガラスの動物園』は、いわば、生まれてくる赤ん坊が、母体や血を分けた兄弟との訣別の痛みを見据えて書いた作品である。赤ん坊は、自分が生きるために、周囲の者を置き去りにし、動物園は壊れるのだ。

残される者はどうなるのだろう。産む性である女性、『ガラスの動物園』における〈役割〉の代表格であるアマンダは、この喪失を耐えきることで、最終的には「地上の女神」という〈絶対〉に近づくものとして描かれている。これは、テネシーの、母親へのオマージュであると同時に甘えでもあろう。この甘えが『ガラスの動物園』を「美しい幻想」、「破壊まで」の芝居に留めている。トムはアマンダに後を頼みたいし、自分が出て行くのが、アマンダに追われてということになれば好都合なのだ。ここでも、この劇がアマンダに大きく依存していることがわかる。なにしろ、アマンダは夫に去られても彼の写真を代理に立てて、なんとか家庭らしくつくろい、やり繰りしてきたではないか。夫に去られた時と同様、息子のリアリティを切り捨て、切り捨てることで自らの建直しを図るにちがいないというのがトムの期待である。彼は、外套をはおる。アマンダは彼の期待どおりに、陣痛のような叫び声を上げる。

アマンダ「いったいどこへ行くのよ？」
トム「映画さ。」
アマンダ「そうだろうよ、こんなに自分たちを馬鹿にしておいて。努力に準備にお金！　新しいフロア・スタンド、敷物、ローラのドレス！　なにもかも、いったい何のためだって？　どっかの娘のフィアンセをもてなすため！　映画でもどこでも行ったらいい！　わたしたちのことはもういいよ、捨てられた母、ビッコで無職のオールド・ミス！
おまえがやりたいのはわがままなお遊びだけだよ！　行っちゃえ、行けばいい、行きなさいよ、映画に！」[30]

彼女はこうして、長距離電話の向こうへ夫を放り出したように、息子を映画の彼方、トム自身の言葉を借りれば「月の世界」へ送り出す。自分の子宮、「家庭」という名のガラスの動物園だけが、彼女にとってリアリティのある世界である。リアリティを失ったものは、もはや彼女を傷つけることは出来ない。これが彼女の自己防衛の手段だ。トムがアパートを飛び出すシーンで、アマンダとトムのどちらに扉を閉めさせるかについて、テネシーが迷ったらしい形跡がある。出版されたオリジナル版では、トムが眼鏡を床に叩きつけ、玄関の扉をぴしゃりと閉めて非常階段に飛び出す。非常階段は、時間と空間を一気に越えることを可能にする超自然的な「守られた場」である。上演用の台本ではアマンダがさらに後ろ手に居間の扉を手荒く閉めるというト書が付け加えられている。後者ではトムの追憶の中でアマンダとトムは少なくとも表面上完全に合意しており、対等の立場にある。どちらも自分から相手を拒んだのであり、こちらのほうが、より正確に、テネシーの意図、もしくは希望を表現していると言えるであろう。田島博氏によると、Dramatist Play Service 社から出版された上演用のテキストには、「トムが後手に手荒くドアを閉める」に続いて、「アマンダがドアを手荒く閉める」というト書きが書き加えられている。同氏によれば、原作者のエージェントも上演用テキストを訳すことを希望していたということである。[31] テネシーは、アマンダをも利用してトムをかばったと言ってはいけないだろうか。

8

拒み合うことで、アマンダとのバランスはとれた。だが、もう一人、誰よりも心を許し合ったローラが残っている。代理を立ててまでローラと自分の関わりを美しく保とうとしたトムの臆病な完璧癖は、几帳面な結末を求める。放火して逃げた人間が放火の現場を確認せねば気が済まぬように、トムは、自分が家を出た後のふたりの様子が気になって仕方がない。

この時、劇の時間は明らかに大きな断層を迎えるのだが、あらかじめ「追憶の劇」と断られているために、観ている者の頭のなかでは舞台は途切れることなく一貫して流れて行く、というトリックが成立する。トムの「追憶」は、非常階段に飛び出した時点で終わっているはずなのだ。それから後は、観客は、彼の頭の中だけに浮かぶフィクションを見せられているのである。最初に私が感じた違和感は、そのせいだったのだ。

もっとも安全な方法として、トムは、二人の女性の活人画を描いた。ローラを「安全な」過去に閉じ込め、アマンダをローラに殉じさせたのである。舞台に乗せられている二人の女性は「過去」というカプセルに籠もっているが、その外側にはさらに「トムのイマジネーション」という薄いバリヤーが張り巡らされている。右に述べたとおり、トムはこのバリヤーというテクスチャーを、「アマンダとトムの合意」を素材にして織り上げたつもりである。そのバリヤーの向こうで、アマンダは、傷ついた娘とともに息をひそめて閉じこもることで、辛うじて存在し続けようとしている。繭のようなカプセルの中に娘を抱きとめたまま籠もり、籠もることでそれ以上傷つくまいとしているのだ。ローラは、長い間かかって終えるはずの人生を、母の胸の中で瞬時の痛みとして受けとめ、瞬時に痛みの分析と認識を済ませ、瞬時に癒されようとしている。ローラは、あっという間に人生を駆け抜けた人らしく、若いまま老い、もはや現実の人生から逃れてもよいと思っているアマンダと並んで〈絶対的存在〉とも言えるグレイス（Grace ＝ 慈悲）の像となったのだ。ト書は、決定的である。

紗のカーテン越しに見えるアマンダは、立ち上がり、蹲っているローラにやさしい言葉をかけている様子である。母親が何と言っているのかは聞こえないが、その表情からは愚かしさが失せ、威厳と、悲しみを湛えた美しさに満ちているのがわかる。ずっとうつむいていたローラがついに母を見上げた時、ローラの顔にも、ほほ笑みが浮かんでいる。[32]

そして重要なことは、この完成された二人の有り様について、「トムのイマジネーションの中で」と断り書きをしなくてはならないということだ。グレイスの像は、トムの願望がアマンダの協力を得て作り上げた像である。いいでしょう、姉さん、これなら美しいままです。もう壊れることもありません。悲しみもあなたを犯すことは出来ません。そう語りかけているトムの声が聞こえてきそうである。

なるほど、トムは傷ついて泣くローラを見ていない。見ることを拒んでいるからである。彼は過去の現実に背を向けて、自分の脳裏にある「追憶」だけを見ている。トムの胸の奥にいつも在る、仄かに明るい場所。セント・ルイスの「死の谷」の突き当たりの小部屋。孕んでは死産をくりかえした、小さな、しかし熱を持った核を抱く空間は、極度に狭められ、核はいまや増殖を止めようとしている。

この整頓の仕方に、私は、ローズに前頭葉切除手術（ロボトミー）を受けさせたテネシーの父親コーネリアスと同一の精神を見ざるを得ない。一説によれば、コーネリアスがローズにロボトミーを受けさせたのは、彼に対するローズの被害妄想が進んで、すんでのところで彼に危害を加えるまでになっていたからだという。だが、コーネリアスの意図は、単に自分を守ることではなかったのではないだろうか。ローズがこれ以上傷つくことを見てはおれないという痛切な憐愍の情と、彼女に捕らえられ殺されることを恐れる心が、ローラに対するトムと同様、相矛盾して同居していたと考えるほうが自然である。ローズは手術を境に、悩むこと、深く傷つくこと、恐れることを止めたのであった。ローズも、ローラ同様、グレイスの像となったのである。テネシーは後になって、ローズの大切な手術が行なわれることを自分が知らなかったとして強く悔いていたようだし、『回想録』のなかでも、ロボトミーは失敗であったと述べている。しかし、テネシーが「知らなかった」と述べているのは、あるいは、いつ手術が行なわれるかというような具体的な細部ではなかったろうか。手術について一切知らなかったとは考え難い。むしろ『回想録』であっさりと、失敗であったと認めているだけの記述のほうが信じられるのである。ロボトミーが人間性を剝脱する悪夢的暴力であることは、ケン・ケージーが『カッコーの巣の上で』*One Flew Over the Cuckoo's Nest*（1962年）で手術を激しく糾弾したことによって一躍世界の注目するところとなったが、『ガラスの動物園』の書かれた一九四三年当時の一般の認識は、もっとずっと安易なものであったと考えねばなるまい。『ガラスの動物園』の美しい母娘のシーンは、明らかに、ロボトミーを、仕方がなかったと肯定しようとしている。トムは、みんなと同じに、少し楽になりたかっただけだったのだ。ローズをも、少し楽にしてやりたかっただけなのだ。トム・ウィングフィールドが父ウィングフィールドの子であったように、トーマス・ラニア・ウィリアムズも、まさしく父コーネリアス・コフィン・ウィリアムズの子であったと言わねばなるまい。だが、劇はここで終わっていない。

9

父ウィリアムズが、ローズ手術の直後後悔したかどうかをはっきりと示す資料を、残念ながら私は見付けることが出来なかった。しかし、彼が後年テネシーと共に州立病院にローズを見舞い、ローズと別れて玄関に着いたとたんにこらえ切れず、片腕を壁に押し当て、顔を腕に埋めて頑是無い子供のように泣きつづけたとテネシーがギルバート・マックスウェルに語ったというデイキン・ウィリアムズの記述は、父の悲しみの深さを物語っている。[33] 一方、『ガラスの動物園』という作品をとおして見るかぎり、子ウィリアムズは、父ウィリアムズよりも早く、即座に過ちに気付いたようであった。

というのは、理想的と見えた『ガラスの動物園』の結末、グレイスの像のイメージは、土壇場で覆されてしまうからだ。テネシーは幕が下りるまでグレイスの像を持ちこたえるのを潔しとしないのである。像は、その像を想い描いたテネシーの、もうひとつの属性によって消されてしまう。ピューリタニズムに通じる几帳面さが〈絶対的存在〉に結論を求めた時、誠実さが、〈絶対〉が贋物であることを摘発したのである。先ほど触れた、手術を知らなかったという後悔を語る記述も、知りたい心と知りたくない心、逃れたい心と、事にあづかりたい、あづからねばならぬという意識が互いにせめぎ合い、遂には、いずれかの段階で逃げてしまった自分を許せずに苦しむテネシーの胸中を物語るものと考えられる。『ガラスの動物園』のラスト・シーンにおけるテネシーの視点は極めて複雑であり、願望は引き裂かれている。姉への想いと自由への希求の板挟みにあって、彼女を引き受けることも傷つけることもできずに逃げてしまった自分は許しがたく、その矛盾は、とうとう、完全犯罪を確認に行ってその場で白状する者のように、土壇場で逆転の叫び声を上げずにはおれなかったのだ。

扉を閉めて外へ逃げ出したトムは、時の急流に身を任せて街から街へと枯葉のように吹かれている。いや、トムは、タイムカプセルの周りをうろつき、その彼の周りを、色鮮やかな落葉のように乾いた都会の映像が、次から次へとぐるぐる回っているだけなのだ。なぜなら、ろうそくの明かりに浮かび上がる仄かな色ガラスのカプセルの中で悲しみの微笑を湛えているローラこそが、実は、先にも述べたように、トムの頭を占めていたからである。見張っていないと消えてしまう幻灯のように。見続けることだけが、その存在を証明している。だから、トムはローラから目が離せないのだ。自分が気にしている——少くともトムは、そう思っていた。

トム「すると突然姉の手がぼくの肩に触れた。ぼくは振り向いて彼女の目を見つめる。ああ、ローラ、ローラ、ぼくはきみを置き去りにしようとした。でも、ぼくは自分が考えていたより、ずっと誠実だったんだ！」[34]

だが、そうではなかった。そう思わせたのは、彼の自負であったのだ。グレイスの像を証するために凝視があり、その凝視の先端にはローラの手元のろうそくの火がある。この、「見る」ことと「ろうそくの火」の関係は、テネシーが考えていたほど単純なものではなかった。ろうそくの火が、凝視を可能にしているのである。言い換えれば、ろうそくが「見ること」を強いていたのだ。カプセルの中で微かに、しかし執拗に燃え続けるこの火は、ローラの生命の火、ローラの存在の象徴ともいうべきものであろう。つまり、カプセルそのものはトムの凝視によってはじめて存在するのだが、その凝視を実現するものは、カプセルの中のろうそくの火、ローラ自身であるという二律背反がここに生ずる。うかつにも、この光が、グレイスの像を閉じこめたカプセルの中で光を放ち、かくも時空を隔てたトムにとって眩しかろうとは、トムには思い及ばなかったのである。ろうそくの火は、見知らぬ街のショウ・ウインドウの小瓶に虹のカケラのようにこぼれ、聞き慣れた音楽のメロディーに乗り、キラキラしたガラスの破片に映ってトムに笑いかける。トムにとって必然であった逃亡は、ローラの存在をろうそくの火一つに凝縮させることによって、トムとローラの深部でのつながりを一層明らかにする結果を生むことになったのだ。

カプセルの中でローラは生きている。互いに納得ずくで彫り上げたはずのグレイスの像は、生身の人間の上に漆喰を塗ったようなものでしかなかった。トムは心の中で叫んでいる。——みんなと同じになること、もう、やってみたでしょう姉さん。傷つくだけだってこと、解ったでしょう。そのままが、いいんです。ぼくにしても、一緒には居られないんです。共に動くことは危険すぎました——。自分が生きるために、逃げることは必要であり必然であったと思いはしても、共に逃げようと誘わなかったことを自分に許していいのだろうか。生きられなかった者のためにグレイスの像を創って自らを慰め安心させた身勝手な自分を、冷ややかに眺める自分が居る。

引き返すべきだろうかとトムは迷ってもいるのだろう。しかしすぐに、それはおかしいと考える。——引き返せるはずがない。自分はもうすでに遠くにいる。それに、もう自分は、そうしたんだ——。しかし、過去から現在へ流れ出てくるローラの命の光に怯えた時から、全てはトムの追憶から現実へと、軌道修正を始めていたのだ。過去と現在を自由に往き来できるはずのトムは、「追憶」と断った時からすでに、過去に出入りすることを拒んでいたのだ。

トム「ぼくは月には行かなかった。もっと遠くへ行ったんです。だって、何よりも時こそが、ふたつの場所を遠くに隔てるのですから。」[35]

ろうそくの火が目にちらつく。追憶の中のろうそくが、追憶の美しさを裏切っている。過去から現在に押し入り、追憶を現実に引きずり込み、順当に流れるはずの時を逆流させているただ一つの汚点はろうそくである。もはや、ろうそくの火を消すしかないとトムは考える。ろうそくを消すことが全てを落ち着かせ、納得のいくストーリーを作る。それに、ろうそくの火が消えれば、自分には「未来」という他の明かり、遠くで鳴っているはずの、戦慄を呼ぶ稲妻の光が見えてくるはずだとも、トムは考えている。自分を完全燃焼させられるはずなのだ。

しかし、「現在」から手を伸ばしても届くはずとてない「過去」のろうそくの明かりは、現在の、煙草という奇術も、映画という幻灯も、酒という魔術も決して消すことが出来ない。トムは、テネシーがまだもっと若かった頃発見した呪文を唱える。ローラも、自分も行進する大勢のなかの一人にすぎないという例の呪文。失われた時を求めることを止め、只今現在を黙々と踏み潰すことに熱中し、ひたすら「時」と足並みを揃えさえすれば、過去を葬ることが出来る。

トム「ぼくは手当たり次第だれかれかまわず話し掛ける。そう、きみのろうそくを消してくれそうなことなら、何だってする。」[36]

だめだった。呪文にも、道行く人々の誰にも、過去の修正は出来ない。そうだ、ローラが居るではないか。「過去」に居るローラ。目を凝らして見れば、ローラは、トムの「追憶」の中で、じっとソファにうずくまって、全てを受け入れている。テネシーが指定したこの姿勢は、きわめて重要な意味を持つ。これは、生まれ損ねた胎児の形なのだ。

アマンダは消えてしまっていることが、ト書からも明らかである。アマンダは、グレイスの像となった時に死んだのだ。彼女は役割に殉じたのである。ローラは、そのたぐいまれな優しさにもかかわらず、グレイスの像になりそこねた。いや、テネシーは、彼女をグレイスの像に出来なかったのだと言うべきかもしれない。それは、彼女がいまだ、生きる直前であったことを、テネシーが知っていたからである。

ローラの姿勢が示す意味の深さに、トムは耐えられない。ついに彼は、過去の一切から逃れるために、最後の手段をとるのである。彼は祈るように姉に頼む。叫ぶか囁くかは演出家の解釈にゆだねられている。いずれにしても、トムは今だに甘ったれの弟だ。

「ローラ、ろうそくを消して！」[37]

その声に呼応して追憶のすべてを締め括るのは、この劇の性格を決定づける、次の動作である。ト書は、次のように終わっている。テネシーは劇のエンディングに苦しみ、細部の異なる幾つかのヴァージョンがあるが、ここでは上演版をとりたい。

ローラは燭台で燃えているろうそくを吹き消し、舞台は暗転する。[38]

こうして、修業中の劇作家テネシー・ウィリアムズは、そのキャリアの出発に、ブロードウェイ空前絶後の超満員の観客の前で、これまでに三度罪を犯したことを告白したのであった。最初は委託傷害、二度目は生き埋め、そして三度目は自殺勧奨の罪であるとでも例えてみたら解りやすいだろうか。ローラは、いつも黙って自分を抹殺する者の共犯者となった。テネシーは、『ガラスの動物園』を書くことで、自分が生きようとするにあたって見殺しにした者を限りなく美化することで、甘く痛切な挽歌を歌ってみせたのだ。

第2章 *A Streetcar Named Desire*

はるか楽園を追われて

『欲望という名の電車』

1947年12月3日
ニューヨーク、エセル・バリモア劇場にて初演

プロローグ

『ガラスの動物園』で〈誕生〉の残酷さについて書いたテネシー・ウィリアムズは、否応なくその先を書くことになる。彼は後に「自分は、意志に反して、何かするたびにいつも誰かを傷つけてしまった。それもいちばん愛している人を」[1]と痛切極まる述懐をしている。個として成長独立しようとする自然なエネルギーは、その作業を通じて切断や破壊を繰り返す。人はある時それに気づいて「被害者」から「加害者」へと自己についての認識を変えるのだ。自我に捕われて

いたテネシーが比較的早くこの認識を獲得したのは、ロボトミーによって、若くして生きることを止められたとテネシーの目に映ったローズゆえであった。

この書物の第一章では、彼の内面の告白の声、彼自身を糾弾している声を聴いた。『ガラスの動物園』は罪の告白の劇である。それなのに、あの拍手はなんだったのだろう。なぜみんな赦し、彼を抱きしめるのだろう。実は、第一章でも少し触れたが、『ガラスの動物園』について私が追求しないままにしておいたひとつのことがある。テネシーが、『ガラスの動物園』を書いた時点で、罪を告白しながら、一方では自分の罪をすでに時効になったものとしているということだ。しかもテネシー自身の投影であるトムは、あらゆる点で、実行犯ではない。彼は、告白しておきながら、実は二重のバリヤーを張り巡らせて、現在の自分を守ろうとしている。観客の目に見える舞台の上では、トムは、若者たちが当然するようなことしかしていない。「追憶」の薄明の下ですべては美化され、現実にテネシーが投げつけた言葉という凶器は、劇中では、からくも大的を外れ、ガラスのようにはかなく美しいローズ＝ローラは傷つかなかった。彼女がこよなく大切にしていたユニコーンの角を折ったのはトムではなく、他の男と彼女自身であった。しかも意外やローズ＝ローラには、その傷を笑って受けとめ、今や自分は特別な存在ではなく無数の仲間のひとりにすぎないことを認識し、これを甘受する、しなやかさとしたたかさが備わっていたとするのである。そしてさらには、テネシーの願いを聞き入れてろうそくを消す限りないやさしささえも。こうして母親アマンダがあれほど愛したローラは、トムによって傷つくことなく、トムの出発をサポートしたというストーリーが出来上った。すべては劇作家テネシー・ウィリアムズの意図によって。

『ガラスの動物園』の告白は、美しすぎるものとなった。テネシーの若く繊細な神経は、「傷つける」という行為の、あまりに重大な意味を受けとめかねて、肝腎の問題を舞台装置と同様の紗で覆い、真実をぼかしたまま早々とレクイエムを歌い、罪を、告白するそぶりで、実は糊塗してしまったのだ。彼は、告白のかたちで、その実、「追憶」の仮面を付けた「悲願」を描いたのだ。結局のところ、テネシーは奇術師の使う大きな箱のような「過去」を心の中で開き、その箱に「かって自分のしたこと」を閉じこめなおし、自分だけが奇術師よろしくするりと箱を抜け出して「今」に現われ出たのだ。真実を見せると言いながら、真実はこれとは違っていたことを、テネシーは知っていたはずだ。

舞台の袖にひっぱりだされて、やんやの喝采をあびたテネシーが、逃げ出したいほどの自己嫌悪に陥ったのはむしろ当然である。彼は、心の痛むのに耐えかねて劇を書いたはずであった。それなのに、書くことによって彼がしたことは何だったのか。過去から抜け出すという願望を実現し、大勢の観客が彼の過去を癒しているではないか。自分自身も赦されたがっている観客たちは、彼のレクイエムにすっかり聞き惚れてしまったのだ。挽歌は、ショーの歌となってしまった。

テネシーは、なぜそんなにも自分を守ろうとしたのだろう。それは、逆説的だが、彼が罪について深く考えていたからに他ならないと思う。彼は自分が死者の墓を掘り返す手つきをしていることに気付いていたのだろう。気になって仕方がない過去の真実に、赦しという別な解決の仕方があることを、確認したかったのだ。その過去を、もはやだれにも咎められることのない追憶の中に置かなければ、ほかならぬ自分が、自分を責め苛むからである。彼は、逃げたかったのだろう。核物質を二重の安全装置のなかに処理し直す、経験の浅い科学者とでもいった風情で、テネシーは、危険を承知で書かずにはいられなかったのだ。このややこしい心理が、彼が手探りで試みていた幻想的な手法にマッチした。『ガラスの動物園』は、いかにも若者らしいためらいや初々しさ、さらには、それと裏腹の若さゆえの残酷、図太さ、甘美な悲しみなどが織りあわされ、一種独特の非演劇的ともいえる空間を生み出したのであった。

しかしもちろん、この「明かりを消させる」行為が、いかに自分の身勝手な願望に基づくか、テネシーが承知していない筈はなかった。先にも述べたとおり、彼は「成功という名の電車」と題したエッセイのなかで『ガラスの動物園』の成功に触れ、成功という怪物がどれほど厭わしくもおぞましいものであるかについて述べている。これは『ガラスの動物園』の今述べたような性格を考えると一層うなづける発言であるのだが、同時に、この、成功という、願わしくかつまた疎ましい電車に席を得てはじめて、孤独で、神経質で、罪を知り、傷つきやすく気弱な、それでいて魂の友を求め、未知なるもの、より甘美なるものを求め、セント・ルイスの果物屋の屋台の上の葡萄をひとつぶ摘まずにはおれなかったディオニュソスの末裔テネシーは、自分の矛盾を他人が赦すことを知り、勇気をふるって、『ガラスの動物園』という抒情的戯曲を、姿を変え、『欲望という名の電車』*A Streetcar Named Desire* という、タイトルからしてすでに生々しい赤裸なドラマとして完成することができたのだと言ってもいいだろう。なぜならば、『欲望という名の電車』のヒロインであるブランチは、ローラとは対照的に、ひたむきに生きようとしているからだ。

『欲望という名の電車』は、意識上の『ガラスの動物園』の続編であり、テネシーはここで、一旦封じ込めたローラの蘇生を試みているのだと考えることも出来る。『欲望という名の電車』においては、「追憶」という外枠による自己告発も無いかわりに、同じ枠による逃げや美化もゆるされない。封じ込めを企て、一応の成功をみたことによって、むしろ、より深く捕らえられてしまったローズ゠ローラを解放し、たとえそれがどのような生であろうとローズ゠ローラらしく生かし、これを直視することによって「傷と罪」の意味を問い、さらにはローズ゠ローラから自由になることを再度試みたのではないだろうか。それは、したがって、ローズ゠ローラの一生の物語にならなければいけない。テネシーが、人生の意味をすでに知っている慈しみ深い哀しい目をした父親のように、傷つく運命にあるローズ゠ローラの生まれ変わりブランチ・デュボワの誕生に、望み得るかぎりの美しいものを用意したことからも、彼の決意をうかがい知ることが出来る。

1

『欲望という名の電車』のヒロイン、ブランチ・デュボワが、能うかぎりの愛と美と、この世で受けられる幸福を一身に受け、人も羨む少女時代を過ごしたことは、生まれたばかりの赤ん坊の至福を思い浮かべさせる。傷ひとつ無い清らかな幼な子。悠久を流れるミシシッピ川のほとりに、遠目にも白く、汚れ無くそびえるベル・リーブの館。その館にふさわしい、ブランチ・デュボワ（森の白雪姫）の名の響きがよく似合う子。強い風にも当てぬようにと育てられたに相違ない、何不自由ない少女。はたして人生が彼女を「傷」つけることなどあり得るのだろうかと疑わせる、全き存在。繊細な存在として壊れる運命にあるにもかかわらず、その真実を凌駕し忘れさせるほどの〈瞬間の充実〉。人にはそれぞれの完璧さと無垢の記憶があり、少女ブランチは、その象徴である。

ここで、ブランチの「生」と「傷」を考える前に、再度、『ガラスの動物園』におけるローラの「傷」について整理してみたい。ローラはすでに二十二歳になっているが、劇の始めにおいては、まだ無傷である。しかし蕾を過ぎたバラのように、花弁は風に痛み、雨に香を奪われ、手折る手を待って自らの重みに喘いでいる。生き長らえるには「変化」を乗り越えることが必要なのだが、助けが要るのだ。ユニコーンは処女にしか捕らえられない動物であり、ジムとローラのダンスの途中でユニコーンの角が折れることは、処女喪失に匹敵する決定的経験の象徴として描かれている。過去のテネシー自身であるトムは、自分がローラの心につけた傷を直視するに忍びず、ジムに、象徴的にではあるがローラの肉体を与え、「傷」の意味をぼかし、さらにこれを〈追憶〉という、遠眼鏡の向こうの現実のなかに置くことによって、ローラを、「傷」もろともタイムカプセルの中に閉じこめてしまったのだ。ローラは「傷」を抱くことで逆説的に充足している。ローラの傷に私たちは触れることができない。肩に手をかけて慰めることすら拒まれている。

　では、ブランチの受けた痛手はいかなるものであったのだろうか。『ガラスの動物園』のローラよりもずっと若く、ヒビひとつ入っていない、決して壊れそうにないブランチを前にして、テネシーは、はるかに残酷で手のこんだ、しかも直接的な手段を講じている。ステージ上ではブランチのドラマは第一次大戦と第二次大戦にまたがった物語となってはいるが、時代はいつでもよい。なぜなら、『欲望という名の電車』は、社会制度への抗議の物語ではなく、傷つく運命にある人間の一生の物語であるから。いつでもが「今」である。ブランチの傷は、幕が上がるずっと前についた傷でさえ、触れると、まだ暖かい血が流れるのだ。

　まず、「第一の傷」としてのアランとの結婚。ブランチは十六歳だった。彼女がどれほどアランを愛して結婚したかは、「愛がどのようなものかを知ったの。ずーっと長いこと薄暗がりのなかにあったものに、突然目が眩むほどの光を当てたようにね」という彼女の台詞からも伺い知ることができるが、ブランチの妹ステラの次の回想も、ブランチの一途さを物語っている。

ステラ「ブランチはね、アランを愛していたなんてものじゃなかった。彼の歩く地面ですら崇拝したのよ。彼を熱愛して、まるで人間じゃないほどすばらしいと思っていたのよ。」[2]

アランは詩を書く少年だった。俗悪な現実を軽蔑し、魂に肉体を捧げようとするロマン派の詩人エドガー・アラン・ポーと同じ名をもつアラン・グレイ少年は、ポーが幼妻ヴァージニアを愛しながら裏切ったように、ブランチを裏切る。実は、ブランチが、はたしてそれほど愛したアランと肉体的に結ばれたのかどうかすら疑わしいのだ。彼女はアランの死後も彼を"boy"と呼び、彼女自身の内部で結婚によって豊かさを増したものについての言及は全くない。アランからブランチへの働きかけは何も示されていないのだ。アランは、ブランチの純情は尊重したが、彼女に弟のように甘え、彼女の欲望を理解しなかったか、理解していないふりをしたのだ。『ガラスの動物園』において、ジムは少なくともローラの願いを理解した。だから、ユニコーンを壊すことができたのである。そして、それはテネシーの願いでもあったのだが、この点で『欲望という名の電車』は『ガラスの動物園』と異なっている。つまり、『ガラスの動物園』では、ジムという代理を通して、いわば疑似近親相姦が実行される。ところが、『欲望という名の電車』においては、形の上では結婚をうたいながら、ブランチとアランの関係は、トムとローラの関わりよりも精神性が高く、それだけ残酷なのである。『ガラスの動物園』においては、イマジナティヴではあるが〈処女喪失の儀式〉によって肉体が受けた傷が、むしろ精神的な癒しとして働いている。『欲望という名の電車』においては、裏切りが「結婚」という幸せの仮面を被っているために、その下に潜む「傷」は、より鋭く耐え難い痛みとして認識されるまで、人々を欺き続けるのである。

アランはこれほど愛されながら、ブランチとの結婚によって満たされていたわけではなかった。それはなぜだろう。ブランチは、美しいアランとアランの「超絶」を熱愛したが、アランが愛していたのは、自分自身であったから。これは、選ばれた者の罪であろう。彼がブランチとの結婚を望んだかどうかについて、『欲望という名の電車』は何も語っていない。確かなことは、彼は彼女の愛情を受けたということだけである。ブランチの完璧な愛に包まれながら、彼にはすでに別れがたいパートナーがいたのである。結婚は隠れ蓑にすぎなかった。こうして、ブランチは結婚して間もなく、アランの甘美な罪を、疑問の余地の無い状況で知る。同性愛がアランの罪であったというよりは、同性愛を罪とする意識が、「裏切り」という罪を犯させたと考えるべきであるかもしれない。ともあれ、アランは、結果的に、ブランチを利用してしまったのである。真実と社会常識の狭間に落ち込んだ人間が辿りがちな道を、アランも辿ったのだ。社会の常識への挑戦を「犯罪」と呼ぶならば、アランの罪は、完璧を求める人間の存在に伴う罪、「原罪」であろう。

ブランチは、見たことによって、言うまでもなく深く傷つく。夢想だにしなかった裏切りによってつけられた傷はあまりに深く、ローズが踊り場の隅に立ちすくんだように、ローラがろうそくを消したように、これを無言のうちにじっと耐えて受けとめるには、ブランチはあまりに若く気丈だ。痛みを跳ね返す。何事もなかったように連れ立って出掛けたムーン・レイクのほとりのパーティの会場でポルカを踊っていたとき、ブランチは痛みに耐え兼ねて叫んだ。いや、もしかしたら、それは、古い道徳だったかもしれない。彼女の愛もまた、彼女が考えていたほど完璧ではなかったのだ。

ブランチ「見たのよ！　知ってるのよ！　いやらしいったらない！」[3]

この叫びは、跳ね返った銃弾のようにアランを撃ち、アランの存在を消す。彼は、ポルカ曲の偽善を告発するかのように会場から駆け出し、ムーン・レイクの畔で耳に銃弾を打ち込む。傷つけられ退けられたのはアラン自身の存在そのものであること、なぜなら、存在に伴う罪が暴かれたとき、ブランチも人々もこれを許さないからだ、ということを知ったからである。頭の半分が吹き飛んだほどの壮絶な死であった。

ブランチは、否応なく愛と罪について考える。あれほど愛していたはずのブランチがアランの真実を理解しないとしたら、愛とは何か？　愛につまずいたことはアランの汚点であったのか？

ブランチの汚点であったのか？　ピューリタンの狭いモラルのなかで、アランは罪を犯した。しかし、より広い人間理解の過程で、ブランチもまた罪を犯したのではないだろうか。ブランチは、カインがアベルを殺したように、裏切り者アランを殺したのだ。これもまた罪であり、アランの死について語るブランチの次の台詞は、彼女がそれと知ったことを物語っている。

ブランチ「すると、世界を照らしていたサーチライトがまた消えてしまって、その時以来、一瞬だって明かりがついたことはない……」。[4]

『ガラスの動物園』では「傷」は外科手術のように意図的なものであり、逆説的に「癒すもの」であった。だが、ブランチの結婚においては、「傷」は癒すものとしては働いていない。ブランチはアランの裏切りによって傷つき、アランを傷つけたことの認識によって傷つき、アランを失うことによって傷つき、しかもアランの死によって、これらの「傷」を癒すすべは断たれている。彼女は罪を犯し犯されて、精神的、肉体的飢餓状態のまま、とり残されるのである。

「傷の第二」。傷つくことなど果たしてあるだろうかと思わせるブランチの生い立ちの完全さの内側に、すでに深部を蝕んでいる病いがあった。代々の淫乱と放蕩。あげくの醜い死。ベル・リーブは完成と同時に崩壊が始まっていたのだ。まるで有機体のように。決して変わることがないと子供の目が信じたベル・リーブ自体が、はかない不安定な存在であった。繁栄もまた、死へのひとつの過程に過ぎなかった。そしてある時、とうとう、音をたてて崩れ落ちたのである。見方によれば、これは多くの人間の歴史であり、ヨーロッパやロシアの貴族の、さらにはアメリカ南部の繁栄の辿った道でもある。強制労働と搾取によるプランテーションの建設、さらにはその内部からの崩壊という一連のストーリーは、『欲望という名の電車』の幕が上がった時、ブランチの人生に重なっている。彼女のロマンチックな夢をあざ笑うかのように、傷と罪は彼女に寄り添っている。この、「世に二人とないほど素直でやさしかった」ベル・リーブの乙女は、劇が始まる前にすでに長い時間を生きてしまっている。行き場を失って、ニュー・オールリンズに住む妹ステラを頼ってやってきたブランチは、血を吐くように、ベル・リーブの崩壊を打ち明ける。母を傷つけて誕生し、自らは傷ひとつ無かった清らかな幼な子は、自らも、遠からずしたたかに傷つく運命にあったのだ。

大きな旅行鞄を下げて舞台に登場するブランチは、すでに罪を知り、罪を負い、すべてを失い、ゼロというよりはマイナスの状態に追い込まれている。ステラが家出同様にして去った後のベル・リーブにおけるブランチの体験は、『ガラスの動物園』においてローラを追憶のなかに閉じこめたことを安易に批判する者の口を封ずるほど、悲惨を極めるものであった。弟トムが去り、母アマンダも死に、セント・ルイスのアパートにいられなくなってさ迷い出で、ついにトムを捜し当てたとしたら、ローラは、はたして何を訴えるであろうか。人生を直視するということはこれほどのことであるよと、テネシーは、軽率で幸福な批判者に抗議しているかのようである。人間の在り様そのものがブランチを傷つけたのであった。

ブランチ「わたしは、わたしは、わたしはね、顔も身体もずたずたにやられている。あんなに死が続いたのだもの。墓場にみんな行列して入って行ったんだ。父さま、母さま、マーガレット、ああ恐ろしい！　臨月のおなかが膨らんで、棺桶に入らないくらいだった！　ゴミと同じに焼かなくてはならなかったのよ！　あなたはお葬式の始まる直前に来たでしょう、ステラ。お葬式なんて死ぬことに比べたら何でもない。お葬式は静かでしょう、でも死は——いつもそうとは限らない。しわがれ声だったり、喉がごろごろ鳴ったり、今死ぬっていうのに「死にたくない！」って叫ぶことだってあるのよ！　歳とった人たちだって、「死にたくない！」ってね。まるでわたしが引き止めてあげられるみたいに！　でも、お葬式は静かよ、きれいなお花に囲まれてね。それにお骨を納めた箱の立派だったこと！「私を離さないで！」ってベッドで叫んでいる時に側に居なかった人たちには、息をするたびに血を吐く苦しみなんか想像もつかないでしょう。夢にも思わなかったでしょう、あなたは。でも、わたしは見たのよ！　見たの！　見たのよ！　それなのにあなたはそうやってそこに座ってベル・リーブを無くしちゃったのはわたしだって、目で責めてる！　いったいどうやって治療費や葬式代を払えっていうの？　死ぬにもずいぶんとお金がかかるのよ、ステラおじょうさん！　マーガレットのすぐあとはジェッシーおばさんだった！　そうよ、死神がうちのドアの前にテントを張ったのよ、ステラ。ベル・リーブがあいつの本営になっちゃったってわけ！　ベル・リーブはこうしてわたしの指の間からこぼれ落ちていった……。」[5]

目を覆いたくなるような死の行列は、教訓的な〈奢れるものの崩壊〉ではない。ここで語られているのはブランチの将来であり、彼女の「傷」と「認識」である。彼女は、生と死の格闘を直視する能力を試されたのだ。ローラとはなんという違いであろう。テネシーは、決意した者のように、ブランチを保護することを一切止めている。これでもか、これでもかと、死神の姿を借りてブランチに「傷」を与え、認識を迫るのである。

人も、館も、すべてを抵当に入れてブランチが手にしたのは、「生の反対が死なのではなくて、死の反対は欲望なのだ」という認識であった。死の瞬間まで人は息を切らし、血を流して生きるために戦う。壮絶な戦い。このとき「死」に立ち向かうのは「生」ではない。生きる意志こそが死を定められた生き物のアイデンティティであり、この連続が「生」という状態を作り上げるというのである。言い換えれば、彼女はしたたかに傷つきながらも生き延びたことによって、彼女の生の大前提を知ったのであった。このとき、"desire"は、〈生に伴う欲望〉というだけでは物足りない。ドナルド・スポートによればこの劇は、最初は『蛾』*The Moth*、次に『月影の椅子』*Blanche's Chair in the Moon* さらには『ポーカーの夜』*Poker Night* とタイトルが変わり、最後に『ガラスの動物園』の時同様、ふとしたきっかけで『欲望という名の電車』に変わったという。[6] 劇の本質が地下の水脈を掘り当てる導管のように、"desire" という語に触れたというべきであろうか。この語を得て、泉は迸り出たに相違ない。語本来の意味が、作家を呪縛したと言ってもいい。ここで、"desire" という語を確認する必要があるだろう。

"Desire" はラテン語で "away from" を意味する前置詞 "de" が "sidus" についたものである。"sidus" は "stars" であり、"desire (v)" の意味は、"to await away from the stars" (「星から遠く離れて星を待つ」) となる。これは転じて名詞的に用いられ "the act or condition of desiring" (満足をあたえてくれるであろうと思われるものに対し、これを得ようとする感情、あるいはそうした感情を抱くこと、また抱いている状態) という意味で使われるようになった。さらに使用の初期 (一三〇〇~一四〇〇年頃) においては "fleschely" (fleshly) あるいは "bodely" (bodily) を前に付して、後には単独で、"physical or sensual appetite" (肉体的欲望) の意味を表すようになった。"loving for something lost or missed" (失ったもの・得られなかったものへの愛情) の意味でも一六一〇年頃から使用されている。とすれば、"desire" に対して、人は始めに精神的な憧れの意味を付し、ついでその憧れは地に墜ちたのである。さらに、いずれに向かうにせよ、「充足していないこと」が desire を持ち続けるための基本的な条件である。それは常に変化し続ける「生命体」であることの宿命と言えなくもない。ブランチが死の反対は desire であると知った時も、彼女がもっとも強く欠落を意識したときであった。"desire" は、まるで人生の連れのように、人生に寄りそうのだ。一語に訳すことは不可能、不適切である。そうした意味で、以後、この小論においては、"desire"を、そのままの英語で書くことにしよう。魂と肉体の統合されたdesireについてはDesireと大文字を用いることとする。

人が自らの不完全を知り、遙けき何ものかを求めては失い、失ってはまた求めて生きるかぎり、人生はDesireの軌跡に他ならない。Desireの反対が死ということは、Desireの放棄、あるいは充足その他によりDesireを忘却した状態が死であるということであろうし、また、Desireの隣にはいつも、すぐ死に至りかねない致命的な傷が待ち構えているということでもあろう。Desireを持つことが「満たされていないこと」と同義であるかぎり、傷つけば傷つくほど、喪失を体験すればするほど、より強く求め、より激しく生きようとするだろう。固定し、安定して動かぬものは「死」の状態にあることになる。そしてDesireを意識した者を苦しめずにおかないのは、Desireが、相矛盾する二つの方向に向かう運動であることだろう。先に見たこの語の定義にあるとおり、一方は限りなく天空を目指し、他方は動物そのものであろうとする。劇の幕が上がるまでに、「傷・罪」とその認識は、ブランチをDesireの申し子にしていた。彼女は一方の目で、破れたロマン派の夢をふたたび追い求め、片方の目で、あまりにも人間的な肉体の欲望を満たすオスを探そうとする。意識するとしないとにかかわらず、人が結婚に夢見るのは、これらふたつの意味の統合である。ブランチにとっても、結婚は、ヤヌス的Desireが双方の目的を同時に達成する場であり得たはずであったが、彼女は、Desireの幸せな調和を夢見るにはあまりに深手を負い、現実を見すぎてしまっているようでもある。はたして、もう一度結婚をやり直することによって彼女のDesireは統合されるのだろうか。

2

Desireの意味が明らかになるにつれて、劇の舞台となるエリジアン・フィールドの意味もまた解けていく。エリジアン・フィールドとは、Elysium＝ギリシャ神話において死後祝福された魂の住みかとされるところ、つまり「極楽」の意味である。「極楽」はある種の安定であり、「墓場」を通ってきた者たちの落ち着く場であり、「死」というパスポートがなければ入ることは不可能な場所だ。Desireを充足した者は、ここで暮らすことになる。

劇は、五月の夕方始まる。空は、とりわけやさしいトルコ・ブルーに澄み切って、界隈のやや退廃的な雰囲気をやわらげている。見えないけれどたしかに建物の向こうを流れている濁った川の暖かな息遣いが、コーヒーやバナナの香に混じってあたりに漂っている。角を曲がったところにあるバーから、黒人の弾く安ピアノの音が流れてくる。ブルースだ。やけにうまい。そして自然だ。ピアノの音にからまるように人間の声もする。ここがどうして死者の住みかなのであろうか。ここにブランチの妹ステラとその夫スタンレーが暮らしている。彼らは死んでいるのだろうか。実は、エリジアン・フィールドのモデルになったのはニュー・オールリンズのフレンチ・クォーターである。テネシーはニュー・オールリンズを愛し人生の多くをこの町で過ごしたが、フレンチ・クオーターについて次のように記している。

この町はほかのどこよりも私に書く材料を与えてくれた。私の住居はフレンチ・クォーターのロイヤルという目抜き通りの近くで、この通りの同じ軌道の上を二系統の電車が走っていた。ひとつには“Desire”（欲望）、もうひとつには“Cemetery”（墓場）と書いてあった。ロイヤル街を堂々と行進するこれらの電車を見ていると、ふとそれがフレンチ・クォーターの人々の生活を象徴するかのように思われた。もっともその意味では、どこの人間の生活だって同じことなのだが……。[7]

「死」は安定であり、絶対である。死ねば、ひとは、はかなく不安定な存在であることを止め、仮面もはずす。エリジアン・フィールドにあるのは、そのものずばりの〈存在〉である。ここの最大の敵は「夢」であり「嘘」である。それらは人間に変化を免れぬ存在であった時を思い出させるからだ。夢や嘘を生み出すDesireは、捨ててから入らねばならない。流れる時間も不要である。あるのは繰り返しだけだ。この世の極楽、「楽園」に入るには、「Desireという電車」に乗り、「結婚という墓場」で乗り換えればいい。迷うこと、憧れることをやめて、急行電車に乗るのがいちばん手っ取りばやい。ブランチが羨む、その名も「星」の意味を持つ妹ステラは、スタンレーという案内人を得て、あっという間にDesireの充満するベル・リーブを飛び出し、楽園の門をくぐり抜けたのである。家に残されたブランチがDesireを見据え、Desireという名の電車に乗ったステラが自分のDesireを自覚しないことは皮肉である。しかし、「罪」と同様、「欲望」は認識の子である。Desireと背中合わせに「死」を見た、生きているブランチと、いわばDesireに埋もれて自分のDesireを知らず、死して死を知らず、子供を身ごもることでさらに「死」の認識から遠ざかるステラとの対照は、ブランチとステラが血を分けた姉妹であることによって一層鮮やかである。ブランチがどう批判しようと、ステラは、ブランチの欲望の一面を実現し、満ち足りている。

この幸せの図を背景に、白い蛾のようにはかなげなブランチが、ステラとはうらはらに独りぼっちで、簡単な地図を頼りに、ようやく「楽園」エリジアン・フィールドの入り口に辿り着くところで舞台は始まる。ブランチが、すべての満たされぬもの、傷ついた者の歴史を背負っていることを演じ切れる演出家、女優が果たして居るだろうかと案じられるほど、この登場の場面は優れて暗示的である。蛾は明るい光に憧れる。そして光を見つけて近くへ近くへと飛び、身を焦がすのだ。

観客は、もしかしたら、ブランチの身なりに目を奪われるかもしれない。なるほど、辺りにそぐわぬ白い薄地のスーツ、ネックレスもイアリングもパール、白い手袋に白い帽子というブランチの身なりは、カクテル・パーティに出掛けるところとでもいった風情だが、よく見れば旅に疲れ、垢染みて皺も寄っているはずなのだ。

といって、白い円柱を持つギリシャ風の建物とその腐った内部を、とりたててブランチの白い衣と重ね、「空ろな白」と定義することは、早計のように思われる。崩れた広大な館から迷いつつはるばる辿り着いたエリジアン・フイールドの貧しい家もまた白く塗られている。白は、風雨に晒され、手傷を負い、垢じみて灰色に変わったかに見えても、本質的に白いのである。人間が白に願いをかける限り、歴史は、いつも思いがけない白さを証明して廃墟から再生する。

そして、褪せた心もとない白を白としてはっきり再認識させるのが、聖母マリアの色、デラ・ロッビア・ブルーである。劇の終わりにブランチが身にまとうこの色は、幕開けの五月の夕べにも、たそがれ時の不思議な明るさで舞台をすっぽりと包んでいる。テネシーは、言葉以外の効果によってメッセージを伝えることに腐心した作家であるが、『欲望という名の電車』のオープニング・シーンのこの青色は、彼の試みのなかでもとりわけ成功している。この美しい青こそが、テネシーの始めにして終わりにある意図であり、これから展開される劇の性格を決定付けているものである。ドフトエフスキーの『カラマーゾフの兄弟』において、老ゾシマがドミトリーの行く手に待ち受ける苦難を早々と見抜き、この苦難の前に頭を深く垂れてひざまずくように、テネシーは、ブランチがこれから受けるべき苦悩と絶望の運命の前にひざまずいているのだ。『ガラスの動物園』を出発点として考えてみたとき、『欲望という名の電車』の幕が上がり、ブランチが登場する場面の背景には、すでに一巻の預言の書としてのこの作品の姿がくっきりと浮かび上がってくるのである。

3

それではまず、エリジアン・フィールドに辿り着く直前のブランチについて考察をすすめることにしたい。『ガラスの動物園』のローラは、言わば我が身から生糸を吐いて繭を作り、その中に籠もることをトムに強要された。しかし、一方においては、それによって守られたとも言えるのである。だが、もしかしたら、繭の中のさなぎは、暗闇で目覚めているかもしれない。だとすると、今度こそ、そのまま生まれ損ねるのだ。閉じこめたことを告白してしまったテネシーは、気が気ではなかったのだ。閉じこめさえしなかったら、という思いに急かされて、彼は極端すぎる解放を試みたのではないだろうか。その結果、ブランチは考えられるだけの人生の残酷に直面したのである。すでに述べたアランの裏切りと死。ベル・リーブの崩壊。ブランチは認識の深みにどんどん入りこみ、すべてを放り出して自らの欲望に従った妹ステラとの距離は遠ざかるばかりである。しかし、遠ざかれば遠ざかるほど、ブランチの内なるDesireは、星を求める蛾のように、かすかな光に一縷の望みをかけて羽ばたき続ける。ブランチの認識とDesireは、こうしてイタチごっこを始める。激しいポルカ曲「ワルシャワ舞曲」が、このイタチごっこを象徴する。彼女を耐え難く苦しめるこの曲は、アランが自殺の直前にブランチと踊っていた曲であり、アランとブランチの、完璧であったはずの生活を象徴するものであった。曲は銃声で突然破られ、生活はガラスのように粉粉に砕け散った。アランの後頭部もまた、砕け散っていた。そしてブランチは無残にも、流れる赤い血だけを鮮やかな実体として見たのだった。

それ以来、ポルカのメロディーは彼女に悪夢を思い出させ、人間の原罪について彼女を脅迫する。罪の感覚は、いわば彼女の認識の中核にあり、永遠にその痛みに身悶えする「傷」である。自分は裏切られ傷ついたと思ったのに、実はその傷はたいしたものではなく、彼女にはダンスを始める力が残っていた。自分の口が復讐の毒を吐き、少年を死に追いやり、まばゆい光を消してしまうのに立ち会ったのだ。したたかに傷つけられたと思ったときに、ポルカ曲は、向けられた刃で相手に切り返す力と勇気をあたえ、気が付いてみると、傷つけ、殺したのは自分のほうであった。取り返しようのない悔恨の念は、ブランチに、さらに深い認識を強要した。生のダンスのすぐ側に死が寄り添っているのだと。それは、ベル・リーブの死者の行列を見ても感じたことであった。

死のすぐ側にあってなおDesireに身悶えする者がいるのなら、どうしてその者達の願いを聞き届けずにはいられようか。死のとなりに在るものはパパであり、ママであり、マーガレットであり、ジェーシーであり、今日ベル・リーブの芝生に入り込んで「ブランチ、ブランチ」と呼ぶが、明日になれば雛菊のように摘み取られて輸送車に乗せられていく陸軍の若い兵隊たちであった。マーガレットのお腹の、生まれなかった赤ん坊のDesireの声さえもブランチには聞こえたのだろう。ベル・リーブが、手に乗せれば崩れてこぼれる山のような紙切れに成り果てたように、まもなく死者の列に名を書かれる運命の、人間に定められたはかなく実体のない人生。はかないDesire。ベル・リーブを去ってからローレルの売春宿で相手をしてやった兵隊たちのDesireも、なんとつつましくはかないものであったことか。だれもがみな「死」の隣にあり、ブランチ自身も例外ではない。ポルカの曲が彼女の頭のなかを駆けめぐる。——おまえが殺した。そしておまえは一生その罪ゆえに追放され、さすらって死ぬ——。アランは、苦しみつつ死ぬことで、ブランチの額に〈喪失〉と〈Desire〉の烙印を押したのである。

今日満たされさえすれば、明日までしのげる。ブランチがホテル・フラミンゴで繰り広げた数々の情事は、スタンレーとステラの動物的充足とは対照的な、不毛の、満ち足りることのない営みである。情事の相手は、いかに体を重ねても他者であり、他者と交わってブランチの見ていたのは、他者の存在ではなく、己れと他者の「傷」であり、己れと他者のはかないDesireである。認識を耐えることがDesireを生み、Desireはさらにまた残酷な認識を強いる。これを耐えるのには狂気が要った。「傷」という母は、ブランチの子宮のなか、「認識」とDesireのとなりに、「狂気」という、もうひとりの子供を宿したのであった。彼女は、この子もまた抱き留めることになる。

こうして、ブランチのDesireは、漕ぎ手をもとめて浮かぶ小舟のように、流れのままに漂い、ついには自分の教え子である十七歳の少年の無垢な性を求めた。おそらくは死から最も遠いところにあるものとして。その清らかさが自分を救うものとして。魔法使いにヒキガエルにされた王子が自分を愛してくれる清らかな乙女を求め、その愛に浄められることによってのみ元の姿に戻ることができたという古い童話のように。だが、現実はどうだ。死んでゆく者たちは、清らかな湖の岸を汚し、血でシーツを汚し、彼女は彼女を愛さなかった少年を汚し、薄汚れた男たちは彼女を汚した。こうして次から次へと共に汚れてゆくことで、断罪して切り捨てたアランへの償いと、アランを含む死んだ者と、死んで行く者たちへの鎮魂を果たしていく一方で、ブランチは自分がもう一度浄められることを願ったのである。浄められるほどの気高い愛に巡り合えば、ブランチの Desire は本来のヤヌス的意味を完結するが、巡り合わなければ、その時は、不完全な肉体の欲望として Desire 自身が汚される。危険な賭けであった。ヒキガエルを愛する男はいないと知っている彼女は、人魚姫と同じ賭けをする。人間に愛されたら、人間になれる。愛されなかったら、人魚は海の藻屑と消えるのだ。こうした決心をして、「人間」のいるらしいステラの家にやってきたブランチの言うことは、だから、ほとんどすべて「真実ではなく、真実であるべきこと」と彼女が考えることばかりである。彼女は思いちがいをしているのだ。

この賭けを実行するにあたっての最も大きな困難は、ブランチがやって来たのは、極楽もしくは楽園であるということだ。そこにすむ人間の「死」に着目すれば、極楽であり、「生」に着目すれば楽園ということだろう。そこでは、不安定な存在としての人間は死んでおり、Desire はあるかないか、満たされるか満たされないかの単純な結論に落ち着いてしまう。彼女は愛によって再出発したい、あるいは自分も楽園の住人になりたいと願ってやってきた。これが彼女の

desireのひとつである。そして、ステラの夫スタンレーに会うなり、永遠のオスとしてのスタンレーの肉体に即座に引き付けられた、これが彼女のもうひとつのdesireである。ブランチは長いこと求めすぎたのだ。彼女が気付かぬうちに彼女のDesireはすでに分裂を始めていた。さきに述べたdesireの第一と第二、通例にしたがって単純に分類すれば、魂と肉体のdesireは、それぞれ別個に動きだしたのである。今こそ、エリジアン・フィールドとはどのようなところで、スタンレーはいかなる男性かを問うてみる必要があるだろう。

4

スタンレー・コワルスキーは年のころ三十歳くらい。軍事工場で働き、暇さえあればボーリングかカード・ゲームをやっている。労働者としてのスタンレーはなかなか優秀であり、プロモーションにも大いに関心がある。金を受け取ればたいていのことはやってのける勇気も能力もある。仲間をまとめる力もありそうだ。血のしたたる肉の固まりも、ためらわず手に入れてくる。彼は一言でいえば毛艶のいいオスなのだ。彼に属するものは、生命のもっとも輝ける力、噴水のように、あるいはビールの泡のように湧き出る生殖力そのもの、そして酒。さらには、裂かれた犠牲の、まだ赤い肉の塊。テネシーは、遙かなるディオニュソスの属性をスタンレーに与えることで、エリジアン・フィールドを文字通りギリシャ神話の世界におき、エリジウムと重ねようとしている。

　スタンレーの名は、実在したスタンレー・コワルスキーの名を借りている。彼は美しい若者で、一時テネシーと交際があり、その後ある女性を愛して結婚したが、十年後には若く美しいまま死んだという。劇中のスタンレーにも老いはない。彼は老いる前に死ぬだろう。生まれてくる赤ん坊が彼の生命を受け継ぎ、彼はその子供の肉体を借りて、いつまでも若くあり続けるだろう。スタンレーの子供はスタンレーのコピーであって、スタンレーそのものとなるはずである。つまり、スタンレーは一個の人格として劇中に存在するのではなく、「生命力」の象徴として存在しているのだ。彼は、ディオニュソスの血を引く、いわば、楽園＝エリジアン・フィールドのアダムなのだ。

　パンのために働き、一週間経てばポーカーの夜がくる。これがエリジアン・フィールドのカレンダーだ。「一生」は、スタンレーとその仲間にはない。仮初めの安定を疑うことはなく、仮面は実体に貼りついて、他の顔を持たない。「時」を失った彼らには「影」はない。そこではすべてがあからさまで明け透けであるために、人間はかえって何も見ず、何も考えず、年もとらず、本来の姿のまま永遠に充足する。ただひとり繊細さを理解するかに見えた、スタンレーの友人ミッチにも、影はない。老いて死の間近い彼の母親も、死んで「星になった」昔の恋人も清らかだったた。彼らに守られ呪縛されているミッチは無傷であり、これからも無傷であるべきなのだ。後に、ブランチと近づくミッチをスタンレーが「守る」のは、「仲間」として当然のことだ。スタンレーはDesireの深みに落ちることを拒絶する。認識し、深く傷つくことを潔しとするものは楽園には居られないという掟が、人にフレンチ・クォーターという楽園で生き続けることを許したのだから。認識のワナに陥った者は、楽園追放の罰を受けねばならない。

スタンレーにしても、もし彼が象徴から人間に昇（降）格し「傷」を知ることがあるとしたら、彼が置かれている社会条件によってあびせられる集中砲撃のために息も絶え絶えになるだろう。ニュー・オールリンズの新興労働階級の力のシンボルなどという、リアリズムに基づく象徴主義だけでスタンレーを理解しようとすることは、もっとも危険である。彼は「労働」を身につけてはいるが、同時に、そしてなによりも、女を陶酔させる古代神話の神なのだ。

ところで、テネシーは、どうして"love"ではなく、"desire"という語を選んだのだろうか。テネシーが"desire"の語を使った背景には、P・B・シェリーの影響を見逃すことはできないように思われる。「楽園」はダブル・ミーニングを持つ言葉である。楽園は認識を拒む。「認識」によって、エリジアン・フィールドは、容易にその原型である"paradise of wilderness"[8]（荒涼たる楽園）という逆説的な場所に戻り得るからだ。「認識」を道連れに楽園に入った者が見るのは、荒涼とした単調な風景であろう。シェリーにとっては、"an enchanted boat"は"the boat of my desire"[9]と言い換えることが可能であったが、テネシーは、このふたつのボートを区別して、それぞれにステラとブランチを乗せたのである。ステラは電車に乗ってフレンチ・クォーターに来はしたが、彼女の魂はプロメテウスに魅せられたエイシャの魂同様、スタンレーに魅せられて、見境のつかぬ恍惚のうちに、ここエリジアン・フィールドに送られたのだ。ステラはすでに死んでいると言い換えてもいい不変の状態である。『ガラスの動物園』の父親のように、〈絶対的存在〉なのだ。一方、生きているブランチは自分自身のdesireによってここへ案内された。ブランチのdesireは、先に述べたようにアランによって、そしてベル・リーブの人々によって育まれ、同時に傷つけられ、汚されていたのである。何よりも、ブランチ自身の「認識」によって。いまや彼女にとってDesireは、「悲願」と訳す他無いものである。ハート・クレインの詩を劇のプロローグに引用しながら、あえてクレインの選んだ語“love”[10]ではなく、その“love”を追い求める原動力ともいうべき“desire”という言葉を用いたテネシーの選択には、傷と喪失とを容認し、その意味を問い続けることでまた立ち上がろうとする、シェリーにもクレインにもなかった強い意志が認められるように思う。

自らのdesireを意識したブランチには、スタンレーはまぶしすぎた。彼の肉体、彼の単純さ、彼の動物的生命力。スタンレーはマッチョな男性の基本的属性をすべて満たしている。これらは、いま何一つとしてブランチには与えられていない。Desireが欠落を土壌として育つものであれば、ブランチがスタンレーに引き付けられずにはいられないのは、当然であった。スタンレーは、それを感じる。二人は互いに、もっともプリミティヴな部分で相手と呼応する。テネシーが一時崇拝したD・H・ロレンスは、これこそ自然であるとした。神に失望した作家たちは、プリミティヴな本能の呼び声に無垢な出発点を探ろうとする。テネシーはそこまで思い切れない。

本能的牽引をいうならば、今だ生きており、Desire が強い分だけ、ブランチの方が、ステラよりもずっとスタンレーに訴えるエネルギーが強いのである。後にスタンレーが「おれたちは最初からこうなる（寝る）ことが決まっていたのさ」[11]と言う本当の理由はここにあると考えねばなるまい。だが、スタンレーを中心に形成されている神話的世界には、余分なものは何一つ無く、欠けているものも無い。まだ生々しい犠牲の肉、ウイスキー、ベッド、バスルーム、ポーカーをやる男たち。ステラとユーニス。Desireの到達点に、「星」を意味する栄誉ある名前を与えられたステラがいることは、この世界が満たされていることを暗示するものである。ステラはスタンレーの肉体的欲望の対象であるよりは、むしろ精神的憧憬の対象として不動の役割を与えられているのだ。スタンレーには、当然ながら、それを客観的に認識する力は与えられていないが、彼には直観的にステラの完璧さが解っている。楽園を支えているのがステラであることは、ポーカー・ゲームの後に続く二つのシーンではっきり示されている。いずれのシーンにおいてもステラは階段を数歩登ったところに居り、スタンレーは階段の裾にひざまずいてステラの胸や腹に顔を埋める。エリジアン・フィールドを楽園たらしめているのは、いわばDesireの到達点ともいうべき「調和」ややさしさの化身、ステラである。ステラは、Desireのもたらす「傷」に対するイマジネーションを備えてはいるが、あまりに本質的な存在であるために、自ら傷つくことはありえない。『ガラスの動物園』においてトムが憧れた奇術師のように、傷つけず、傷つくこと無く家を飛び出し、迷うことなくスタンレーのDesireの到達点となり、スタンレーの存在を丸ごと抱きとめ、スタンレーの肉体の一部と化し、常にスタンレーのベッドのなかに居るのである。「ブランチの妹」であった彼女は、スタンレーに満たされることによって象徴としての存在と変化し、そうなることによって逆にスタンレーを満たしている。テネシーの心中にも、D・H・ロレンス的な一種のセックス哲学があった。しかし、それだけでは飽き足らないのである。彼が関心を持ち描こうとしたのは、輝く不動のステラではなく、とり残され迷う子羊のブランチであった。

精神をステラにゆだねているスタンレーとブランチのあいだに成立するものは、きわめて動物的な欲望にとどまる。一夜の交歓に慰めをつないできたブランチの悲劇であると言えるだろう。彼女はスタンレーに近づいてゆく。ブランチの desire の一面がコケティッシュなかたちで次々とこぼれる。

「ちょっとお願いがあるの。」

「背中のボタンがはめられないの！　どうぞおはいりになって！」

「わたくし、どうかしら？」

「男性って不器用ね。たばこをいただいてよろしいかしら?」[12]
「わたくしが、かって魅力的だと思われていたなんて、考えられないでしょう?」
「どんな魔女でもあなたにおまじないをかけるのは無理ね。」
「ゆうべあなたが入ってらした時、わたくし思わず『妹は男のなかの男をつかんだわ』とつぶやいてしまったわ。」
「あのかわいそうなおちびさんは、外で立ち聞きしているわ。わたしには、あの子には私があなたを解るようにはあなたが解らないってこと、ちゃんと分かります。」[13]
スタンレーがブランチのトランクをこじ開けたのは、彼らがふたりきりで向かい合い、スタンレーが、不粋な「ナポレオン法典」論議を展開しているときであった。反古になったベル・リーブの書類の間から、ブランチが大切にとっておいたアランの手紙がさらさらとこぼれる。これが、劇のターニング・ポイントだ。手紙は、スタンレーにはなんの価値もなく、ブランチにはかけがえの無いものであった。このシーンは、スタンレーとブランチの決定的な対立を示し、ブランチが、スタンレーに向けたとは別種の desire をアランに残していることを改めて確認する効果を持つ。ブランチは、手紙の束を拾い集めながら第一義のdesire——遠く麗しいものへの憧れ——に引き戻されて行く。そして彼女は、先に述べたように、もう一度頑張ってみようと思うのだ。動物的本能を否定し、肉体という孤独の独房から他者と交信する壁の穴を、「憧れる心」を通して開けたいと願うのである。なるほど、それが結婚の理想である。だが、ブランチは一度手酷く裏切られたのではなかったか。しかも相手は詩を書く少年であった。

あの時は、若すぎて思いやりが足りなかった。こんどはもっと賢く、相手を見定めて、相手を思いやって、とブランチは考えている。正直すぎた失敗を生かさなくてはと反省し、理想どおりの結婚を意志によって獲得し、保持しようと決心している。アランが彼女の精神の真の恋人であり、スタンレーが彼女の肉体の真の恋人であり、彼女はどちらにも失恋したのである。今は誰でもいいのだ。愛してくれる男が恋人だ。その男に賭けてみよう。そう決めて、彼女は本当の意味でのDesireを捨てる。彼女は、結婚というパスポートを手に入れて、自分も「楽園」の住人になろうとしている。あまりに強い喪失の意識が、彼女を「死」と「やすらぎ」に近付けるのだ。かってアランとの出会いにより呼び起こされた魂のdesire＝「憧れ」と、いまスタンレーに感じている肉体のdesire＝「欲望」をブレンドして意志的に作り上げた自分を、ミッチというスタンレーの友人に向けるのである。彼が、ブランチを見てどぎまぎした風だったからだ。

こうしてブランチがミッチに近付くとき、劇はDesireから逸れ、意志による「賭け」が始まる。それはポーカー・ゲームの行なわれるこの家にふさわしい、持ち札を全部テーブルの上に曝け出す最初にして最後の賭け、捨身の賭けになるだろう。だが、それほど意志的であることは、果たしてエリジアン・フィールドで落ち着くために有効な手段なのだろうか。エリジアン・フィールドのポーカーは、もっと単純で神様まかせなのではないか。しかし、今や意志の人となったブランチは、その決心を示すかのように、ミッチに頼んで裸電球に色のついた提灯を被せてもらうのである。これが勝負の始まりの合図だった。

5

その後ブランチの言うことは、ますます、「真実ではなく、真実であるべきこと」に限られていった。それ等は、作り事であるが、「魂の欲するところ」と言い換えることもできよう。彼女は自分の過去を記憶の壁に塗り込め、現在の傷つきはてた自分を、無垢だった自分とすり替える。すり替えること事態は虚構であろう。しかし、虚構というセッティングのなかで彼女が語ろうとしているのは、まぎれもない真実である。それは、「幻想にみせかけた真実を提供します」と言った『ガラスの動物園』のトムを思い出させる。今、手元にあるものはどれもこれも汚れて使いものにならないとしたら、過去に見た美しいものを撚り合せて未来を紡ぐしか、ブランチにはすべが無かったのではないだろうか。彼女は、虚構の中で生き直しているのだ。彼女が嘘をついていたのは彼女の経歴であって、彼女が見聞きし価値ありと認めたことは、彼女にとって紛れもなく真実である。たとえばストーリーの合間合間にこぼれるブランチの次のような台詞は、詩的で美しく、ブランチの魂のdesireがいかなるものであるかを伝えている。観客は、これこそがブランチの本来の姿であったよと胸を打たれるのであり、ブランチがDesireそのものの人格化であったことを改めて知るのである。

「悲しみを知っている人たちは、深くて嘘いつわりのない愛情を抱いているものよ。」[14]

「春ともなると、生徒たちははじめて恋というものを知るのだけれど、その様子を見ると、こちらも感動してしまう！」[15]

「心のやさしい人たちは、そう、心のやさしい人たちは、かすかにちらちらと光らなくては。やさしい色が必要なの。蝶の羽のような色……。」[16]

「赤ちゃんの行く手をろうそくの光が照らし続けますように、そして赤ちゃんの目がろうそくのように輝きますように。」[17]

彼女は、実際、汚れてはいないのだ。困窮と孤独が彼女を男たちに近付けたが、彼女を汚したのは彼女の Desire の本質を理解しない男たちであったろう。その男たちの中にはテネシーも数えなくてはならない。そして、彼のピューリタニズムが、ブランチを救うことを拒むのだ。テネシーにとっては、肉体の欲望は、人間のディグニティを汚すどうしようもない醜悪な生きものだったようだ。人間はセックスによって縛り付けられ、絡め獲られる。裏切り、争いもする。テネシーはセックスによる一瞬の陶酔よりも、セックスの暴力性と独占欲、その後に訪れる孤独を見つめ、恐れたのである。孤独から逃れ切るためにはステラのように、いつもいつもベッドに居続けなくてはならないだろう。そこから逃れようとすることも、逃すまいとすることも、醜く、罪深い。しかし、この暴力的な肉体の desire もまた、人間に内在する生のエネルギーの燃焼である。自分の内部に潜む肉体の desire を暗闇と結びつけて黙殺したいブランチは、肉体欲望達成のために芝居をすることはないが、逆に、無意識が、この、肉体の desire を素直に表現させるという皮肉を生んでいる。ブランチが道化になるのは、こんな時だ。

たとえばスタンレーが酔っ払って荒れたポーカーの晩のシーン。甘い音楽にいらつくスタンレーは、ステラに暴力をふるうが、その直後、友人ユーニスの部屋に逃げ込んだステラに、女神に許しを請うサチュロスのようにひざまずくのだ。そうして彼自身と彼らの愛はふたたび若返る。争い、セックス、癒しは、ここでは一連の儀式である。この円環が、彼らの「死中の生」を可能にしている。この壮絶ともいえる夫婦愛に、ブランチは驚愕と同時に本能的な深い羨望を覚える。翌朝満ち足りているステラに、ここを一緒に逃げ出そうとやっきになって持ちかけるブランチの心中には、ふたつのdesireが複雑に同居している。ステラが全き存在としてそこにあり、悠然としてのどかであればあるほどブランチが焦るのは、彼女自身認めがたい肉体のdesireのゆえである。ブランチはつい口にしてしまう。観客は彼女の矛盾を笑うことになるだろう。

ステラ「昨夜の彼は最悪だったわ。」
ブランチ「とんでもない、最高のところを見せていただいたわ。この種の男が提供できるのは動物的な力なのよ。余すところ無く、ご披露くださったじゃないの。こういう男と暮らす方法はただひとつ——彼と寝るってことよ。それはあなたの役目、私のじゃない。」[18]

二人でここを逃げ出そうというブランチは、自己分裂を起こしていて、おかしい。ステラは素直に答える。

「でも、男と女のあいだには、暗やみでだけ起ることがあるのよ。——そう、ほかのすべてはどうでもよくなってしまうようなことが、ね。」[19]

ふたりは自分たちがいずれも肉体のdesireという電車に乗ってここにやってきた人間であることを認めているのである。右に引用したステラの台詞の後には**"pause"**（間）と指示があるが、あなた方と同じにね、と観客に向かって言っているようでもあり、二人の暗黙の合意を示しているようでもある。ブランチも図星を指されたのだ。ブランチは言葉を失して、魂の desire に立ち戻ることで自分を建てなおそうとする。スタンレーをこき下ろすことでスタンレーをあきらめ、同時に自分の動物性を閉じこめようとするのだ。美術や詩や音楽、美しいもの、かすかなもの、震えるもの、悲しみの生むやさしさへの願い、魂の desire に属するこれらを讃え守ろうと決意しつつ、彼女は、ステラというよりは自分自身にむかって叫ぶのである。

「彼のポーカーの晩ときたら！まるで類人猿のパーティだわ！　唸る奴もいる。だれかが何かをかっぱらったってわけ。そして喧嘩よ！　神様！　神様のイメージからは程遠い生きものなんだわ。でもねステラ、かわいいステラ！　少しは進歩してるはずじゃないの！　芸術ってものが、詩や音楽やそのほかの新しい光が世界に入ってきているはずじゃないの！　一部の人たちの間には、やさしい心持ちがちいさい芽を吹き始めているじゃないの！　その芽を育てなくてはならないわ！　そして、それを大切にしっかり抱いて旗印にするのよ！　どこに向かっているのかはまだ暗くて見えないけれど、前に進まなくては……。決して、決して、けだものと一緒に後戻りしちゃいけない！」[20]

これは、小さいものを押しつぶし、力で競争していくアメリカや他の国々のありかた、権利主義の新興の労働階級、自分自身の獣性、それらを無批判に享受するスタンレーへの宣戦布告でもあった。これを、スタンレーは立ち聞きしていたのである。姿を現したスタンレーに、狂ったように抱きついて行くステラの肩ごしに、スタンレーはブランチに向かってにやりと笑う。応戦の意志を示したのだ。ここからブランチは、ミッチとスタンレーを向こうに回して、ふたつのゲームを必死に戦っていかなくてはならない。このときスタンレーは、ヒキガエルの姿をしたブランチをはっきりと見ている。スタンレーは彼女の肉体の desire を暴くことで、真実は自分の側にあることを証明しようとするだろう。ヒキガエルのくせに気取りやがって、と彼はブランチに言うだろう。オスとメスということになれば、スタンレーの勝ちだ。その勝負に負ける前に、ブランチはミッチを手に入れなくてはならない。

6

焦り始めたブランチは、こんどこそ、Desire からしだいに遠ざかり始める。大嘘つきブランチの登場である。見せかけの白い女王 "lady" に凝りすぎたのだ。手段は常に目的とすり変わる機会を狙っている。ブランチ自身に両者の見分けが付かなくなる日は近い。カエルではない、カエルではないと言い続けすぎて、逆にカエルの実態を見せ付けるようなものである。スタンレーは、じわじわとブランチを追い詰めている。彼は、ブランチが、自分の誕生日は九月十五日乙女座であると思わせぶりに言うのをとらえて、脅しをかける。

スタンレー「いったい、どちらの乙女さんで？――ところで、ショウって名前の男を知っているかね？　このショウってやつがだね、あんたにローレルで会った気がするってよ。けど、そいつは、どっかのだれかさんとあんたを取り違えてるに相違ねえ。だってよ、そいつは、そのだれかさんとホテル・フラミンゴで会ったんだそうだ。」

ブランチ「きっとそのかたは、そのだれかさんと私をまちがえたのよ。ホテル・フラミンゴは私が見かけられてうれしいような場所ではないもの。」[21]

一歩ずつ破滅に近づいて行くブランチは、それでも、絶望的な戦いを続けていこうとする。この直後のステラとのシーンで、真っ白なスカートを汚したビールの泡をぬぐって、それとは分からないと言うブランチのしぐさも、あまり上等なメタファーではないが、彼女の安易な処世術を物語っている。――頑張らなくては。追い出されないうちに。過去という影を切り捨てて、影を拒む楽園に場を得ること――。「ほんとうの王女さま（lady）はヒキガエルの影を持ち、その影を消すためにヒキガエルになってしまいました。だってその影はヒキガエルのかたちをしていたので、ヒキガエルにならないと、影のうえにちょうど乗っかることができなかったのです。」そんな寓話ができそうなほど、ブランチは追い詰められている。

ブランチ「彼（ミッチ）は、私が潔癖で上品だと思っているのよ！彼がわたしを欲しがるまで、なんとか彼をだまさなくちゃ。」[22]

「たぶらかす」と決めたブランチは、来合せたイブニング・スターの集金係の青年に対する誘いかけを中断する。もう、浄められることも、慰めてくれる肉体も不要である。これに続くシーンでは、ブランチは空しく必死の演技をする。演技をすることで魂と肉体の真のDesireからじりじりと遠ざかってしまうブランチを、テネシーは残酷にも笑いの対象とする。「わたしの考えはいささか旧いと思うけれど！」[23]とミッチに媚びるブランチは、目をくるくると回して、この人ウブで、旧いのよね！という顔をして見せるのだ。もうすっかり喜劇役者である。だが、この時はミッチのdesireがブランチを救いあげる。ブランチはふと、自分の過去のDesireと傷とを打ち明ける。デタラメと虚構の区別のつかないミッチに向かって。

ブランチ「彼は少年だった、ほんの子供だったし、わたしはまだ幼い少女だった。十六歳のときに、恋がどんなものかを知ったのよ。それは突然襲ってきて、あまりにも完璧だった。ずっと長いこと薄暗がりにぼんやり見えていたものに、突然目も眩むばかりの光を当ててしまったとでも言ったらいいのかしら。そんなふうに世界がはっきり見えたの。でも、わたしは運が悪かった。騙されていたの。その子にはどこかしら一風変わったところがあったわ。神経質というのかしら、他の男にはないような柔らかくてやさしいところがあった。見かけは全然女々しくなかったけど。でも、そういうところが確かにあったの。彼は、わたしに助けてほしかったのよ。でも、わたしは気付かなかった。駈け落ちして、帰ってきてから結婚したのに、それでも解らなかった。わたしに解っているのは、わたしがどうにかして彼を見捨てたんだってことと、彼が求めていながら口に出せなかった助けを差し伸べてあげられなかったってことだけ。彼は蟻地獄に落ちて、わたしにしがみついてきた。でも、わたしは彼をしっかりと捕まえるどころか、一緒に滑り落ちていったんだ！

そのことに気付かなかった。わたしに分かったことは、とてもとても彼を愛しているのに、わたしも彼が救えないってことだけ。それから、なぜだか解った。いちばんひどいやり方で教えられたわ。空っぽだと思って入った部屋には人がいたわ。ふたり。わたしが愛して結婚した少年と、彼の旧い友人だった年上の男……。

そのあと、わたしたちはなにもなかったような顔をした。そう、三人でムーン・レイクのカジノへ行ったわ。ずいぶん酔っぱらって、一日中笑ってたっけ。」[24]

ポルカが聞こえる。ブランチは記憶の底にある Desire に引き戻されて演技ができない。ブランチの演技は、所詮はその程度のものである。彼女は、よほど自覚しないと仮面をかぶれない。

ブランチが劇の初めからレディらしく演技をしていると考える読み方は、誤っていると思う。彼女が自らの Desire の真実を語る時、これを、「騙している」というふうに解釈することは、正しい理解の仕方とは言えない。彼女が下手な演技の中で語っているのは、彼女の真実である。

しかし、Desire の実現のためにと信じて演ずる、とぎれとぎれの芝居が、スタンレーに決定的な勝利をもたらす。なぜならスタンレーは、先に述べたように〈存在〉そのものだからである。彼にも肉体と、わずかながら魂の desire はあるが、彼の desire には、星に憧れた古代のひとびとから受け継いできた歴史は無い。なにしろ星は彼の肉体を見、彼の吠え声をきいて、流れ星のように素早く彼の手元に落ちてきたのだから。ブランチの Desire は、麗しい神話の時代と手負いの歴史を持ち、肉体を含めたあらゆる美しさに憧れる。憧れとは、人々がおのれのアイデンティティとするものが仮初めのすがたにすぎないこと、そしてそれこそが人間の運命であると知るところに生じ、〈絶対的存在〉を希求しつつ、常に「目前の存在」を疑う定めにある。

〈存在〉の否定と希求は、その不在証明のために、逆説的に「物語」あるいは「表象」という虚構を生む。〈存在〉は、「絶対」を主張し、「虚構」を許さない。〈存在〉と「虚構」の戦いは、『欲望という名の電車』においてもさまざまな様相を呈するがゆえに、ある人はこれを「野蛮」と「文化」の戦いと解し、またある人は「現代民主主義社会の産業文明」と「旧南部の貴族的文明」の対立と定義づける。いずれも、正しいが不完全であろう。ブランチの娼婦性をのみ強調する批評家は、ブランチ自身と同様、彼女がバス・ルームで歌う流行歌「ペーパー・ムーン」の歌に騙され、「虚構」の意味を誤解していると思う。

ブランチの素行に関するスタンレーの調査は、ミッチを手ひどく傷つけ、ブランチの「演技」を糾弾し、彼女を叩きつぶすものであった。しかし、どんなに深く彼女を失望させようとも、ブランチのDesireまでも根絶やしにすることは不可能である。彼女の誕生日、約束をしたミッチが来ないことに失望すると同時に、ブランチは演技から開放される。その瞬間、バースディ・ケーキのろうそくの仄かな明かりに、希望の灯を見るのである。このとき観客は、ブランチのDesireが、ギリシャ神話の登場人物パンドラが開けてしまった箱の底に残っていた「希望」と同義であることに気付くだろう。Desireによって傷つく者は、Desireによって救われるのである。

しかし、スタンレーは最後の切り札を出す。ローレル行きのグレイハウンド・バスの切符。過去の汚辱と、死と、あの決定的瞬間に帰れというわけであろうか。ブランチは嘔吐する。彼女の頭のなかで「ワルシャワ舞曲」が鳴り続ける。逃れられないのだろうか？ ピストルでこめかみを打って死ぬまで？ ブランチの頭のなかで燃える火、ポルカの曲、さらにはピストルの音によってようやくもたらされる静寂は、アランのDesireとアランの苦しみが、逃れようも無くブランチを捕らえていることを物語るのである。

7

あんなに淑女ぶっていたブランチが、その昔娼婦をしていたことをスタンレーから知らされて傷ついたミッチは、かってアランに救いを求められたブランチがそうであったように「事実」に固執する。彼は、ブランチと初めて会った晩に電球につけてやった提灯を破り捨てる。エリジアン・フィールドは、もともと、「現実」だけが大きな顔をして往来する場所なのだ。ブランチは、ついに血を吐くように叫ぶ。

「わたしはリアリズムなんか欲しくない。わたしの欲しいのは魔法よ！そう！マジック！それをわたしはみんなにあげているんだ。わたしは誰にだってものごとをそのままでは伝えない。わたしが伝えるのは真実ではなく、真実であるべきことなの。」[25]

だが、叫ぶブランチの実体は、ミッチには見えない。ヒキガエルの皮の下の王女など信じないし、解らない。彼のかけている眼鏡には、今や一枚看板の「事実」と「嘘」しか映らない。せっかく話にきたのだが、二人は食い違うばかりだ。

ミッチ「きみはぼくに嘘をついたんだ、ブランチ。」
ブランチ「わたしがあなたに嘘をついたなんて言わないで。」
ミッチ「嘘、嘘、内も外も嘘だらけだ。」
ブランチ「内側は違う、わたしは心に嘘をついたことはない……。」[26]

こうして話している間にも、窓の外を、死者のためのけばけばしい造花の花束を売る黒人女が通る。嘘であるものか、とブランチは思う。いや、そう思っているのは、おそらくはテネシー・ウィリアムズだ。生命の充満しているかにみえるエリジアン・フィールドは、実は死者の住処ではなかったか。〈存在〉と〈死〉は兄弟であり、〈存在〉とDesireが双子であるとすれば、〈死〉とDesireも兄弟であることを認めざるを得ないはずなのに。「真実」と呼べるものは、それらがみな兄弟だという、その事実なのだ。空しい生、空しい死、そして乾いた空しいDesire。気付いていないだけなのだ。この安物のガサガサ音たてる造花こそが、みんなが知っている「真実」なのだとブランチには解っている。それに抗うことこそが、Desireをアランから、さらには死者たちから受け継いだ彼女の運命であった。

腰に伸びてくるミッチの手を払い除けながら、今は、ブランチは、ミッチの本性が現われたことに絶望的になっている。魂のdesireが共にあればこそ、肉体のdesireは天駆ける翼を持つのである。ブランチは辛抱強くそれを待っていたのだ。ブランチと魂のdesireを分け持つかに見えたミッチが、今やスタンレー側に立って、肉体のdesireを遂行しようとしているのである。となれば、ミッチは、いかなる手段によっても拒まれなければならない。ブランチは「火事だ、火事だー」と叫んで彼を追い出す。だが、失敗はしたものの、ミッチが魂のdesireを放棄して肉体のdesireを前面に打ち出してきたことは、スタンレーの勝利への第一歩であった。決着のつく日は近い。

愛を得て落ち着くことがブランチのDesireの希求するところならば、その手段はいかにと問い始めた時すでに、ブランチは賭けに負けていたのだと言わねばならない。王女は、ヒキガエルの姿のまま愛されて、初めてもとの姿に戻ることができる。賭けること自体がすでにブランチの認識の暗闇を反映するものであるのに、彼女は、その暗闇を隠すために演技するという、もうひとつの闇を作り出した。自分はヒキガエルになってしまったが、本当は王女であるから王女として振る舞うべきであると考えたのである。地にへばりつく老いたヒキガエルが見せかけの白い王女の仮面を被ったために、本物の白い王女がヒキガエルの下に居るのだと知らせることは一層困難になってしまった。でも、どうしてヒキガエルのまま人前に出られよう。ローレルの校長先生も、生徒の両親も、宿の主人も、顔をしかめ、ヒキガエルを摘んで捨てたではないか。ブランチがすがったミッチにも、このからくりが解けようはずがなかった。彼は、ブランチの教え子である十七歳の少年や、イブニング・スタンダードの集金に来てあやうくブランチに誘われかけた初心な青年の延長線上に居た。彼らはみなブランチを救う可能性を秘めてはいたのだが、自分の能力に気付かず、ブランチを愛さない。ミッチは、もしかしたらブランチの求めに答えられたかもしれない。ブランチが精神病院へ送られるラスト・シーンで、テーブルから思わず立ち上がるミッチの苦悩は、彼の可能性を示すものだ。しかし、「親友」スタンレーは、その友情を以て、ミッチは彼の仲間であることを思い知らせるのである。スタンレーはブランチに次のように言うが、ブランチについて洗いざらいミッチにしゃべったに相違ない。

スタンレー「最初からあんたのことを見張ってたのさ。俺様の目は節穴じゃねえってことさ！のこのこ、人の家へ入り込みやがって白粉と香水をまきちらし、電球を紙提灯で隠しちまう。すると、あーら不思議、場所はエジプトに早変わり、あんたはさだめしナイルの女王ってわけかい。玉座に鎮座ましまして、おれの酒をくすねやがる！」[27]

かってミッチを愛した少女は、永遠に若く美しく、傷つけることも、傷つくこともない。ミッチの時間も、母親とその少女の間で止まってしまっている。スタンレーの庇護の下に居り、なおかつスタンレーのような神通力を持たないミッチは、いまに白髪の青年になるだろう。最後の力をふりしぼって獲得しかけたミッチを失ったブランチには、もはや新たな認識もDesireも生まれようとて無く、ただ狂気だけが残った。

8

ミッチを追い返して、ブランチは、デスデモーナのように、運命の時に向けて身仕度を整える。だが、オセローが劇のはじめから終わりまでデスデモーナを去ることなく、彼の愛（と彼自身が認識したもの）が、デスデモーナを無傷のまま犠牲としたのとは異なり、ブランチは、内と外からの傷によって満身創痍である。彼女は何枚か花模様のドレスを胸に当てた後、もっともふさわしい一枚を身につける。薄汚れて皺くちゃになってはいるが、白いサテンのイブニング・ドレスだ。頭上には、彼女自身が裏切ってしまったおのれのDesireを象徴するかのような、ダイアモンドに似てダイアモンドとは異なるラインストーンのティアラ。スタンレーとの勝ち目のない対決を目前にして、彼女は狂気の世界へ移行する前触れのように過去に語りかけ、自らの「現実」を移した鏡を割る。これはこの劇の第二のターニング・ポイントであろう。『ガラスの動物園』においては、あんなに大切に扱われたガラスである。微かな残光をも慈しんでその身に集め、暗がりに淡く、しかし消えることなく浮かび上がっていた、理想を映すガラスは、今、裏側から水銀をべったりと塗られ、光を通すことなく、所有者の「現実」をはね返し、凝視させる。鏡に映った姿の醜悪さに絶えきれず取り落とすと、鏡は割れてしまう。おかげで少なくとも「現実」を見極めることは当面せずに済むのだが、それは取りもなおさずガラスに象徴される魂の

desireをも割ってしまうというパラドックスを含んでいたのである。割れた鏡の前でブランチは最後の虚勢を張るが、彼女の言葉は、これまで彼女が口にした台詞の調子の高さに比較すると極めて日常的であり、リリシズムからは程遠い。ブランチの魂のdesireは、彼女がミッチを騙してやると宣言した瞬間から、徐々に崩壊を始めていたのである。そのdesireの器である精神も、運命を共にすることになるだろう。

この、壊されたガラスのイメージは、すぐ後につづくクライマックスで、もっと鮮烈に、残酷に描かれている。スタンレーの手にあるビール壜は、純粋さを失った魂と肉体双方のDesireの象徴であろう。濁ったガラスの壜は、純粋さを失い、したがって輝きを失いかけた魂のdesireの象徴であると考えられる。瓶に詰め込まれたビールは、肉体のdesireであろう。栓抜きが見当らなくて、スタンレーは歯で栓を開ける。その時泡立ち溢れ出たのは、スタンレーの精液であり、同時に、ブランチの、魂とは分裂してしまった肉体の持つ性的な欲望に他ならない。実は、ブランチの挑戦を受け、自らの内の動物的欲望を認め、下品さの自覚を余儀なくされた時から、スタンレーは少しずつ変身を始めている。楽園のアダムは、妻のステラから赤いリンゴを手渡されなかったかわりに、ブランチに、苦い認識のつぶてを投げ付けられたのだ。『ガラスの動物園』においてははっきりと分かれていた「傷つく者」と「傷つける者」は、『欲望という名の電車』では渾然として区別し難い。スタンレーとても、例外ではなかったのである。ステラに支えられてかろうじて自分の場を守っていたスタンレーは、ブランチにさげすまれ、肉そのものへと転落した。ステラが出産のため入院した晩、スタンレーは燃えるように赤い絹のパジャマを着る。生まれてくる子供を祝うためであったが、これを着たスタンレーは、血を流している手負いの獣のようでもあり、むきだしの欲望そのもののようでもある。ブランチは圧倒され、ビール壜を凶器として選び、テーブルにたたきつけて自分で割ってしまう。ブランチ自身ともいうべきものであった魂の desire は、こうして汚され、壊れていく。

自らの傷ついた存在そのものを振り回して暴れるブランチは凄まじいばかりだ。白い衣は、もっと汚れる。かって、控えめな動物の姿をして、無害に、秘めやかに、部屋の片隅で存在を知らせたがっていたガラスは、今や凶器となって、自他の区別無く切り掛るのである。スタンレーによってベッドに運ばれるより早く、ブランチは自らを絶体絶命の窮地に追い込んでしまっている。『ガラスの動物園』において父親が「憧れ出ていくこと」を助けた長距離電話に、ブランチも最後の救いを求めるが、彼女の口から洩れるのは Desire が枯れはてた後の、救いを求める悲痛な叫びだけである。

ブランチ「長距離電話をお願いします……。誰かに聞いてくださ……待って！　だめ、見つからないの……わかってちょうだい、わたし……だめ！　切らないで、待って……ちょっとだけ！　だれか……だめなの！　そのままでいて。お願い！」[28]

ビール壜を持つ手がスタンレーにねじ上げられて、壊れた壜が床に落ちるとき、ブランチはすでに力をまったく失っている。スタンレーがベッドに運ぶのは、ブランチの脱け殻に等しい。魂のdesireも、肉体のdesireも彼女から去り、彼女のもっとも深いところから発せられたのが血を吐くような絶望の叫びであったのは、勝負の終わりというには残酷すぎるほどである。

ブランチ「このメッセージを届けて！『絶体絶命、絶体絶命！　助けて！　罠に落ちた、罠に――』ああ！」[29]

テネシーは、スタンレーのカニバリズムを強調するために、この無力のブランチの息の根を止めるようなレイプを実行させたのであろうか。もしそうならば『欲望という名の電車』を演出したイリア・カザンの次の記述は正しい。劇は、この残酷なレイプのシーンで終わってもよかったのだ。

これは暗い内部からの呼びかけである。ここに小さな、よじれた、痛ましい、混乱した光と文化のひとかけらがあって、叫びをあげている。それがわが国の南部に存在する暴力、無力感、卑俗性という粗暴な力によってもみ消されていくのだ。[30]

だが、テネシーはこのカタストロフの後に、もうひとつの幕を付け加えている。この最後のシーンの重みは、もっと問われてしかるべきであろう。罠をしかけたのは、スタンレーではあるまい。

9

繰り返すが、なぜスタンレーはブランチを犯し、彼女を壊したのだろうか。答えは明らかだ。「壊すこと」が『欲望という名の電車』の命題、劇全体のテーマだからだ。ベル・リーブを出たステラは、すべてのDesireを放擲し、それとひきかえにエリジアン・フィールドに場を与えられ、スタンレーという夫を与えられたのであった。先にも述べたように、ステラは、それと意識せずに、したがって傷つくことなく、すでに壊れ、エリジアン・フィールドに居るのはステラの人格を喪失した、いわば死んだステラである。疲れはてたブランチは、ステラと同じように永遠の〈仮初めの存在〉として、生きながら死ぬことを望んでやってきたのであった。『ガラスの動物園』のトムにはできず、ジムも中途半端にしか遂行できなかったもっとも困難な仕事を、テネシーはスタンレーにゆだねたのである。スタンレーが単純な人間として描かれていることは、彼がきわめて象徴的な存在であるということに他ならない。はっきり言えば、テネシーは、ブランチを、スタンレーに犯されるべく、エリジアン・フィールドに送り込んだのだ。「おれたちがこうなる約束」は、スタンレーとブランチの間に潜在していただけでなく、テネシーとテネシーをよく知る者の間にもあったのだと言えよう。ミッチを誘惑することは次善の策であって、ブランチのDesireが本来望むところとは遠い。混乱し疲れ果てて、死んだに等しいブランチは、スタンレーが、（オセローとは異なる状況下ではあるが）オセロー同様に、逃げることなくとことんまで彼女と向き合ってくれたことによって、ようやく再生するのである。その再生の過程の厳しさは、しかし、想像を絶するほどのものであった。

最も望んでいたことが最も残酷なかたちで実現された時、その矛盾が引き起こす摩擦熱によるもののように狭間に燃え上がる炎は、ブランチを焼き尽くさずにはおかなかった。彼女はついに精神のバランスを失ってしまう。しかし、燃えかすの中から不死鳥のように蘇ってエリジアン・フィールドを去るブランチの姿には、Desireに殉じた者のみが持つ清らかさと諦観の雰囲気が溢れ、見る者を沈黙させずにはおかない。これはかってアメリカ演劇が為し得なかった浄化であり、カタルシスを目指すギリシャ以来の悲劇の伝統に連なる一面を持つものというべきであろう。

ブランチの魂のdesireを打ち壊すきっかけを作ってブランチをしたたかに傷つけたのもスタンレーであり、彼女の肉体のdesireを満たすことによって、逆説的に彼女を救ったのもスタンレーである。スタンレーは、己れの在り様を貫くことで自分への責任をとると同時に、エリジアン・フィールドと、そこにおける自分の立場を守った。ブランチが地上の楽園に安住の場を求めることができなかったのは、スタンレーのせいではなく、Desireの化身であるブランチ自身の避けがたい運命である。ひとたび憧れ、その憧れの故に認識の毒牙に深く傷つけられた者は、日常と雑多と鄙猥と喧騒に明け暮れて「時間」を拒む、閉ざされたエリジアン・フィールドに住むことはできない。

ブランチが精神病院に連れて行かれる朝、聖母マリアの衣の色、デラ・ロッビア・ブルーを身にまとったブランチと、泣きじゃくるステラは、きわめて対照的に描かれている。したたかに傷ついたブランチの行くべき世界は、すべての地上の桎梏から逃れて自由であり、清らかである。もはや彼女に傷つけられる者など誰も無く、彼女を傷つける者も無い。彼女はすべてを赦し、すべてを受け入れるだろう。ジョージ・スタイナーは、その名著『悲劇の死』のなかで、

人間の苦しみが度外れのものであると、まさにそのことに人間が尊厳を主張できる根拠がある。打ち拉がれて、力無く、町から追い出された盲目の乞食となって、人は新しい偉大さを獲得する。[31]

と述べているが、まさしく苦悩を経たブランチには、マリアのブルーが良く似合う。彼女を送るのは、フレンチ・クォーターでただひとつ清らかな、教会の鐘の音である。テネシーは、ブランチの誕生に最も美しいものを揃えたように、彼女の死と再生の儀式にも、華やかさからは遠い

が、最も清らかな環境を用意している。

とはいえ、『リア王』において、一時正気を取り戻してコーデリアと手を取り合って語るリアの認識が、一時にもせよ、観客にも及ぶ、悲哀に満ちた、しかし穏やかなカタルシスを実現しているのに比べ、「見知らぬお方」[32]の手にすがるブランチのカタルシスは冷たく、悲しみに満ちたものである。つい先程まで荒れ狂っていたブランチをすべてのDesireから解放したのは、リアを支えるコーデリアのように、血と歴史を分け合った者ではなく、むしろ対照的に、没個性の看護婦を従えた医者であり、彼がブランチにかけたやさしい言葉は、治療用のあらかじめ計算された語りかけにすぎない。医者は帽子をとる。帽子をとると、彼はもう医者ではない。このアイデンティファイできない誰かは作家ではないかとハロルド・ブルームは言う。[33]果たしてテネシーは、新しい価値を創造するアーティストに希望を託したいと考えたのだろうか。

そうかもしれないが、ブランチの言葉通り、おそらくは誰でもいいのだ。無人格のやさしい声とほほ笑み、名前を呼ばれること、たったこれだけのことがブランチのDesireを蘇らせる。たったそれだけが、ブランチが心底求めているものであった。新たなるこの冷徹な認識を得るまでに、ブランチはなんと長い旅をしたことだったろう。長い旅の果てに到達する認識よりも確かなものがどこにあるだろう。ブランチは、ステラの、胸をかきむしるような叫びにも振り向かない。しかしまた、誰が彼女の求めていたものの真実を知り得たろう。おなじく愛への欲求から踏み込んだ狂気の道であっても、ここには、『リア王』のように森が王と共に泣き、岩が共に吠える壮大さは無い。個人の悲しみは個人に止どまり、石ころひとつ動かすことはできない。王者の悲劇は従者の悲劇であったが、隣人の悲劇は、私の悲劇ではない。ステラは泣きじゃくりながら、スタンレーの胸の中で甘美な陶酔に押し流される。ポーカー・ゲームがいつものとおりに始まる。観客は家に帰る。何もかも、もとどおり。これをカタルシスと呼ぶのであろうか。ステラはスタンレーに抱き抱えられて向こうの部屋に消え、さっきブランチに駆け寄ろうとしたミッチは、頭を抱えてうずくまっている。ミッチだけが、カタルシスとは無縁である。テネシーは、ミッチに、わずかなりともブランチを悼んでほしかったのだ。

そして最後に、「ブランチは私だ!」[34]と叫ばずにはおれなかったテネシーが居る。この時彼は、よく誤解されるように、近代社会で場を与えられない詩人の魂のことを言っているのだろうか。そうではないだろう。私は、テネシーのこの発言は、ひとえにこのカタルシスの瞬間にかかっていると考える。頭をまっすぐに上げたブランチの後姿に、観客はカタルシスを覚えるだろう。だが、このカタルシスは、ブランチの悲惨を救えない。テネシーは、ブランチを真に理解している者ならば、カタルシスを経験してはならないと言いたかったのではないか。ブランチは、今は清らかで雄雄しく見えるが、そこに偉大さを見、カタルシスを感じることは、残酷ではないのか。ブランチは、神神しさなど求めてはいない。彼女は、庇護も求めてはいない。彼女は、幸せになりたかっただけなのだ。その思いが、テネシーをして、拍手をこばませたのであろう。

これに先立ち、半ば狂気の世界に足を踏み入れたブランチが「洗っていないぶどうを食べて死ぬのよ」[35]と言う時、私は、テネシーが、ぶどうをひとつぶ盗んでほおばったという、セント・ルイスの果物屋の屋台を思い浮べる。詩の神ディオニュソスの果物、ぶどう。ぶどうは、陶酔と罪と死を同時にもたらす禁断の実でもある。ぶどうのイメージはハート・クレインからシェリーを遡り、はるかシェイクスピアの描くクレオパトラにまで回帰する。すべてDesireの申し子たち。アランという禁断の木の実を一粒食べてブランチの運命が決まったように、「ブランチは私だ！」と叫ぶことで、テネシーは、自分の運命を是認したのではないだろうか。それはDesireから苦悩を経て仮初めのカタルシスを、自分にではなく、他人に与える劇作家の運命である。実際には、何一つ分かってはいない他人に。『欲望という名の電車』の幕が上がったときブランチの苦悩の運命の前にひざまずいたテネシーは、今、生きぬいて焔の中を通り抜けたかのように清らかなものとなったブランチの背に「先行く者」を見ている。

『ガラスの動物園』において、逃れたことでかえって捕らえられたローズ＝ローラからの解放を願ったテネシーは『欲望という名の電車』で、自分のうちにブランチを抱き、私も一緒だと叫ぶことで、カタルシスを拒んだのだ。カタルシスを設定したのは彼自身であった。だが、反面、このきわめて個人的な幻想のカタルシスによる解決が納得のいくものではなく、テネシーの胸の中のローズを生き急がせ、今度はイルージョンの世界に閉じこめてしまったことは、だれよりもテネシー自身がよく知っていたのだ。『欲望という名の電車』の割り切れないエンディングの理由は、その辺にあるのだろう。他の人と違うローズは、またしても現実の世界に生きる強さを与えられなかったのである。生かそうとして、過分のDesireを持たせすぎたのかもしれない。テネシーは、ブランチの後姿に声をかけるのが精一杯だったのだ。

第3章 *Camino Real*

ゴドーを待つのではなく 『カミノ・レアル』

1953年3月19日
ニューヨーク、マーティン・ベック劇場にて初演

プロローグ

テネシーは、ブランチを俗世から遠い精神病院におくり、少しの間ローズのことを忘れていたのかもしれない。あるいはほっと一息ついたのではないだろうか。しかし、『欲望という名の電車』のカタルシスが、医者が患者をあやす、あるいは、観客が幸せを確認する、ブランチを犠牲にして成り立つカタルシスであったとしたら、ブランチを自分と重ねずにはいられなかったテネシーが、いずれ行き詰まるのは必定であった。彼は、自分が神によって有罪判決を受けた罪人で

あることを良く知っていたのだ。刑の執行までの間、日々を自問して生きる罪人のように、彼は、この世のありさまを確認しないではいられない。一九四七年『欲望という名の電車』がピュ―リッツァ賞など多くの賞を獲得したことで、テネシー・ウイリアムズの演劇界における地位は揺るぎないものになった。一九四八年に上演された『夏と煙』*Summer and Smoke* は成功とは言えなかったが、私生活では、誠実な友人フランク・マーロを得て、彼との同棲生活を始めた。短篇小説集『片腕』*One Arm* は限定出版するほどの自信であった。テネシーの張り切りようは、異様といえるほどであった。一九四九年に出版した『バラの刺青』*The Rose Tattoo* については、彼自身が『回想録』のなかで、「『バラの刺青』は純然たる私の恋愛劇だった。フランキーに対する幸福な若々しい愛情で貫かれていた」[1] と述懐している。

なるほど、『バラの刺青』は、地上的愛の、まれに見る讃歌であるが、単純な恋愛讃歌ではない。夫ロザリオの愛を疑うことのなかったセラフィーナという女主人公が、ロザリオの死と、その直後知った彼の裏切りに絶望して流産するという悲劇を体験するものの、もはや愛することはないだろうという予感に反して、旅の男アルヴァーロ・マンジャカヴァレロに救われ再び愛を得る物語である。アルヴァーロはセラフィーナを愛し、彼女に仕え、ちょうど、サント（テネシーがつけた仮名）との関係に傷ついたテネシーをフランキーが蘇らせたように、彼女を蘇らせる。

この、愛の挫折と復活を描いた『バラの刺青』は、一九五一年、観客の熱狂的な支持を受け、三百六十回の公演を数えた。かつてロザリオとの愛の交歓の時には、彼女の肌に、愛を象徴するバラの花が咲いた。身ごもった子どももまた、愛の象徴であった。ロザリオの裏切りに打ちのめされて、二度と男を愛することはないだろうと思っていたセラフィーナは、他の男の愛を受けて再びみごもり、自分の胎内に宿る小さな生命に、新たな愛の証を見るのである。同時に、彼女は、自分の胸に再びバラの花が咲いていることを知る。希望を与える幕切れであった。愛の象徴であるバラの刺青は、ひとりの男のために咲く貞節の花ではなくて、愛され満たされたときに咲く、愛の喜びの象徴であり、バラは、出会ったばかりの人間とでも育てることのできるものなのだ。バラは、プラトン的な唯一無二のパートナーとしか育てられないものではなく、テネシー流に言えば、「肉体という独房に入れられた固体」が他者との連続を果たした証しとして、いつでも咲かせることのできるものなのであった。セラフィーナは、愛の永遠を信じなくなった代わりに、愛の不滅を知るのである。葬られた愛は、蘇り得るとしているのだ。過去にこだわり、前進することのできなかったテネシーにしては、画期的な作品であった。フランキーによって、彼もまた、新たな愛を信じることができたのであろう。

しかし、よく見ると、テネシーは、この作品にも疑いを挟まずにはおれなかったことが分かる。彼は、またしても考え込んでしまったのだ。セラフィーナは、再び、自分の胸にたしかにバラの刺青が浮かんだと感じるし、アルヴァーロの胸にもバラの刺青を見た。しかし、彼の胸の刺青は、セラフィーナが期待したような、自然に現れる愛の象徴ではなく、アルヴァーロ自身が、ロザリオに似せるために彫り師に頼み込んで彫ってもらったものであった。すると、「お互いの独占」を願う愛の幻想は、誰かが道化を自覚するところで成立しているというのが、テネシーの考えではなかったか。「認識」してなお愛するためには、道化るしか術はないと考えていたのではないか。セラフィーナの前に現れたアルヴァーロが道化の顔をしていたのは、そのせいなのだ。これが、テネシーのブラック・ユーモアであった。彼が、自分自身の愛に失望していたことが読み取れる。他者とのコミュニケーションに行き詰まり立ちすくむとき、道化となることしか、手はないのだ。道化ることしか先に進めない、人を救えない、愛せないというのが、彼の苦い認識であり、決意であったと思う。この決意を舞台に乗せようとしたのが、彼の作品のなかでも最もグロテスクで最もアレゴリカルな、そのため最も上演しにくい『カミノ・レアル』*Camino Real* である。

一九四六年に、『カミノ・レアルの10ブロック』***10 Blocks of Camino Real*** として完成していた第一稿はテネシーの長年のエージェントであるオードリー・ウッドにすら理解されず、しばらくお蔵入りになっていた。例によってあきらめきれないテネシーは推敲を重ね、六年の歳月をかけて、『カミノ・レアル』に拡大したのであった。彼は、自分の考えを伝える手段として、ダンスのようにシンボリックな舞台を作ることにした。壮大なテーマには、それしか方法がなかったのであろう。この新しい方法は彼を興奮させた。「胸踊る思いがあった。リハーサルは非常な興奮を巻きおこした」[2] と彼は後になって懐かしそうに書いている。タイトルもまたシンボリックであった。

メキシコのチワワからサンタ・フェに通じるフリー・ウェイは、スペイン語で〈王者の道〉を意味する「カミノ・レアル」の名で呼ばれていた。スペインの統治下にあったニュー・オールリンズのフレンチ・クオーターをぐるりと縁取る路も、同じ名で呼ばれていた。また、「カミノ・レアル」は〈現実の路〉の意味にも解釈し得る。テネシーは双方の意味をかけたのだという見方は、正しいだろう。王者の道の終わりに、迷宮のような現世の地獄の路がある。道の終点あるいは街の中心は、どうやら活気ある自由都市の様子を呈している。が、迷いの森の木が枯れ果てただけなのだ。砂漠のオアシスか港のように、行き暮れた人々の集まってくる場所が見える。しかし、そこから先は見えない。テネシーは『カミノ・レアル』と新しい戯曲のタイトルを刻んだすぐ下に、

われ人生の半ばにして暗き森に踏み惑い、行くべき道を知らず。[3]

と、ダンテの『インフェルノ（地獄編）』カント一の冒頭を記している。

愛したり憎んだりする人生というこの道は、どこへ私達を連れていこうとしているのか。理想を掲げ、誇り高く王道を進んだはずだが、行く手は入り組んで見通せず、どうどう巡りに力尽き倒れた者たちが証明することはただひとつ、人間はゴミと同じということだけだ。それでも、と人々は、尋ねないではいられないのだ。採るべき道はいずれか？　自由は在るのか？　ペンギン

版『カミノ・レアル』の前書きで、ジョン・ワィティングは、

もはや若くない者達にもそれなりの道がある。妥協じゃない。力尽きたらいつだって火葬場の窯が待っててくれるってこと。だから、約束の土地めざして進むことだ。『カミノ・レアル』にそう書いてある。[4]

と述べている。

しかし、観客は、ついて来なかった。ニュー・ヘヴンでのトライアウトは、お向かいの劇場のテクニカラー映画『ピーター・パン』に喰われ、それでも一九五三年三月十九日、ブロードウェイでの初演にこぎつけたが、公演のたびに、金を返せと言わんばかりに足踏みして席を立つ観客が目立った。後年、テネシーは、自らを慰めるように「当時の観客は遅れていたのだ」[5]と回想している。実は、ブロードウェイ公演に先立ち、一九五三年三月十五日には作者からのていねいな解説がニューヨーク・タイムズに発表され、そこにおいて彼は、シンボルが多く難しいという前評判に対しても、忍耐強く釈明している。悪い予感は当たったのだ。彼の解説は、次のようなものであった。長いので、ところどころを省略して引用する。

この作品はこれまでのどれにも増して、新しい世界を構築することに似ていました。といって

も、舞台は、今ぼくらが暮らしている世界の姿を写したものに他なりませんし、登場人物は、ほとんどがいわば原型というべき基本的特質を有しています。ただ、彼らはこの仮想終着点に着く迄には、多少みんなが知っている姿とは変わっているというわけです。どこでもあり、どこでもない場所、時の流れの外にある場所。そう、アレゴリーと考えてくださって結構です。（中略）この作品の魅力は、ずばぬけた自由の感覚です。山中を流れる清冽な水のような、あるいは疾風と遊んで姿を変える雲のような、あるいは夢に現われる変幻自在なイメージのような自由です。これは厳密な構成のもとでのみ可能になることなのです。（中略）とにかく、ぼくはこれを書いて、ものすごく自由になった。観客の皆さんにもぼくと同じ自由を感じてほしいのです。（中略）イリア・カザンもこの作品の「自在さ」に惹かれていたと思います。ぼくらの合い言葉は"flight"でした。劇そのものが、飛ぼうとする衝動の具象化といってもいいほどです。（中略）ぼくはたしかにこの劇ではたくさんのシンボルを使っていますが、それは特に難しいものではありません。だれでもが無意識のうちに、イメージにのっとってコミュニケーションをはかっているのです。シンボルを使うことによって、より直接に、単純に、美しく表現できる、そういう時だけぼくはシンボルを使っています。（中略）シンボルは、丁重に使いさえすれば、劇の、こよなく清らかな言葉なのです。[6]

テネシーは、耐えた。「今なら大丈夫、今ならばこの劇を喜んでくれる」[7]とテネシーが希望をこめて『回想録』にしたためたのは、一九七五年であった。だが、観客はまだ追い付かなかった。私がこのペーパーを書いている一九九〇年代の終わり、観客は『カミノ・レアル』という劇があったことをほとんど忘れている。『カミノ・レアル』と同年にサミュエル・ベケットが発表した『ゴドーを待ちながら』*Waiting for Godot* は、そのスマートな意匠によって現代演劇の原点とも呼ばれるに至った。答えを出さなかったことがベケットの誠実さであった。答えを出そうとしたテネシーは、しかし、ベケットに劣るのだろうか。作者の内面のヴィジョンが「あるべき真実」を予言的に提示できるとし、これを求め描こうとするロマンティック・マインドは、もはやセンチメンタルでしかないのか、『カミノ・レアル』を読むことを通じてあらためて考えたい。テネシーの切なる願いにも拘わらず知名度の低い作品であるから、大筋を紹介しながら考えていくのがいいだろう。

1

『カミノ・レアル』は、プロローグと十六のブロックで構成されている。各ブロックのあいだには、時間的流れはほとんどない。場所も特定されていないが、「ラテン・アメリカのどこか」とだけ記されている。登場人物は異例に多い。ブロードウェイでの上演のキャストは三十六名。その他通行人、祭りの見物人など三十四名の俳優の名が列ねられている。総勢七十名。登場人物をたった四人にしぼったベケットとは、ここでも対照的だ。

きわめて個人的と見える営みの中に〈普遍〉を見ることがシンボリストに要求される資質であるとすれば、個々の溜息に耳をかたむけ、音色の違いを聞き分けようとするテネシーは、回り道をしていたと批判をされてもしかたがない。だが、彼のいわば古典的、弁証法的作劇術がなんらかのシンボリカルな答えに到達できれば、あるいは煩雑で無意味にみえる人類の営みにも共通の目的があるのではないかと、希望が持てるのではないだろうか。つまり、テネシーは、ベケットが答えられなかった「ゴドーは誰か」に答えを出そうと、しらみつぶしに確かめにかかったのだ。

舞台装置をメタフォリカルに作り上げようとする情熱はいつものことであったが、『カミノ・レアル』の場合は、遠近法を用いて、「ここ」でもあり、「そこ」でもある場所 "everywhere" を舞台上に忠実に再現しようとしている。この作品においても、一九五〇年に書き加えられたプロローグで、舞台の様子が、微に入り、細にわたって述べられている

幕が開くと、薄暗い舞台に、ただ風の音が聞こえる。遠い砲火の名残のような振動が規則的に伝わってくる。セットの背景には古代の城壁がわずかにその名残を留め、その城壁ごしに、はるかな山の頂が見える。頂に反射して輝く夜明けの光は、網に捕らえられて飛び立とうともがく白い鳥のように震えている。[8]

やがて照明の下に広場が浮かびあがる。どこだろう。タンジェルかハヴァナ、ベラクルス、カサブランカ、上海、ニュー・オールリンズ——南の港町独特の、雑多だがテネシーが好んで舞台に乗せた、どことなく人肌になじむ雰囲気がここにもある。

舞台左手にはぜいたくな通りがあって、「シエタ・マーレス・ホテル」のファサードが張り出しており、テラスには白く塗った鉄製のテーブルと椅子がいく組も並べられている。一階には大きな出窓。中には優雅なマネキン人形が一組。一体は立ち、一体は腰をおろして、無表情な笑顔で広場を見ている。二階の小さなバルコニーには大きな窓があり、窓越しに見える壁には、絹地に描かれた不死鳥の絵が掛けられている。[9]

広場右手にはドヤ街。ジプシーの屋台、ショウ・ウインドゥに質草を並べた「シャーク質店」、木賃宿「リッツメン・オンリー」がある。舞台上手には城壁のてっぺんに昇るためのはしご階段があり、そこからは人々が「新たなる大地」と呼んでいる場所に降りることができるはずである。だが、実は、そこは城壁をめぐらされたこの町と、雪をいただく山脈のあいだに広がる、木陰すらない「荒野」[10]である。下手左右には、いずれも「行き止まりの路に通じる門」[11]が置かれる。テネシーは自分の行く手に希望を抱いているようだが、舞台装置についての解説は、希望を裏切っている。

最初の登場人物は、並ぶものなき我らがロマンテイック・ヒーロー、ラ・マンチャの男ドン・キホーテである。彼は、客席の後方から劇場に入り、舞台を目指す。旅人が観客の仲間であることを知らせるためだ。目新しい手法ではないが、ここでは、この方法は正しいように思う。武者修業の長旅のあと、疲れきって見る影もないが、意気だけは衰えない。暗がりの中、一条の青い光に導かれて観客の背後から登場し、

「オラ！」[12]

と一声。この舞台では、人々はほとんど踊るように動く。台詞も、オペラのように空中に放り出される。「掠れてはいるが、力のこもった声」との指示がある。一方、これに応える声には苛立ちと疲れの色が濃い。古色蒼然たる盾に兵糧、水筒も重たげなサンチョ・パンザだ。彼らを先導する青い光は、遙けき道、高貴さのしるしである。冒頭から観客に対してシンボルに慣れさせようという目論見だろう。槍に青いリボンを結んだキホーテは、人生の、あるいは人類の旅の長さを思い出させる象徴的なキャラクターである。彼の姿に、観客は「いずこより来たりていずこへ」の問い掛けをまず思い出させられる。この広場を中心とする城砦都市の見張り隊長ガットマンが、門兵に命じてキホーテのために開門させる。旅人はだれでも歓迎される。ただ、出口がな

いだけなのだ。サンチョはそれに気付く。

サンチョ「地図にのってましたよ、旦那。——塀で囲まれし町の広場に向かえ。そこはカミノ・レアルの終わりにしてカミノ・レアルの始まりである。旅人よ、そこより帰れ。人心は乾き、なべての鳥は飼い慣らされ、檻に入れられるからである——とありますよ。ラ・マンチャに帰りましょう！」[13]

いくら泣き付かれても、キホーテの辞書には「退却」という言葉はない。サンチョは、主人を捨てて帰っていく。置き去りにされたキホーテは、人気のない広場に立ち尽くし、思わずため息をもらす。「淋しい……。」[14] すると驚いたことに広場のあちらこちらから、「淋しい……」とこだまがかえってくる。ストリート・ピープルが寝ているのだ。

[15] キホーテ「みんな淋しいんだな。だったらひとりで淋しがってるのは手前勝手というもんだ。」

いささか心安らいで、擦り切れた毛布にくるまり、道端で眠ろうとする彼に、そこここから腕がさし伸べられる。

「――眠れ……眠れ……眠れよ……。」16

プロローグは、ここまでで終わる。こうして、一九五〇年、新たに書き加えられたこのプロローグで、後に続く十六のブロックはキホーテの夢であることがはっきりと示されることになった。夢は明日になれば現実とつながって、キホーテには新しい連れができ、彼は旅を続けるだろうと、早々と種明かしがされているようなものだ。『10ブロック』の不評に臆病になったテネシーは、少々慎重にすぎるプロローグを書いたのだろう。十六のブロックは、「夢」ではなく「人生の象徴」で良かったのではないだろうか。しかし、眠りに落ちたキホーテを包むように明るくなっていく朝の広場の描写は、オペラの一シーンのように美しい。ヴィジョンとしてでなければ描けなかった美しさともいえる。テネシーはたしかに今、彼が人生に賭ける「夢」を描こうとしているのだ。

清新な光が、広場をまず銀色に、それから黄金色に染めると、物売りは、てんでに店を開ける。ジャック・カサノヴァ登場。銀の嗅ぎ煙草入れをポケットに、シエタマーレス・ホテルからシャーク質店へ。一目で明らかにそれと分かるキホーテ以外の伝説的人物は、かならず一つは証拠の品を身につけていて、それによってかろうじて誰であると知られるのである。加えて、まぎれもない身のこなし。恋人マルゲリートが気付かぬうちに、最後に残った銀の嗅ぎ煙草入れを質に入れようと、こんなに朝早く出てこなくてはならなかったのだが、カサノヴァは、ともすれば落ち込む気持ちを取り直すためにも、鷹のように頭をまっすぐに上げて歩く。

カサノヴァが質店に入るとすぐに、ガットマンが登場して「午後」を宣言する。ガットマンを日本語に翻訳すれば「ガッツのある奴」となるだろうか。金ボタンの制服に胸を張る、単純な男だ。ここではすべてが彼の宣言によって進行する。

プリューデンス・デュヴァノワ老嬢が、ホテルから転がるように飛び出してくる。昼寝の間に、トリックという名の彼女のプードル犬がいなくなったのだ。彼女が持っている緑色の絹のパラソルも、小山のようにドレープの重なった帽子を飾る絹製のバラの花も、すっかり色褪せている。昔は、一夜の夢に生きてきた女なのだ。犬は噴水のそばで死にかけていた。水を飲みにきたのだ。だが、噴水は干上がっている。カサノヴァが質屋から出てくる。嗅ぎ煙草入れは、質草としては二足三文だった。失意のカサノヴァには、プリューデンスの絶望がわかる。カサノヴァは犬を抱き取って言う。

「これはトリックと違いますよ。」[17]

プリューデンスはカサノヴァの親切に感激するが、夢想によって自分を慰めることは止めている。人生には、いつだって取り返しのつかないことが起る。最後に残ったものも、いつか手放さなくてはならなくなる。失うのが恐かったら、おちおち眠ることだってできないのだ。だから、とプリューデンスは言う。

「摑まえられるチャンスは摑まえること、これが知恵というもの。リアリスティックに生きることよ。」[18]

彼女は、カサノヴァとマルゲリートが夢物語のようなお付き合いをしていることを知っていたのだ。マルゲリートの過去も、二人が一文無しだということも。マルゲリートが「現実」とひきかえに集めた、夢の象徴のようなパールやダイアモンドがすべて質に入っていることも。プリューデンスは、男たちと一夜の夢を語りながら、しっかりと現実を見てきたのである。だが、彼女達の見た現実とは、一体なんだったのだろうか。ガットマンの登場が一日の始まりを告げる。

2

ガットマンの一声で、舞台は〈ブロック一〉に移るという。なにも変わっていないのに。つまりこの劇は、ダンテの作法に習った、「瞬間」のヴィジョンの連続なのだ。ブロック一の冒頭で、カサノヴァはプリューデンスのリアリストぶりに圧倒されながらも、すべては夢であり、夢を見なければ生きていることにはならないと言う。これに対して、プリューデンスは「現実の時間」を信じなさいと言う。

「……夢の中じゃあ生きられないのよと、口が酸っぱくなるほど言ってやったのに！夢はわたしたちを生かしちゃくれないの。すぐに消えちゃうものなんです……」[19]

だが、褪せたオレンジ色の絹のパラソルをさして彼女を探しにきた親友オリンプと、移り気な風のように縺れ合いながら舞台下手の門から去って行く彼女自身の姿は、まるで夢のなかの影法師のようだ。〈ブロック一〉は束の間の夢のように終わってしまう。彼女たちの姿が消えてしまわぬうちに、ガットマンが姿を現す。時は、止まることがないのだ。

3

ガットマンが〈ブロック二〉を宣言するのを待ちかねたように、掠れた悲鳴がきこえる。着ているものは破れ、肌は真っ黒になるまで太陽に焼かれて年ごろの見分けさえつかぬ男が、急な階段を転がり落ちるように降りると、噴水を求めて、やみくもに手探りする。もはや死期が近く、目が殆んど見えないのだ。男と見れば袖を引く老いた娼婦ロシータは、彼にさえも声をかけるが、相手にならないと知ると、あざけりながら彼を噴水のほうに押しやる。倒れながら必死で伸ばした男の手が触れた噴水は、干上がっていた。男は「新たなる大地」を求めて勇敢に旅立ち、無謀にも砂漠を徒歩で横切ろうとして倒れた若者達の生き残りなのだ。ロシータは狂ったようにあざけり笑って次のように言い、彼を地獄に突き落とす。

ロシータ「噴水は干上がっているけど、シエタ・マーレスには、しこたま飲み物があるんだよ！」[20]

よろめく男の足がホテルのほうに一歩踏み出されたとき、間髪を入れずガットマンの笛が鳴る。軍服を着た男がテラスへ姿を現わす。広場の男は、自分の身に何が起ころうとしているのか気付かない。もう一歩。軍人は発砲する。ゆっくり、ゆっくり、まるで空を見上げているように、男は回り、倒れ、それでも噴水に向かって這って行く。広場の人々はだれも動じない。無視している。シエタ・マーレスの客は午睡をむさぼっている。物売りは商売を続けている。まるでブリューゲルの絵の様だ。

男は力を振り絞ってオーケストラ・ボックスにたどりつき、見知らぬ港に着いて欄干から身を乗り出している船乗りさながら、いぶかしげに、しかし無心にあたりを見回す。彼のまぶたに最後に浮かぶのは、ずっと以前にかわいがっていた小馬のピートのことだ。

生存者「ぼくの小馬のピートは、生まれるとすぐ四本の足で立ったんだ。そして世界を受け入れたのさ。ぼくより賢かったんだ……雲がシエラネヴァダを越えないうちに、もう雷雨の匂いを嗅ぎ分けてた……。」[21]

テネシーはここで "the world"（世界）という言葉を使っている。世界とはなんであろう。そして、世界を受け入れるとはどういう事だろうか。テネシーは、ここでも「自我」を否定しているように思われる。すべてを受け入れること、そしてただ感性を研ぎ澄まし、自然と交歓すること、それがもっとも賢いことだというのが、道なき道を行ったこの若者の結論であった。さかしらに疑問を投げ続ける人間は、何と愚かなのか。小馬は無心にすべてを受け入れ、そのイノセンスのゆえに生きながら風になって走ることが出来たのだ。風を追いながら、男は死んでいく。頭を垂れた男の姿は、公園のベンチで居眠りしている老人と似ている。老人も風を聴いているのだろう。この男は、大急ぎで人生の終わりまで駆けてしまったのだ。若者は、初めから馬と同じようには生きられない。すべてを受け入れることを学ぶために、自分自身を含めた全存在を確かめないではいられない、それが人間の宿命である。その結果、たくさんの偽物を作って残していく。いったいどれが本物の〈すべて〉なのかは、ますます見つけにくくなるばかりだ。

カサノヴァは、この劇の追い詰められた登場人物のひとりであるが、同時に「目撃者」、「証人」である。彼は死んでいく男と乾杯するかのように、一人、ブランデーをする。「母」と呼ばれているぼろをまとった盲目の女ラ・マドレシータが、息子に手を引かれて現われる。息子は「ドリーマー（夢見る人）」と呼ばれる。彼等は、冒険者たちの死の介添人たちだ。

男の死体を発見したストリート・クリーナーの笛が聞こえる。勇気ある男も、死ねば、他者にとって、体制の下のごみ以上のものではなかったことが明らかになる。残酷な審判だ。男は、結局のところ、自分の喉を潤す一杯の水のために死んだのだ。だが、すくなくとも彼は、子馬の記憶を抱いて死んだのだった。

ガットマンは男の死の記憶を一掃するために祭りを計画する。月の夜には娘が何度でも処女に返るというジプシーの言い伝えを伝承する祭りだ。祭りでは、占い、もの売り、ダンサーなどボヘミアンたちがにわかに活気をとりもどす。彼等にとって、死は、儀式の前触れなのだ。

4

祭りの音に誘われるように、キルロイが登場する。洗い晒しのダンガリーと肌に貼りついたシャツを着て、首には金のボクサーのグローブ、肩には小さなラシャの袋を下げ、チャンピオン・ベルトを締めている。〈キルロイ〉の名が、第二次世界大戦時にアメリカ兵が、通るところすべてに描き残した落書きのキャラクターに由来することは言うまでもない。塀越しに鼻眼鏡の顔をのぞかせた人のよさそうなイラストの側には、"Kilroy was here"「キルロイ来れり」と書き添えられていたという。現代が危機の時代の延長であることは、ガットマンの目にも明らかだから、ガットマンもまた、道化キルロイを大歓迎する。無邪気なキルロイのにこやかなあいさつと自己紹介で、〈ブロック三〉が始まる。

キルロイは、リオからおんぼろの貨物船で到着したばかりである。途中ひどいトロピカル・フィーバーに悩まされ、手当てもできず、ふらふらだと言う。心臓病の持病もあって、彼の心臓は赤ん坊の頭ほどにも肥大している。彼は飲酒、タバコ、セックスを禁じられている。キスするのさえご法度なのだ。動悸のすることは何もできなかった。もはや生ける屍であり、男とも呼べない。

ここでテネシーは、自分を含めた男達をからかっているのだが、本心は真面目だ。自分の不能を嘆いたキルロイは、ある晩妻に置き手紙をして家を抜け出してきたのだ。自分の生の意味がまだなにかしら残っているのなら、それを確かめる必要もある。急ぎ旅だ。終点に向かって急かされて来たのだ。どことも知らずに。キルロイは役人に幾度も、ここはどこかと訊ねるが、役人は決して答えない。役人は知らないのかもしれないし、知っていたとしても、「終点」などと怖くて口に出せないのだ。しつこいキルロイに肘鉄を食わせて役人が去ると、物売りがキルロイをどっと取り囲む。タコス、ロテリア、コーヒー、そしてラブ・アフェアはいかがですか——? 間髪を入れず、ジプシーがスピーカーで住民調査を始める。イエス、ノーと答えるだけで満足する人々のための子守歌だ。何もかもが、ごまかしとまやかしである。だが、そうした束の間の慰撫で、人は日常をやり過ごすのだ。

ジプシーの拡声器「あなたはなにかにお悩みでしょうか?疲れてぼんやりしていますか?熱はどうです?原子兵器の時代に心構えができていないと感じていますか?新聞を信用しませんか?政治不信を抱いていますか?あなたの鼻っつらに塀が迫っていますか?この先は、もう進めそうにありませんか?なにかを恐れていますか?心臓の音ですか?他人の目ですか?息をすることですか?息をしないことですか?子供のときのように、すべてが真っすぐで単純な状態にもどってくれたらと思いますか?幼稚園時代にかえりたいですか?」[22]

キルロイが、質問に答えようと熱心に聞いている間に、ロシータが彼にすがりつき、スリがポケットから札入れを抜き取る。札入れには彼の人生の決算が入っていたのに。「スリだ!」というくら叫んでも、さっきキルロイが小銭を恵んでやった人々も、押し黙ったままである。とうとう、役人が現われてけりをつける。

役人「誰もおまえからスッてはいない。もともと無かったんだ。持っている夢を見ていたにすぎん。」[23]

人生の決算がゼロなんて、いんちきだ！　アメリカ大使館に訴えようと急いで広場を横切りかけたキルロイは、何かに躓く。〈ブロック二〉で死んだ男の死体だ。驚くキルロイを尻目に、ストリート・クリーナーたちが白い樽を転がしながら広場に入って来る。彼等は、シエタ・マーレスのテラスから眺めている鉄鋼王マリガン卿を指差してくすくすわらい、呆然としているキルロイをちらと見て、互いにつつき合いながら、手早く死骸を樽に投げ込み、樽を転がして去っていく。マリガン卿には笑われた意味が解るが、キルロイには、まだ解らない。彼にはっきりしていることは、腹がすいている、淋しい、どこからどうやってどこに来たのかわからない、の三点だけだ。彼は、さしあたり何かを質入れして現金を手にすることが肝要だと考える。彼のこの動きは、人生のメタファーだ。とりあえず口を濯いで、後で考えようというわけである。

　スポットライトに照らされて浮かび上がるドヤ街は、お祭りの夜店のように美しい。華やかなジプシーのスツールには、こまごました品物が並んでいる。ミラー・ボールが下がった質屋の店先でも、質流れ品の特売だ。トランペット、バンジョー、毛皮のコート、タキシード、真っ赤なスパンコールがきらきら光っているガウン。パールやラインストーンの首飾り……舞台上手にぼんやり見えるのはパステルカラーのネオン・サイン。ついたり消えたりする三色の文字は、「マジック、トリック、ジョーク」と読める。「リッツメン・オンリー」の看板も見える。すべてが昼間とはちがった輝きをもつ夜。テネシーが愛してやまないノスタルジックな祭りのシーンだ。

人生に許された束の間の夢の瞬間。過ぎた人生のメモリーのように、何もかもがキラキラ光っている。キルロイは何を質入れするべきかを考える。金のグローブ？永遠の恋人の写真を入れた銀の写真入れ？どちらも過去のたいせつな記憶の象徴だ。結局彼はルビーとエメラルドを埋め込んだチャンピオン・ベルトを質入れすることに決める。人は、かならず、大切な過去を質入れして、現在の口を濯ぐのだ。それが物であれ記憶であれ……。

5

〈ブロック四〉は、老いて尚お洒落な、シャルル男爵の登場だ。彼は、薄色のシルクのスーツの襟にカーネーションをはさんで、シエタ・マーレスから通りの反対側に渡るところだ。人目を引く野性的な美貌の持ち主ロボが、彼のうしろを歩いている。シャルルはポン引きに声をかけられて立ち止まると、ポケットミラーを取り出し、髪を撫で付けたり髭を整えるふりをして、鏡の中のロボを値踏みし始める。リッツメン・オンリーでロボを買おうというわけだ。男爵は、美貌の若者に鞭や鎖で打たれることで、人生の罪をいくばくかでも贖おうとしている。シエタ・マーレスでは物見高い連中が壁に耳をあてて、ゴシップの種を拾おうと聞き耳をたてているので、なにくわぬ顔をしているしかないのだ。そうした連中の、時間に追われる旅では、いくら高級なカメラを持っていてもむだで、なにも写せはしないと男爵はあざける。すべての記憶は自前のカメラである「心の眼」に写さなくてはならないというのが、彼のダンディズムだ。

シャルルは、キルロイがシャーク質店で交渉しているのを、たまたま目撃することになる。質屋は、ベルトではなく、金のグローブに固執している。金の固まりなら質草として立派に合格するというわけだ。彼の基準からすれば、過去の栄光の記憶なんて、一文の値打ちもありはしない。キルロイにとっては、卑怯な手を使わず、正々堂々と戦って相手をよせつけなかった記念の金の拳だ。手放すくらいなら、壊れやすい心臓を破裂させて死んだほうがましだと質屋を去るのだが、ローン・シャークは動じず、「今は帰っても、おまえさんはまた戻ってくるさ」[24]と不吉な捨てぜりふを残す。

シャネル男爵は、一部始終を見て、キルロイこそ王者の道の名に恥じぬと感動する。握手を求める男爵に、キルロイは真っ白なシャツを着た真のアメリカ人を見たと感動する。だが、実際は、男爵のシャツは薄黄色で、国籍はフランス、変態呼ばわりされているのだ。宿を求めてYMCAに行ってみるというキルロイに、男爵は忠告する。――ここでは、コミュニティは一切役にたたず、真面目な問いは、ジプシーに答えてもらうしかないこと。かつて、自分も「問う(WONDER)人」であったが、今ではただの「さ迷い(WANDER)人」であり、噴水のまわりをうろうろして、付いてくる奴を待っていること。脱落者呼ばわりされるが、自分としては、ことを簡単にしているだけであること。――キルロイは、男爵のシャツはやはり白くきれいだと言う。外側だけ見て中身を判断してはならないよと。男爵はキルロイの目を覗き込む。

男爵「目は心の窓なんだ。きみの目は、ぼくみたいに贖わねばならぬものが多い人間には、やさしすぎる。」[25]

男爵は立ち去る。立ち聞きしていたカサノヴァが、信じがたいという表情で近付いてくる。キルロイは彼にも近づいて、「アメリカ人でしょう?」と呼び掛ける。この時、舞台の奥で、叫び声が聞こえる。絞殺される時の声だ。キルロイは叫び声のする方に跳びだしていくが、カサノヴァは無感動な嫌悪感を示すだけ。止めても無駄なことを知っているのだ。ストリート・クリーナーたちが現われ、希望どおり、ついに存在の罪を贖った男爵を、二つ折りにして樽に詰める。彼らはまたしても、キルロイを見て意味ありげに笑う。浮浪者も、ポン引きも、質屋も窓から首を出して笑う。キルロイは石を拾って道路清掃人めがけて投げる。『この夏突然に』*Suddenly Last Summer* で、セバスチャンが浮浪児めがけて怒鳴るように。みんなが笑う。清掃人たちがすでに知っていたとおり、次の犠牲者が明らかになったからだ。石を投げてはいけないというのに。石を投げたら、償わねばならないのだ。みんなひっそりと影をひそめ、息を殺して生きているのに。キルロイは無防備すぎるのだ。ここでは自分の意志や願いどおりに生きようとするものはみんな殺られるのに。笑いはしだいに大きくなり、山々からこだましてくるように響きわたる。こういうふうに世界中から笑われること、これがテネシーの描く道化の宿命である。孤立と死におびえつつ、ローマにあってローマ人に習えない愚者が道化である。左右前後から被さってくる哄笑のなかで、早くも〈ブロック五〉が告げられる。

6

〈ブロック五〉で、ようやく、「見る人」ジャック・カサノヴァと、「動く人」キルロイが出会う。キルロイは、この街では死体を集めてどうするのかと聞く。すでにキルロイの本質を見抜いているカサノヴァが「ラ・ゴロンドリーナ」"La Golondrina"の口笛で、聞かれているぞと警告を与えながら、そっぽをむいたまま語ったのは、つぎのようなことである。

ジャック「個人同志、とくに広場の反対側の住人同志が深刻な話をすることは警戒される。夕日を見ているふりをしながらこそこそとしゃべらなくちゃならない。質問は、死体の処理についてだね。それはストリート・クリーナーが死体のポケットを捜して出てきた金額による。もし、不幸にも男爵のようにポケットが空だった場合には（ぼく自身もいまのところ同じ境遇なんだが）、まっすぐラボラトリーと呼ばれる処理場行きだ。そこで、個人は集合体の一部となる。つまり彼は部品に分解され、それぞれの部品つまり臓器は、他人の同じ臓器がたくさん入った大樽にぶちこまれる。重要臓器がとくに大きかったりめずらしい構造をしていた場合には、ホルムアルデヒドと呼ばれる、鼻持ちならない悪臭のする液体に漬けられて、博物館の標本となる。ちなみにこの博物館は有料だ。収益は軍警察の経費にあてられる。合理的だが、ロマンティックではない。だがほんとに重要なのは、ロマンスなのだ。」[26]

カサノヴァとキルロイは、すれ違いざま互いにロマンティストである事を確認しあうが、その合い言葉は、テネシー自身が自己確認をした言葉であろう。

ジャック「生まれついての旅人とは？」
キルロイ「いつもなにかを求めている！」
ジャック「決して満足できない！」
キルロイ「希望は？」
ジャック「いつだって！」
キルロイ「カミノにいる奴が、嫌気がさして出ていきたくなったら？」
ジャック「狭い急な階段を昇って、門をくぐるんだ。旅行案内書に『大凱旋門』と書いてある。」[27]

これを聞いて、キルロイは階段のてっぺん近くまで一気に駆け昇る。そこで彼の見たものは、右、左、前、遙かに広がる、月面と同様の砂漠であった。その向こうに清らかに輝く雪山。キルロイにひとりで渡る勇気はなく、いつか道づれを見付けようと思う。――そうだ、ジャックが最適だ、と彼は考える。だがカサノヴァには、すでに心に決めた道連れがいる。女連れでは無理でしょうと言うキルロイに、「雪ぐつを履けばどうかな」と笑いながら、カサノヴァは、自分が決して行くことのないのを知っている。これ以上話すのは危険だ。聞かれている。カサノヴァは「ラ・ゴロンドリーナ」の口笛を吹く。気落ちしてうなだれるキルロイに、ガットマンがすれ違いざま「残された時間は少ないぞ」と警告するように、ブロックの進行を告げる。

ガットマン「カミノ・レアルの第六区！」[28]

7

キルロイは休みたい。リッツメン・オンリーのポン引きは、一ペソ五十で泊めてやるという。上方からうめき声がする。キルロイは敏感に反応するが、ポン引きは気にもしない。七号室の客が死んだのだ。ストリート・クリーナーを呼べと叫ぶ声。清掃人の笛の音。「お客さん、七号室が空きましたよ。」とポン引き。どうして、たった今誰かが死んだばかりの部屋に泊まれるだろう。キルロイは道端で寝ることにする。するとラ・マドレシータが、蹲ったまま両手でなにかを差し出しているではないか。食べ物だ。お礼を言おうにも彼女は顔を伏せている。ほかのストリート・ピープルが、こちらへおいでと手招きしている。「おやすみ」、「おやすみ」と囁きながら。彼は仲間になったのだ。何ひとつ持たず、何も守らず、何も拒まぬ人々の仲間に。「君は失業中だね」とガットマンが近づいて不審尋問し、手帳に書き込む。

ガットマン「無職、住所不定、主義あり!」[29]

キルロイは自分が文無しなのは、財布をすられたせいだと申し立てるが、証人がいなくては信じてもらえるわけがない。愛だけあって盲目のラ・マドレシータは、証人としては役立たない。ストリート・ピープルは命が惜しいから、こんな時には、決して正直に話したりはしない。自分を守るのは自分しかいないのだ。証人を求めて右往左往するキルロイにガットマンが手渡したのは、サーカスでおなじみの道化パッツイの衣装であった。誰もがぎょっとして注目せずにはいられない赤毛のかつら。鼻眼鏡がぶらさがっている、点滅装置つきの、でっかい赤鼻。ズボンの尻にはこれまた巨大な足跡ひとつ。パッツイの大げさな衣装からキルロイは〈自由人〉、パッツイは〈不自由人〉の象徴であることがわかる。自由人を不自由人にするのが体制の暴力であろう。キルロイは見張られ、囲まれているのを感じ、従うふりをして客席の通路に逃げ込む。ガットマンが逮捕を命じると、たちまち捜索の網が張られる。キルロイは喘ぎ、逃げながら、通路添いの観客に必死で問い掛け、懇願する。観客は、舞台と自分自身の関わりについて無責任ではいられないことになるという仕組みだ。

キルロイ「どうやったら出られるんでしょう？　どっちへ逃げればいいんでしょう？出口は？グレイ・ハウンドはどこから？　あなたはご存じじゃありませんか？　最上の道は？　いや、どこでもいい、道さえあれば！　ぼくは自由人だ、皆さんと同じなんだ。ご存じなかったんですね、信じてほしい。キルロイは、皆さんと平等の自由人なんです。ここには居たくない。どうか、出口を捜すのを手伝ってください。ここはぼくには向いていない。ぼくは買物なんかしないいんですから。あ、あった！〈ＥＸＩＴ〉のサインが見える！いい言葉だ、すばらしい言葉だ、出口だ！天国への入り口だ！」[30]

観客は、ＥＸＩＴのサインがどこへ向かって開かれているか、知っている。観客は笑うだろう。それでも、彼の必死の呼びかけに胸を突かれた者が、一人いた。捕り物を見ようと舞台前面に集まってくるストリート・ピープルをかきわけて、裸足のエスメラルダが、スリップ姿のまま、檻から飛び出した獣のように前面に走ってくる。後から追い掛けてくるのは、ジュリエットの乳母のように世故に長けた、彼女よりずっとグロテスクな乳母のナーシーだ。ダンスのようなこのシーンで、すでに何人の男とも寝たジプシー娘のエスメラルダは、純潔で一途なジュリエットと重なる。錠をこじ開けたエスメラルダは、ナーシーとジプシーに取り押さえられ、連れ戻されるが、キルロイにむかっていよいよ発砲されるのを聞いて叫ぶ。

エスメラルダ「ヤンキー、ヤンキー、跳ぶのよ！」[31]

跳ぼうとしたキルロイは、しくじって、足をくじく。エスメラルダは自分をつかまえている二人を振り切ってキルロイを助けようとするが、それぞれ捕われてしまう。生れつき自由な者と、本来は自由であることを思い出した者は、あっというまに取り囲まれて、身動き一つできない。

「捕まった！捕まった！わたしたちは捕まってしまった！」[32]

というエスメラルダの叫びはきわめて悲痛である。捕らえられたキルロイにガットマンがにこやかに近付く。

ガットマン「やあやあ、ご機嫌いかがかね。君はここで働きたいと言っていたじゃあないか。パッツイが要るんだよ。お求めに応じて採用しよう。いやいや、パッツイは口をきく必要はない。鼻をチカチカするのが仕事だ。コードの先のボタンを押すんだ。それでよし！」[33]
蛍の光のように点滅する鼻を見てみんなが笑うが、このブロックでいよいよ、重い主題が明らかにされているといえよう。「キルロイが来るまでにどこかへ行ってしまった道化パッツイとは、いったい誰なのか？」という問いだ。

8

ドリーマーが、マンドリンで「舞踏会の夜」"Noche de Ronde"を奏でる。〈ブロック七〉が始まる。シエタ・マーレスの客も、ふと肌寒さを感じ始める。残り時間がもう少ないのだ。ブロックを進行させているガットマンは、ひとり悦に入っている。彼はこのシーンが気に入っている。ちょうど、定年退職者が束の間自分をとりもどすように、ガットマンも、この時間にはへボ詩人の資質を自分のなかに見いだしているのだ。しかし、笑うとこぼれる彼の金歯は、彼がすでに道化であることを物語っている。そして彼が道化であることは、彼がわれ知らずほほえむ黄昏どきになって初めてそれと分かることである。ガットマンはこのときステージ・マネジャーでもあり、観客に直接語りかけている。キルロイを制服に閉じこめた安堵感もあるのだろう。彼はちょっぴり勇気がでる。そして、言う。

ガットマン「ひとはだれでも黄昏どきになると、心のなかを覗き込んで自問するでしょう。たったこれだけ？これでおしまい？」[34]

ガットマンもまた演じているのだ。彼も、心の奥ではロマンティックな夢を見る。硬貨一枚でジプシーが見せてくれるような、束の間の幻であっても。この劇は、ロマンティストであるドン・キホーテの夢、ジプシーの見た幻、テネシーの、さらにはガットマンの夢なのだ。

だが、これではまるで、『夏の夜の夢』で「ピラマスとシスビー」を演出し演ずる職人たちのようではないか。告発しきれない、告発の責任をとりきれない、自信不足で反省癖があり、自分も他人も最後には赦してしまうテネシーが、ここにも顔をのぞかせているといえよう。彼はほとんどの場合、舞台と観客の間に居て、鋳掛け屋スナウトさながらに、「コハクハナイヨ」とライオンの縫いぐるみをはずしてみせるのだ。シェイクスピアのように「見る」ことを使命としたリアリズムの作家ではなく、あらまほしき姿を自ら追い求めたロマンティック・マインドの作家であったテネシーは、いつも挫折感、虚脱感、喪失感、価値の不明にさいなまれていたのである。

ライオンはライオンであり、ライオンでない。そのことを笑えない。悩んでいたからといって、テネシーが求めていた答えが、その悩みに蓋をする固定化された〈かたち〉でなかったことは当然である。とすれば、喰いつぶす物や金がなかったら、テネシーにとって、生き延びる道は、さしあたり偽善者・偽悪者・道化しかあるまい。キルロイは、なぜ道化にさせられたのか。これについてテネシーは、ジャック・カサノヴァの口を借りて、彼には正直で野性的な無政府主義の魂があり、それがここでは絶対に受け入れられないのだと説明している。ここで折り合いをつけるには、魂に衣装を着せなくてはならない。ガットマンもまた、意識するとしないとにかかわらず、魂に、金ボタン付きの白服を着せられた道化なのだ。
ジャック・カサノヴァに待ちに待った手紙が届くが、その中身は、どうやら見なくても予想の付くものである。震えるジャックに、キルロイは点滅の合図を送る。点滅する鼻だって、同志には交信の手段になるのだ。ジャックにも勇気がわいてくる。

ジャック「最終ブロックになる前に、なんとか、脱出の方法を考えよう。それまでは、勇気と忍耐だ。」[35]

送金と命の尽きる前に、おびやかされない真の自由を獲得しようというジャックの決意は、同時にテネシーの決意でもあるのだが、残された時間はどれほどあるのだろうか。広場では死が容赦なくひたひたと皆に近づいてくるのがはっきりわかる。まもなくマリガン卿が死ぬだろう。ストリート・クリーナーたちは白い樽を押し、マリガン氏の行くところどこにでも付いてくる。死の前には、いかなる文明も、都市も、集団も、個人も、赤子のように無力だ。残るのは思い出、あるいは伝説のみである。
テネシーはここでマルゲリートの過去を現在に重ねてみせる。ガットマンふうに解説すれば、彼女は高級娼婦であり、「愛するという失敗」をやらかしてしまった女である。舞台上の彼女は年令を感じさせない美女で、なにか売り付けるか、さもなくばせしめようと群がる群衆に、茫然の態である。非力と無力を装いながら実は体制側に身を置き、搾取する者の予備軍である群衆を、テネシーはどんなに嫌っていたことだろう。ジャック・カサノヴァが群衆をかきわけてマルゲリートに近づいた時にはすでに遅く、彼女は老いてうらぶれた娼婦としてあらゆる市民権を剝脱されている。たとえば、マリガン卿夫人は、彼女の隣のテーブルに座ることをガンとして拒む。だが、カサノヴァはひるまない。俗悪なマリガン卿夫人こそ、夫に身を売った娼婦ではないか。

ジャック「このホテルはいつから闇取引きの大将と、そいつらが高い金を払って囲っている女のメッカになったんだい！」[36]

カサノヴァは、敵地にボヘミアの旗印をたてようとしているのだが、マルゲリートは、ボヘミアには、旗は無いのだと言う。ボヘミアンの魂を受け継ぐのはこれ見よがしの旗ではなく、ディスクレション“discretion”（思慮と勇気）によるのだと。これはテネシーの考えでもあるだろう。

結局ジャックとマルゲリートのテーブルの周囲には衝立てが立てられる。ひとにぎりの、そして束の間の領地の確保だ。だが、カサノヴァにはもう送られてくる金はない。いっぽうマルゲリートにも、残されている時間がわずかであることが明らかになる。彼女は麻薬で自分自身をあざむいて生きてはいるが、重い結核にかかっている。死の宣告を受けるのを待つだけのサナトリウムから逃げだして、「選択している」という幻覚に少しでも浸れるこの場所まで戻って来たのだ。しかし、すべては、刑の執行をわずかに先に延ばしているようなものだ。ここからもっと遠くへ逃げだせれば、もしかして希望が持てるかもしれないと、はかない期待を抱いている。逃げる方法を考えるとき、人は、自分が方法論という罠に嵌っていくことに気づかない。マルゲリートも、彼女に引きずられるジャックも〈逃走号〉"Fujitivo"の噂を頼るのである。

マルゲリート「なんですって!!!」

ジャック「〈逃走号〉だ。フライトのスケジュールは未定。」

マルゲリート「どうやってチケットを手に入れればいいのか聞いているのよ。あなたが行かない理由はわかっている。鷹のように頭を上げて、なんて格好いいものじゃあない。恐いだけ。塀のむこうの〈未知なるところ〉が恐いのよ。」

ジャック「そのとおりだ。君なしではどこもかしこも恐い。このテーブルに、今、こうして座っているように、君とおなじ空気を吸っていないと。いや、もっと近くにいないと。」

マルゲリート「逃げなくては。」

ジャック「二人で堂々と立ち去れる時まで一緒にいて、君を守るよ。」

マルゲリート「時代錯誤よ。どうやって、ここを堂々となんか出れるって言うの？　絶望がすり切れても、次にやって来るのはまた絶望だというのに。ここでは、わたしたちに備わっていた善いものは、みんな、いつのまにかどこかへ消えてしまう。」[37]

9

舞台は、しだいに目まぐるしい様相を呈する。次に登場するのはバイロン卿だ。彼も旅立ちの支度をしている。彼はここに長く居すぎたので、ペンがなまってしまったという。バイロンは、ひとつ場所に落ち着いていることができない。「自由」の名のもとに気晴らしばかりしてきた。しかし、実は、彼には決して忘れられない思い出がある。P・B・シェリーの遺体が海から引き上げられてヴィアレッジオの浜辺で茶毘に付されたときのことだ。

バイロン卿「頭蓋骨が炎の熱で割れ、そこに現われたシェリーの脳はどうだ。沸き立ち、泡立ち、シューシューと音を立て、黒い鍋のような頭骸骨のなかでシチューさながら、何の違いもなかったさ。すごい悪臭がした。だが、トレロウニーのまいた香油が悪臭を消し去った後は、シェリーの火葬は清らかなものになった。人間の火葬にふさわしく、じつに清らかになった。だが、次にはからだが裂けた。まるで焼き豚だ。肋骨がはずれた。トレロウニーがシェリーの心臓をつまみ出した。パン屋がビスケットをつまむみたいにね。焼けて水泡の出ている体から、清めの青い炎のなかから。他人の心臓で、何ができるもんか。」[38]

さっきから話を聞いていたジャック・カサノヴァが、シニカルな答えをする。

ジャック「ひねってちぎって踏みつぶして蹴飛ばせるさ。」[39]

それでも、自分こそはという幻想を捨てきれないバイロンは、古代ギリシャの澄明な音楽を自分自身の耳で聞きたいと、アテネに向かう決心をする。とにかくここから出たいマルゲリートは、バイロンが自分たちの知らない出口を見つけたのではないかと期待するが、彼が向かって行ったのはそれと知られた砂漠に向かう階段であった。マルゲリートは絶望して叫ぶ。

「なんてばかな！」[40]

こうしてバイロン卿も虚しく消えてしまった。バイロンを見送ったキルロイは、砂漠を行こうとする者の運命を知る。ここから逃れても、永遠の国に行く者は、未だかつていなかったのではないかという気分が舞台にも立ち込めることだろう。

しかし、そうこうする間にも時は廻り、舞台はいっそう騒がしくざわめきに満ち、どこか遠くから羽音のようなうなりが聞こえてくる。パーカッションの音が、胸の動悸と共鳴しているようだ。飛行機だ。広場の上を旋回している。ホテルの客たちはどよめき、慌てる。彼等の姿は見えず、声だけが舞台を横切って重なる。

「フヒティーヴォ（Fujitivo）だ！〈逃走号〉だ！」

「金庫から宝石を出してきて！はやく！」

「小切手をお金にしなくちゃ！」

「レイモンド！」

「ああ、また行っちゃいそう！」41

着陸した飛行機の乗降口に現われたのは、ガットマンであった。だとすればこの飛行機で脱出できるはずもないのに、われがちに殺到する乗客は、気付かない。飛行機を降りた客たちは赤帽に荷物など持たせて、気取ってやって来るではないか。客は、口々に叫ぶ。

「なんてすてきな旅行！」
「スリリングな景色！」
「速いの何の！」[42]
パイロットが広場にやってきた。彼も制服姿だ。彼はメガフォンで叫ぶ。
パイロット「フヒティーヴォにご搭乗のご案内です。まもなく出発いたします。広場の北西の角においでください。ご出発のお客さまはチケットとパスポートをお見せください。」[43]
だれもかれも慌てて、真偽を確かめるゆとりもない。舞台にはパーカッションの音だけがせわしく響き、人は、無言だが、飛行機に乗るためには何でもやる。無言劇の世界だ。脅したり、すかしたり、懇願、賄賂。キルロイは、いつの間にか赤帽がわりに使われている。ジャック・カサノヴァだけは冷静である。彼は問い続ける。
「いったい、これは何なんだ！」[44]
だが、そう問うのはジャックただ一人だ。マルゲリートは、なんとしても飛行機に乗りたいと思っている。人生の総決算をあらいざらい並べて、そのすべてと引き替えに。彼女を愛しているジャックに目もくれず。いやむしろ懐疑的なジャックを嫌っている。

出国証明書がなくてゲートを通れないマルゲリートの他に、乗り遅れそうになって駆け付けてきたのがもう二人いる。マリガン卿夫妻だ。マリガン氏は体の具合が悪いのだが、奥方は、〈逃走号〉に乗るまでは病気も物の数ではないと、夫を引っ立てる。とうとうマリガン氏は、ゲートの前で倒れてしまう。マリガン夫人は、夫の遺体を氷詰めにして会社に送るようにとストリート・クリーナーたちに命令して、一人で飛行機に乗ってしまう。胸を病んでいるマルゲリートにもまた、あまりに激しすぎる闘争であった。彼女は喀血し、〈逃走号〉に乗り遅れてしまう。

だが、我勝ちに飛行機に乗り込んだ乗客の歓声は、悲鳴に重なる。〈逃走号〉はあっという間に紙吹雪と金属の破片になって広場に降ってくる。小さなこの広場は、砲撃にやられた都市のように一瞬にして荒れ果てる。飛行機で楽に逃げだすのは砂漠に降りることより簡単だ。そして、より簡単に無に帰すことだった。テネシーは、飛行機の墜落を、浄化作用として淡々と描いている。ジャック・カサノヴァもマルゲリートも、テネシーに選ばれた者として残ったのだ。広場に呆然とたたずむマルゲリートは、ジャックに慰められる。〈逃走号〉フヒティーヴォ号の消えた空は澄んで、はるかに星が二人を包んでいる。サザンクロス、オリオン……。星はテネシーにとって、遠く美しいもののシンボルである。ワーズワースが虹を見る目付きで、テネシーは星を見る。静かに、ただ静かに星を共に見る者が、恋愛の何たるかを識る者である。ジャックはそのことをマルゲリートに伝えたいのだが、マルゲリートにはまだ理解できない。しかし、とり残された二人が再生について語るシーンは、この劇のテーマに触れるものである。

ジャック「太った金魚のようなオリオンが、深く澄んだ水をくぐって北へ泳いでいく。そしてぼくらはこうして一緒だ。一緒に静かに息をしている。寄り添い、静かに、静かに、完全に、ただやさしく一緒にいる。もう恐れてもいないし、ひとりでもない。完璧に静かに二人でいるんだ。」[45]

マルゲリート「慣れだけよ。あなたはそれを愛と誤解している。なにもかも無くなったの。希望すら。わたしは、あなたが老いてお金も無いということであなたをいじめるでしょう。別れたほうがいいわ。みんな孤独なのだから。他人を信じれば裏切られる。二人とも同じ鳥籠に入れられてしまった鷹なのよ。で、親しくなって、カミノ・レアルの果ての薄暗いところではそれが〈愛〉の代用品としてまかりとおっているのよ。ここはどこ?と、いくら尋ねても、答なんかないのよ。追われているんだわ。入り口であり出口であるだけのこの場所に、ずーっと居られる人はいない。ストリート・クリーナーの音楽がもうすぐ聞こえるわ。みんな恐がってる。だから、たがいにすぐ傷つけあうくせに、手をのばして抱き合うのよ。かつては王道であったこの道の終わりで〈愛〉のかわりに通用しているのはそれ。わたしたちがこうして肩を寄せあって――わたしがあなたに疲れ切った身を預け、老いた鷹の頭をわたしがこうして胸に抱いて、それで乾き切った心にどんな感情が芽生えるというの？　はかなくて、現実味のない、血の通わないものよ。月にすみれが咲くような話よ。不死鳥の落とした糞から、あの遠い山の岩の裂目に咲くとかね。不死鳥のことなら、知らない人はいない。影だけなら、広場にもあるわ。でも、やさしさは、山のすみれは、ほんとは岩を破って芽なんか出せない！」[46]

一瞬と永遠をつなぎ、不可能を可能とするほどのやさしさを信じるのはロマンティストであり、理性的認識を退けるものであろうか。テネシーはジャックに次のように言わせる。

「信じることだ。信じて育てれば、すみれは岩を破る。」[47]

この台詞はシェイクスピアの『冬物語』*The Winter's Tale* を思い起させる。かつて貞節を疑って斥けた妻ハーマイオニーにあまりによく似た石像の前で、血の通わぬはずの像が動く気がして立ちすくむレオンティーズに、ポーリーナがただ一言、言う。

きっとお信じなされることが、大切です。[48]

そもそも侍女ポーリーナが、石像ならぬ生けるハーマイオニーを立たせたのであるから、動くのは当然である、というのがひとつの見方であろう。しかし、観客のイマジネーションは、誤解から開放されたレオンティーズとともに、ハーマイオニーの喪失と再発見を体験するのである。テネシーは、ロマンティシズムの応援者として、シェイクスピアとは異なる信じ方を提唱する。彼は、ジプシーのまじないあるいは迷信を取り入れ、裏切りをも許す愛を語るのである。

アブジュラーの娘エスメラルダは、月の晩には処女としてよみがえるという。だが、それは偽り、裏切りではないかとマルゲリートは言う。まじないも愛も、幻覚であると。彼女のリアリズムはシニシズムに近い。

「（こんなにやさしくあなたに触れていても）今夜私はあなたを裏切るのよ」49

マルゲリートは〈逃走号〉に乗れなかったことを忘れたいから遊ぶというのだ。彼女は言う。

「時がわたしたちを裏切るように、わたしたちは互いに裏切るのよ。」50

ジャックの杖が死神の杖のように舞台を叩く時、彼らの会話についてきた観客は、行き止まりに来てしまったように当惑する。レオンティーズの、ひいてはシェイクスピアの信念が、「生」

へ通じるものであるのに対して、ジャックの信じようとする愛は、あるいは随分と「死」に近いものなのではないだろうか。完璧に静かに二人でいることは、ほとんど死んでいることではないか。飛ぶことをあきらめた時点で、ジャックのすみれは、芽をふく力を失ったのではないか。しかし、だからといってマルゲリートのシニシズムが正しいと考えねばならないのだろうか。観客が戸惑うことは十分考えられる。その間にも舞台は移ろい、〈ブロック十一〉が始まろうとしている。

10

〈ブロック十一〉はジプシーの祭りで、舞台はますますにぎやかである。祭りの最初に、間男された男に冠を贈る儀式があり、ジャックは黄金の枝角をかぶせられる。カミノ・レアルの「寝取られ王」の誕生だ。はじめは杖を振り回して怒ったジャックは、突然トレードマークのケープを脱ぎ、杖を投げ捨てる。こうしてジャックも道化になる。

ジャック「自分が何者であるかを世界に知らしめよう。法王のお加護により、金の拍車を許された騎士、名立たる冒険家、けたはずれのペテン師、賭事師、大道商人、雇われの遊び人、ヒモ、放蕩者、そしてなによりも、愛した男。いちばん愛した男がいちばん長い角を生やすんだ。」[51]

ジャック・カサノヴァが孤独のうちに愛を確認する道化を自覚したその時、山々を白く輝かせて月が昇る。ガットマンが「復活」を報せる。月光を全身に浴びて、エスメラルダが屋根の上に立つ。カーニヴァルの幕が切って落とされる。テネシーは、

このカーニヴァルは、真剣でありながら滑稽でもあり、グロテスクであると同時に叙情的な〈豊饒の儀式〉であらねばならない。[52]

と書いている。いったい何のためにテネシーはこのような異教の儀式を必要としたのだろうか。かつて、「愛」が「愛という愚行」に後退する前に立ち去ることで自己保存をはかったキルロイを、今また引き止めるのはエスメラルダである。キルロイはすでに道化の衣装を捨て、黄金のグローブを質草に仕入れたグロテスクな出で立ちで変装し、旅立とうとしていたというのに。エスメラルダは祭りの王としてキルロイを選んだのだ。

エスメラルダ「いとしい人！ヒーロー！チャンプ！」[53]

栄光の過去を呼び起こさせる「チャンプ！」という呼び声はキルロイの決心を鈍らせ、ついにキルロイはステージ中央に飛び降りる。そこは言うまでもなく、かつて彼が戦ったリング上だ。背後でストリート・ピープルがキルロイのアイデンティティを示唆するダンスを踊っている。ギリシャ劇のコロスが謡ったように。そのダンスはキルロイのアイデンティティを示唆するものだ。ファイター、旅人そして恋人であることがキルロイの宿命である。だとすれば彼は戦わざるをえない。彼は、エスメラルダの差し出したバラを受け取ってチャンピオンになる。自分を誘う女のために死を賭して働く男を、テネシーは哀れみと愛情を以て喧騒のうちに描く。

勝ったチャンプには恋人が与えられる。というより、女が最強の男を選ぶのである。テネシーが生涯抱き続けたファム・ファタールへの恐怖が、ここでは異教の民からの誘惑の意匠のもとに描かれている。病を得、戦うことを止め、妻を去って本来の自分の姿を求めてきたキルロイは、結局は「ナルシシズム」と「運命の女」の前に立ち止まる。そのとき、死はすぐ目の前に迫っているのだ。要は、死に方の問題であった。ひとり野垂れ死にするのか、それとも他人の呼び声にふりむいて死期を早めるのか。そしてその選択の違いは、いかなる意味の違いに結びつくのだろうか？

続く〈ブロック十二〉は恋の場面であり、ここで演じられる儀式が性行為のメタファーであることは明らかである。ジプシーのテントで、愛することこそ運命であったのだと告げられ、すっかり洗脳されて広場に現われたキルロイは、バラをくわえた恋人と化している。これは何を表わすと考えればよいのだろうか。エスメラルダは娼婦、ジプシーは男に呪文をかけてその気にさせる売春宿の女将にほかならない。キルロイはすっかり騙されているのか？ ジプシーは彼にコカインのキセルを勧めたりもする。次は、身元調査と注射。しかし観客はしだいに、この異教徒の手続きが身に覚えのあるものであることが解ってくるだろう。したたかに酔うためには、テキーラ一杯で充分である。レモンをかじればもっといい。たいていの男たちは、ガットマンそっくりの制服を脱いだあと、強い酒を飲んですべてを忘れるのだ。キルロイは酔っていない。その証拠に、彼はトランプを切るジプシーに質問をする。

「私の運はもう尽きてしまったのでしょうか？ この町を立ち去ったほうがいいでしょうか？」[54]

彼が選んだカードはスペードのエース。ジプシーがめくったのはハートのエース。テネシーは執拗にラブ・アフェアと死を結び付けようとしている。

口実を作ってジプシーが去ると、幼い恋のやりとりが始まる。処女に生まれ変わったエスメラルダは、かまととぶりを発揮してなかなか本題に入らないが、傍では乳母のナーシーが時間を計っている。恋だって商売なのだから、時間制なのだ。そして、このグロテスクな舞台は、恋人に「いますぐ結婚してくれるか、それともお別れね」と言う女たちのパロディなのだが、観客ははたして気づくだろうか。エスメラルダの額にかかっている処女のヴェールを持ちあげるためには、歯の浮くようなオマージュを捧げなければならない。

エスメラルダ「プリティ、プリーズ」と言ってね。

キルロイ「ばかげているよ。」[55]

しかも、テネシーの観察によれば、たいていの女はセックスと引き替えになにかを要求する。エスメラルダも例外ではない。

エスメラルダ「アカプルコに行きたいの。連れていってくれるかしら。」[56]

テネシーはいつものことながら、無条件で愛する女性と、体を売って生活の保証を得ようとする女性、つまり愛の無い結婚をめざす女たちの間に、はっきりと線を引いてみせる。

キルロイ「彼女たちの心は石なのだ。でも、どうせすぐ死ぬとわかっていると、男は言うのさ。プリティ、プリーズ、ヴェールを上げていただけませんか？　なぜかって、せめてもうしばらくは暖かくってのが人生じゃないか。愛は幻想さ。君とやりたいってことさ。プリティ、プリーズ、ヴェールを上げさせてよ。アカプルコに行きましょう。」

エスメラルダ「シニカルで嫌味を言うあなたは嫌いよ。」[57]

多くの男は不誠実であり、多くの女は〈獲得の論理〉のもとに行動しているというのがテネシーの悲観的な観察であったらしいことは、『カミノ・レアル』以外の作品からも読み取れることである。わずかに少数の男が道化となり、小数の女が男を解放する。その認識のなかでこそ、彼は絶望的に、すべてを受け入れる愛を求めたといえるだろう。

エスメラルダ「恋人がやさしければ、その瞬間は誠実になれるんじゃないかしら。」
キルロイ「ぼくは誠実でやさしいと信じるかい？」
エスメラルダ「あなたが自分をそうだと信じていると信じるわ。その瞬間はね。」
キルロイ「なにもかも瞬間なんだ。夢は〈瞬間〉が紡ぎだすものなんだよ。」[58]

抱き合うその一瞬には、誠実であること、かぎりなく誠実であることは出来る。だが、たいていの女は、一瞬であるはずのその「誠実」を長引かせようとする。愛していると繰り返し言わせて、瞬間を永遠に引き伸ばそうとする。男は後悔し、疲れ、自分が代償として投げ出したものを惜しむ。そして正直になるのだ。

キルロイ「こんなことしていてはいけない!売ってはいけない!誠実?たいした誠実だ!」[59]

奇跡がおきる。エスメラルダの目に涙が浮かんだのだ。自分でも信じられない涙。エスメラルダはいぶかり、ジプシーは、「ばか言え」とはぐらかす。エスメラルダ自身が驚いたこのシーンの涙は、センチメンタルと誇られることのあるテネシーが描いた稀なる涙であり、彼がセンチメンタルな作家ではないことを証明する涙である。エスメラルダは、誠実と愛について多少なりとも学んだのだ。

11

暗転した舞台中央にストリート・クリーナーが死体運搬に使う樽が置かれて〈ブロック十三〉が始まる。死する運命にあるキルロイは、なんとかこれを逃れようとしている。だが、そろそろ終わりは近付いている。ジャック・カサノヴァの荷物も、シエタ・マーレス・ホテルから放り出された。荷物は旅行鞄ひとつ。中に詰められているのは、思い出という名の〈壊れ物〉だ。ジャックの鞄を運ぼうとしたキルロイは、心臓に異変を感じて動けなくなる。キルロイは別れの時が迫ったことを知り、未知なる土地を見下ろす階段のてっぺんに向かう。〈ブロック十三〉から〈ブロック十四〉への移行は実にあっけない。あっという間である。あたかも人生の終わりの時がそうであるかのように。
マルゲリートが男連れで登場するが、この男の表情は見えない。仮面を被っているのだ。名前も顔もない若い男。魂もない。どこにでもいる、けっして道化にはならない男たちの代表といったところである。マルゲリートはつかの間の恋を楽しんだつもりであったが、男の目的は彼女にはなかった。声を出さず、ほほえみを浮かべて、彼女のバッグをひったくり、マントを引きはがし、真珠のネックレスをむしりとり、服をひきちぎり、彼女が金目のものを身につけていはしないかを探って、男はマルゲリートを突放す。彼女自身のことは眼中になかったのだ。こうして、マルゲリートも道化になった。「淋しい」とつぶやくと、またしても、舞台をこだまが満たす。

「淋しい……淋しい……淋しい……。」[60]

マルゲリートは、死にかけているキルロイに気付き、彼の手をそっと握る。淋しい者同志が、互いの死を看取ることになるのだ。手を握り合って。キルロイは、肌身離さず持っていた若く美しい妻の写真をマルゲリートに見せ、自分がたったひとり本当に愛し合った女であると語る。では、なぜ彼は彼女を置いて立ち去ったのか。キルロイは次のように語っている。「たった一人本当に愛し合った」と言うことができるのも、彼の人生が終わりに近づいているからだ。

別れて初めて本当に大切なものがわかるんだ。夜目覚めたときにそばに暖かい人が居るってことがどんなにいいことか！ゆたんぽも、どこかの知らない人もだめなんだ。いつもの人でなくちゃあならない。しかも、自分を愛してくれてるってわかってる人。[61]

キルロイも若く、歩きつづけることが定められていたのだ。自我の意識に蝕まれた者の愛は、つかの間 "for a while" のものである。条件が変われば、その一瞬の愛は見失われる。愛を時の大鎌から守るためには、愛を時間から切り離さざるをえないというのがキルロイの、そしておそらくはテネシーの認識である。だいいち、死ぬときには雄々しく、ひとりで往かねばならない。キルロイはファイターとして、〈死〉を迎え打つ姿勢で倒れる。ストリート・クリーナーたちが駆け寄るが、ラ・マドレシータがキルロイの死体を渡さず、彼の死体は、身元不明の浮浪者として解剖に付されることになる。ラ・マドレシータが、キルロイは正真のアメリカの息子であると主張するが、ここでテネシーは、アメリカ人の条件を再確認しようとしているのだ。


主任研究員「死体には暴力行為のあとはありません。

——あきらかになんらかの理由による自然死です。

——法律上の引き取り手はおりません。

——友人、家族による遺体の確認もなされておりません。数日後には遺体は州のものとなります。実は、すでに5ドルでわれわれが買いとっております。」[62]

こうしてみると、キルロイは、明らかに野垂れ死にをしたのであり、死んでしまった者はゴミと同じ物体になるということになる。過去の栄光の記憶は消え去ってしまうのだろうか。ラ・マドレシータは、〈記憶〉の意味を信じようとする。彼女は、地を這う虫とチャンピオンは区別されねばならないと主張する。

ラ・マドレシータ「彼はチャンピオンにふさわしい澄んだ瞳と美しい体をしていた。南部独特のやわらかな声で話し、黄金のグローブをはめていたっけ。ずいぶんと、もてた男だった。コロッセウムを進むときの、イニシャルの入ったローブの美しかったこと！もちろん栄光は儚いものだけれど………。」[63]

テネシーは、あらがいがたい一種のカリスマ性を備えた人物にたまらなく引き付けられ、その栄光と孤独・挫折を追い、失望した後どのように生きながらえ得るかを問うていくことがしばしばであった。ただ、ここで断っておかねばならないのは、彼の劇に登場するカリスマ性を持つ人物は、ジャイアントあるいはモンスターとして選ばれた者のように考えられがちであるが、そうではなく、いわば拡大された象徴的人物であるということだ。人は子供の時、ほとんど例外なく自分を取り巻く世界の主人公であり、ジャイアントあるいはモンスターなのだ。言い換えれば、テネシーの描く〈落ちた英雄〉、〈楽園を喪失した者〉は、ロマンティック・マインドを持つ人々すべてが隠し持つ自画像であると言えよう。

主任研究員がキルロイの解剖にゴー・サインをだす。冠状動脈の閉塞を確認するためだ。ラ・マドレシータは祈りによって風を呼び、生きとし生ける、不完全で、住む家もないものたちに、仲間である彼のために泣くようにと呼び掛ける。解剖のメスが胸に走ったとき、ラ・マドレシータはキルロイに声をかける。彼の魂に呼び掛けるのだ。

「起きなさい、亡霊よ！鳥になって！人間はあまり多くの真実には耐えられないのです。」[64]

まるで、真の自分自身を獲得した者は、人間の衣を捨てると言っているかのようだ。キルロイは、パッツイの衣装から抜け出したように、するりと肉体を抜け出す。脱け殻となった死体から研究員たちが取り出したのは、子供の頭ほどもある大きな心臓で、しかもその心臓は純金でできているという。子供の時にだれもが持っていた無垢のロマンティック・マインドをそのままどんどん太らせると、人は生き延びて道化となるか、胸がやぶれて生きられないのだ。

12

キルロイは、いまや他の人の目には見えない亡霊になってしまった。〈ブロック十六〉は、かつてあれほどどこにでも出没し、みんなが知っていたのに、今となってはほとんどだれも存在を憶えてすらいない〈真のアメリカ魂〉について語ろうとしている。

キルロイは主任研究員の手から黄金の心臓をひったくる。キルロイは逃げる。ガットマンが叫ぶ。

「止まれ！泥棒！死体！金の心臓は州国家のものだ！捕まえろ！捕まえろ！　金の心臓を盗んだやつを捕まえろ！」[65]

〈ブロック六〉の終わりと同様の捕り物が始まる。サイレンがうなり、呼び子や叫ぶ声があたりに充満する。車のモーターの音、ブレーキがきしむ音。ピストル、なだれ込む足音。サーチライトの光線が縦横に客席をよぎる。だが、今回は、追い掛けている者の姿はどこにも見えない。死体解剖は、何も起こらなったかのように粛々として続けられている。魂だけになったキルロイは現実を変える力を持たない。劇場の客席の通路、舞台のあちらこちら、バルコニー、オーケストラ・ボックスにまでさ迷い出るだけである。

キルロイ「これはぼくの心臓だ。州に捧げてなんかいない。USAのものでもないさ。出口はどこ?グレイハウンドに乗りたいんだけど。ぼくの心臓を瓶詰にして入場料をとって見せようったって、そうはいかないぜ。だれかどうぞ教えてください。どうやったら抜け出せるのか。お願いですから。」[66]

彼は自分がとうとう迷子になってしまったのを知る。

「道も知らず、行方も知らず、なにもかも夢まぼろしのようにおぼろだ。」[67]

だからこそ、人は肉体にしがみつき、仮初めの仮面を大切にするのだ。キルロイは、マリアに祈る。彼がここで祈っているマリアは、いうまでもなく、キリストの魂を抱きとめるピエタのマリアだが、舞台の上でその役割を果たしたのは盲目の異教徒ラ・マドレシータであり、テネシーにとっての「マリア」は、広くロマンティック・マインドを救済し、これを抱きとめるやさしきものの意味であったろう。

私はこれまで数度、ロマンティック・マインドという言葉を使ってテネシーについて解説を試みている。ロマンティック・マインドについて再確認を試みる義務があるだろう。それは、まずなによりも「求め続ける心」であると言える。シェイクスピアがクレオパトラに「私のうちには、不滅のあこがれがある。」[68]と言わせ、キーツが「ギリシャの古甕の歌」"Ode on a Grecian Urn"に歌った、かつては在り、今は失われているか、あるいはあらかじめ失われている絶対とも言うべきものへの希求である。

人が常に変化しているいわば有機的な、それゆえに不安定な存在である時、絶対もしくは完全への可能性は、〈瞬間〉にしかありえない。〈瞬間〉の連続によってのみ、もしかしたら〈絶対〉に到達するかもしれないという希望を維持できるのである。キルロイが〈その瞬間〉"for a while"を強調するのはそのためだ。ロマンティック・マインドを持つ人々は、常に、『地獄のオルフェ』でヴァルが語って聞かせる足の無い小鳥のように、飛び続けなくてはならない。

しかし、リアリズムの観点から、時間のコンテクストの中に"for a while"を置いてみると、この句の意味するところは「不実」につながってしまう。エスメラルダのヴェールを剝ぐ瞬間には誠実であったキルロイを、ジプシーは、次のようにシニカルに見ている。

ジプシー「だれだって、ヴェールをあげる時は誠実なのさ。感激するほどのことじゃない。祭りはいくらでもあるんだし、そのたびにヒーローが選ばれて、おまえのヴェールを持ち上げるんじゃないか。」[69]

エスメラルダは〈瞬間〉だけを見て、これを信じることで、その一瞬を〈永遠〉に転化している。彼女は、ある〈瞬間〉を時間のコンテクストからはずすことで、自ら、真の恋人という不滅の冠をいただくのである。だが、過去の瞬間は、今現在の瞬間とは、ずれて、重なることがない。キルロイがエスメラルダを呼ぶ声は、彼女には猫の鳴き声としか聞こえない。彼女は過去の〈瞬間〉に自足して止まり、その瞬間を引き伸ばし、今、キルロイが手にしている純金の心臓が見えない。彼女は猫を追い払う。

エスメラルダ「しっ、あっちへお行き。私はヒーローに夢で会うのだから。」[70]

伝達の手段をさがして、キルロイはシャーク質店に駆け込む。心臓とひきかえに宝石、毛皮、上等のガウンなど、山のような贈り物を手に入れて戻っても、エスメラルダは気づかない。ついにたまりかねて、ドアを両手で叩くキルロイに、大瓶の汚水が浴びせられる。キルロイは、いまや正真正銘の道化だ。

13

ドン・キホーテが目をさますのはこの時である。これまでの出来事は彼の夢であったのか、この世の現実か、いずれにしても、ドン・キホーテにとって、キルロイは見知らぬ者ではない。キホーテの目は、時代や生死の境をこえて仲間である〈魂の道化〉を即座に見抜く。魂の道化は、ロマンティック・マインドを捨てられず、人生の取引で擦ってしまうのだ。「すっからかんさ」と自嘲するキルロイに、永遠の青年キホーテが声をかける。

キホーテ「**自分をかわいそうなんて思っちゃいけません**！虚栄心があれば傷つき、自尊心あれば腹も立つ。体が年をとり、心も疲れるからな、傷は、当然のこととして我々と共にある。笑うんだ。こんなふうに。そして耐えるのさ。わかるかね？でなけりゃ、カード状に固まったクリームを詰めた袋みたいになるのが落ちだ。だれにも魅力なし。とりわけ自分自身に見限られる。」[71]

キホーテが作ってみせる笑顔は、口裂け男のそれのように「顔を二つに割るほどデカい」とト書にある。そんなバカげた笑顔が出来るものかと、観客はここにいたってもキホーテを笑うに違いない。キルロイすら半信半疑である。しかし、キホーテが近付くと、涸れきっていた噴水の水はこんこんと湧き出で、水浴びすら可能になる。

キルロイ「ここから出たいと思っているんですが……」

キホーテ「よろしい！ついてきたまえ。」[72]

ためらうキルロイの後押しをするかのように、マルゲリートからジャック・カサノヴァへのメッセージが届く。カサノヴァも道化だ。すっからかんでやつれ果て、リッツメン・オンリーにいる。メッセージを届けているのはガットマンだ。

ガットマン「カミノ・レアル一番の恋人にして寝取られ男の王様、あなた様の最後の恋人があなた様のつけをお支払いになり、テラスで朝食を共になさりたいと申されております。」[73]

ゆっくりと、しかし規則的な歩幅で広場をわたり、マルゲリートを胸に抱くカサノヴァは、すでに死期が近い。だが、彼は道化に徹することで、かろうじて運命との取引をイーヴンにしたのである。ほらみろ、というかのようにキホーテは恭しく槍をささげ持ち、かすれてはいるが力強い声で高らかに告げる。

「山のすみれが岩を割って咲いたぞ！」[74]

キホーテは進み、キルロイは従う。「あれが最後の台詞です。」[75]とガットマンが観客に告げる。カーテンが降りる。まるで短いバーレスクの連続のようだった劇は終わるが、ロマンティック・マインドを抱いた二人の道化はいったいどこへ行ったのだろう。あとに残るのは、答えのない白い空間である。彼らはどこへでも出没するだろう。もし、人々が真に望みさえすれば。それがテネシーの出した答えである。道化を愛さないベケットは道化に花を与えず、道化を愛するテネシーは、彼にすみれを贈ったのだ。

14

バーバラ・バクスレイによれば、エド・サリヴァンとウォルター・ウインチェルは、『カミノ・レアル』をアメリカ批判の劇であるとして攻撃したという。[76]なるほど社会背景を考えたとき、この劇は、当時アメリカに台頭してきたファシズムに抵抗するものである。しかしテネシーがファシズムを警戒して社会主義的思想を主張しようとこの劇を書いたと考えるのは、キリストが体制に反抗して新たな政治主張をしたと考えることに似ていると思う。もし、並べて語ることが許されるなら、キリストも、テネシーも、何も主張しない。ただ彼らはそれぞれのやりかたで、岩場にすみれが咲くものかどうか知ろうとしたのだ。

テネシーは、〈道化〉という答えを確認したのではないだろうか。〈道化〉は、言い換えれば、現実の、あるいは人生の路「カミノ・レアル」で、終始ロマンティック・マインドを持ち続ける人と言うことができるだろう。そして、『カミノ・レアル』が理解され難いのは、道化になることを拒否する人々が多いからである。いや、すでに道化であるのに、道化であると認めることを拒否する人々が多いからである。ここに至って、これまでテネシーの友人を自認して来た人々も、テネシーを拒む者となった。テネシーがこの劇を捧げたイリア・カザンもまた、その一人である。彼はこんなふうに『カミノ・レアル』を批判した。

あの劇には、第三幕ともいうべき、最終幕がなかったんです。劇の終わりになっても劇の行く先が見えませんでした。頑張ったんですがね。何度も、何度もやってみました。ですが、どうしてもだめなんです。これで満足、というところへ来ない。いや、いつものテネシーの芝居同様、詩はすばらしく、イメジャリーは美しく、ユーモアにもこと欠かなかったんですがね……。これは彼の最上の劇ではあるんですが、きわめて個人的な悪夢です。[77]

アメリカ屈指の劇作家としてテネシーを讃美しつづけたウォルター・カーも、戸惑った一人であった。ニューヨーク・ヘラルド・トリビューンに書いた彼の批評は、「同時代最高の劇作家による最悪の作品」[78]と、苦渋に満ちた批評を下している。なるほど、カーは誠実であった。彼はその後テネシーに長い手紙を届け、『カミノ・レアル』を理解できなかったことを告白している。

たしかにあの劇であなたの意図は伝わっていないと申し上げざるをえません。そのため、劇はぼやけてしまっています。私は『カミノ・レアル』を観て、あなたの芸術家としての行く手をとても心配しました。あなたは哲学者になろうとしておられるようです。どうか、止めてください。あなたを一流の芸術家にしているのはあなたの持っておられる、真実を(いじくりまわして台無しにすることなく)見通す直観力です。この力を分析者、象徴主義者、抽象的思索者のやる意識的、理性的な手法と取り替えたりなさらないでください。[79]

テネシーに好意的な批評を寄せたのはブルックス・アトキンスンひとりであったようだ。しかしそれも、

『カミノ・レアル』は、みごとに書かれているが、堕落、腐敗、恐怖への増幅するオブセッションの始まりであり、広場は病み惚けた悪の牢獄だ。[80]

といった、悲観的消極的な表現であった。テネシーは、アトキンスンに理解してもらいたかったらしく、彼に向かって、自分がだれよりも心の支えとしたのは、ハート・クレインの書簡集であること、クレインの生き方こそ自分をささえ、勇気づけるものであると告白、説明している。クレインは、魂の神聖と肉体の神聖を歌ったホイットマンの志を早くから受け継ぎ、アメリカの神話を回復しようとして挫折し、道半ばにして自らの命を海にゆだねた、いわば、汚れたる生を逃れて透明な死へと向った青年であった。ハート・クレインの詩の多くは、アトキンスンの危惧どおり、タナトスに引きずられている者の発言であると言ってもいいだろう。しかし、テネシーが問いかけているのは、生への信頼以外のものではない。

だれがロマンティック・マインドを持ちつづけ、しかも生きつづけるのだろうか。劇作家としてのテネシーは、フレンチ・マーケットの雑踏の中でそれを見届けようとしたのだろう。詩人としてのテネシーは、それが自分でなくてはならないと感じていたであろう。彼はもちろん、アトキンスンが案じたように、人生についてなにやら哲学的な論述をしようなどとは考えていなかったはずだ。彼はこんなことを言っている。

ロマンティシズムに固執するのは大切なことです。もちろん弱虫の感傷からではなく、力のかぎり勇敢さにこだわるという意味においてです。そう、ドン・キホーテのように、です。この劇は人生に対するロマンティックな態度への祈りとでもいうべきものです。宗教的な態度への祈りと言い換えることもできましょう。[81]

『カミノ・レアル』で、テネシーは魂の問題を背景に人生のスケッチをし、いわば〈道化〉としての所信表明をしたのだといえよう。それは、死なず生きるためであった。だが、不真面を装ったテネシーに、観客は冷たかった。

第4章　*Cat on a Hot Tin Roof*

虚構の家

『焼けたトタン屋根の上の猫』

1955年3月24日
ニューヨーク、モロスコ劇場
で初演

プロローグ

『バラの刺青』において優勢であった幸せのムードが、『カミノ・レアル』においても、かろうじて悲劇的な要素を包み込み、押し隠していることはすでに見たとおりである。アメリカの夢が回復されそうな希望が、かすかながら感じられる。それは、これら二つの劇においては、人々が、ことに男達が、道化に甘んじていることによる。彼らはまだ、理想の土地、理想の女性の面影を、胸の小箱に抱いているのだ。これらの劇においては、テネシーのシニシズムにも拘らず、道化達のやさしさが日常と希望を支えている。だが、キルロイの甘さは、テネシーの甘さであった。『カミノ・レアル』の興行的な失敗は、アメリカが道化を軽蔑していることをテネシーに見せつけた。誰も、道化など求めていなかったのだ。もちろん、テネシーにしても、道化になろうとしたのではなかったはずだ。「世界が変わろうとしている！」と『ガラスの動物園』のトムが叫んだのは、第二次世界大戦の終わりの前年、日本、ドイツ、イタリアの帝国主義が敗れ自由が勝利を得ると、人々が信じ始めたときであった。世界を照らすすさまじい稲妻と、津波のように押し寄せる自由の息吹を感じて、トムは、自分もその波に乗りたいと、止むに止まれぬ気持ちで家を飛びだした。それは、道化になって人を解放することではなかったはずだ。しかし、その他の道があっただろうか。

互いが道化になることを拒んだとき、人と人、男と女の間にはいつも戦いが始まるというのが一九五〇年代のテネシーの観察であった。男と女がすでに楽園を失っていることは、テネシーが愛した自由の国アメリカが、すでに楽園では無かったこととパラレルである。いや、ヨーロッパに失望した人々にアメリカという広大な新しい場が与えられたそのときから、そこもまた楽園では無かった。実は、遙かに遡れば、例えばエデンの園において、第三の人物の存在を認識したときから、人は楽園を失い、その回復のために生きるよう運命付けられたに相違無いのだが、アメリカに渡った人々もまた、我と我が手で茨を切り開き、先住民を蹴散らし、種を播き、いわば、勝ち取り摑み取っていかねばならなかったのだ。愛も、自由も、結局、「ごっこ遊び」なのだろうか。人々の記憶の中にだけ存在する楽園のこだまが、たしかに、耳鳴りのように、遠く、止むことなく続いていはしても、街には枯葉が舞うばかりであったと、テネシーは『ガラスの動物園』においてさえ、すでに失望を隠せないでいる。愛や自由にこだわれば、道化になる以外、どんな手があったろうか。勝ちとったものを離す者はいない。道化であることを止めようとすれば、真実を見据えて戦い抜くしかないかもしれないが、テネシーの勇気はくじけている。負けるときは、わずかに持っているものすら、もぎ取られるのだ。苦痛と恐怖と孤独で顔も手も醜くこわばり歪み、自分自身さえ、目を背けるだろう。

これからここで取り上げようとしている『焼けたトタン屋根の上の猫』*Cat on a Hot Tin Roof* では、道化であることを潔しとせず、かといって前に踏み出すこともできない男が描かれている。男は死にとらわれて内に籠もり、女は、必死で生きようとする。テネシーは『焼けたトタン屋根の上の猫』に、楽園喪失のテーマとアメリカの歴史を重ね、人間の生き方の問題、さらには愛（男と女、男と男）の問題を、情け容赦無いダイナミックなかたちで描いている。それと、少なからぬ皮肉と、同時に畏敬の念をこめて、女性のしたたかな生命力を。

1

アメリカという新世界が「楽園」でなかったとしても、人々はそこで新たな関係を結び、他者と対等に関わりあうことによって、遠い楽園の記憶と重なるもの、この世での「楽園」を経験しようとした。（ここでは、かって楽園を追われた人間の子孫が、地上でつかの間実現する楽園＝擬楽園を、記憶上の楽園と区別して、「楽園」とカッコをつけて示すことにしよう。カッコ無しの楽園は、イメージとして存在する、原型としての楽園である。）しかも、いずれにしろ、「楽園」が「楽園」であったことは、「楽園」を失ったときにしか、はっきりとはわからない。だからこそ、誰もが楽園について語るのだ。テネシーも、楽園について語る。彼の「楽園」も、あるとき壊れたから。『回想録』その他に述べられている彼とサントとの関係も、フランク・マーロとの関係も、楽園にいるかの様に始まり、楽園とはかけ離れた、醜悪で不平等な状況のなかで終わったことが推測され、これについて知る者に辛い思いをさせる。前者は暴力的だったし、後者は所帯染みてテネシーを束縛した。私が思うに、彼が人生で獲得したもっとも単純で純粋な関係、恋愛と呼べる関係は、キップとの短い出会いだった。ドナルド・ウィンダムにあてた手紙によれば、テネシーは一九四〇年、プロヴィンスタウンの酒場の調理場で、緑色のアーモンド型の目をした、ニジンスキーのように美しい体つきの踊り手に一目惚れをしたのである。キップについて語るテネシーの文は率直で、余分な考えやためらいの余地が無い。

私の、視力のある方の目は、釣られた魚のように、その姿に吸いつけられた。…その幅広い力強い肩と形の整った臀部はそれまでに見たこともない美しさだった！　彼は口数が少なかった。多分、私の激しい電波を感じて恐れをなしたのではないだろうか。」

彼らはどちらも互いを所有しようとせず、短い夏は終わった。その交流を通してテネシーが発見したのは、「楽園」を実現できるのは、彼とキップの交歓のように、第三の人物を介在させぬ、不毛の、未来の無い、もっと言い換えるなら「関係」以外の意味を持ち得ない、専ら互いの存在を確認し合うだけの、純粋な愛情だけだという真実だ。その愛は、「正当性」とか、「尋常」とかいった社会的、常識的な価値基準を退ける。社会との連帯を許し、利害に組し、第三、第四の存在を生もうとする結婚は、結局はそのヒエラルキーによって、楽園から遠ざかる。男と男、妻を失った父親と娘、家なき者と野良猫など、テネシーが執拗に追い続ける「尋常ならざる」人間関係の背後にこそ、遠く、近く、つねに楽園の記憶があると言えるだろう。たとえばこの章で論じる『焼けたトタン屋根の上の猫』に記された「デザイナーへのノート」には、セットについて次のように細々と指示が与えられていて、読み進むに連れ、舞台の中心となるこの部屋、遠く地平線で南部の青い空に溶け込むまで連綿と続く綿花畑を見はるかす、それにしてはつつましい寝室兼居間は、わずかに今に残された「楽園」の名残りであることがわかるのだ。遙かな祖先の楽園と個人のささやかな「楽園」は、この綿花畑と空のように、記憶の彼方で接して、重なる。

セットは、ミシシッピのデルタ地帯にあるプランテーション・ホームの寝室兼居間である。部屋のしつらえは、ここがデルタ一の綿花栽培規模を誇るプランテーションだと聞いた人が想像するものとは、だいぶ違っているはずだ。それというのも、この部屋は、この館を建てたジャック・ストロウとピーター・オチェロウという二人の共同経営者が使っていた当時のままなのだ。たがいに年を取るまで独身だった二人は、一生、この部屋で一緒に暮らしたのである。つまるところ、当時のままに保たれているこの部屋には、彼らの幽霊が住んでいる訳なのだ。だから、ふつうには考えられないほどのやさしさに満ちた関係が、静かに、詩的に、この部屋を包んでいる。[2]

舞台に関する描写はさらに続き、屋敷ごと舞台に乗せられた今も、その常ならぬ優しさの亡霊の気配は、ベランダに出された竹や籐の椅子に降りそそぐ光の暖かさからも感じ取れる、とある。これらの家具たちは、南の暖かな太陽や雨に愛撫され、くすぐられ、戯れ合う蛇のように絡り合って生き続けているではないか。この狭い空間には、テネシー流に言えば「死の恐怖さえ慰撫するほどのやさしさ」[3]の手触りがまだ漂っているというのだ。この部屋は、選ばれた土地、地上の「楽園」の心臓であったから。「二人が一生をともに暮らして行ける場」こそ、「楽園」の定義に他ならない。男と女の関係にはとうに失望していたテネシーは、この劇においても、「楽園」をアダム（男）とイヴ（女）ではなく、二人の同性愛者に与えている。しかしながら、彼は、いかなる組み合わせであれ、「一生をともに」一部屋で暮らすことは現代のアメリカではほとんど不可能なことだと考えていたのではないだろうか。テネシーが「今」を悲観的に見ていることは、この劇の舞台についての、「(彼ら二人が生きていた時代には)今、我々が〈アメリカ風〉とか〈アメリカらしい〉、あるいは〈大農園にふさわしい〉と思っているようなものはなにひとつ無かった」[4]という解説からもうかがい知ることができる。

この寝室のように優しい場所は、実は、ここだけでなく、いたるところ、たとえば(テネシーが見た古い写真によれば)サモア島にもあったにちがいなくて、もしかしたら、サモアにはまだ第二、第三のピーター・オチェロウとジャック・ストロウが生きているかもしれないとテネシーは夢見たりもしたようだ。だが、少なくとも、アメリカ人の新天地ミシシッピでは、じつに皮肉なことに、デルタの心臓部に最初ぽつんとひとつ発生したこの部屋こそ、「楽園」であったと同時に、少しずつ確実に育っていった、楽園からはるかに遠いアメリカ社会という巨大な怪物の揺りかごとなったのであり、テネシーは、この現実を避けてサモアに逃げ出す気にはならなかったのだ。アメリカの広さと、寒さと、餓えの記憶が、この寝室のテラスから見晴らすかぎりの草原を綿花畑に変えてしまい、ジャックとピーターは、亡霊として留まるしかなかった。今では、現代の怪獣、アメリカ文明を象徴する巨大なステレオ・セットとTV、銀色にきらめく揃いのコップや食器がびっしり並べられたバー・キャビネットが、かつて部屋に満ちていた優しさを押し退けて、空間を我がもの顔に占領しようとしている。それは、現代の人々が、ジャックとピーターのぬくもりが残っているような簡素なベッドでの安らぎを放棄し、むしろこうした「家具」とはとても呼べない巨大な「物体」の陰に身を隠し、守ってもらいたがっているからだとテネシーは説明している。ジャックとピーターの関わりは、どこよりもアメリカで"uncommon"（異常）とされるものであり、アメリカが失ったものの象徴なのだ。

だから、この屋敷にしても、農園の現在の持ち主ビッグ・ダディが増やし続けてついに手に入れた二万八千エーカーの肥えた土地——かつては約束の地であった「ナイルのこちら側最大の沃地」——に取り囲まれているというのに、この家に備わってしかるべき過去の遺産としての「潤沢」は、ベッドのまわりにかげろうのように、はかなげに浮遊しているだけである。建物は乾き、屋根は焼けている。マーチン・ブラウンはペンギン版の「ノート」で、次のようにこの屋敷を思い描いている。

一家は、まるで丈の長いコートを着ているように、南部の雰囲気を着込んでいる。檻に入れられているように、壁の薄い暑い家に閉じこめられている。家は、どこまでも広い肥沃な土地の真ん中にある、牢獄なのだ。[5]

ブラウンの観察は当たっているだろうか。私は、テネシーの目には、むしろ、この家は風化して解体する寸前と見えたのではないだろうかと思う。というのも、この土地も、家も、まもなく膨大な量の書類に変身してその神話性を失おうとしているからだ。この家の主人ビッグ・ダディは、実は、癌に冒されており、明日をも知れぬ命なのだ。今日この屋敷がいつになく賑やかなのは、癌を告知されていないビッグ・ダディの、退院祝いをかねたバースディ・パーティーが開かれることになっているからである。なにやら不穏な気配が感じられる幕開けではないか。

2

この建物の二階、幽霊の住む寝室兼居間に滞在しているのは、ビッグ・ダディの次男ブリックと、彼の妻マーガレットである。マーガレットは、一見、生命そのもののように若く、美しく輝いている。しかし、その美しさは、まるで、吹き出そうとする空気をむりやり止められている風船のようだ。穴の開きそうな場所を求めて張りつまり、歪んでいる。生命の吹き出し口がどこにもないのだ。彼女の声は、夫のブリックに言わせると、いつだって「二階にいる人間に、火事だって知らせているみたいに」[6] 切羽詰まって、大きい。彼女は、まるで、じりじりと焼けたトタン屋根の上で身の置き所の無い猫のようだ[7] と自分を語る。この異常な緊張は、どこからきているのだろうか。それは、夫のブリックがマーガレットを無視しているからなのだ。一言で言えば、二人は家庭内離婚の状態にある。彼女は夫に抱いてほしくて、悶々としている。彼女はとても彼を愛している（と自分で思っている）からだ。あるとき以来、ブリックは彼女を拒んでいる。「猫なら、ジャンプしろよ」とすら、彼は言うのだ。

ブリック「だったら、屋根から跳び降りりゃいい。跳べよ、猫だったら屋根から跳び降りたってうまく着地できるだろう。浮気すりゃあいい！」[8]

そのとおり、彼等が夫婦の体裁を保つ条件は、セックスなしで、ということだった。いったい、いつから？　マーガレットにセックス・アピールがないわけではない。張りつまった風船、うろつき回るメス猫なのだから。彼女は、男たちに見られていることを意識している。だが、彼女が求めているのはたったひとりの男、二言目には「マギー、出ていっていいんだぜ」[9]と言う、冷たい夫、ブリックなのだ。

マーガレットが出ていかないのは、ブリックのほかにも理由がある。彼女はビッグ・ダディが大好きなのだ。ブリックの父親なのにブリックとは対照的な生き方をして、もっと大きく、もっと大きくとプランテーションを広げて「ビッグ・ダディ」と呼ばれるようになり、もう、みんな彼の本名を忘れている。リアリスティックな生命力の固まりという点では、マーガレットこそビッグ・ダディの後継者にふさわしいと言えるだろう。従って、マーガレットはビッグ・ダディのよき理解者でもある。だからこそテネシーは、彼女にビッグ・ダディとブリックの違いの分析を許すのである。

マギー「あなた（ブリック）は、いつだって、勝ち負けなんかは問題じゃないって顔してゲームやってるようにすましてた。で、負けたのよね、いいえ、負けたんじゃなくて、ゲームから降りたって言うべきかしら、こんどはあなたは別な魅力を持つようになった。それはたいていは、ものすごく年を取るとか、もう治らない病気に罹ってしまった人が持ってる魅力なのよ。負け犬の魅力。」[10]

「ビッグ・ダディは見たとおりの人よ。彼はそれを隠さない。紳士面はしなかった。いつまでたってもジャック・ストロウとピーター・オチェロウからこの場所をまかされた時のままの、赤っ首野郎なの。でも、彼はチャンスをしっかり摑んで、デルタいちばんの、大きくて上等のプランテーションに仕上げたのよ。」[11]

ロマンティストのブリックと、リアリストであるビッグ・ダディは、しかし、そう簡単に別種の人間であると決め付けるわけにはいかない。彼らは親子であり、どちらも夢を追う人間である。目に見える夢と目に見えない夢。マーガレットが、一見非常に異なる二人に惹かれるのは、彼らがどちらも、楽園の記憶とその再生への憧れ、Desire を持つ者だからだ。そして、こうやって分析するマーガレットは、リアリストに相違ない。実は、マーガレットは、ブリックを愛すると同時に、それ以上にブリックの妻という〈役割もしくは場〉を愛している。場や役割の獲得とその保持は、セックスの獲得とその保持と同様、彼女にとっての大命題である。しかも双方には莫大な財産というおまけがついてくる。それなのに今や、どちらも失いかねない状況なのだ。ブリックは彼女を抱かず、ビッグ・ダディは遺書を書かないままで明日にも死んでしまいそうだ。マーガレットが猫なのは、セックスについてだけではないのだ。彼女は自分のあらゆる欲望に忠実であろうとしている。欲望とは、『欲望という名の電車』でも見たとおり、生命そのもの、あるいは生きる意志である。欲望に忠実なマーガレットは、きらきらと（あるいは見方によればギラギラと）輝いている。テネシーは、その生命力を讃美している。『焼けたトタン屋根の上の猫』の上演にあたり、もっとマーガレットを魅力的に描いて観客の同情を引くようにすべきだと演出家イリア・カザンに言われたテネシーは、

マギーはただひとりの貴族だ。彼女だけが、「けちん坊」じゃない。ぼくは彼女に同情的だし、彼女が好きなんだがね。彼女は書いているうちにどんどん魅力的になっていったよ。[12]

と答えたという。テネシーが、彼が最も信頼した友人の一人マリア・サン・ジュストをモデルにしてマーガレットを書いたことは、テネシーのマリアへの手紙からも明らかだが、マリアの生へのひたむきさは、テネシーを感動させて止まなかった。弱虫のテネシーは、体当たりでまっすぐに生きるマーガレットの頑張りを愛したのだろう。彼女は、貴族的であったがために、もっとも

大切なところで、致命的かもしれない失敗を犯した。その失敗が何であるかはこれから観察していくとして、それ以後の彼女の状況は、いわゆる「焼けたトタン屋根か熱い煉瓦の上で身動きできない猫（"a cat on the hot tin roof" あるいは "a cat on hot bricks"）」のように耐えがたいものなのだ。ブリック（煉瓦）のうえに落ち着きたい猫、マーガレット。マーガレットの夫の名前を決めるとき、テネシーはすこしふざけたのだろう。だが、劇の展開は深刻である。何としても一人の男と生き続けようとするマーガレットは、自分の失敗に打ちひしがれながらも、必死で活路を切り開こうとする。トタン屋根の上でじりじりと焦がされると、猫は、かえって身内に野生の生命力を呼び戻すかのようだ。

3

ブリックには、スキッパーという名の親友がいた。ブリックは自分に向けられるスキッパーの愛に気づきながら、ブリックに夢中になったマーガレットと結婚した。どちらとの関わりが真に愛の名にふさわしかったか。スキッパーは、ブリックの与える〈場〉を勘定に入れていなかったというだけで、答えとして十分であろう。どちらとの関わりがブリックにとってより重要であったか。ブリックとスキッパーは、二人して同じ夢を見ていたと言えば、答えになるだろう。それなのに、ブリックはマーガレットを選んだ。ブリックは、マーガレットが自分の何もかもを欲しがることを見抜いていたのだ。にもかかわらず彼はマーガレットと結婚した。それは、何のためだったのだろうか。

「ブリックは完璧な人、神様のような人」とマーガレットは形容する。「みんな、あなたを愛したわ。」[13]ブリックは、彼を未完にしていた唯一のこと、つまり、常識的な社会の中で、一人前の大人として通用するために、「最高の女」マーガレットと、マーガレットが胸をそらせて求めた「契約」を交わしたのだ。「今結婚するか、でなければこれっきり別れる」と迫る彼女の前に屈したのである。これは、ブリックには好都合だったとも言える。彼は、言わば、「正常な大人」になるために、スキッパーと距離をおく必要があったのだ。

ブリックは結婚によってスキッパーとマーガレットの双方を裏切ったのではなかったか。これがマーガレットの質問である。マーガレットは結婚してすぐ、スキッパーがどんなにブリックを愛しているか気付いたのだ。そして、ブリックが自分よりもスキッパーを大切に思っていることも。つまり、ブリックは、「クリーン」であろうとして、スキッパーにもマーガレットにも残酷な仕打ちをしたのではなかったか。観念的存在としてのブリックと肉体的存在としての彼、彼の魂の desire と肉体の desire は、完全に分裂していて、スキッパーとマーガレットは半ぶんこずつで我慢しなければならなかったのである。

「自分はブリックに愛されていない。」そう分かっても、彼女は生きていかなくてはならなかった。彼女は、自分と同様に耐えているスキッパーの感情を美しいと思いもしたが、苛立ちもした。「楽園」の定員は二人。三人は入れない。定員オーバーは、所詮無理なのだ。彼女は、対決を選んだ。「真実」に真っ向から向かったのだ。テネシーが彼女を好き、彼女を貴族であるというのは、一つには彼女のそうした潔癖さのためであろう。彼女にはあいまいな色が似合わない。彼女はスキッパーに言い渡す。

「スキッパー、夫を愛するのはやめてちょうだい。でなければ、彼に告白することがあるんだとおっしゃい。ふたつにひとつよ。」[14]

スキッパーは、ブリックを守った。ブリックの望みどおり、「友情を腐らせ」なかった。「そんなことはないさ、ブリックが違うって言ってるじゃないか」[15]と答えたのだ。そして彼は、自分がホモセクシュアルではなく"normal"だということをマーガレットに証明するかのように、ブリックを裏切るはめに陥ってしまう。いや、むしろ「完璧な」ブリックに向けて虚しく差し出した、マーガレットとスキッパー双方の手が触れ合ったとでも言う方が当たっているのかもしれない。

だが、スキッパーはマーガレットを抱けなかった。スキッパーこそ、ブリックにもまして「楽園」とその喪失を能く知る者だったからである。楽園の記憶を持たぬマーガレットは、スキッパーによって、深い「認識」と、その伴侶である「絶望」を友とすることになる。スキッパーの悲しい努力とその残酷な失敗から自分が何を知らされたかを語るマーガレットの台詞は、自責に満ちて美しく、イリア・カザンの心配をよそに、観客の気持ちをマーガレットに向けさせるに十分である。彼女は、マザー・グースの恐ろしい句を引用する。彼女の次の台詞はイタリックスが施されていて、この認識がマーガレットにとっていかばかり衝撃的であったかを物語っている。

「だれがコマドリを射ったのでしょう? わたしが、情けの矢でもって!」[16]

ここでも、被害者と加害者の逆転が起こっている。加害者としての自分を知った時初めて、人は存在の連鎖に連なり、その鎖の重さに唖然とするのだ。スキッパーとの対決の直前、マーガレットは、ブリックに対するスキッパーの愛を理解して、次のように言っている。

「ブリック、すっかり解ったわ。それは――気高いと思うわ。尊敬すらしていると言ってもいいほどよ。本気にしてもらえないかもしれないけれど。たったひとつわたしが言いたいのはね、夢がぜーんぶ消えてしまっても、生き続けることは止めちゃあいけないってこと……。」[17]

ブリックひとりが、裏切られた夫を演じた。「楽園」の番人である彼は、「セックス相手としてはとびきり」だが、夫の親友を誘惑した〈メス猫〉マーガレットと寝ることも拒んだし、友人の妻を誘惑したスキッパーも赦さなかった。出口のない愛と、友情の破綻に耐えかねて、スキッパーは自ら死を選ぶ。彼の死はブリックを打ちのめした。過去の純粋さ、あるいは、現在の自分のいいかげんさに耐えられなくなったのだ。前に進むことの出来ないことは、すでに分ってはいたのだが、スキッパーの死は、ブリックの人生にも同時にピリオドを打った。それ以来ブリックは、もっぱら失われた少年時代を悼み、アルコールで朦朧とする頭で、輝ける過去のプレイバックを繰り返している。彼らには、幻でも作り事でもない、たぐいまれな過去がたしかに存在したのだ。ブリックの瞼に焼き付いている、高く蹴り上げられたボールの清浄な輝きこそ、失われた楽園に満ちていた光を映すものである。ブリックは、その頃のことを回想して言う。

「スキッパーとぼくは〈オールド・ミス〉を卒業したあとはプロに入るべきだって、マギーが言い張ったのさ。だって、ぼくらは大人になりたくなかったんだ。ずっと蹴り続けていたかった。あの、長い、長い、高い、高いパスをね。〈時間〉以外にはだれにも止められないパスだ。僕らを有名にしたあのエアリエル・アタックさ！で、ぼくらはプロになった。」[18]

これは「スキッパー」という語を「ブリック」と置き換えれば、そのままスキッパーの台詞になるだろう。完全な対等の瞬間。己れにして他者、他者にして己れの関係。この楽園の関係の記憶こそ、テネシー・ウイリアムズが繰り返し語り続け、求め続けたものであった。そしてこの

「楽園の記憶」こそが、人を、ただ生まれて死んでいく人の姿をした獣"human beast"と区別するものであり、人に美しい歌を歌わせ、さらにまた、人を不幸にするのである。なぜなら、「楽園」はあらかじめ失われているか、失われることになっているから。人が死ぬという運命によって。さらには人が成熟を迎える前に増殖を繰り返すという運命によって。あるいはまた、知によって。無知によって。ありとあらゆる人間の状況と営みによって。

4

だが、人は「楽園」を失っても生き続けなければならない。いったいどうやったら、そんな運命に耐えることが出来るだろう?実は、これが『焼けたトタン屋根の猫』のテーマであり、しかも、とうとう解決しきれなかったテーマなのだ。苦しいのはマーガレットだけではなかった。誰も彼もが苦しいのだ。スキッパーは、ブリックの拒絶を受け、絶望して死んだ。これについてはもう少し後で詳しく解説することにして、だれからも拒絶されないブリックのことを考えてみよう。彼は死ねない。死ねば、自分が守っている伝説が崩れるからだ。かといって、スキッパーを見殺しにして生きることも困難である。アランを責めて死なせてしまったブランチ同様、スキッパーを責めて死なせてしまったブリックは、アルコールが忘却をもたらす瞬間、ブリックの言い方を借りれば、カチッと"click"の鳴る瞬間を頼みにして、「認識」と「記憶」から逃れることで、かろうじて日々を過ごしている。カチッと鳴れば、その時には彼はタイム・スリップをして失われた時を取り戻し、白い球を追うのだ。ブランチが、ポルカ曲で恐怖の瞬間に呼び戻されるのとは、ちょうど対照的である。それは、ブリックが「今」を逃げているからだ。ブランチが過去と現在の傷みに耐えながら「未来」を生きようと必死でいるのに対して、ブリックは、今を生きることも未来を生きることも拒絶している。彼は、冷凍保存した過去を抱いたまま滅びるつもりなのだ。彼は、罪を見つめるよりは、罪以前の楽園を見る。

先にも述べたように、『焼けたトタン屋根の上の猫』を書いた一九五〇年代の半ばには、テネシーの精神活動はかなり高揚していたと見るべきであろう。それは、この劇中、ブリックの周囲に、ブリックを愛し、彼の崩壊を妨げようとする人々が、マーガレットをはじめ幾人も登場することからも解る。そうした人々のうち、テネシーが最も力をこめて書いているのがビッグ・ダディである。ビッグ・ダディはいかにしてブリックを生かしめたか。

彼は、先にマーガレットの口を借りて紹介したとおり、気が付いたときには、何一つ握らず天と地との間に投げ出されていた、という種類の生まれ方をした。学校にも十歳までしか通わせてもらえず、野良に出されて奴隷同様に働いた。ジャック・ストロウとピーター・オチェロウに情けをかけられ、それに誠心誠意応えた彼の労働は、まず、二人の農園の監視役というかたちで報われた。マーガレットがスキッパーによって楽園のイメージを得たように、ビッグ・ダディは、ジャック・ストロウとピーター・オチェロウの在り方に、楽園のいかなるものかを知ったのである。ジャックの死によってこの「楽園」は終わった。しかし、ピーターはその後も十分に生きて、静かな死を迎えたのであった。ビッグ・ダディは目の前の「楽園」が、地平線で陸が空にとけ込むように穏やかに「楽園の記憶」、さらには楽園のイメージへと移行していくのを目の当たりにしたにちがいない。その流れは、彼らのプランテーションが大きくなっていったのと同じ、自然の緩やかな動きであったろう。ビッグ・ダディの大きさは、彼が、その自然の移り変わりの緩慢な動きを記憶しているところにある。彼は、自分がプランテーションを作ったなどと思い込んだりはしない。農場は、自然に育っていった。彼は、その「目撃者」なのだ。あるいは、目撃者であるにすぎないと言うべきだろう。だから彼は、みるみる大きくなった息子でも思い出すようにして、次のように言う。

「ストロウ爺さんが死に、おれがオチェロウの相棒になった。農園はずんずん、ずんずん大きくなって、止どまるところがなかった。」[19]

ビッグ・ダディの現在の財産は、現金と、筋のいい株券で一千万ドル、ナイル河からこっち、どこを探したって見つからないような肥えた土地が二万八千エーカーもあるというのだ。彼にとっては、自らの目の前で華麗に変身していったこの土地こそ、「楽園」の証人であり、後継者である。自信とコンプレックスの複雑な綯交ぜが、彼にヨーロッパを認めさせない。ヨーロッパには、楽園の片鱗さえ残されていなかったじゃないか。彼は、ヨーロッパなんて糞食らえと思っているし公言してはばからない。ヨーロッパがいじましく手先で作り出した「物」を買い漁る妻は許せない。彼女は、つまるところ、夫もアメリカも認めていないのだ。

ビッグ・ダディは、六十五歳の今、やり残したことといったら、いい女をかたっぱしから連れてきて、「ダイヤモンドで息を詰まらせ、ミンクで首を絞め、ファック攻めにしてやる」ことだという。彼もまた動物的な生命力にあふれているオスなのだ。しかし、同じようなエネルギーを持つ『欲望という名の電車』のスタンレーと比べてみると、いかにビッグ・ダディが女性を愛していないかがわかる。その証拠に、みんなが「ビッグ・ママ」と呼ぶ彼の妻は、ステラとは似ても似つかぬショッピング・マニアなのだ。ビッグ・ママがビッグ・ダディを満たすことが出来ないように、ビッグ・ダディも、ビッグ・ママを満たせない。

実は、ビッグ・ダディとスタンレーでは、エネルギーの質も量もまったく異なるのである。ビッグ・ダディのエネルギーは、自分自身が軽蔑している「数字」や「物」を積み上げ、歴史を創っていく、螺旋を描くエネルギーである。スタンレーのエネルギーは、何も積み上げず、何も創らず、閉じた円を描く。ビッグ・ダディは、土地を、家を、金を、ダイヤモンドを、ミンクを、そして女を集めて積み上げようとする。スタンレーは土地も、家も、金も持たない。飲んでは吐き、食べては排泄し、稼いだ金はカードですり、女たちを裸にして抱き、ステラだけを崇拝する。やはり、スタンレーは今だに彼なりの「楽園」に居るのだ。ビッグ・ダディの螺旋を描くエネルギーの源には、〈あらかじめ失われていた楽園〉の認識がある。これはおそらく、アメリカのエネルギーの一面を解説するものであろう。ビッグ・ダディは伝説のアメリカ人であり、スタンレーは、アメリカのなかの孤立した島の住人、アメリカの原始人、認識を排除したところに成立する擬楽園のアダムである。スタンレーには道化は無縁だ。

5

「擬楽園」の住人は、天使のように、あるいはブタのように無邪気に生きるが、凍った「楽園」を抱いては、自分もまた凍るしかない。絶望しても、生きていかなくちゃあならない――マーガレットと同じく、これがビッグ・ダディの断念である。マーガレット同様、彼にもまた、「楽園」はあらかじめ失われていたから。自分はあらかじめ「楽園」を追われていたのだと知った者が、「楽園」の記憶を持つ者に、死なず生き長らえるすべを教える。『焼けたトタン屋根の上の猫』は、実は、この上なく凄惨なドラマなのだ。ビッグ・ダディは、意を決してブリックに声をかける。

ビッグ・ダディ「なぜ飲むんだ？」
ブリック「一語で答えられるさ。」

ビッグ・ダディ「なんだ？」
ブリック「吐き気さ！」
ビッグ・ダディ「何に対してだ？」
ブリック「メンダシティって言葉を聞いたことある？」
……
ビッグ・ダディ「嘘をつくこととか嘘つきを言うんじゃなかったかな？」
ブリック「そのとおり。嘘と嘘つきだよ。」
……
ビッグ・ダディ「一体だれがどんな嘘をおまえについてるっていうんだ。」
ブリック「ひとりじゃないし、嘘もひとつじゃないさ。」[20]

"Mendacity" を英和辞書で引くと「嘘をつく傾向、性格。虚偽の陳述」という訳語が与えられているが、これでは微妙な「メンダシティ」があまりにあっさり片付けられてしまいそうなので、とりあえずは「メンダシティ」のまま使うことにしたい。ここでブリックが何よりも苛立っているのは、スキッパーとマーガレットの関係に対する彼等自身の説明、特に、自分への友情と愛情について、彼等の語るところに偽りがあったということなのだが、同時に彼は、ビッグ・ダディがもう助かりようのない癌に罹っていて、マーガレットも、兄のグーパーも、その妻のメイも皆そのことを知っているのに、ビッグ・ダディ本人とビッグ・ママだけが騙されて道化となっていることにも耐えられない思いでいる。しかも、ビッグ・ダディについては、自分も騙す側にまわっているのだ。嘘は許せない。嘘はその裏切りによって、常に自らの作った状況を裏切り、楽園を壊す。

「嘘つきは切る。蛇は死ぬが良い。」これがブリックの掟である。これに対してビッグ・ダディの答えは、驚くべきものであった。

「わしはビッグ・ママと、そうさな、五年前まで一緒に寝た。わしが六十歳、あれが五十八だ。だが、あれを一度だって好きと思ったことはなかった。」[21]

とうとうビッグ・ダディは水門の閂を外してしまったのだ。ブリックの死守する凍てついた「楽園」の門の鍵は、酒を飲むたびに「カチッ」とかすかな音をたてて外れ、彼はするりと中に入れるのだが、ビッグ・ダディは、メンダシティという閂を、自分で、内からはずしてしまった。水がどうと音をたてて流れ出すように、ビッグ・ダディの言葉も止まるところを知らない。

「そうさ、わしはメンダシティについて厚い本を書いても書いても足りないくらい知ってるぞ！おためごかしで我慢してきた嘘の山を考えてみろってんだ！そいつをメンダシティって言うんじゃないのかい?考えも、感じもしなきゃあ興味もない奴を、その気になってるふりをしてよ。たとえばだ、ビッグ・ママを好いてるって顔をしてだ。あいつの顔つき、声、匂い、たまらなくなってから四十年だ。寝たんだぜ！　ピストンみたいに律儀にな。へどの出そうなグーパーと、やつのかみさんのメイ、それにあのジャングルの鸚鵡みてぇに、ぎゃあぎゃあ鳴きたてるガキどもはなんだ！あいつらを愛してるってふりをしたのさ。神よ！見るのもいやだったんだ！

教会！くそ食らえだ！それでも行ったさ！行っておすわりして、馬鹿な神父の説教を聞いたもんだよ！

クラブだと！　エルクス！メイソン！ロータリー！　くそっ！」[22]

つまり、ビッグ・ダディがこれまで繰り返しやり続けてきたことのほとんどは、メンダシティに他ならないと。愛なくして毎晩妻を相手にお勤めを果たし、牧師を馬鹿にしながら日曜ともなれば欠かさず教会に通い、クラブでは無意味な褒めことばとあいさつの繰り返し。自分にとって真実とは、目の前で崩れかけひざまずいている、こだわりの強い次男坊に対する直観的な深い愛情だけだと。彼は、ブリックを説得する。

「わしはメンダシティにどっぷり漬かって生きてきた。おまえに出来ないはずはなかろう。

そうしなくちゃならない。メンダシティ以外に人生の連れなんか、無いんだ。」[23]

「真実」が泡立たんばかりの勢いでほとばしり出る。それと同時に、癌の痛みも容赦なく彼を襲う。メンダシティの象徴、アメリカそのものであるビッグ・ダディがこうして真実と向かい合うこのシーンは、『リア王』の嵐の場面にも匹敵する迫力がある。リアは、他者のメンダシティの崩壊を目撃して狂うが、ビッグ・ダディは、自らのメンダシティの崩壊に七転八倒する。そして、それゆえに、ビッグ・ダディの苦しみは、リアの苦しみよりも複雑である。リアは王であり、他者の苦悩を知らず、ただ信じた。彼の苦悩は、王という絶対が絶対ではなく、崩れる脆いものであったことの認識から生じたが、ビッグ・ダディは、すでに、絶対と見える仮面が仮面であることを知っており、にもかかわらず気づかぬ顔をして「仮面」を「絶対」のように振る舞った己が手の汚れたるを知り、道化がリアを愛するように、ブリックを愛したのだ。それはリアとブリックが「真実であるべきとするもの」、言い換えれば「彼らにとっての真実」が美しいからである。さらに言い換えれば、リアとブリックは、道化とビッグ・ダディがすでにとうの昔に断念した「楽園」を、心中に失わず持ち続ける者であったからだ。道化の真実は、どこにも居場所のないことであり、(『リア王』の道化は、リアが、人間存在のみじめさ、はかなさを認識してなお楽園の夢を失わずにいることを確認すると、いずこへともなく消えてしまう。)ビッグ・ダディにおいて、隠された癌は、隠されていた容赦ない真実と呼応する。道化にとっても、ビッグ・ダディダディにとっても、真実は、美しさとは程遠いところにあった。

6

ところで、「真実」に固執するブリックは、はたして、メンダシティとは無縁なのだろうか。彼は昨夜、「楽園」の夢を見て、昔やったようにハードルを飛び越えようとして失敗し、第二幕では松葉杖に頼っている。この「楽園」の番人は、どうやら自分を支えてくれる杖が必要なようだ。ビッグ・ダディは、ブリックの松葉杖もグラスもはじき落とす。青臭い「真実」を振り回す者は、彼のリアリズムに打ちのめされるだろう。野犬狩りの黄色い車から裸足で飛び降り、道無き荒野を半マイルも駆け続け、綿繰り小屋の外に置いてあった手押し車に体を縮めて寝たとき、もう彼には人生がほとんど見えていたのだ。彼を家の中に入れてくれたジャック・ストロウとピーター・オチェロウが楽園の住人であることも、まもなく解ったのだ。必死で「楽園」を守ろうとしたブリックではなく、ビッグ・ダディこそ、実は楽園の番人の名にふさわしい。ビッグ・ダディが自らを "overseer" (牧場監督) と繰り返し呼ぶことは、故無きことではなかった。

ブリックが酒浸りになったのは、スキッパーが死んだ時からではなかったかと聞くビッグ・ダディに、ブリックは身構える。「僕たちのことを、同性愛者だったと、疑っているんだろう?」テネシーが上機嫌なのは、こんな時、用も無いのに説教師を登場させたことでも分かる。わざわざ、「敬虔かつ伝統的な嘘の見本」[24]と注をつけて。テネシーはたしかに遊んでいるのだが、その一方で、敬虔かつ伝統的な嘘とメンダシティをはっきり区別させようと念を押しているとも受け取れよう。伝統的嘘は、ただ滑稽である。それが、敬虔の衣を着ていれば許しがたい。

ブリックにはスキッパーの気持ちが解っていたのだ。メンダシティと、ブリックの関係は明らかである。彼は、"normality"を批判しながら、ノーマルでなくてはならないと思い込んでいる。だが、彼もようやく、正直に物が言えるようになったのだ。ブリックは言う。

「ノーマルであるには美しすぎた。ふたりの人間がいて、その間に起こる真実はいつだってノーマルなんかじゃない。稀な、有り得ないほどのことなんだから。」

「純粋で、真実で、だから絶対ノーマルなんかじゃないんだ。」[25]

そして、この、ノーマルならざるもの、「まれに見る友情、ほんものの、正真正銘の深い友情」[26]こそが、彼の守るべき真実、「楽園」を「楽園」足らしめた唯一絶対の要素であるとして、では、なぜスキッパーは死ななくてはならなかったのか。

ブリックは、スキッパーが裏切ったのだとビッグ・ダディに答える。だが、メス猫マギーと、彼女に狙われ摺り寄られた哀れなスキッパーの転落の物語を語りながら、ブリックは、ビッグ・ダディの厳しい眼に追いつめられていく自分を感じている。——もう、すっかり話さなくてはならない。しかし、只じゃないぞ。こちらも、本当のことを、親父は癌で死ぬんだということを言ってやる。親父の好きな「真実」を話してやる。そこで初めて二人は対等になる。——ブリックは、スキッパーが死んだのは、自分が、〈彼の友人＝「楽園」の住人〉でいるよりも、「楽園」の番人である方を選んだからだいうことを告白する。

「僕は、スキッパーからかかってきた長距離電話を切ったんだ。電話で、彼はぐでんぐでんに酔っ払って僕に告白し、僕は終わりまで聞かずに切った。それが僕らが話した最後だった……。」[27]

なるほど、ブリックの真実、彼の「楽園」の物語は、黒い額縁で飾られた、閉ざされたものだった。つまり、彼もまた、メンダシティと無縁ではなかった。というより、彼の「真実」は、「真実であるべきこと」であり、メンダシティとは双生児であったのだ。ブリックには、解っていたはずだ。これについて、ビッグ・ダディは次のように最後通牒を与える。

「わしらはおまえが軽蔑し、その吐き気をぶっ殺そうとして飲んでもいるウソに、首までどっぷりと浸かっている。おまえは、自分につばを吐いているだけだ。メンダシティへの吐き気は、自分に対する吐き気なのさ。

おまえという奴は！友達の墓を掘って、そこへ彼を蹴り込んだんだ！真実に面と向かう前にな！」[28]

ブリックは、この期におよんでまだ自分を守ろうとする。「彼の真実だ！僕のじゃない！」とか、「誰か真実に直面できる奴がいるか？　父さんは、出来るのかい？」[29]と、居直ろうとするのだ。そっちがその気なら、もっとすごいパンチも受けてみろ。ブリックは、ビッグ・ダディの死をほのめかすが、ビッグ・ダディの剣幕に押されて、ふたたびメンダシティに逃げ込もうとする。とうてい、話すことはできない。メンダシティの閂を外し、真実を正視することは、いつだって耐え難い苦痛を伴う。ブリックが最も嫌ったはずのメンダシティこそ、実は、人を生かしてくれる隠れ家であった。ブリックは、心の底からこの事を認め、同時に、ビッグ・ダディに向かって言い出しかけた真実、もう、ビッグ・ダディには二度と誕生日は来ないのだという、そして、知らないのは本人とビッグ・ママだけだという真実を、出来れば飲み込んでしまいたいと思うのだ。人間は、生きるために嘘をつく。嘘が通るあいだは、生きていられるのだから。

ブリック「メンダシティってのは、僕らが生きているシステムなのさ。生から逃れる方法は二つ。一つは酒で、もう一つは死だ。……たぶん、嘘をつくのは生きてる証拠なのさ。ぼくはほとんど生きちゃいないものだから、つい本当のことを言いそうになる。」[30]

結局ブリックは、ビッグ・ダディが命懸けで真実を求める勢いに圧倒されて、ビッグ・ダディの病状を告げる。ビッグ・ダディは、さっき、「メンダシティ」という長年掛けっぱなしで錆付いていた大きな門を、覚悟の上で外してしまったのだ。受けて立たなくてなるまい。二人して真実に耐えなくてはなるまい。ブリックは、叫ぶ。

「父さんは、僕に言った!だから、僕も父さんに言ったんだ!」[31]

受け止める側も、与える側も吹き飛ばされてしまいそうな強烈なパンチだ。内なるメンダシティの崩壊に耐えたビッグ・ダディは、今は、リア王のように、外なるメンダシティの崩壊に揺さぶられ、振り回される。しかし、彼はリアのように叫び狂うことは無い。かねて知っていたことを、改めて、そしてはっきりと認識した者の常として、ゆっくり噛み締めるように、吐き捨てるように、言う。ト書きには、「決意を固め、ゆっくり、ゆっくり言う」とある。

ビッグ・ダディ「そうさ、誰もかれも嘘つきだ!
――嘘をつきながら死んでいく、大嘘つきさ!」[32]

人間は、「死を待つ獣」ではなく、「死にゆく嘘つき」であると。自らもまた。

7

ビッグ・ダディは、この残酷な真実の確認の中で死ななくてはならない。そして、人間が嘘つきなのは、先にも述べたとおり、人間が、遙か祖先の楽園の記憶を持つからなのだ。ビッグ・ダディには、楽園はあらかじめ失われていた。彼はそのことを知り、メンダシティによって出来上がる虚構の家を、自分の場としたのである。彼は、自分の子供であるブリックにある種の尊敬の念を持って対していると告白するが、それは、ブリックが一時なりとも、メンダシティによる「擬楽園」ではない、本物の「楽園」に入ることを許されたからである。先にも述べたとおり、時を経て、記憶の中で「楽園」は、楽園と重なっていく。

「わしはなぜか知らんがお前が好きなんだ。いつもなにやら真実の感情を持ってきた。愛情といったらいいのか、それとも尊敬とでも……そう、いつも、いつも、な。」[33]

「楽園」の記憶を持つ者は、持たぬ者よりすぐれて美しい。これがビッグ・ダディの認識であり、テネシーはビッグ・ダディに、死を賭けてでも、そのことをブリックに伝え、ブリックを生きさせたかったのだ。テネシーは『焼けたトタン屋根の上の猫』のタイトル・ページに、ディラン・トマスの次の詩句を引いている。

そして父さん、その悲しみの極みで
お願いだからどうぞ熱い涙して
ぼくをののしり祝福してください
安らかな夜へと静かに向かったりせず
どうか怒って。消える光を叱りとばして！[34]

「社会」あるいは第三者の出現によって「楽園」が失われがちな運命にあることは、残念ながら人間の存在の客観的真実である。だからこそ、「楽園」を知る者も知らぬ者も、等し並に「楽園」の実現と存続のために嘘をつく。「擬楽園」でも、無いよりはましだ。だが、人には否応なく、勇気を以て、重大かつ致命的な真実を語らねばならぬ時が来る。そしてこの時、「楽園」も、「擬楽園」も「メンダシティ」も、共々に崩壊し、本物についての記憶と認識だけが残るだろう。「楽園」の崩壊に立ち会った者には、「楽園」の喪失を確認することしか生きるすべはなく、テネシーは、ブリックにはこれから先、ひとつの歌が与えられるだろうとしている。これは取り上げられる「楽園」の鍵と引き替えに与えられる歌、ロマンティストの挽歌だ。そして、これは同時に、人間が、とうに「楽園」を失っていたことを、ようやく受け入れたテネシーの歌でもある。『カミノ・レアル』で岩に咲くすみれに驚いたキルロイは、キホーテと連れ立って、もう遠くに去ってしまったのだろうか。

お家に帰りたいんだよ、
疲れて眠りたいんだよ、
ちょっぴり飲んだは、いっとき前——
どこを流れていようとも、
陸、海はては泡のうえ、
聞こえるでしょう、ぼくの声
いつもこの歌うたってる、
お家に帰りたいんだよ。[35]

「放浪」こそが、道化ることを止め、「楽園」を失った者の生きるすべを問うた『焼けたトタン屋根の上の猫』でテネシーが出した冷酷な答えであり、彼が自らに課した十字架であった。「楽園」を失った者は、アダムとイヴのように、死の時まで歩き続ける運命にある、とするものだ。だが、同時に、この歌はきわめて興味深い一つの真理を歌っている。放浪者は、帰り得ぬ楽園へ帰ることを求めている。その時、「家」という言葉を使っていることだ。「家」は、楽園を知るものと知らぬ者とを結び付ける場である。ビッグ・ダディに見たとおり、楽園を失った人間は、その代用に「家」と言う名の建物を造る。ビッグ・ママも、マーガレットも、体を張って、家作りの戦いに挑んでいる。そういう女性たちをテネシーが一種賛嘆の眼差しで見ていることはすでに述べた。一方で彼は、そうした女達に捕らえられることを恐れてもいる。旅を可能とし、愛して主張せず、帰ることを静かに受け入れてくれる「家」があるならば、それはなんと有り難いことだろう。だが、「家」を作るためには、旅を止めなくてはならないというジレンマがある。テネシーが納得するような、旅と共存する「家」は果たしていかなる姿をしているのか、その姿はまだ見えてこない。

8

ところで、ビッグ・ダディが営々と積み上げたこのプランテーションは、いったいどうなるのだろうか。実は、この虚構の家には、彼よりもっと熱心にメンダシティを遵奉してきた人物がいる。ビッグ・ママはビッグ・ダディを彼女流に愛し、この醒めた男が自分に向かって真実を言うすきを与えぬように、「メンダシティ」という外壁に自分の顔と同様厚塗りをして、ヒビが入らぬよう必死だったのだ。彼女はパンドラの箱を開けてはならないと自分に言い聞かせ、その掟を守った。彼女の胸に耳を当てれば、次のようなモノローグが聞こえるのだろう。——開けるのはヨーロッパで買ったドレスの箱にしなくては。中のものを出すのに時間がかかるように、ぎっしり詰まった大きな箱がいい——。ビッグ・ダディに愛されていないことの自覚が、その知恵を与えた。彼女は不都合なことは一切信じない。彼女に通用するのはメンダシティだけだ。いつも、メンダシティで救われてきた。病院から帰ってきたビッグ・ダディが誰彼れをうるさがって不機嫌になり、

「誕生日には、わしは、わしのしゃべりたいようにしゃべるんだ、アイーダ。いや、ほかのどんな馬鹿馬鹿しい日にもそうしてやる。それがいやな奴はどうしたらいいかくらい、自分で考えろ。」[36]

などど喚き始めた時だって、もっぱら「心にも無いこと、おっしゃって。」と繰り返して、本当のことをこれ以上言わせないよう、必死だった。メンダシティさえ忘れなければ、大きなTVセットの陰に逃げ込む必要もない。

しかし、ビッグ・ダディの死という絶体絶命の「真実」を塗り込めるメンダシティなどあるのだろうか。現に、ビッグ・ママは、第三幕に入ると

「だれかが嘘をついている!何なのよ!」[37]

などと、彼女らしからぬ叫び声を発している。第二幕でビッグ・ダディとブリックのメンダシティを打ち破ったテネシーは、第三幕では、ビッグ・ママの命綱ともいうべきメンダシティを断ち切ろうというのだ。

まずホーム・ドクターのボー氏が、ビッグ・ダディは末期癌で手術もできない状態であることをビッグ・ママに告げる。殴られたようなショックに耐えて、ビッグ・ママは言い放つ。

「間違いでしょ。悪い夢よ、分かってるわ。そう、悪い夢よ、それだけなの。恐ろしい夢。嘘よ。ちゃんと分かってるわ。嘘でしょう。」[38]

さっきから「楽園」や「喪失」や「メンダシティ」には本質的に無縁のグーパーとメイ夫婦が、早々と財産保全策など持ち出してはビッグ・ママをゆさぶっている。ビッグ・ママは耐えきれず耳をふさぐ。メンダシティの崩れるのを感じ取ったビッグ・ママは、必死でこれに応戦しようとして叫ぶ。

「やめて、やめて!ビッグ・ダディは死んだりなんかしないわよ。だれにも、何も行かないわよ！」[39]

その時、財産のことなど念頭にないブリックが「お家に帰りたいんだよ……」を歌いながら登場する。ビッグ・ママは、その時素早く彼の「真実」の美しさに気付くのである。メンダシティに埋もれて生きてきたビッグ・ママもまた、メンダシティを必要としなかった頃の記憶を持つ幼く汚れないブリック、言い換えれば「楽園」のブリックを垣間見た者であったのだ。彼女は、自分がかってブリックを通して楽園の夢を見たことをまざまざと思い出す。

「今夜のブリックは、小さい時の彼そっくりよ。さんざ外であばれて、汗びっしょりになっては、ほっぺを真っ赤にして眠そうな顔して帰ってきたっけ。赤い巻き毛がきらきら光ってた……。」[40]

劇作家としてのテネシーの真骨頂が発揮されるのは今だ。先刻から

「わたしたちがここに居るのは、ひたすらビッグ・ママとビッグ・ダディのためですわ。ビッグ・ダディについて皆さんのおっしゃっていることが本当なら、わたしたちはパーティが終わりしだい、おいとまします。」[41]

などどさかんにメンダシティを発揮していた「猫のマギー」は、素早くチャンスをつかんだ。

「皆さん、聞いてください。」[42]

と、彼女の台詞の調子はあたりを払う強さである。焼けた屋根の上でも、いっそ頂上に登れば、体を包むものはほとんど風をはらむ空気だけだ。そこなら、猫は毛繕いができる。精一杯胸を張り大きく息を吸っているマーガレットの姿が目に浮かぶようだ。劇場でも、空気の張りつめる一瞬だろう。彼女のメンダシティは、ここにおいて完成され、マーガレットは、虚構の家を受け継ぐにふさわしいクイーンになる。ここで発動されるべき唯一絶対のメンダシティを、彼女はやってのけるのだ。メンダシティは虚構だが、その本質は、語るものにとって「本当であるべきこと」である。正真正銘のメンダシティは、信じるものを得るとき、〈再生〉という奇跡を生む。

「ブリックとわたしには、赤ちゃんができましたの。」[43]

ビッグ・ママをねらったこの手榴弾は、命中した。ビッグ・ママはまるで待ちかねた一撃であったとばかりに悲鳴をあげるのだ。

「ビッグ・ダディが眠る前に教えてあげなきゃ。あのひとの夢が、たった今ほんとうのことになったんだって、報らせてくるわ。」[44]

ビッグ・ママが、この報せを告げるべく、弾かれたように、ビッグ・ダディが呻いている階下のホールに降りて行くのは当然すぎるほど当然のシナリオであるが、死という真実を前にして、このメンダシティがどれほどの力を発揮したかについては、観客はなにも知らされない。遠くから、苦しみの長い叫びが聞こえてくるだけである。ビッグ・ママは、最後には、絶対に使わないと言っていたモルヒネに頼ろうとする。モルヒネを劇中最大のメンダシティと解釈することは易しいが、『焼けたトタン屋根の上の猫』のテーマと考えあわせる時、この壮絶な死は、ビッグ・ダディの生の在り方と関連するものとして捉えるべきであろう。彼は真実に直面して死ぬことを選んだはずだ。あるいはモルヒネを打つところを見せなかったのが、テネシーの、せめてもの抵抗であろうか。もしかしたら、テネシーは、迷っていたのだろう。いまさらメンダシティから逃れおおせるには、ビッグ・ダディは深入りしすぎてしまっている。人々もまた。そして、テネシー自身の耳の底には、いつだって、あの、「みんなと同じでありたい」という自作の詩のリフレインが聞こえていたはずだ。実際、それと関連して、興味深い問題が、第三幕にはある。かって、「正直」"honest" であったために焼けたトタン屋根の上に登ってしまったマーガレットは、メンダシティの女王として屋根から下りてくる。メンダシティが、ビッグ・ママとマーガレット自身を救ったのだ。この時、この劇は、いささか唐突な展開をする。マーガレットのとっさの勇気に感謝したブリックが、突然「心なごむ歌」"a peaceful song"を歌い始めるのだ。これは、つぎに歌う時には"*his* peaceful song"(イタリック筆者)[45]となっている。嵐はおさまり、一見垣間見せられた真実はふたたび目に触れぬところに影を潜め、メンダシティに支えられる、一見平和な日常に、ブリックも一緒に戻るとしか考えられないのだ。これはどう理解したらよいのだろうか。

つまり、こういうことではないか。ここでは、マーガレットが勝ったのだ。ビッグ・ダディによって厳しい「真実」の洗礼を受け、生きることはメンダシティを続けることだとはっきり認めさせられたブリックは、マーガレットの強烈なメンダシティに驚嘆し、ちょうどアルコールを飲んだ時のように、全てを忘れたのだ。胎み、自分の肉体を提供して種を守る、強く健康な女たちは、男たちにねぐらを与え、新しい服と仮面を与えて、その代償として彼等から全ての記憶を奪おうとする。楽園喪失の痛みも、真実をめぐる苦悩も、友情も。生きるために。再び、楽園の夢のために。ビッグ・ママが追い打ちをかける。彼女はビッグ・ダディを失いかけていることを知り、まだ空いてもいない席に、もうブリックを座らせようとしている。

「だめ!耐えられない!神様!ブリック、ブリック、坊や!

息子や、ビッグ・ダディの坊や！小さな父さん！」[46]

ところが、テネシーの迷いを反映するように、劇の終わりは、再び方向を変えるのだ。先の台詞に続けてマーガレットは、今日はベイビーを作るにはぴったりの日だという。「愛しているわ、ブリック」と囁きかけるマーガレットの台詞で劇を終わってもよかったのに、もう道化にはなれない正直なテネシーは、土壇場でまたしてもつい、ブリックに「真実」を思い出させてしまう。“his peaceful song”は、つかの間のものでしかなかった。松葉杖を手すりから放り投げ、ベッドのランプを灯すマーガレットに、ブリックは捕らえられてしまった格好となり、彼は弱々しく笑って言うのだ。

「愛？これが愛なのか？笑っちゃうぜ。」[47]

これが、テネシーがこの劇に与えた最後の台詞であった。この台詞は、次のように続く。

「本当だとしたら、傑作じゃあないか？」[48]

そしてこれは、第三幕におけるビッグ・ダディの台詞の、文字通り、こだまである。しかし、大きな違いは、ブリックはこの時すでにメンダシティから解放されているということだろう。しかしまた、強さを得ぬままで解放されるということは、何と物悲しいことだろう。なぜなら、そこでは、解放は、老いに似ているからだ。

9

テネシーが「義」とする人物、『カミノ・レアル』のキルロイも、キホーテも、世界が醜くなる前に雪山めざして旅立ってしまったのだ。『焼けたトタン屋根の猫』を書いたテネシーにも、観客にも、逃げを打たずシニカルにもならなかった〈道化〉の後ろ姿しか見えない。

しかしまた、シニシズムを前面に押し出して、それがいったい何になるというのだろう。それではやはり生きられないではないか。——こうしたテネシーの迷いに解決策を与えるのは、イリア・カザンの得意とするところであった。

イリア・カザンはイスタンブール出身の移民、興行師、演出家であったから、テネシーが示したこのように不安定な終わり方ではまずいと直感した。そして、いかにも彼らしく、ブロードウェイ・ヴァージョンではテネシーに第三幕を書きなおさせ、『焼けたトタン屋根の上の猫』に、アメリカ礼賛、女性礼賛のメロドラマ風大衆劇の砂糖をまぶしたのであった。イリア・カザンの判断がどういうものかを知るには、彼は、改善の手始めとしてビッグ・ダディを第三幕にも登場させたという一点を考えてみれば十分であろう。カザンの要請に従った改訂版では、ビッグ・ダディは自分の病気についてみんなが騒いでいるのを、寝たふりをして聞いてしまったということになる。彼はプランテーションの長らしく、即座に死を迎え入れる心の準備ができ上がる。そして威厳をもってドアのむこうに去るのだ。メンダシティの問題は、癌告知の問題にすり替えられ、それ以上の意味を持たなくなってしまった。さらにカザンは、劇の最後を大幅に変えた。マーガレットは、ブリックの酒のボトルをひとつ残らず二階のプラットフォームから芝生に投げ捨て、彼のアル中を治す決意を表明する。そのマーガレットを、ブリックは、うっとりと見つめるのだ。マーガレットは、今夜はふたりでちょっとだけ飲んで、ビッグ・ダディについた嘘を真実に変えようと誘う。マーガレットに、

「どう思う、ベイビー?」[49]

と聞かれて、ブリックは「たいしたもんだよ、マギー」[50]と感嘆の声をあげるのだ。マーガレットは枕元の電灯を消し、ブリックのベッドの足元にひざまずく。そして彼女は、いとおしげにブリックの頬に触れて、心やさしく弱い彼を守ると決心するのである。いかにもアメリカの女丈夫の満足しそうな筋書きになったわけだ。だが"his peaceful song"を歌ったからといって、ブリックがそうやすやすと過去を忘れ、善き夫になるはずもない。「楽園」の記憶と、「真実」に立ち合

った記憶を合わせ持つ者の、皮肉と自嘲、そしてささやかな抵抗は、テネシーの精神の復活の可能性を物語るものであったのに、その意味では、カザンは実につまらぬことをしたと言われても仕方があるまい。テネシーも、カザンの処置には不満が残った。

しかし、一方においては、カザンの処置は、観客の拍手のためにはぜひとも必要であったということも否めまい。現実を知って絶望を回避するカザンは、メンダシティの女王マーガレットの良き理解者、メンダシティの王者と呼ばれるにふさわしい。彼もまた、あらかじめ楽園を失っていたアメリカという国をよく知る、アメリカを創り、これを支える異邦人、ビッグ・ダディ同様の"overseer"（見張り人）であった。カザンの修正により『焼けたトタン屋根の上の猫』は、劇のメンダシティを現実のメンダシティが支えるという、きわめて興味深い二重構造を持つことになった。劇の外のメンダシティによってはじめて、劇中のメンダシティは保証されたのである。テネシーの絶望に釣り合うには、メロドラマすれすれまで砂糖が必要であったと言ってもよいだろう。テネシーも半ば承知の、カザンの離れ業であった。

アメリカは、当然ながらこの離れ業を歓迎した。テネシーが、心配と混乱のあまり、初演の晩のパーテイにも出席できなかった『焼けたトタン屋根の上の猫』は、かってない数の観客を動員し、テネシーに、三度目のニューヨーク批評家サークル賞と二度目のピューリッツァ賞をもたらしたのである。

『焼けたトタン屋根の上の猫』においてテネシーがメンダシティを否定しなかった背後には、

ビッグ・ダディ的、あるいはマーガレット的アメリカへの、あきらめと羨望の入り交じった肯定があると言えるのではないだろうか。アメリカは、体内にたまった澱が癌となって身体中を食い尽くすまで、メンダシティを吐き続け、大きな家を造り続け、太り続けるだろう。しかし、その虚構の家を受け継ぐ者としては、「楽園」の記憶を持つ者が選ばれるだろう。なぜならば、逆説的だが、すべてのメンダシティは、実は、〈楽園のイメージ〉の実現のために為されるものだからである。"**honest**"なマーガレットが最後に嘘をつくことの意味はここにある。「楽園」そのものは自足的であり、傷つき、切り裂かれることによってしか、開かれ、受け継がれる〈楽園のイメージ〉にはなり得ない。

ジャック・ストローとピーター・オチェロウの「楽園」であったこの部屋から、赤ん坊が生まれる日が来るだろう。新しい小さな白いベッドが置かれ、スキッパーの亡霊も、ストローやオチェロウの仲間入りをして、赤ん坊の寝顔を見に来るだろう。アメリカは、マーガレットのような、(自らの愛を信じる)女達によって、守られていくだろう。メンダシティによって。もっともっと大きく、もっともっとガラクタを積み上げて。――ブリックは穏やかに老い、ときどきアルコールが欲しくなるだろうな。死なず、生きるために。失われた楽園の記憶のために。――そんなことをつぶやきながらカーテン・コールに引っ張りだされているテネシーの、あきらめに似た笑い顔が目に浮かぶ。なんといっても、テネシーもアメリカに生き、アメリカを愛しているのだから。「子供が男の子だったら」と彼は言うかもしれない。

「亡霊たちが、楽園の夢を見させるでしょうな。女の子だったら、ですか？　彼女は男の子を生むでしょう。」

第5章 *Orpheus Descending*

旅のかたみ
『地獄のオルフェ』

1957年3月21日
ニューヨーク、マーティン・ベック劇場にて初演

プロローグ

テネシーの書く劇はしだいに難解になっていった。生の手応えを求めて、主人公は、ますます遠くまで旅を続ける。家族を振り切って飛びだしたテネシーは、ぜひとも生の真実を求め、理想にかなった生き方を捜し出す必要があったのだ。

実は、先にも述べたとおり、一九三九年、彼は『天使の戦い』というタイトルで二幕からなる劇を書き上げている。この劇は、一九四〇年十二月三十日から、ボストンの「ウイルバー・シア

ター」で、「シアター・ギルド」というかなり評判の高い劇団によって上演された。演出は、シェイクスピア劇の演出で多少知られたマーガレット・ウエブスターであった。彼女の演出は、いかにもイギリス人らしい節操のあるものだったということで、観客にはテネシーの叫びは届かず、上演は一九四一年一月十一日で打ち切られてしまった。上演打ち切りの宣告を受けたテネシーは、自分はこの劇に心を注ぎ込んだと懸命に抵抗したようだが、これに対してミス・ウエブスターは「心を袖口まで下ろして、カラスにつつかせてはいけないわ」[1]と忠告を与えたという。

結局のところ、テネシーは二百ドル貰って劇に手を入れることを納得し、すぐに仕事にとりかかったが、書き直しは難航した。改作が、題名も新しく『地獄のオルフェ』*Orpheus Descending* と付け替えられて、ようやく上演の運びとなったのは一九五七年三月二十一日である。この時すでに『ガラスの動物園』、『欲望という名の電車』、『カミノ・レアル』、『バラの刺青』などの作品を次々と発表して劇作家としての名声をほしいままにしていたテネシーには、ニューヨークの「マーティン・ベック劇場」が提供され、劇団は「プロデューサーズ・シアター」、演出にハロルド・クラーマンと、いわば鳴り物入りの興業であった。ハロルド・クラーマンは、当時もっとも活躍していた演出家の一人である。テネシーの才能に早々と注目し、一九三九年『アメリカン・ブルース』に対して百ドルの賞金の枠を新設してくれたメンバーの一人であった。テネシーも、『地獄のオルフェ』のできばえにようやく満足して、次のように述べている。

この作品がぼくの手から離れたことはありませんでした。今だって、まだいじっています。トランクの底に眠ることはなく、いつも仕事机の上にありました。新作のアイディアや材料が種切れになって引っ張りだしてきたわけではありません。今シーズンお目にかけるのは、ついに完成したと、心底納得いったからです。[2]

二つの作品を一読すれば明らかであるが、『天使の戦い』と『地獄のオルフェ』では主人公ヴァルの捉え方にも、彼をめぐる女達の描き方にも、さらに、劇全体の完成度にも、格段の開きがある。テネシーは喜びを押さえきれず、「ぼくはやっと、言いたいことが言えた」と繰り返し語っている。さらには、喜びついでに、次のような種明かしさえしているのだ。上演は成功して、書き上げられるまでの長さにふさわしいロング・ランとなるはずであった。

……なぜぼくがこうも頑固にこの劇にこだわったか？実際、十七年もの長きにわたって。どなたにとっても青春の思い出ほど大切なものはないと思います。そして皆さんはこの『地獄のオルフェ』という劇に、ぼくの袖口にくっついている「心」が引きずっているものが何かをご覧になるでしょう。一見すると、この作品は、野性の心をもった青年が南部の保守的な社会に紛れ込み、狐がひよこ小屋に入り込んだような騒ぎを起こす話といったところです。しかしその実、これは、ありふれた表面の下に潜む、人々の心から消えない、未だ答えの与えられていない問いを扱った劇なのです。四人の主要登場人物で代表される、問い続ける人々の在り方と、それに対して、答えどころか、「妥協」か「降伏」に他ならない、あらかじめ与えられている答えを受け入れることとの違いについての劇なのです。妥協が生むのは私利であり、降伏がもたらすのは生殺しに他なりません。[3]

しかし、舞台に乗せられた『地獄のオルフェ』の評判は、またもやテネシーの期待を裏切って、悲惨なものであった。いや、それどころか、ハロルド・クラーマンすら、この劇を理解していないようだった。舞台は、盛り上がりきらないまま、六十八回の上演の後、五月三日で打ち切られた。テネシーは、『地獄のオルフェ』は手が込み過ぎ、演出と主役に対する要求が多すぎたと自分を慰めてはいるが、一方で、『地獄のオルフェ』の失敗がいかに深い挫折感を与えたかを白状している。実は、この少し前同年三月二十七日に、家出したままであった父コーネリアスが死んでいる。とうとう、エドウィナともローズとも再び心を通わすことのないままの死であった。彼の死と、この上演の失敗は、テネシーにダブルパンチを与え、フロイト派の精神分析を受けるほどに彼を追い詰め、後に彼を苦しめる神経症、恐怖症の、癒えない烙印を押したのであった。

ハロルド・クラーマンが読み取ることのできなかった、もしくは認めることを拒んだ、テネシーの「言いたかったこと」とはいったいなんだったのだろうか。彼の言う「心がかりでならぬ未回答の問題」とは何で、「あらかじめ与えられた答えや半殺しの状態にがまんできない」四人の主役たちがどのような答えを見つけたのかを自分なりに問い直してみたいと考え始めた私に、小さなヒントが与えられた。モーリーン・スティプルトンの回想によると、上演のつまずきは、すでに練習の最初の段階から始まっていたというのだ。『地獄のオルフェ』のリハーサルが始まるやいなや、プロデューサーとディレクターとキャストで、こぞって「プロローグ」を否定したというのである。[4] つまり、テネシーは妥協した。しかし、戯曲の出版にあたっては、これを少しも削らずに残している。テネシーの周囲にいた人々は、「プロローグ」の段階で、すでに、彼等が親しく「テン」と呼んでいた人物を解ろうとしていなかったのだ。そして、これは評価以前の問題ではないだろうか。テネシー・ウイリアムズは「プロローグ」を必要としたのであるから。そこで、私は、ここでは、「プロローグ」をていねいに読むことから始めたいと思う。『天使の戦い』のプロローグと、『地獄のオルフェ』のプロローグは、どんな風に書き直され、それぞれいかなる意図を示しているのだろうか。

1

テネシーは『天使の戦い』を、彼の多くの劇同様、如何にも小心、細心な彼らしいやり方で書き始めている。劇に説明書きをつけ、それによって、演じられる舞台を非現実的で不可侵な場とすると同時に、劇作家と観客の立場を守る、いつものやりかただ。

プロローグでは、まず、いつもどおりプロダクション・ノート風に劇のオープニング・シーンが設定されているのだが、それによれば、場所はアメリカ南部の古い小さな町。埃が舞い上がる汚れた道路に面して、大きな窓のある一軒の商店が舞台である。向かい側はガソリンスタンドで、その向こうには、遠く糸杉の丘を越えてはるかな河辺まで広がる綿花畑が見える。窓はポーチコのために薄暗く、したがって店の中は太陽の光から遮られていることが明確に指示されている。これらすべてのセッティングの様々な要素は、中世のモラリティ・プレイのように、ひとつの意味に収斂する。すなわち、道路は人生。人生を見はるかす商店は、道行く巡礼を待ち構える地獄の王ハデスのもの。辺りの住人たちはガソリンスタンドで一息つき、また商いに出掛ける。彼等は、旅の途中であることを殆ど忘れてしまっている。店の裏手には急なハシゴが階上に伸びており、ほかにも垂直の線を舞台装置に取り入れることによって、「階上」に対する「階下」、「天」に対する「地上」もしくは「地獄」のイメージを出そうとしているらしい。階段の左手には喫茶室がある。だが、この店の今述べた光景は、すべて絵のように静止しており、時の息吹きからは取り残されている。というのも、現在では、店は一年前に起きたセンセーショナルな事件を記念する博物館になっており、その悲劇にまつわるさまざまな品物が陳列されているだけなのである。情景の指示はさらに続く。

博物館の入り口で、管理人である黒人の祈禱師が居眠りをしている。身なりは貧しいが、どこかしら侵すべからざる気品がある。とはいえ、人並はずれて小さく、様相はグロテスク、この世のものとも思われぬ風体である。肩には、洗いざらした家禽か鷹の骨で作った二連の首飾りをかけ、身動きするたびに袖に縫い付けてある鈴がかすかな音をたてる。上衣には、いたるところに飾りやお守りが付けられており、博物館に来た見物人たちは、こうした飾りのひとつを記念に買っていったりもする。彼は劇のキャラクターというよりはその事件の生き証人であり、彼自身が博物館の陳列品のひとつであるといっても差し支えないほど、かつての精気は失せている。

博物館のめぼしい陳列品は、ヘビ皮のジャケットとキリストの絵、ブルーのドレス、喫茶室のイミテーションの飾り。なにもかも、色褪せかけている。それでも管理人が電灯をつけると、飾りは、いっとき、夢のように妖しく、美しく光を放つ。だが、もはや管理人に残された命はわずかであることは誰の目にも明らかだ。プロローグには、他に、この家の親戚であるエヴァとブランチのテンプル姉妹が登場するが、税金対策に汲々としている姉妹は、事件を商品としてしか考えられない。この事件全体が人々の記憶から拭い去られる日も遠くはなさそうである。

テネシーは、以上のような戯画的なプロローグによって、舞台と客席、作品と自分の間にあらかじめ一線を画している。『ガラスの動物園』が、最終的に観客を拒んだところで成立しているように、『天使の戦い』も観客を拒もうとしている。この種のプロローグのおかげで、観客は醒めた眼で劇を見る準備ができるのである。しかし『ガラスの動物園』が、この拒絶によって、一層もどかしく胸をかきむしられるような思いを観客に与えることに成功しているのに対して、

『天使の戦い』はこの線の引き方が稚拙であったために、観客の興味を十分に盛り上げることができなかった。黒人の魔力は消え失せ、姉妹の会話はただかまびすしく、過去の噂めいたものを案内嬢よろしく繰り返すにすぎない。ほかにも『天使の戦い』の欠点は多いが、テネシーはまず、プロローグを大幅に書き直す必要があったことが察せられる。事実、十七年間仕事机の上から降ろされたことがなかったというこの作品が、遂に『地獄のオルフェ』として書き直されたとき、プロローグは大幅に変更されていた。

2

幕が上がったとき、最初に劇を印象付けるのは舞台のセッティングである。『天使の戦い』も『地獄のオルフェ』も、シーンが写実的でないことは、テネシーの演劇に対する日頃の主張からして当然のことであろう。『天使の戦い』の場合、劇の舞台は、あえて言葉で解説すれば、「博物館に陳列され、すでに記憶のなかでも薄れかけた、愚者の集まり演じる舞台」ということになろうか。これに対し、『地獄のオルフェ』のプロローグにおける最も大きな変更は「博物館」、「過去の事件」という二つの設定が無くなっているということである。さらに、開幕のシーンに関するステージ・ディレクションは極めて細かくなり、よりシンボリックになっている。演出家になったつもりでその詳細を読み込んでみると、次のような光景が見えてくるだろう。

舞台は南部の小さな町。干涸びた売れ残りの品や、命のない無生物を売る店の店内である。天井は高く、暗く、したがって、壁はどれほどの高さで人を取り囲んでいるのやら、目を凝らしても、しかとは分からない。ただ、壁は深い地下の地面のようにじめじめと冷たく、蜘蛛の巣の気配が感じられる。あたりには、もはや綿花畑を流れる風のかおりはない。店を包むものは、なにも生まぬ〈無〉の雰囲気のみ。それでも、時折窓ガラスに銀色のつぶを転がして降りしきる雨のおかげで、どこか遠くにあるらしい季節の存在は、うかがい知ることができる。この雨の様子では、雨季、冬が春と入れ替わるはずの季節であろうか。ここはどこだろう。窓には時代遅れの金文字でTORRANCE MERCANTILE STOREと書いてある。あらゆるものを売りさばいて換金する「商売」が人間の生業ならば、ここは人間の住みか。「トーランス」は「トレント」、人を渡さぬ奔流。雨といい、流れといい、薄暗さといい、人を閉じこめて不安にするものばかりである。

暗がりに目が慣れると見えてくる店には、なんと品物の少ないことか。まず目を奪うのは舞台のそこここに立ち、あるいは白い柱に立てかけられた仮縫いやディスプレイ用の、骸骨のような黒いマネキンである。もしかしたら、それは生きて息をしていたときの姿のまま、白い柱に寄り掛かっているのではないだろうか。言い換えれば、彼もしくは彼女は、白い円柱が似合うままで、突然死んだのだ。ようやく人目を引き始めたペルセポネが、水仙の花束ごとハデスに冥界に引き込まれた時のように。あるいは、アポロンの息子アリスタイオスに強引な愛を寄せられ、逃げ惑ったエウリディケが、躓いて踏んだヘビに嚙まれて、オルフェウスとの新婚の床から突然奪われた時のように。そう考えると、ここはやはり地獄なのだ。心棒に巻かれて立っている店晒しの麻や綿の布地は、どれも生きたまま地獄に繫がれて動けぬ人間たちの乾ききった屍に他ならない。ここでは扇風機もその本来の生命を生きず、蠅取り紙をぶら下げている。何者かに管理され見張られている、息詰まる空間だ。

階上には何があるのだろうか。踊り場から先は見えない。二階には寝室があって、もしかしたらそこでは愛が営まれているかも知れない。子供が生まれるかもしれないという期待を抱いてはいけないのだろうか。だが、植木鉢に植わっているのは「邪悪な感じのする、まがい物の棕櫚の木」[5]である。みずみずしい生命の存在の可能性は、あらかじめ拒絶されているようだ。『地獄のオルフェ』のプロローグが示す図は、「今、目の前にある、博物館には入れられない、常に存在し続ける冥界のありさま」なのだ。

『天使の戦い』のセットにも登場したキャンディ・ストアはどうなっているだろうか。ここについての描写は、「劇の内面的空間にふさわしく仄暗く詩的である」[6]と、意外に少ないが、すぐ後で理由は判明する。この小さなキャンディ・ストアは、エウリディケやペルセポネやオルフェウスやアダムの、そして今生きながら死んでいる一人一人の、はるかな記憶のなかにだけ存在する楽園の残像なのだ。しかも、ここで見る「楽園」は、なにもかもが、紙と、まがい物でできている。

それからもうひとつ、『天使の戦い』にはなかった小さな部屋が『地獄のオルフェ』にはある。テネシーが、東洋という新世界を知って付け足した空間である。その世界はかなり狭いのだが、次のように解説されていて、「楽園」の記憶を持つ者にとっては、失われた「楽園」をふたたび眼前にするような、見慣れない部屋であるのに、何故か懐かしい不思議な気持ちを呼び起こさせる場所として設定されている。しかし、それでいながらどこかしらグロテスクで、違和感は否めない。もっとも、後で、それはこの「楽園」が偽物であったからだと解るのだが。

いつもは東洋風のカーテンで隠されている、寝室用の小部屋。カーテンの模様は、織り柄であってあまりはっきりしていないが、黄金の木とその赤い実、それに空想の鳥である。[7]

では、登場人物はどうだろうか。『地獄のオルフェ』のプロローグの幕が上がると、それは、実に示唆的なことだが、突然『天使の戦い』の第一幕の最初のシーンが現れるのだ。『天使の戦い』のプロローグに登場したエヴァとブランチの会話は、すっかり削り取られて痕跡すらないのである。「まるで死んだように居眠りをしている」[8]祈禱師の姿も、どこにも見当たらない。つまり、『地獄のオルフェ』のプロローグは『天使の戦い』の第一幕を移したかたちになっている。「昨年」は「今」になっているのだ。これは、シーンの設定から「博物館」をはずしたことと呼応する。

女達が忙しげにお茶の支度をしている。女たちの衣装は、観客の誰かに頼んで舞台に上がってもらったという風に日常的であるはずだ。彼女たちが働いているのは、この店の主人ジェイブの退院のお祝いのためである。男たちはジェイブを乗せた列車が到着するまでの退屈な時間をスロット・マシーンで潰している。

3

女たちの名前はドリーとビューラ。列車到着の報せに夫たちが出ていくやいなや、二人は手を休め、意味ありげな様子でジェイブの噂話を始める。実は、退院とは名ばかりで、ジェイブの癌は進行しており、医者は、開腹したが手術せずに閉じたということが、まず観客に告げられる。ジェイブは「答えを探しまわる四人の主要人物」には入らないが、四人の存在の対立項としていわば不動の位置にあり、劇の成立そのものに深く関わっている。『ガラスの動物園』がアマンダの劇であり、『欲望という名の電車』がスタンレーの劇であるのと同じ意味で、『地獄のオルフェ』はジェイブの劇であるといえる。ジェイブなしには、地獄は連続する歴史を持たず、存続そのものが危ぶまれる。プロローグでまず焦点を当てられるのがジェイブであることは自然のなりゆきであるが、この時、彼が裸で手術台に乗せられ、腹の中まで開かれ、さらには手の施しようも無いほど巨大な癌を腹に抱えたまま、傷口を、二度と開かぬようしっかりと縫い合わされた人間として紹介されることは、重要な意味を含んでいる。これは、ジェイブがビッグ・ダディ同様「暴露」をこばみ「被覆」によって生きてきたことを暗に示しているのである。さらに、ドリーとビューラ二人が語る〈ビューラの夫の糖尿病——ジェイブの病気——開腹手術（ジェイブの正体）——オリーブ——種あり——種なしとの思い違い〉の一連の隠喩は、すでに、劇全体の解釈にひとつの手がかりを与えている。すなわち、ここでは、後に出てくる重大なキーワードである「妊娠」と「誕生」の問題が暗に語られているのだ。地獄では最も大切なことが隠蔽されている。しかし、隠しおおせていると思っているのは、隠している本人だけではないのか。ジェイブがなぜ死神になったかさえ、すでに他人の知るところである。ジェイブがこのモラリテイ・プレイの世界で冥界の王ハデスに他ならないことは後に述べるが、このハデスには、かつては妻レディを妊娠させる能力があったと言っているのだ。雲に、あるいは雨に姿を変えてでも見初めた女たちを我がものとし、妊娠させ、児を生ませた天の神ゼウスとは異なり、このハデスは誘拐の咎を責められ、一生妻に喜びの床を共にすることも拒まれて不毛のまま老いねばならない。地獄の王さながら横暴に振る舞うジェイブもまた、一皮むけば地下牢に閉じ込められて生きながら死に、叫び声をあげる術すら知らず、いたずらに杖で出口を探る無力な老人に過ぎないのだ。

ビューラはしだいに過去を回想する眼差しになる。彼女によれば、ジェイブはその昔レディを妻として買った。レディは、買われはしたが、魂までも買われることを拒否した。彼女はイタリアからの移民の子であったから、売り買いには敏感だったのだ。レディの父親がアメリカでしてきたことは、わずかに身につけた芸を売って、アメリカという地獄で「場」を買い取ることであった。父はイタリアから小猿を一匹連れてきていた。その猿は小さな金の卵を産む鶏のように、芸を仕込まれて、ご主人が少しづつ「場」を獲得する手伝いをした。父親はそうやって娘のレディのために彼の考えた「楽園」を用意したのだが、それとて、しょせん密造酒の売り上げで買ったわけで、もとはミシシッピの川底だったところ、つまりは地下のハデスの勢力範囲で、地獄の領分であった。その地獄の、見かけばかりの「楽園」で、幾組の若者たちがアダムとイヴ、オルフェウスとエウリディケのようであったことか。そして、レディは、神話の登場人物にふさわしく、恋人と一緒に「楽園」から追放された。嫉妬深い神のように、レディの父親も嫉妬したのである。そしてさらには、この偽の「楽園」の創造主もまた、罰せられたのであった。ぶどう棚も、あずまやも、果樹園も、地獄の番人である近隣の権力者たちによって取り巻かれ、燃やされ、彼は、あたかも焚刑に処されるように焼け死んだのである。すべてを失ったレディは、すでに身ごもっていたにも拘らず恋人デイヴィドに捨てられた。デイヴィドは金持ちの娘に自分を高く売り付け、深く傷ついたレディは、人工流産した赤ん坊を抱く代わりに石のように不毛な心を抱いて、ジェイブに買われた。デイヴィドの子供を堕ろした時点で、レディは地獄の女王としてハデスに似付かわしいつれあいとなったのである。こうして、地獄は地獄にふさわしい舞台装置を整えたのであった。

ビューラの口を借りて、テネシーは、これから始まる劇が、ひとつひとつの家族の歴史の厚みの上に起こることであると知らせている。ドリーに話し掛けながら、ビューラはしだいに観客のほうに向きなおる。この物語はもちろん観客にむかって語られている。しかも、とても大切なこととして。彼女には次のようなト書が与えられる。

ビューラは椅子に座わり直してじっと観客を見据え、よく聞けというふうに少し前かがみになって……[9]

この動作は一見、ビューラの俗物性がそうさせているように感じられる。うわさ話の好きな中年の女がよくやる仕草だ。だが、これに続くト書は、そうした空想を打ち破るものである。

（ビューラは）マッチをもう一本擦ってキャンドルに灯をともす。マンドリンの音が遠くなる。……この独白は劇全体が非現実性を帯びるために重要な働きをする。[10]

では、この回想は、『ガラスの動物園』において、テネシーがトムを使ってやったことと同じ種類の効果を狙っているのだろうか。そうではない。ビューラは、トムが観客に語りかけながら、実はせっせと「家族の肖像」を額のなかにはめ込み特殊化しようとしていたのとはちょうど反対に、観客を、劇の歴史のなかに引き込もうとしている。それは、次の二点によってもはっきりと感じ取られることである。テネシーはそのため、おばさん的ビューラを解説者に選んだのだ。

まず、聞き手ドリーの存在によって、ビューラの語りはそのまま劇の流れに組み入れられ、舞台上の「現在」と繋がるように仕組まれていることに注目したい。観客は、ドリーと役割分担をすることにより自分とドリーを重ね合わせ、ドリーを通して舞台参加が可能になる。ドリーと夫、ビューラと夫そして観客自身が通ったこともある「楽園」は、地獄の一隅であったのか。ドリーと夫が今も幸せであるのなら、彼らは「楽園」の真偽など尋ねられて迷惑というものであろう。しかし、舞台装置は明らかに「楽園」は過去のもの、偽物と、観る者に示している。わたしたちは何処にいるのだろうと観客は聞かないだろうかと、テネシーは期待しているようだ。

次には、もっと鈍い観客へのサービス。ハロルド・クラーマンが特に批判したのは恐らくこの部分であったろうと思われるが、テネシーは随分と思い切ったやり方で、舞台と客席を繋ごうとしている。「私たち夫婦は二十年も仲良く暮らしてきたのよ、レディ夫婦とは違う」と胸を張る観客にこそ、彼は語りかける。自分の父親を焼き殺した敵と知りながら二十年も連れ添っていられるはずがないと言うドリーにむかって、ビューラが答える、「憎しみながらだって一緒にいられるわ」で始まる次の台詞は、テネシーが時として使うコミック・リリーフの体裁をとってはいるが、ここでは非常に真面目で暗い笑いしか涌いては来ず、直前のモノローグとの雰囲気の落差もはなはだしく、グロテスクな効果を生んでいる。シーン設定とモノローグによって観客と舞台の適切かつ安全な距離を保とうとした、従来のテネシーのプロローグが持っていた機能は完全にくつがえされ、もっぱら観客の日常が俎板に乗せられて、嘲笑の対象とされている。

ビューラ「憎しみながらだって、一緒にいられるわ。人はずーっと、憎しみながら一緒に暮らしてきたのよ、ドリー。お金のことを考えてご覧なさい。愛し合っていない夫婦はお金に夢中じゃないの。見たこと、あるでしょ？　ないはず、ないわよね。とても愛し合ってる夫婦なんて沢山はいないのよ。でもんで、つまるところはひたすら相手の存在に耐えてるのよ。どっちもね。そうじゃない？」[11]

テネシーは、せっかくモノローグによって用意したはずの「非現実的雰囲気」[12]を台無しにしても、「レディの暮らしはあなたの暮らしに少し似ているんじゃありませんか？この劇は誰のでもない、あなた方、いや、僕ら全員の生活のネガなんです。それも、かなりロマンティックな現像液に浸した……」と語りかけたかったのだ。歴史を理解した上での現状認識を、かなり露骨に求めているといえよう。彼は、念さえ押している。夫婦なんて互いの利益のための便宜的な繋がりにすぎないのだと言った後で、ビューラは哄笑する。観客は、笑いながらも背筋に寒いものを感じるだろう。この悪寒こそ、テネシーがプロローグで感じてもらいたかったことなのではないか。自らの安全を信じてやって来た観客は、思いがけず劇場で脱がされるのである。

ドリー「ビューラ、そんな笑いは気持ち悪いわ。あなたの笑い方はいやらしいわよ！」
ビューラ「（もっと大きく）はははは！　──図星ってわけだ！」
ドリー「そう、彼女が言っているのは本当のことです！」（観客に向かってうなずく）13

テネシーの期待どおりならば、人間の状況をもっとも赤裸々に舞台にのせ、ギリシャ神話の過去から現代の劇場まで時間を繋げ、『地獄のオルフェ』は、他のいずれの作品にも増して、スケールの大きなドラマになるはずであった。

おそらくテネシーは、『天使の戦い』に懲りて慎重になりすぎたのだろう。この、あまりに大きくあまりに残酷なテーマを、どうやって自分以外の人々に知らせるか、自信がなかったのだろう。他人は自分の目を笑い、恐れるかもしれない。『地獄のオルフェ』のプロローグは、本来テネシーのプロローグが持っていた〈観客と自分自身の安全のための枠〉としての働きを放棄してしまっている。劇は、観客に近付き過ぎてしまっている。異なるレベルのイマジネーションを持つ観客全員に解らせようとして、ビューラという一人の女性を使い、まったくおばさん風に、つまり乱暴に、観客と舞台を単一の開放区にしてしまおうと目論んだのだ。テネシーは、おばさん的な力を借りてでも、我々は地獄にいるのだと観客に知らせたかったのだと思う。リアリスティックではない作劇を主張しながら、テネシーは全く逆の手段をとったのである。ハロルド・クラーマンがためらった理由はこの辺りにもあるのだろう。『地獄のオルフェ』は、地獄が何処にあるかを知らなければ理解できない劇である。テネシーにとって『地獄のオルフェ』のプロローグは、観客席にまで地獄を広げるための仕掛けであった。『地獄のオルフェ』には『カミノ・レアル』、『焼けたトタン屋根の上の猫』と並んで登場人物が多いが、これもプロローグと並んで、観客の認識を促すための工夫であったろう。自分の住んでいる場所が「地獄」であって「楽園」ではないと知るためには、人は、オプティミズムを棄てる必要があると主張したかったのだろう。クラーマンは、それを観客のイマジネーションに頼ってもいいと考えたのかもしれない。しかし、そうはいかなかった。それは、プロローグをカットしたクラーマンの上演が不成功に終わったことが証明している通りだ。

プロローグは、テネシーの、観客への不信を語っているような気がしてならない。彼は、観客のオプティミズムにやんわりと揺さ振りをかけたかったのだ。ブラック・ユーモアが地獄の解釈に似つかわしいと考えたのであろう。『地獄のオルフェ』のプロローグをカットすることは、『天使の戦い』の第一幕をカットすることになる。そうすることで、クラーマンは、劇を観客から遠ざけてしまった。言い換えれば、イリア・カザンとは別の方向で、テネシーの告発を遠ざけてしまったのである。

4

それにしても、どうして『欲望という名の電車』の舞台、ニュー・オーリンズのフレンチ・クォーターは「（擬）楽園」であり、『地獄のオルフェ』の舞台であるディープ・サウスの小さな町は「地獄」なのであろうか。テネシーのさまざまな作品における「楽園」の意味についてはすでに触れてきたので、ここで「地獄」の意味を確認しておく必要があるだろう。「楽園」と「擬楽園」の区別をするのは、楽園の無垢の美しさ、至福を、無知が創るえせ楽園の幸せと区別するためである。

『地獄のオルフェ』においては、登場人物は誰もみな、地獄で死中の生を生きている亡者として描かれている。亡者たちのほとんどは、自分が生きているのか死んでいるのかも分からない。又、同じく亡者である観客は、自分と登場人物の距離を測れない。そこで、先にも述べたように、テネシーは、一言ヒントを与えたいと思ったのではないか。『地獄のオルフェ』のプローグで彼が書いているのは、少し乱暴なのを承知で言えば、〈極楽は地獄、地獄は極楽〉のアナロジーである。ここでは語呂合わせのために「擬楽園」ではなく、「極楽」の語を使うが、テネシーの考えでは、「地獄」といい「極楽」といい、つまりはこの世の捕らえ方の問題なのだ。

「地獄」も「極楽（擬楽園）」同様、死者にのみ開かれた場所であることは言うまでもない。いずれの場所においても、死者たちは繋がれたまま食べ、抱き合い、眠り、夢を見る。テネシーにとって、「極楽」と「地獄」とがいずれも人間のおかれた状況のメタファーであるならば、極楽と地獄は、光と影のように不可分である。『欲望という名の電車』でブランチに言わせているように、光と影、生と死は背中合わせであり、顔は二つあっても、ヤヌスのように体はひとつしかないのだ。この地上にあって意味を求め続ける者には「極楽」は無く、求めぬ者には「地獄」は無い。とすれば、「地獄」とは「認識」の別名である。

『欲望という名の電車』においては、過去を背負った巡礼のブランチはあまりに哀れで、テネシーは、彼女に、これ以上問いを発することを禁じたのであった。彼女は見知らぬやさしい医者の手にすがって悲しみから開放され、フレンチ・クォーターとは別の囲われた場所、病院という「極楽」に向かった。「ここから先に行くのは止めよう」と考えるのは、テネシーの自己防衛本能であったろう。しかし、やはり彼は書かずにはいられなかったのだ。ブランチは、本当は地獄に行ったのだと。『地獄のオルフェ』は、ブランチのレイプから始まっていると言ってもいいかもしれない。ブランチは病院へ行った。しかし、「ブランチは私だ!」と叫んだテネシーは、レイプされて狂ったブランチを身内に抱いて手酷く傷つき、地獄へ降りたのだ。あるいは、視点を姉から弟に移したとき、次のように言うこともできるだろう。テネシー自身は、ロマンティック・マインドを抱き、人生の意味を信じようとした。そして、ひとつのありかたとして、〈道化の哲学〉を得たのだ。そのことは、『カミノ・レアル』に最も良く表されている。しかし、〈道化〉が最終の意味であるはずはなく、どんどん歩き続けた先は地獄であった。そこで彼はレディと名前を変えたブランチに会ったのだと。テネシーの気弱さを十分に理解する者には、『地獄のオルフェ』について言われなければならないもっとも大切なことは、この劇の舞台が地獄であると明示されていることである、と解る。それと同時に、「地獄」の領分の片隅にちっぽけな「楽園」風のシェルターが位置していることの意味も、そしてさらに、テネシーがどんなに思い切ったプレゼンテーションをしようとしているのかも解ってくる。プロローグの削除は、テネシーの最も重要なメッセージを無視することになってしまった。「地獄」でも、人は人らしく生きられるのだろうか、それとも、命懸けで脱出すべきなのか、その問いかけを彼は、一人一人にしたかったのに。

5

主要な登場人物五人のうち、店の主人ジェイブは、いわば地獄を地獄たらしめている張本人である。彼は偽の「楽園」を偽であるとして咎め、「偽物」を作ったレディの父を焼き殺してその傲慢を罰し、レディを買い、これを妻とし、保安官タールボットを従え、人々に地獄の掟を守らせている。『欲望という名の電車』中に、ブランチが、スタンレーに会った瞬間に彼が自分の死刑執行人だと直感する場面があるが、ジェイブはスタンレーのように単純なオスではなく、誰かれにとっての死刑執行人であり、特にレディにとっては「死神」の比喩で表現されている。テネシーが意図的に描いた「問い続ける四人の人々」には、もちろん、彼は入ってはいない。ジェイブからは、問いは生まれようもない。本来彼が持っているはずの痛みも、病いも、孤独も、すべては天井板の向こうで彼が打ち鳴らす硬い無表情な杖の音に集約されて、問いを拒絶して響いてくる。傷を持つことは、地獄にいる第一条件であるが、『地獄のオルフェ』において、最も大きな傷の持ち主はジェイブなのである。ジェイブの最大の傷は、子供がいないことだ。プロローグの冒頭でドリーとビューラにすら嘲られているように、彼には妻を妊娠させる能力があった。二人は、オリーブにかこつけて、てっきり種無しと思っていたと、くすくす笑ったのだ。つまり、彼はレディと夫婦であって、夫婦でない。ジェイブは完璧に被覆することで、つまり、他人を糾弾しながら自分自身には最大級のメンダシティを与えることで地獄の王者となったのだ。実を落とすべき大地に拒まれたオリーブは、種無しのふりをすることで辛うじて体裁を保つ。ジェイブはコーネリアスがローズにロボトミーを受けさせたのと同じやり方で自分を外界からシャット・アウトして、苦しみから逃れているふりをする。彼は自分が入ることのできない「楽園」を焼き払い、自分をさしおいて他人が耕した畑を無きものとし、耕した男を焼いて抹殺することでようやく安心したのだが、その娘にしたたかに復讐されているわけだ。

この絶望の時に至ってなお、彼は最後まで「被覆」を守りとおし、傷つくことを拒む。妻レディの恋人ヴァルの存在を認めることすら拒んで、彼は、最後の力をふりしぼって次のように叫ぶのである。彼がヴァルに向けて撃ったピストルの弾が、ヴァルをかばったレディに当たった時だ。

ジェイブ「店員が店を乗っ取りやがった！奴は女房を撃ちやがった！店員が店を乗っ取りやがった！奴は女房を撃ちやがった！店員が店を乗っ取りやがった！女房を殺した！」[14]

憎むべき冥界の王ジェイブは、この決着のつけ方によって、かろうじて滅びの時まで王であることを証明するが、テネシーはこうして死にかけた悪役に、極端な「被覆」を実行させることによって、逆に「被覆」に決別しようとしているのではないだろうか。『地獄のオルフェ』において、テネシーは地獄脱出の手段として「露出」もしくは「暴露」「正直」といったようなことを考えていたのではないかとこの極端な被覆への告発から疑ってみるのは、行き過ぎだろうか。しかしながら、そう考えると、この劇もまた、『焼けたトタン屋根の上の猫』であいまいに終ってしまった、メンダシティへの挑戦であることが分かる。

その最初のヒントは、ジェイブの衰えである。この劇がジェイブの衰えの知らせで幕が開くことは極めて重要だ。冬の帝王のようにすべてを黒いマントの下に隠し持つジェイブが、癌で余命いくばくもないと分かったとき、地獄にも春の予感がもたらされるからだ。何もかもを隠蔽していた堅い大地は割れ、命が噴き出しはじめる。これはちょうど、ギリシャ神話ではペルセポネが、母デメテルが今や遅しと娘の里帰りを待つ地上に帰る時、聖書ではキリストの受難と復活の時と重なる。そういえば、『地獄のオルフェ』の最初のシーンでは、春を告げる銀色の雨が降っていたではないか。ブルー・マウンテンから預言者が下りてきて、地獄にも救い主が現われないものでもない。黒人祈禱師の出現こそが、プロローグのクライマックスとなるべきものであった。『天使の戦い』ではプロローグに入れられているこの祈禱師の登場が『地獄のオルフェ』で第一幕にずれ込んでいることが、クラーマンがプロローグをカットしてもよいと判断した理由のひとつでもあろうが、テネシーは、劇の今日性を強調したのちに祈禱師を登場させることによって、観客を非現実的な空間に自然な形で導入することを目論んだのではないだろうか。これは、手が込みすぎてあまり成功とは言えず、演出の工夫が足りないと祈禱師の登場の意味があいまいになりかねない。だが、この祈禱師こそは、ヴァルを地獄に案内してきた、古代からの生命の証人なのだ。

プロローグがこうして、地獄にも今、遠い春の気配が感じられることを告げているのだと知れば、なるほど、そういえばあちこちで胎動があることに気付くだろう。ジェイブの妻レディは、菓子店を改造してイースターの前に再開したいらしい。保安官の妻ヴィーは、夢中で絵を書き続けている。趣味の段階は越えているようだ。なぜなら、そのために目が潰れそうだというのだから。そして、プロローグの段階では兆しであったものが、第一幕の始めには、はっきりした形になり、舞台は一気ににぎやかになる。まず、キャロル・クートリアの登場。黒人祈禱師の訪れ。

そして彼の雄叫びが前触れであったかのように登場するヴァル・ザヴィエール。

最初に姿を現すキャロル・クートリアは、かつてレディの恋人であったデイヴィド・クートリアの妹である。しかし、彼女の様子は尋常ではない。

彼女の姓を聞けば誰でもが一目置くほどの古い家柄の出身であるが、彼女の化粧ときたら、誰一人見たこともないような、エキゾティックで誇張されたものである。ジャケットはスパンコールでぴかぴか。サンダルは踵が折れ、彼女はびっこをひいている。いつもの、テネシーのメタファーであろう。彼女だって、傷ついているのだ。彼女はすでに三十歳の峠を越え、かつての愛らしさはもう失せてしまっている。だが、ステージ・ディレクションによると、彼女にはどこやら幻想的な、説明しがたい美しさがなくてはならない。彼女の声には、子供の声のような透明感があるという。彼女は今、この町を出るところである。すでに家から追放されているのだが、兄デイヴィドの妻ベッツイーと会って小切手をもらってきたところだ。町には絶対帰らないという約束で、月に一回自分の財産の後見人である兄から生活費を手渡されているのである。追放の理由は、スキャンダルだ。しかし、彼女の傷は、追放による痛手ではない。追放という処罰によって彼女が反省したわけでもない。見方によっては、彼女は、他の人々にさきがけて望むと望まざるとに関わらず、すでに地獄から脱出しているとも考えられる。彼女の意志による以前に、彼女の本質的な属性が、地獄とは相容れなかったのだ。彼女はそうした意味であまりにも個性的、本質的であるので、彼女についての考察を後に回して、まず、地獄のなかでなんとか自分らしく生きようとするふたりの女性について考えることにしたい。

6

ふたりの名前は、レディー・トーランスとヴィー・タールボット。ふたりとも、人生の意味を必死で求めてはいるのだが、一人で負うには重すぎる荷に苦渋している。それでも彼女たちはそれぞれ夫が居り、家があり、仮の姿ではあっても日常生活の中で確立されている役割を放り出すわけにはいかないと思っている。その時には、店のアシスタントを一人雇うことでなんとかやっていけるだろう。ヴィーは、現実をあきらめて、絵のなかに本当の自分を投影しようと考えている。それでなんとか折り合いを付けられるだろう、そうしなければと思っている。この二人の前に現われたのが、ヴァル・ザヴィエール、いわば地獄に下りてきた道化、「お助けマン」のキルロイであった。ヴァルの出現によって、すべては文字通り奔流に流されるように急展開する。春の雨は洪水を起こしたのだ。

ヴァルが町にやってきたのは、ニグロの雄叫びを聞いたせいだが、彼独特の野性の感覚が、地面の下で悲鳴をあげている彼女たちの求めに敏感に反応したとも言える。ヴァルを連れて舞台に現われるのが、ヴィーであることは偶然ではない。彼女は、ジェイブの退院祝いにシャーベットを届けにきたのだが、途中、昨夜の嵐で車が故障して立往生している男に会ったというのだ。彼はさすらい人らしく、仕事を探しているという。人間離れした引き締まったしなやかな肉体と、彫りの深い顔立ち。彼の持ち物はギターだけ。脚にぴったりはりついた細身の黒いパンツに、ヘビ皮のジャケットが印象的である。ヴィーは、彼をヴァレンタイン・ザヴィエール（Mr. Valentine Xavier）と紹介する。この名は明らかに「愛の救済者」として一般に知られている聖ヴァレンタインを想起させるものである。『天使の戦い』に於いてはマイラ（Myra = Mary）と呼ばれていたジェイブの妻の名前からも窺えるように、レディの背景には聖母マリアの存在があり、ヴァル自身にもキリストのイメージが強い。一方、『地獄のオルフェ』ではむしろギリシャ神話的な要素が強調されているが、『天使の戦い』におけるこうしたキリスト教的要素を『地獄のオルフェ』に持ち込んで問題の解決を模索しているのが、ヴィーとヴァルの関わりだと言える。

ヴィー・タールボットは、劇中ジェイブに次ぐ閉ざされたキャラクターである。彼女は、人はそう悪くはないが、ほとんどものを考えることのない、地獄の番犬のような夫タールボットに見切りを付けて、しきりに神のヴィジョンを見、それを絵に写すことでなんとか生きてきた。実は、ヴィーのヴィジョンは精神的、肉体的欲求不満が形を変えて現われたものなのだが、彼女はストイックに祈り続けるうち、無意識にそれを宗教的啓示とすり替えてしまっているのである。彼女が、夫タールボットが管理する忌まわしい世界の目撃者、つまり地獄の歴史の証人であり、自分の欲望を押さえこもうとする人間であるのは、ブランチとよく似ている。その点では彼女もまた地獄に下りたブランチの分身の一人であろうが、彼女には、ブランチには無い強さがあった。彼女は地獄での身の処し方をわきまえていたのだ。つまり彼女は「枠を作ること」を心得ていたのである。その点で彼女はジェイブにも似ているし、ある時期までのテネシーにも似ている。ビューラはそれを見てヴィーを偽善者呼ばわりするが、ヴィーは自分のうちに渦巻く生への欲求を必死で押さえ、ボランティアに精出し、素朴で原始的な宗教画を描き続ける。絵を描く以前の彼女は、ただただ地獄のありさまに驚きの目を見張るのが精一杯だった。内部から求めてくるものに突き上げられて、それまでの自分の押し殺した無責任な在り方が「無意味」であると知った時、彼女は、いわば、〈額縁つきの自己表現〉の方法を発見したのである。「ヴィジョン」が彼女の砦であった。

しかし、南部の女らしく大きな体にふさわしい頑強な意志を持った彼女にしても、ヴァルの出現によって、自分のヴィジョンの正体を直視せざるを得なくなってしまう。彼女が描く教会の塔は、赤々と燃えてそそり立つ。それは、なんと輝かしく、なんと恐ろしいことであったろう。燃え上がる輝かしいセックスこそ自分が求めてきた神なのだとしたら。そのことを理解することこそ、愛の名にふさわしいとしたら――。頑固な意志の人ヴィーは、ブランチのように自己分裂はせず、自らの認識を受けとめる。そして、恐るべき手段に訴えるのだ。彼女の意志の強さは、彼女の信じようとしている神の力を借りて、彼女の目を潰したのであった。オイディプスのように。もはや真実を見なくても済むように。彼女は、自分自身を見ることも拒絶する。自分に見られることなしに、彼女は意識下でヴァル＝クライストと激しく性交する。ヴィーが失明し、それを告げるシーンは、『地獄のオルフェ』の中でもその激しさにおいて群を抜くものである。

ヴィー「（ヴァルが戻った時、子供のような素直さで。）私は思っていたのよ。きっとあの方の受難の日に救い主にお会いするだろうって。受難の日というのは昨日で、聖金曜日でしょう、その日にお会いするだろうと解っていたの。でも、間違いでした。私は――とてもがっかりしたんです。昨日は過ぎて、なにも、なにもたいしたことは起きなかった――でも――今日、今日の午後、なんとか自分を立てなおして外へ出たのです。人気の無い教会で明日のキリストの復活に思いを巡らそうとしました。イースターの神秘について考えながら道を歩いていると、ヴェールが！そうです、目から落ちたような気がしたんです！光でした！ああ、光！あんなに明るい光は見たことがありませんでした！まるで眼球を針で刺されたみたいでしたの！」[15]

ヴィーは、この劇のなかでジェイブと対等の強さを持つキャラクターだ。ジェイブの強さが、「隠蔽」を重ね、これを守る強さであるのに比べると、彼女の強さは、自らのエネルギーと戦う強さである。彼女のエネルギーは、外に向かって内部のマグマを押し出そうとする遠心的、自己破壊的な力が強い。彼女は、すでに自己の内部の力を見ない決心をし、内部のエネルギーを押さえ続けていた彼女は、しかし、ヴァルがすべての責任を負ってくれるならばと、彼女らしい、危険を犯さない形でヴァルを求めるのだ。ジェイブは目を見開いて「偽りの門」の前で仁王立ちになっているが、彼女は、目をつぶって歩こうとしている。それが彼女にできる精一杯のことだ。手を伸ばして、引っ張ってくれる手を探っている。自分に対しては「枠」を嵌め、他人にむけて露出しているのだ。

彼女が伸ばした手を握るのは、彼女の期待に反して、夫のタールボットである。彼女は、結局はタールボットに連れ戻され、何も解決できない。彼女は、地獄では、かつて見たことのなかった〈光〉に気付きながら、認識も行為も、言い換えればすべての生衝動、ブランチが Desire と呼んだものを自分の内に押し留めて、夫の元に留まる。彼女は、ますます太って大女になるだろう。

「あなたには分かってらしたんでしょう。わたしたちは光と影の世界に住んでいるんだということ、それがわたしたちの世界なんです。光もあるんだってこと……」[16]

という彼女の叫びは、発せられたとたんに空中で凍てついてしまった。あなたには分かっていて、わたしも知るようになって……しかし、その先はない。「知ること」の代償はあまりにも大きい。ヴィーにとって、ヘビ皮のジャケットを着たヴァルは、「認識」を余儀なくさせたヘビそのものであり、同時に、そのために自らも罰せられる、いけにえとしてのキリスト像であるということができよう。ヴィーはヴァルを知った今後も、タールボットの妻として、しかも、これからは今まで以上の、絶対の暗やみのなかで暮らしていかねばならない。おそらくは一生。恍惚に満ちた暗やみがあるとしたら、それはヴィーのものとなるだろう。それは、泣く子の口を塞ぐ母親のように、叫ぼうとする「認識」と、動きだそうとする生への渇望を押し止めて「地獄」を黙認したことへの、褒美であり、罰でもある。

7

ヴァルがヴィーにとって認識をもたらすヘビであり、同時にまた、救い主キリストである時、ジェイブの妻レディにとって、ヴァルは何者だろうか。ヴァルとレディが愛し合うことにはなるのだが、レディは、オルフェウスが後を追って地獄へ下りた妻エウリディケと考えるわけにはいかない。夫ジェイブを冥界の王であるとするならば、レディは、むしろ愛と見えたものの不毛に苦しみ、いたずらに歳を重ね、それでもなお春と復活を待つペルセポネと重ねて考えるほうが自然である。そしてこのペルセポネの属性を考えたとき、レディこそが、地獄にとどまったブランチであることは明らかであろう。『天使の戦い』ではメアリであった彼女の名前が『地獄のオルフェ』でレディに変わったのは、不思議ではない。しかし、テネシーは、ギリシャ神話のストーリーにはこだわらず、後に述べるように、オルフェウスの名に託すべきいくつかの連想を持っていたと考えるべきだろう。それは、「自ら地獄に下りていくこと」、「楽器を友とすること」、「愛ゆえに失敗すること」、「八つ裂きにされること」などである。我が身を顧みず、地獄に乗り込んで行くことの出来る者はみなオルフェウスの名に値する。妻でもない人間のために地獄入りする者にはテネシーは、より高貴な、殉教者の名を与えたのだ。

地獄に居て、地獄から出ることをほとんどあきらめていたブランチは、ヴァルを見逃しようもない。歴史の証人であったヴィーが、最後には、見ることを拒み、そうすることによって辛うじて生き長らえるのとは異なり、レディは、自分自身の背後に歴史を持ち、その歴史がかつては持っていた輝きを取り戻したいと、もがいている。「楽園」を追放され、引きずり込まれて地獄に墜ちてはいるが、地上の光を忘れることのできない亡者である。彼女もまた、過去を封じ込め傷を被覆することによって、地獄の居住権を保持してきた。レディはディヴィドに捨てられた時、手紙一枚書かなかったことを誇りに思っているほど、気位が高い。夫に自分の夢を語ることもない。彼女が傷に耐え、暗闇のなかでも光を求めて眼を見開いている強さは一体どこから来るのであろうか。テネシーは、彼女にイタリアからの移民の娘であるという設定を与えている。陽光とぶどうに育まれた南ヨーロッパの人々の生命力を見込んだのだ。ギリシャ悲劇や神話に描かれたパッションの激しさに生への渇望を見たのだろう。なつかしい場所を失って異国で踏みにじられ、心の最も深いところで「いつかはきっと！」と思い続けている移民たちから、地獄でなお生への憧れと誇りを持ち続けることの尊厳を教わったのではないだろうか。

しかし、『地獄のオルフェ』の幕があがる頃までには、さすがのイタリア娘も長い監禁生活に疲れ果てている。レディが胸中を語る最初の台詞は、彼女もまた眼を潰してしまいたい気持ちを持っていることを物語っている。それはこういう台詞である。ここは英文のまま引用したい。

I wish I was dead, dead, dead…[17]

"wish"を日本語に言い換えれば、「いっそ……であったらどんなにいいか」となろうか。「死んだ方がましだ!」と日本語に訳せるだろう。だが、「現実にはかなわないと思われることを願う言葉」という定義には矛盾がある。現実の認識のほうが重いのだ。レデイの台詞の意味は、「私はこうして生きているし、生きたいのに……」という前提なしには成り立たない。レディのこの台詞を受けて言うヴァルの、「いや、それは違うよ、レディ」"No, you don't, Lady."という一言がレディの本心を指摘し、レディの心の琴線に触れるのはそのためである。

自らを「娼婦」であり、「小猿」であると任ずるレディは、非常にすぐれた認識力の持ち主であり、この認識の上に立って、正直に、いわば居直って存在の意味を問い続けながら生きていこうとして絶望し、いっそ死んでしまったほうが楽だと思うほど苦しんでいる。彼女は、夫ジェイブに買われて彼と寝ていることにおいて娼婦であり、鎖につながれて日々を無意味に繰り返しているることにおいて小猿である。彼女の命題は、娼婦であり小猿である自分でも、無意味ではない人生を送ることができるようになるものだろうかという問いなのだが、ここにさきほど述べた"wish"の持つ矛盾と似た矛盾がみられる。彼女が、自分は娼婦であり猿であると認識しているかぎり、彼女は娼婦と猿以外の何者にもなることはできるが、娼婦と猿でなくなることはない。彼女は、認識の落し穴に墜ちてしまっているのだ。

ヴィーには、自ら目を潰してヴィジョンを見るストイックな強さがあったが、レディの強さは、眼を開け続けている強さである。レディは目を開けて、行動する。そのため、彼女は飽くことなく求め続けては来たのだが、同時に、常に限界を見、みずからその生の限界を知り、幻影を否定する運命にある。たとえば、彼女はヴァルが彼女に話して聞かせた飛び続ける小鳥の話をとても美しいと思うし、自分がもし、空と同じ色をしたそんなに自由な鳥になれるなら何もいらないと言いはしても、そんなことはありっこ無いと思っている。彼女は、自分がマイナスの座標から出発して、今もまだマイナスの状態にいることを知っている。軛を解いてゼロ点にまで自分を持ち上げることが当面の彼女の課題である。彼女は自分の力では不足で、助けが必要であることも知っている。なぜなら、地下に潜む豊穣の女神ペルセポネである彼女にとって、生の証明は、次の世代を残すことに他ならないからである。彼女は自分自身に絶望し、無垢の子供として再生することを願っている。次に引用するレディの告白は彼女の特性を最も良く表しており、そこには、聞く者の背筋を凍らせるほどの張り詰めた認識と現実受容、さらにそれらをふまえての、再生への、死に物狂いの決意が窺われる。

レディ「私には分かる！死神が私を呼んでいるのが！彼がトン、トン、トンって床を叩いているのが私に聞こえる。お分りにならない？間違えっこない音よ。骨が骨とぶつかるような。二階で死神に抱かれるってどんな気分か、聞いて頂戴。そうしたら教えてあげましょう。彼が私に触ると、鳥肌が立ったわ。でも、我慢した。心の中では、きっと誰かがやってきてこの地獄から私を連れ出してくれるってこと、知ってたんだと思うわ。そしてあなたが来た。ほら、私を見て！私は今また生きている！（嗚咽を止めようとするが、かえって押し殺した苦しげな声が洩れる。）暗闇で萎れるのはいや！」[18]

沼地から人生の意味を探してやってきたヴァルは、こうして、待ち構えていた彼女のいけにえとなったのであった。ヘビ皮のジャケットは暖かく、上着であって上着でなく、皮膚のように生きているもの、「露出」と「被覆」を同時に満たすものである。ヘビ皮を脱ぐ行為は、肉体の死と再生・復活を、脱ぎ捨てられた皮は、袖を広げて掛ければ十字架と犠牲を表わす、ダブル・メタファーともなる。レディが彼に向かって“love”ではなく“need”という言葉を使うのは象徴的だ。この地獄を通り過ぎようとしたヴァルを、レディの言葉が、鳥を追う網のように絡めとる。レディには、待つことの頼りなさは、もう、とうに分かっているのだ。ブランチの、そして自分の、生きながらの死を繰り返すわけには行かない。

レディ「だめ、だめ、だめ、行かないで……。あなたが必要なの！！！生きるため……。生き続けるために！！！」[19]

神話のオルフェウスは地獄では我慢をし、地上で振り向いたので、エウリディケだけが地獄に連れ戻された。オルフェウスの末裔であるヴァルは、祖先の薄情さを恥じて、地獄にいるうちに振り向いてしまったのだ。彼女はヴァルをカーテンのむこうに誘うが、その場所は彼女が知っていた、父に与えられた地上の「楽園」ではない。見知らぬ、グロテスクな、しかし可能性だけは残されている場所である。彼女が願っているのは、むかし彼女が知っていた、イルージョンとして消え去る前の「楽園」の回復であるのに、それが不可能であることもまた、すでに彼女は知っているのだ。だから、彼女は子供ができたと分かったとき、ヴァルに逃げるように言うのである。彼女はいつも、あまりにも彼女らしく、ぎりぎりの願望しか持たない。彼女は結局のところ、自分にも実がなるのだということが証明されさえすればよかったのだ。死神が自分を解放してくれるとは思っていなかった。だから、彼女はヴァルにお礼を言うのである。

レディ「私といっしょにここにいてくれて有難う！そのことで、神様のお恵みがありますように……。」[20]

このように真摯なパッションの叫びに背を向けることは困難だが、ヴァルは、一旦はキャロルの勧めにしたがって地獄を出ようとする。そして結局は、レディのお腹にいる赤ん坊のために、もう一度振り返ってしまうのだ。そして、当然ながら、それは現代のオルフェウスの運命を決めることになる。このヴァルの決心と翻意は、あまりにも重大なことであるためにかえって性格描写の入りこむ余地はなく、書き方が不十分であるという謗りは免れないが、「認識」と「生の願望」、さらには「過去」と「未来」までをも曝け出すことのグロテスクさと、それら全てを内蔵する人間の運命は、レディの人間像に十分に描かれているといえよう。レディがブランチと異なる点は、彼女は自らが生きていることの確認のために、正しいパートナーを駆け引き無しに命懸けで選んだということであろう。そしてあらかじめ与えられている「死」という解答からヴァルを逃がそうとする。その上で、レディは、死までもが（ジェイブと彼女の口から出る呪いの言葉も含めて）予定どおりであるかのように死ぬ。死を直前にした彼女を描写するト書について、激しすぎるとの批判は当たるまい。

彼女はヴァルを自分の体でかばったまま振り向き、彼（ジェイブ）を見据える。彼女の顔には、今や、生と死のあらゆる激情や神秘が浮かんでいる。全てを知り、挑み、受け入れている彼女の眼は、ぎらぎらと燃えるようだ。[21]

彼女の今わの台詞、「ショウは終わりでございます。小猿が死んではしょうもない……」を聞いたとき、観客の幾人が彼女の認識の凄さを理解するであろうか。彼女もまた道化であったと。そして、他の道化と異なり、彼女は、自分自身が道化にすぎないことを骨身に沁みて知っていたのである。テネシーは、レディを追い掛けているうちに、遠くまで来すぎたのだ。ヴァルもテネシーも観客も彼女の死に圧倒され、とり残されて、地獄からの脱出を忘れてしまうほど、彼女の存在は強烈である。レディは、生命そのものの噴出にも似た、思い切ったエネルギーの放射によって、誰彼れを劇という意匠の奥底に引き込み、地獄的存在状況の確認の巻き添えにしたのである。

8

ヴァルをめぐるもうひとりの女性、そしてヴィーやレディとは対照的な女性として重要な役割を果たしているのは、キャロル・クートリアである。キャロルは先にも触れたように、テネシーがギリシャ神話に親しむことによって誕生した女性である。ヴァルも、キリスト教の殉教者〈聖ヴァレンタイン〉のイメージだけではなく、ギリシャ神話の〈オルフェウス〉のイメージを持つキャラクターである。ヴァルとキャロルは、過去の世界ですれ違っているという。一幕一場の二人の出会いの場面で、キャロルは、ヴァルがかつて退屈なマダム達のお相手をしていた時分に彼を見かけたと言う。ヴァルもまた、一時は人生の意味を見失い、地獄の入り口にたたずんでいたのだ。キャロルはヴァルよりも積極的に生きてきた。彼女は地獄の掟を無視して、自分がしなくてはならないと感じたことをそのまま実行に移した。害虫や雨のせいで綿花の収穫が減ったからといって黒人を馘にするのは大量虐殺に等しいと、雇い主に抗議の手紙を送ったり、母親の遺産で無料診療所を建てたりしたのである。黒人が不当に殺されたときには、裸の上にトマト用の麻袋だけを被って裸足でデモンストレーションもした。その結果、彼女は「猥褻放浪罪」で逮捕され、劇の始まりの時に、生まれ育った故郷 Two River Country からの永久追放を命じられたのであった。彼女は、だから、ヴァルが地獄の住人でないのとは別の意味で、地獄の住人ではない。

彼女はカッサンドラのように髪を振り乱して、どこにも属さずに歩き、レディと同様に認識力を持つが、彼女がレディやカッサンドラと根本的に異なるのは、彼女の行動が一見衝動的に見えるほど軽やかであることだ。彼女の認識は、自他を癒し、未来を予言するが、苦悩とは結びつかない。彼女の本質は〈自由〉である。劇中ただひとり彼女のみが思うがままに行動し、この生来の自由さによってジェイブの毒牙からも逃れている。自由を脅かす地獄に安住する者は、彼女に脅かされる。「露出」と「被覆」のテーマからすら自由でありながら、最も本質的な意味でこのテーマに関わっているのも彼女である。彼女は自分を「露出狂」と呼ぶ。彼女は常に素手で、裸足である。コートの下には何も着ていない。彼女は何も暴こうとしないのに、彼女の裸体は、鏡のように、誰かれに自分たちの裸体を見せ付ける。彼等は自分の裸体など見たくもない。いや、だれの裸だって見るのはいやだ。こんなにきれいな服があるのだもの、と彼等は言うだろう。彼等は「露出」に耐えて自分を見つめることを拒み、ひたすら「被覆」の善し悪しに汲々としている。

枠のなかに自分を閉じこめないこと、被覆をしないこと、隠さないことが自由の条件であるから、自由は必然的に〈空〉を指向し、〈無〉に向かって限りなく崩壊拡散する。キャロルは、エーテルのように透明で儚い、生の本質をそのまま体現する存在であるがゆえに、常におびえており、他者によって自分の存在を確認するしか不安を紛らわす方法を持たない。そのために、彼女は持てるものは何もかも曝け出し、提供しようというのだ。彼女は「ひどい化粧だぜ」と言うヴァルに、次のように答える。

キャロル「わたしは露出狂なの！わたしは気付いてほしいし、見てもらいたい。聞いてほしいし、触ってほしいの！みんなにわたしが生きてるってこと、知ってほしいの！みんなに、自分は生きてるんだよって知ってほしくない？」[22]

そういえば、他者と自分との関わりについても、確実なものはなにもない。だから触っていたいのだと彼女は次のようにも言っていた。

「いったいぜんたい、この地上でなにができるというの?出来るのは、なんでもいい、近く来たものを両手でしっかり、指が砕けるほど握り締めることだけよ。」[23]

彼女の自由は「歴史」をも拒むので、彼女の認識は時空を超え、情念からも放たれて普遍性を帯びる。生きることが、魂の欲求にせよ肉体の欲求にせよ、何かを捕まえようとする欲求と同義であり、その実現のために命懸けの努力をするヒロインたちとは、なんという違いであろうか。彼女は、自分に属するものを何一つ保持しようとはしない。家、兄弟、名誉、財産、貞節。テネシーに助言した演出家ミス・ウエブスターのように、彼女に助言(あの助言は、実は、ミス・ウェブスターがシェイクスピアの『オセロー』から借りたものだが)してくれる人も居なかったらしく、彼女の心は、カラスにさんざんつつかれて穴だらけになり、誰からでも丸見えの、「猥褻な浮浪犯罪者」になってしまった。だから、彼女は黒人祈禱師とも、死者とも交信できる。祈禱師に頼んでトキの声をあげさせるのも彼女である。先にも述べたとおり、ヴァルの足を地獄に向けさせたのは、太古の心を揺すり起こす、彼の呼び声であった。ということは、キャロルは、いわばこの劇の狂言回しとでもいうべき役割を果たしているのだ。他の二人の女性レデイとヴィーは、忽然と舞台に登場するヴァルの姿を見て待ち人来たれりと心が騒ぐが、キャロルは、殉教者、もしくは巡礼としてのヴァルの本質を見抜き、ヴァル自身のためにヴァルを誘うのである。他の何ものにも執着しない彼女は、〈生〉だけは守ろうとする。なぜというに、糸杉の丘と呼ばれる墓地で耳をすますと、死者たちは、いつもたったひとつの言葉で語りかけるからだと、彼女は言う。

「生きなさい、生きなさい、生きなさい、生きなさい、生きなさい！ってね。」[24]

糸杉の丘を訪れるキャロルは、レディ同様、死んだほうがましだと思ったことがあるにちがいない。キャロルの軽やかさは、死に限りなく近付いたことのある者の軽やかさなのだ。

この劇に関して、作者テネシーは、詩人で音楽家のヴァルと比較され、彼との双生児的類似性を指摘されることが多いが、後に触れるように、ヴァルはアポロンに仕えるオルフェウスと重なるものであり、まさしく、テネシーはアポロンに対するオルフェウスのように、キャロルに対して素直で献身的である。テネシーは、気違い扱いされている、もう若くはないのに少女としか呼びようのない一人の女性を、あたかも、自分は彼女に仕える者であるとでも言いたげに、恭しい筆づかいで、とても美しく描いている。キャロル的な自由が「歴史」から拾いあげていく認識は透明で、太陽神アポロンの火のように、浄化作用を持つ。『天使の戦い』においては、キャロルに相当する役はサンドラであり、彼女はもっぱら、呪いにも似た地獄の焚刑の予言をしたのであった。名前どおり、カッサンドラに近かったのである。キャロルの透明感は、彼女だけが持つものであって、十七年の間にテネシーが「認識と表現」に対して与えたポジティヴな解答であるともいえよう。レディのようなマイナスの出発点を持たない彼女の認識は、ゼロ点に立ち戻る必要がないので、プラスへ、プラスへと限りなく上昇拡散し、昇華され、既成のノモス（法）や目的達成型の情念を超えた抽象思考を、彼女自身の肉体で表現することを可能にしている。

しかし、よく考えてみると、キャロルの存在もまた実に不毛である。セックスや地上の愛を、生きることの本当の答えではないと遠ざけても、新しい答えは見つからない。キャロルは、その時々で彼女が最も必要であると判断することをするだけである。彼女の発言はむしろ予言的、医学的であり、奇態な格好をしているにもかかわらず、彼女はアポロンの属性である沈着さ、理性を失ってはいない。そういえば予言、医学もまた、ギリシャ神話においてアポロンに帰せられる性質である。テネシーは、キャロルの創造をとおして、これまで見付けることの出来なかった何かを発見、確認しつつあったのではないだろうか。セックス・オブセッションの強い女達を中心に、惹き付ける男を〈オス〉、女に種を提供する男を〈道化〉としてシニカルに眺めたテネシーは、ここにおいて新しい女性を登場させ、男を地上の「楽園」につなぎ止めようとしたり、あるいはメスに安住しようとする女性ではなく、男性を救い、解放する存在としての女性を考え始めているように思われる。そして、彼女の行動は痕跡を残さず、言葉だけが残るのだ。

だが、この劇の最後になってもキャロルはまだ力不足であり、ヴァルを救えない。それは一方においてはヴァルの選択の結果でもある。しかし、リンチに遭って殺されるヴァルの形見となったヘビ皮のジャケットは、黒人祈禱師の手を経て、外ならぬキャロルの手に渡る。彼女は自分がはめていた金の指輪で、それを購うのである。彼女は、行き倒れやリンチを覚悟して旅をする者の生の証しとしてこれを手に入れ、証人となろうというのだ。

キャロル「野性を持つものは死んで後に皮を残す。清らかな皮と歯と白い骨を残す。それらは手から手へと受け継がれる〈しるし〉。地獄からの脱出を図るものの目印。彼等の道が続くように……。」[25]

彼女はジャケットを羽織り、抱き締め、自分もまた抱き締められているかのように、肱をかかえる。彼女はひとりであり、ひとりでない。保安官タールボットの「動くな！」の命令など、キャロルの耳を貸すところでないことはもちろんである。さしもの彼も、ジャケットを博物館の飾りものにするわけにはいかない。ジャケットに身を埋めて舞台を去るキャロルの、高い笑い声だけが劇場にこだまするとき、観客は、あらためて地獄の暗闇を見るだろう。キャロルのか細い残像を追って確認できるのは、人生に答えはなく、あるのはただ通り過ぎた証しにすぎず、証しは明澄な眼差しによる承認しか、存在の根拠を持たないという真実である。劇は、いかなるカタルシスによる終わりをも拒絶し、舞台上の混沌は観客を脅迫し、尻切れトンボの印象を与える。観客は拍手をするきっかけを失ってしまうのではないだろうか。彼等は、テネシーに、もっと別の終わりを期待していただろうし、テネシー自身も不条理劇を書く意図は持っていなかったのだ。ただ、全員が死んでしまった『天使の戦い』の幕切れでは整理できないものをテネシーが発見していること、それはキルロイの〈再生〉よりもっと確かな、「この世のもの」であり〈受け継がれ、生き延びるもの〉であることは、重要な点であると言わねばならない。

9

さて、三人の女性に取り囲まれる男性ヴァルは一体何者であろうか。オルフェといい、ヴァルというその名前からして、彼が、これらの名前が連想させる属性を備えていることは当然である。また、ドラマのプロットに、ローマの僧侶であった聖ヴァレンタインの足跡をたどるなら、先に述べたように、ヴィーとの交流がこれに当たると言えるだろう。聖ヴァレンタインは、迫害を受けたキリスト教徒を助け、このため囚われの身となった時にさえ、盲目であった看守の娘に視力を与えたという。また、今日、聖ヴァレンタインの名を広く知らしめているのは（性）愛の殉教者としての彼のイメージである。ヴィーは実際にはヴァルを求めなかったが、もしヴィーが望んだら、彼は断らなかったであろう。三十才になった彼は、自分の堕落した過去の生活から足を洗いたいと切に願っている。彼が地獄に堕ちた背景には、ひとつにはジゴロとしての彼の生活があったかもしれない。ただ、彼はそのとき限りのセックスで、孤独というものをいやというほど見せ付けられたのだ。彼はレディに、「だれも他人を解りっこないさ」と言う。触れるときだけ相手の存在は確かだが、体を離せば、相手は、触れる前よりもっと遠くなっているというのだ。ヴァルは醒めた目つきで言う。

「おれたちはみんな皮膚っていう独房に入れられてる。終身刑だ。」[26]

実は、沼地に独りぼっちで暮らしていた子供の頃から、ヴァルは、たしかな何かを待っていた。なにか意味のあること、人生に意味を与えてくれるもの。けれども、尋ねる相手を間違えたのか、質問が的外れだったのか、答えは返ってこなかったというのだ。それを言うときのヴァルは、信じるものの見つからないテネシー自身の投影である。

ヴァル「答えが与えられないからって、止めるわけにはいかないんだ。分かった顔して、その実、くる日もくる日も待ち続ける。答えは分かってるって顔をして。そしてそれらしい答えをでっちあげるんだ。」
レディ「愛のこと？」
ヴァル「そいつは偽の答えさ。あんたや俺だけでなく大勢だまされたんだ。神様なんてそんなもんさ、ほんとだぜ。」[27]

ヴァルは、愛とセックスは必ずしも結びつかないと考えている。女達は淋しいだけなのだ。ヴァルの肉体は、女を引き付けずにはおかない原始の野性を備えており、ヴァルは女を抱くが、彼の女性への接し方は、むしろ癒す者としてであった。ここにシャーマン、聖ヴァレンタイン、アポロン、キリストの四者をヴァルと結びつける接点がある。シャーマニズム研究の先駆者エリアーデの言うシャーマンの肉体的特徴は、息を止める、体温が高い、尿をコントロールできるなどであり、テネシーはこれらをそのままヴァルの属性として採用している。

これらシャーマンの特徴はまた、ギリシャ神話におけるディオニュソスの特徴と類似している。オルフェウスがディオニュソスの神殿の司祭であったことはよく知られているが、ディオニュソスに属するとされるものは、演劇、酒、陶酔、豊穣、多産、セックス、欲望、情念などである。ディオニュソスの最初の母親は地下の女王ペルセポネであり、ディオニュソスの本来の仕事は、歌を通して冥府と関わりを持ち、死者の魂を呼び戻すことにあったと言われている。

しかし、また、絶望しているヴィーやレディを生きる喜びに目覚めさせる点では、ヴァルはアポロン的な働きもしている。ヴァルの話しぶりは静かで、沈着、理性的、予言的、医学的であると指示されている。これらの性質はギリシャ神話ではアポロンのものである。実は、オルフェウスはアポロン神殿の司祭でもあったと言われている。オルフェウスが肌身離さぬ、彼の命ともいえる大切なキタラは、音楽の神としてのアポロンからの贈り物であった。

　オルフェウスがアポロンの司祭であったことは、実はもうひとつの意味をもっている。それは、女を愛さなかったことだ。オルフェウスは、アポロンに愛された者の常としてディオニュソス信仰を批判し、エウリディケの死後は自ら男達を愛し、彼等にも同性愛を勧めたといわれる。このため、ディオニュソス信徒の女達に八つ裂きにされるのである。そしてさらに、この、殉教ともいえる死が、ヴァルをキリストと結びつけている。もちろん殉教と一口に言っても、教えは異なり、殉教の仔細も異なるが、テネシーは、殉教という行為そのものに教義を離れた意味を認めたようだ。たとえば、ヴァルがレディと留まる決心をすることについて、ヒュー・デイッキンソンは「きわめてキリストに近い行為」[28]であると評し、この行為がヴァルの罪を浄め、同時に自己犠牲によって人間の存在そのものを贖っていると解説している。また、先に述べたとおり、ヴァルの名前そのものがキリスト教や殉教と結びつくことは言うまでもない。

　こうして、キリスト教的属性を持つヴァルに、矛盾するアポロンとディオニュソスの二神を重ねて考えることで、『地獄のオルフェ』におけるヴァルとキャロル、ヴァルとレディそれぞれの関わりが考えやすくなる。先に述べたディオニュソスとアポロンの特性を比較してみると、ディオニュソスはパッションに関わり、アポロンは理性をつかさどる。『地獄のオルフェ』において、アポロン的なスピリチュアルな力はキャロルによって、ディオニュソス的なエロティックな力はレディによって表され、ヴァルは、神話のオルフェウス同様にこの二人に関わり、最終的にはキャロルの勧めを振り切ってレディの懇願を受け入れる。その結果、ヴァルは、キリスト同様、きわめて人間的、地上的な愛のために死ぬが、彼がかつて堕落と考えていたセックスが、けっして堕落ではなく、命を賭けるに値する愛の行為であることを自他に証明したのであった。

だが、彼の死を無意味ではないものとして描きながら、テネシーは、またしても答えを摑めない。レディもすでに疑っているように、愛のために死ぬ、言い換えれば、生のために死ぬことが、果たして生の意味と言えるであろうか。愛を選んだヴァルの手からレディはもぎ取られ、ヴァルは、地獄の出口を求めて右往左往するのである。なんということだ。結局、ここは「地獄」なのだ。ヴァルが折りに触れて歌っていた「天の草原」"Heavenly Grass"の歌詞を思い出さずにはいられない。テネシーの詞にポール・ボールズが曲をつけたブルーマウンテン・バラードの一曲だ。

ぼくの足元には天の草原
ひねもす空は澄んで輝き
ぼくの足元には天の草原
夜には星々さみしく巡る。
それから足は地上に降りて
母さんぼくを叫んで産んだ。

ぼくは遠くへ早足で
でもまだぼくの足のうら
……
天国の草がくすぐってる。[29]

非常に重層的なヴァルの存在を一言で解説することはほとんど不可能に近いし、危険でもある。しかし、彼は結局のところ、コールリッジがあれほど美しく描いた〈風の竪琴〉を抱いて、失われた楽園の歌を歌っていた旅人ではないか。求める者それぞれに高みへの夢を確認させ、「汚いものに触っても、水のようにぼくを洗い浄めてくれる」[30]と大切にしていたキタラを抱いて彼が語って聞かせた「足が無く、それゆえ飛び続ける運命にあり、風に乗って眠る小鳥」[31]のように、人間の世界から姿を消すことが彼の運命だったのではないか。そしてこの楽園への希求は、キャロルの登場と、彼女が生き残ることによって、今や、必死の願望・Desireというよりは、もっと淡々として、〈ヴィジョン〉に近いものになっていると言えそうだ。

10

巡礼のヴァルは、二人の女性が持つパッションのために焼かれて、清らかな骨とヘビ皮を残した。劇の初めには肉のあとが生々しく、まだ地上のものであった「鳥の胸骨」は、ヴァルの物語が終った今、乾き、浄められて祈禱師の胸に残った。その骨さえあれば、祈禱師は再びトキの声をつくることが出来るだろう。

それにしても、テネシーは、現代のオルフェウス、ヴァルを生かし、再び旅に出すことは考えなかったのだろうか。黒人祈禱師が劇のエピローグを務めてもよかったのではないか。そうすれば『地獄のオルフェ』という作品にも枠が出来、ヴァルは象徴として、観客は観客として、それぞれ安全であったのだ。しかし、ヴァルは祈禱師の退場の合図を無視して、地獄に止まった。ひとしきりの興奮の後、辺りをいっそう深い闇に沈めるはずであった銃声、ジェイブが、死の間際にただ一度外に向かって「露出」した苦悩の叫びである銃声は、喧騒をしずめるどころか、激動のきっかけとなった。そして、幕が降りるまで、舞台の興奮は納まるどころか高まるいっぽうである。テネシーは、祈禱師によってヴァルの登場を閉じず、ジェイブによって地獄の門を閉じることもしなかった。観客は、ぽっかりと口を開けた地獄の中にいるのか、外にいるのか。

静まりかえった舞台に一人立つキャロルの手には、被覆と露出、地を這うことと脱出することを同時に象徴するヘビ皮のジャケットが、天と地の間を揺れ動いていけにえとなった男の形見として残ったが、その時キャロルは観客には眼もくれず、すでに地獄を出ていこうとしている。観客はキャロルにも取り残される。劇は約束にしたがってかりそめの終わりを終わるはずであったのに、その〈かたち〉を失い、ストーリーを放棄する。登場人物の占めていた舞台上の空間には、地獄の虚ろな闇が、黒人祈禱師同様口を開けて薄笑いをしている。この闇の中では、幕もほとんど機能を失っている。『天使の戦い』では、用心深く振る舞っていたテネシーは、『地獄のオルフェ』ではそうはいかなかったのだ。『ガラスの動物園』でも『天使の戦い』でも嵌めた「回想」の枠は、もはやここにはない。臆病なテネシーは、従来、テーマが彼にとって切実であればあるほど、これを「今は昔」とか、「半ば忘れられ、美化された回想」といった「箱」に入れて人前に持ち出したのであった。それによって、劇作家という立場もまた守られるはずであった。しかし、これは分裂を自覚させる、危険な綱渡りだ。例えば、彼は『ガラスの動物園』においては、自分の分身を主人公にして、姉のローズに対する胸も張り裂けんばかりの罪の意識を描いているにも拘わらず、カーテン・コールでは、成功に狂喜する新進の劇作家として観客の前に紹介されたのであった。トーマス・ラニア・ウイリアムズ（テネシーの本名）は、笑って挨拶している「劇作家」テネシー・ウィリアムズを憎んだろう。悩める人トーマスと「劇作家」テネシーが互いの齟齬を感じ始めた様子は、先に述べたとおり、当時彼が書いた「成功という名の電車」というタイトルのエッセイにすでに現れている。

抵抗するトーマスに引きずられるように、テネシー・ウイリアムズが恐る恐る「回想」や「過去」の枠を外していく様子は、年代順に彼の作品を追って見た時に明らかである。「回想」の枠を外すことは、「個人」の外にある枠も外していくことを意味する。痛みが個人の生活の中で（舞台に乗る以前の過去において）起こり、そして今も続いているのだと、個人のこととして、たとえば『欲望という名の電車』において少しだけ白状した時、観客はこれを絶賛した。「劇作家」の配慮によって紗のカーテンで守られた観客は満足げだった。観客は、ブランチの痛みを解ったような気にはなったが自分は傷つかず、立ち上がって拍手を送り、一方、悲惨さと美しさを「ぼかし」というプロテクターを差し引いて見たテネシーは、ブランチの悲惨に圧倒されて思わずトーマスに戻り、「ブランチは私だ！」と叫んだのだった。そして、テネシーは、彼の次には誰かが同じように「ブランチは私だ！」と叫ぶことを期待したかもしれない。そうでなければ、劇を書く甲斐はない。

『天使の戦い』から『地獄のオルフェ』への十七年の間に、テネシーは徐々に「劇作家」から「告白者」となり、『地獄のオルフェ』について、「書きたいことを書けた」と彼が言ったとき、人生と芝居の間には、もはやプロテクターもバリアーも無くなっていたのではないだろうか。『地獄のオルフェ』の終わりには、芝居は〈形〉を失って混乱し、露出した痛みが癒される術もなく、醜く割れた傷口を曝け出す結果になった。そういえば、かつては観客と舞台の間に一定の距離を保とうとしていたプロローグが、『地獄のオルフェ』では、神話の時代に人々が書いた歴史を現代に連なるものとして大っぴらに容認することによって、従来のプロローグとは異なり、作家の認識と病いの中に観客を引きずり込もうとする働きをしていたではないか。もしかしたら、テネシーは、彼が姉ローズに見た高邁な精神、それによって「ぞっとするような人生経験も優雅に耐え抜ける強さ」[32]を観客に期待したのかもしれない。そしてまず、仲間達によって拒絶された。「劇作家」テネシーは、お前のせいだと「告白者」トーマスを叱っただろう。演出家ハロルド・クラーマンにしても、トーマス・ラニア・ウィリアムズと仲良くしたかったのではなくて、劇作家テネシー・ウィリアムズと仕事がしたかったのだ。

だが、テネシーはもう「被覆」に耐えられなくなっていたのだ。パンドラの箱は、すでに開けられてしまった。問題は、次々と観客を直撃する。あげく、蛇皮のジャケットはキャロルによっていずこへとも無く運び出されて、さしものシェリフ、タールボットも、これを博物館の飾りものにするわけにはいかなかった。つまり、なにも整頓されず、解決もされていないのだ。

キャロルが蛇皮のジャケットに身を埋めて確認できたことは、先にも述べたとおり、人生には答えはなく、あるのはただ通り過ぎた証しのみで、証しは認識によって承認されるとき初めて存在するという真実である。これは、不条理劇の観点から見ると非常に優れた視点を含むが、テネシー自身が不条理劇を書く意図を持っていなかったので、あまりに生々しく、惜しくも成功していない。彼は処理法を知らなかったが、彼の認識は高く評価されなくてはならないだろう。彼の「劇作家」の革袋は、彼の持ち合わせていた酒を注ぐにはいささか古かったのである。

結局のところ、テネシーが後始末を引き受けなければならなかった。またしても「繕い」が始められた。ただ今度は、たとえば『ガラスの動物園』の時と違って、劇中で、ではなく、劇の外で、生身のトーマス・ラニア・ウィリアムズ自身によってである。『地獄のオルフェ』出演者の一人、モーリーン・ステイプルトンによる回想は、その様子をよく伝えている。

テンはその春、ものすごく落ち込んでいたわ。考えられる限りの病気に罹っていると思いこんで、明日にでも死ぬみたいなさわぎだった。自分が信じこんでいた十五分の一でも病気だったら、彼は、一九五〇年代は一年だって生きられなかったでしょうよ。『地獄のオルフェ』の公演はすぐ打ち切られちゃったけれど、そのあいだ彼はとても立派だった。とても笑えそうにないときに、みんなを笑わせようとがんばったわ。夕食に連れ出してくれて。親しいみんなには、彼が最悪の状態を耐えなくちゃいけないって解っていたのに、彼はよくつきあってくれた。[33]

トーマスは、自分の分身の劇作家テネシーが一九四六年に書いた『バーサよりよろしく』*Hello from Bertha* のバーサのように、死に臨んでも、笑って"Hello"とだけ言いたかったに違いない。ここで"Hello"には、「私はあなたを知っており、そのことだけを伝えたい」という意味が込められている。実はこれは、『地獄のオルフェ』では、キャロルがヴァルに言う言葉である。"Hello"は、すべてを露出し、すべてを被覆する。非常に逆説的ではあるが、現実の人生の舞台でなら、トーマスは、「劇作家」と仲直りしてもよかったのだ。

だが、トーマスがテネシーと協力し、体を張って、両手を広げて枠を作るには、おそらく問題は大きすぎたのだ。トーマスは壊れ始め、それに伴ってテネシーも次第に、絵を額に収めるように枠の中に問題を収めていくことが出来なくなっていく。『地獄のオルフェ』やそれ以降の劇の、そこここに剝き出しにされた痛み同様、彼の苦悩も、試みも、枠の中に入れられぬまま、彼の作品と人生の至る所に傷口を曝していく。

『地獄のオルフェ』では、キャロル同様、テネシーも裸なのだ。キャロルの裸に眉をひそめた観客は、テネシーの裸には身震いしたのだろう。自分だって、かなり徹底的に脱がされそうだったのだから。

第6章　*Suddenly Last Summer*

キャサリンの薔薇　『この夏突然に』

1958年1月7日
ニューヨーク、ヨーク劇場にて『庭園地帯』として初演

プロローグ

テネシーは一九五八年一月七日、ニューヨークとはいってもイーストサイドのヨーク劇場で二本組の芝居を上演した。『語られざるもの』*Something Unspoken* と『この夏突然に』*Suddenly Last Summer* である。タイトルだけで問題を見破ることはいささか困難であるが、この一見無関係にみえる二つのタイトルの陰には密接な関係があって、〈持ちこたえる〉ということが、テネシーにとって大きな課題になってきていることが読み取れる。一度深く傷ついた人間にとっ

て、社会の中で生きていくことは、往々にして仮面と実体のバランスを保ちきることであり、それを「健康」と呼んでもいいくらいだ。だが、語らず持ちこたえられたほうが賢明かもしれない真実は、あるとき「突然」、押さえきれない暴力のように表現を求めて吹き出すのである。『焼けたトタン屋根の上の猫』でも見たように。テネシーが、二つの劇を並べて上演したことは、彼が、いかに「被覆」と「暴露」の双方の狭間でもがいていたかを示すものとして興味深い。

『焼けたトタン屋根の上の猫』では、生きようとするエネルギーが、病んだ真実を押さえこみ、手なずけ、崩壊しかかった南部の家は、かろうじてかたちを保った。屋敷をとりまく広大な綿花畑の海は、この虚構の家を肯定しているかのように豊かですがすがしく見えるが、テネシーはこの皮肉な光景のまぶしさに長くは耐えられなかったようだ。たくましく地上的なおじさん・おばさんになり損ねて、嘘のつけない、しかし真実も語るをはばかる心やさしき人々——テネシー自身が、かってそうであったし、だからこそ彼が愛してやまない、沈黙を守る人々は、心の底では、隠し持った真実の表現を求めて狂おしいほどなのだ。彼等には、生は、困難な要求を突き付ける怪物のようだろう。『焼けたトタン屋根の上の猫』の登場人物のなかでも、舞台には姿さえ見せず沈黙のうちに死んでいったスキッパーこそが、実は死を賭してブリックに表現を求めたのであった。「真実を表現すること」——真実の意味を問う者、真実を我に課す者、真実を知りたいと願う者、隠された真実を嗅ぎつけたと直感した者、真実に拘泥するこれらの人々に課されたた抗いがたい欲求にテネシーも翻弄され続けていたことは、すでに見たとおりである。そして、真実にこだわるテネシーは、どうしても姉ローズについて考えずにはいられなかったのだと思う。

父親コーネリアスが、放浪のホテルの一室で愛人に手を取られて死んだ一九五七年の夏を、テネシーはニューヨークで過ごしたが、これにはわけがあった。精神科医ローレンス・キュービーの治療を受けていたのだ。キュービー博士は、「正常になるために」という大義名分のもと、テネシーにあらゆることを禁じた。フランク・マーロと手を切ること。作品を書かないこと。乱痴気騒ぎをやめること。テネシーはひとつも守らなかった。それでもキュービー博士のところに通った。もし、〈正常〉になることが欺瞞の日常に埋没することならば、彼は〈正常〉になど、なりたくはなかったであろう。だが、自分が見ているものが自分だけのものではないと告げるためには、そしてそれ以上に、自分自身が楽になるためには、自分と〈正常者〉の接点をつくっておくことが絶対に必要だったのではないだろうか。さらに、彼としても、押し流され深みに嵌まっていく自分が恐かったにちがいない。彼は、自分には『焼けたトタン屋根の上の猫』のマーガレットが持っているような、生きるための戦いに一人で挑む勇気が無いことを知っていたはずだ。彼は孤独に耐えられず、友人が欲しかった。彼の生涯の課題は「心暖まる握手」だったのだ。人と人とをつなぐ結び目の確認のためには、〈正常〉で普通でいなくてはならなかった。序章で引用した詩を書いた十七歳の時点で、彼はすでに自分の運命を良く知っていたと言わなくてはなるまい。

自分をふたつに分けること、分裂した視点を持つことによって生き延びるのは、表現者にとってめずらしいやりかたとは言えないが、テネシーの場合は「露出＝叫び」と「被覆＝叫びの封じ込め・治療」という両極端を、視点を持つなどという生易しいものでなく、全存在を投じて生き、その両者のせめぎあいを、そのまま舞台に乗せたのであった。真実をないがしろにしている自分を追い詰めずに、観る者を問い詰めるわけにはいかない、自分を責めずに他者を責められない、そういう負い目と強迫観念がテネシーの生き方の基本にあって、それが彼の劇を誠実すぎるほど誠実なものとし、その一方で、臆病さが、結末を曖昧かつ難解にもしたのである。だから、幕切れをすっきりさせようとする演出家に、しぶしぶではあるが頼って上演の成功に賭けざるを得なかったりもする。「とても好きだがはなはだ意見の違う」[1]医者と、腕前は認めるが心から信頼はしていない演出家に〈正常〉な観客への橋渡しを頼って、テネシーは自分が見たものの重みを問う。シェイクスピアは、たとえば『リア王』において、リア王の狂気を、道化〈フール〉の眼で対象化し、視点を客観化することで、自分自身と観客を狂気から救った。だが、テネシーは、このシェイクスピアの客観的態度を、薄情とも不実とも見ているようだ。シェイクスピアと彼の観客がリアといういけにえを通して見た残酷な真実を、道化を半ば自認するテネシーと彼の観客は、『焼けたトタン屋根の上の猫』以降の作品においては、自らの狂気を覚悟で、自分自身の目でじかに見ることになる。リア王と道化の二役を引き受けるはめになるからだ。ここに読みとれるのは、テネシーの、マゾヒスティックなほどのストイシズムだ。かつてブランチをいけにえにしたテネシーが、深い後悔にさいなまれたことはすでに述べた。

1

冒頭で記した二本立ての劇には、上演にあたって、『庭園地帯』*Garden District* というひとつのタイトルがつけられた。ニュー・オールリンズでも、とりわけ住民の憧れの的であった高級住宅街の呼び名である。〈広い庭を持つ住宅〉は、アメリカン・ドリームの描く幸せの象徴のひとつであったが、「ガーデン・ディストリクト」の音の響きが観客に与える期待を裏切って、テネシーはここにも、あるいは、ここにこそ、語られずにはおれない秘めた悲しみや、暴かれねばすまない欺瞞を見て、これらを舞台に乗せたのである。

「庭園」という言葉が呼び起こすイメージは、整頓され手入れの行き届いた、守られた空間であろう。その空間は閉ざされていることをみんな知っていて、そこに入る人々は、自由を質に入れて与えられる〈安心〉を手に、外界との交歓をあきらめることを自分自身に教えようとしている。『語られざるもの』の世界はまさにそういう世界である。庭園にはあらかじめ定められた秩序があり、広い庭のかたすみで、葉かげの枝が思いがけない季節遅れのつぼみをつけたりもするが、花は、けっきょく咲けずじまいで刈り込まれるだろう。

『この夏突然に』にも庭はあるが、その庭は、『語られざるもの』の庭のイメージとは対照的である。テネシーが、例によって劇の冒頭で微に入り細にわたって描写する舞台装置は、これが庭かと驚くばかりのジャングルを再現している。そして『庭園地帯』というタイトルでくくられた二本の劇の本命が『この夏突然に』であることは、この、セッティングについての長すぎる解説と、それに続くト書きによってすでに明らかである。

実は、この庭園にはモデルがあった。ニュー・オールリンズのルイジアナ・アヴェニューに一八五二年に建てられたミュリエル・バルトマン・フランシスの屋敷である。テネシーが、ニュー・メキシコのホテルで見つけた若いパートナーであるパンチョを伴い、フランシスの弟フリッツ・バルトマンに案内されて訪ねた時には、新しく三階建ての温室が完成したばかりであった。温室には巨大な羊歯や見慣れぬ蔦が茂り、フランシスが受けた印象によれば、テネシーは「作家によく見かけるような、皮肉のスパイスをきかせたり、もっともらしいことを言うような意地悪な人ではなかったけれど、温室にいる間中落ちつきなく動き回っていた」[2]という。締め切られたグリーン・ハウスに、なにものかの象徴、あるいは気配を感じたのだろう。作品に再現された時、温室は、訪ずれる人を脅かす恐ろしいジャングルに誇張されていた。舞台の描写は、次のように始まる。

ヴィクトリア朝風ゴシックスタイルの邸宅の中。季節は晩秋から初冬にかけて。有史以前羊歯植物期——動物たちの鰓が手足に、鱗が皮膚に徐々に変化していった時代——の熱帯のジャングルか森のようにしつらえられた屋内庭園。雨上りの暑さのため、このジャングル庭園は水蒸気で蒸れ、色鮮やかである。木々の巨大な花々は、引き裂かれて、まだ乾かぬ血糊がべっとりとついている内蔵を連想させる。するどい叫び声や、シュウシュウいう音、鞭で打つような音が入りまじって聞こえ、獣、蛇、鳥など、あらゆる獰猛な生きものの気配に満ちている。[3]

カーテンがあがって少しすると、ジャングルのざわめきはやや鎮まるが、ときおり静寂を破って新たな叫びが聞こえる。[4]

劇は、この庭の持ち主セバスチャン・ヴェナブルをめぐって展開する。セバスチャンは詩人で、母親のヴェナブル夫人の不確かな記憶によれば、事件のあった去年の夏には四十歳であった。つまり、彼は年令さえはっきりしないまま、すでに死んでしまって舞台には登場しない。彼の生と死をめぐって対立する母親ヴェナブル夫人＝ヴァイオレット・ヴェナブルと従妹キャサリン・ホーリーの間には、今も壮絶な精神的戦いが繰り広げられているのだが、その戦いを考察する前に、庭についての、ヴェナブル夫人によるさらなる解説をたどってみたい。なぜなら、劇はすべて回想形式で進められるからだ。幕が開くと、若い脳外科医ククロヴイッツ博士の押す車椅子に乗った夫人が、彼に庭を案内しながら、セバスチャンの人生を語っている。

ヴェナブル夫人「この庭に植えられているのは、地上でもっとも古い植物たちなのです。巨大羊歯植物時代の生き残りとでも申せましょう。亜熱帯の、ね。ハエジゴクをご存じですこと？これなどは、実にめずらしいものです。虫を食べますでしょう？ですが、秋のはじめから春の終わりまでは温室に入れてやらなくてはなりませんの。セバスチャンは、フロリダの研究所から高価なショウジョウバエをとりよせて、ガラスのなかに放しますのよ。その研究所は、遺伝子の研究にハエを使っているのです。」[5]

ふたりが話しているあいだにも、するどい鳥の叫びが聞こえる。飢えきった、耳をつんざくような鳴き声。どこからともなく、単調な歌声のような音が、波のようにリズミカルにうねってかすかに聞こえてくる。音楽だ。と思うと、消えてしまう。

博士「まるで手入れのゆきとどいたジャングルですね……。」
夫人「そのとおりですわ。それがセバスチャンの意図でした。あの子は、なにもかも計画的でした。人生も、仕事も。偶然など、ありようもなかったのですわ。」[6]

セバスチャンは、いかなる意図のもとに、この薄気味の悪いジャングル庭園を作ったのだろう。彼はもはや語ることはなく、私達は、セバスチャンの秘密について、彼をもっともよく知るヴェナブル夫人に聞くしかないのだろうか。セバスチャンの死すら、予期されたものであったと、彼女は言うのだが。

次の章は、夫人がククロヴィッツ博士に語ったとぎれとぎれの回想を、私、筆者ができるだけ正確に書きつないだものである。というのも、この劇については、事実を客観的に述べることは不可能なのだ。あらゆる出来事は過去の記憶の藪の中にあり、失われた時を取り戻す手がかりは、人々の話の中にしかないのだから。この劇は、記憶が真実と認めているものだけが真実性を主張するのであり、その真実はきわめて不確かであることを認めている点において、『ガラスの動物園』よりも正直である。

すべてを予期していたとは言いながら、ヴェナブル夫人は、セバスチャンの死によって耐えがたいほどの大きな痛手を受け、彼の思い出にすがってかろうじて生きている。彼女の回想は、時に前後が乱れ、時に、あまりに感情的である。これを時間の流れに従って整理してみると、次のような話になった。

2

ヴェナブル夫人の話の再構築
――つまり、人生そのものが彼の仕事でした。詩人とはそうしたものです。仕事と生き様は、切り離されようもないのです。彼は、詩人として有名ではありませんでした。有名になりたいなどと思ってもいませんでしたから。有名になることは搾取されることだと知っていて、忌み嫌っていましたわ。彼は、自分が私より先に死ぬことを予感していました。自分は、自由であるために、有名になる前に死ぬだろうと。彼は、ひと夏にひとつだけ詩を書いたのです。十五才の時から二十五年間。それをフレンチ・クォーターのアトリエで、人手を借りずに印刷しておりました。そして、だれにも見せようとはしなかったのです。去年は私が一緒でなかったので、彼は詩を書けませんでした。私から切り離された彼が残したのは、「死」という詩でした。

むかし、ある時、彼は私を書斎に呼んで、ハーマン・メルヴィルがガラパゴス諸島について書いた一節を読み聞かせてくれました。それによると、島のいたるところに噴火のあとがあり、噴石が積もって山となり、そうでないところは海となったというのです。「魅惑の島＝Encantadas」とメルヴィルが名付けたガラパゴス諸島でしたが、この島を見れば、最後の審判を受けた世界が想像できる、とありました。

私たちは行きました。メルヴィルが乗って行ったのはこんな船かしらと、四本マストのスクーナーをチャーターして。

ですが、ガラパゴス諸島で、私たちはメルヴィルが書いてはいなかったものを見たのです。海亀でした。海亀が、年に一度の産卵に火山灰の海岸にのぼってきていたのですわ。赤道直下の海から、ぎらぎら焼けるような砂浜へ。時間のかかるたいへんな仕事です。産み終えた母亀は疲れきり、最後の力をふりしぼってようやく海に帰るのです。自分が産んだものを二度と見ることもなく。でも、私たちは見ました。セバスチャンには、孵化の時期がちゃんとわかっていました。ころあいを見計らって島に戻りました。海亀はまさに卵からかえり、砂の穴から身をだして、必死で海にむかって行きました。せまい海岸はキャビア色に埋めつくされ、まるで海岸そのものが動いているようでした。

ところが、動いていたのは海岸だけではありませんでした。空も動いていました。獲物を狙う鳥でした。バタバタと、キーキーと、恐ろしい音でした。空も、海岸も、真っ黒になりました。生まれたばかりの亀は必死に逃げるのに、鳥は、旋回してはサッと降りてきました。子亀をひっくりかえして肉をむしるのです。セバスチャンによれば、海にたどりつく子亀は、一万匹に一匹がせいぜいとのことでした。

セバスチャンは、このときも、神を探していたのですわ。誤解なさらないでください。セバスチャンは気が狂ってなどいませんでした。

セバスチャンは、神とはいかなるものかを確かめたかったのです。彼は赤道直下の燃えるような太陽の下で、一日中、スクーナーの帆にカラスが作った巣を観察したりもしていました。そして、ついに神を理解したのです。もっとも、その時彼は、一週間というもの、高熱にうなされましたけれど……。

神は、私たちに残酷なお顔しかお見せにならない。叫ぶようにお話なさることも、荒々しい怖いことばかり。神について人々が見聞きできるのは、神の恐ろしさだけだと解ったのです。

こんなこともありました。セバスチャンは、ヒマラヤの奥地で僧院に入って、修業とやらをしたのです。髪を剃り、食べるものは、お碗に一杯のご飯だけ。お金は喜捨し、浮き世を捨てるとさえ誓いました。もちろん私はさっそく彼の父親、つまり夫ですわ、に電報を打ちましたとも。「セバスチャン名義の銀行口座、即時凍結せよ!」って。返事のかわりに弁護士から夫が危篤だと報せてきました。私を呼んでいると。私は迷いぬきましたけれど、帰りませんでした。いわば夫と息子二人ともが危篤状態でしたもの。ひと月待たないで、セバスチャンは汚い藁のマットから降りました。助かったのです。夫は死にました。それからは、セバスチャンは俗世にとどまったのです。

セバスチャンの私生活についてお尋ねになりたいとおっしゃるのね、望むところですわ。セバスチャンの弱みは、魅力的な人間に眼がないということ、自分が愛する者に愛されたいと願ったことでした。まわりの人間には、いつも上機嫌でいてほしかったのです。どこにいっても才能ある若者たちに取り巻かれていました。ニュー・オールリンズはもとより、リヴィエラ、パリ、ヴェニス、どこでも。

でも、彼は純潔でした。汚いものはいっさいだめで、泳ぐときも、きれいな水を求めて、舟で一マイルも沖に出るのです。ですから、彼はだれとも長続きしませんでした。彼が馘にしたのです。追い掛けられても、追い掛けられても、私以外はだめでした。みんな下心を持っていたからです。

私たちは完璧なカップルでした。いつもみんなの注目の的でした。幸せなことに、他の人たちとは違った生活が送れました。毎日をそのまま彫刻に彫りあげていくような、完成された日々……。私たちは、まさに伝説を作ったのです。ふつうは、ただただ生活の澱をひきずって日々を過ごし、ついには残骸の整理すらできないまま死んでいくのではないかしら。ですから、私たちは歳をとりませんでした。

ところが、去年の夏は、私は旅に行かなかった。ちょっと具合が悪くなっただけなのに、セバスチャンは私をおいて行きました、キャサリンに誘惑されて。だから死んでしまったのです。詩的衝動は、蜘蛛の糸のように細く繊細なものに支えられているのですわ。詩人自身も同様で、ようやく自分を保っているのです。一人でやっていける人など、ほとんどいません。たいへんな手助けが必要なのです。私にはそれができましたわ。

お話したとおり、セバスチャンはもともと丈夫ではありませんでした。心臓が弱かったのです。キャサリンには、セバスチャンの連れは無理ですとも。殺されたようなものです。

キャサリンは、亡くなった夫の妹の娘ですが、おかしな娘でした。父親をなくしておりましてね、かわいそうに思って面倒をみてやっていたのです。そうするとセバスチャンが喜んだからでしたわ。社交界にもデビューさせてやりましたが、おかげで、さんざんな目にあいました。人前で好き勝手なことを言うのです。上品なかたがたをとても怒らせるようなことを。あげくの果てに、奥様のいらっしゃる若い殿方に夢中になって、マルディ・グラのパーティーでは、会場の真ん中で、すばらしいスキャンダル！みんなにあいそをつかされたキャサリンでしたのに、セバスチャンだけは彼女をかわいそうがってやさしくしてやっていました。あげくに、旅に連れていったのです。え丶、二度と会えないと、私にはわかっていました。

そして私は、ごらんのとおりの老婆になったのです。でも、私には『セバスチャン・ヴェナブル記念財団』を設立する仕事が残っています。キャサリンは恩知らずの嘘つきで、その上、気さえ狂っていますわ。あんなに立派な聖マリア病院に入院させて手を尽くしたのに、ちっとも良くならないどころか、セバスチャンの死についてデタラメを吹聴するなんて、恩をあだで返されたのです。なんとか止めないと……。ドクター・シュガー（ククロヴィッツ博士のこと。ククロヴィッツは、「砂糖」の意味である）、あなたにぜひお力を借りたいのです。——

劇のアクションが実際に舞台上で展開されるのは、ヴェナブル夫人の話が終わった時点からである。つまり、セバスチャンの死は旅行中のことであり、彼の旅に同行し、彼の死の真実を知っていると思われるキャサリンは現在入院中であり、どうやらかなり神経が痛んでいる様子である。不都合なことを口走っているらしい。そこでヴェナブル夫人は、新進の脳外科医ククロヴィッツ博士に頼み、キャサリンにロボトミーを実行しようとしているのだ。その裏には病院の施設拡充にまつわる賄賂が動いており、院長も熱心である。

実は今日、ヴェナブル夫人のもとには、ククロヴィッツ博士の他に、キャサリン・ホーリーと彼女の母と弟が呼ばれている。後の二人は、多額の見舞金をもらって、キャサリンにロボトミーが必要であるとする、博士の用意した同意書にサインするために来たのだが、手術に対する恐怖と世俗の欲望の板挟みになり、キャサリンさえ何も言わなければ、すべてまるく納まると、彼女を説得しようとする。しかし、面会したキャサリンは、ククロヴィッツ博士が何者であるかを素早く覚って、興奮して叫びはじめる。沈着な博士に、あやされ、促されながらキャサリンが語ったのは、つぎのようなことだ。

3

キャサリン・ホーリーの話の再構築

——わたしはセバスチャンを愛していました。カベサ・デ・ロボ（Cabeza de Lobo ＝狼岬）の真っ白い急な坂道で、わたしは彼を救けようとしたのです。でも、彼はわたしの手をふりきって、行ってはいけない方角にどんどん走って行ってしまった。なぜ?黒い人々のなかに入りたくなかったのよ。たしか、コペンハーゲンかストックホルムへ行くつもりで、予約もしてあったはずです。

「小鳥ちゃん、北へ飛んでいこうね。」[7]

そう、彼は言っていました。

「黒ん坊は食べあきた、白いのが欲しくてたまらない。」[8]

そんな言い方をしていました。でも、彼が実際に食べていたのはサラダで、ほかにはピルを飲んでいただけだから、いつもとてもお腹がすいていたのでしょう。彼は、肉を食べなかったのです。

おばさまは、わたしがセバスチャンを連れ出したとおっしゃるけれど、そうじゃない。おばさまが行けなくなったのです。四月に発作がおきて、左半身が麻痺したのです。それっきりセバスチャンは、おばさまを使わなくなりました。おばさまは愛されなくなったと思ってらっしゃるけれど、「愛する」は、「使う」と言うべきではなくて？みんな誤解していますけれど。だれもが、互いを利用しているのに、愛していると思っている……。セバスチャンは自分を〈恐ろしい神〉への生け贄と感じていたのです。救ってあげたかった。でも、できませんでした。

マルディ・グラのパーティからこっち、わたしはずっと夢をみているような気持ちです。自分がいったいだれなのか。わたしはわたしを見ているだけで、わたしという実体は死んでしまっていたのです。セバスチャンが、声をかけてくれるがままでした。

セバスチャンはやさしかったわ。どこでも、ハネムーンのカップルと間違えられたほどです。たくさん服を買ってくれたり。でも、ベッドルームは別だったので、誤解はすぐ解けて、わたしは「シスター」と呼ばれていました。

わたしは彼を愛して、してはならないことをしてしまったのよ。彼に甘えたのです。彼がわたしの手をとりもしないうちに彼の手を握ったり、腕を組んでもたれかかったり……。彼の親切を誤解したのね。去年の夏だった。彼は、じゃけんに払いのけたわ。

彼は落ち着かなくなり、詩が書けなくなった。突然、彼は老いたのです。そして、多分、若返るために、夕方を捨てて午後へ、洗練された場所を捨てて浜へ、居場所を変えました。岬には「聖セバスチャンの浜辺」という名の海水浴場があって、毎日午後になるとそこに行ったわ。大きな有料公共海水浴場です。入場料はわずかでしたが、となりの無料公共海水浴場との間にはフェンスが張られていました。

浜でセバスチャンがわたしに与えたのは、濡れると透き通る水着でした。わたしはいやがったのに、彼はわたしの手をつかんでむりやり水のなかにどんどん引っぱっていき、わたしは裸同然で水から出たのよ。わたしの役目はおばさまと同じ、彼のための取り持ち役。おばさまはそれと知らないで、わたしは気付いていて、やっていた……。おばさまは、素敵な場所で上品に、わたしはフレンチ・クォーター出身者にふさわしく……。

白紙のノートは厚くなるばかり……。ノートも、空も、海も、みんなからっぽ……。

わたしは、じきにご用済みになった。地味な水着を着て、時間つぶしに葉書きや手紙を書いたりして五時にシャワールームの前の道で待ちあわせると、彼は来たわ。群れをしたがえて。無料海水浴場との境のフェンスを乗り越えてきた、飢えたホームレスの若者たちの群れだった。彼はひとりひとりにチップを渡していたわ。日に日に群れはふくらんで、セバスチャンは、しだいに怯えるようになった。そして、浜に行かないことにしたの。

ところが、あれは焼け付くような白い日だった。セバスチャンも白ずくめだった。おろしたての白いシルク・シャンタンのスーツ、シルクの白タイ、白いパナマ帽、白トカゲのパンプス。小さな白いピルを口にほおり込んでは、白い絹のハンカチで、しきりに顔や首をふいていた。心臓の調子が悪いのだと感じたわ。

「北へ行こう、狼岬はもうたくさんだ。」[9]

と、言っていたっけ。

わたしたちは港沿いの、魚を食べさせる屋外レストランで遅いランチをとっていた。テーブルから一ヤードと離れていないところに鉄条網で仕切りがしてあって、そのむこうには、入江にたむろする物乞いがいたの。はだかの子供たちがずらっと並んで、細くて黒くて、まるで、羽をむしられ皮をむかれた鳥のようだった。いっせいに風に吹かれたようにフェンスめがけて飛んできたわ。「パン、パン、パン」と叫びながら。パンは、ブレッドの意味よ。こぶしを口につっこんでガブガブ音をたて、にやにや笑って、不気味だった。

わたしはよく見ていない。セバスチャンが「見るな！」と言ったのよ。ウエーターが、鉄条網を張った裏門から軍隊のように飛び出して棒でなぐったので、子供たちは悲鳴をあげてフェンスから離れたようだった。ところが、彼らは次にわたしたちのために音楽らしきものをはじめたの。カンをひもでつないだものを鳴らしたり、カンをつぶしてシンバルのようにしていた。ちらと、すきをぬすんで見たのよ。紙袋でチューバのような音も出していたわ。ンパ、ンパ、ンパ、ンパって。でも、ほんとうに見たのだろうか。いや、見たと思う。ちらっとだけれど、たしかに。セバスチャンは怯えていたわ。知っている顔がいくつもあったので。マネジャーを呼べばよかったですって？神さまのこと？あ、お店の？　そんなことする人じゃなかった。だって、彼はすべてを受け入れていたのだから。

でも、ついに、彼は突然立ち上がって、ウエーターを呼んだの。

「来るな！　ウエーター、止めさせろ！ぼくは心臓が弱いんだ！気分が悪くなる！」[10]

ウエーターたちが、鉄条網の張ってある通用門から躍り出て、台所から手当たり次第に持ち出したもので子供たちを叩いて追い払った。

セバスチャンは、絶対にしてはいけないことをしてしまったのだと思う。白い白い午後だった。カベサ・デ・ロボの午後五時。大きな白い骨が空で焼かれて白く燃え上がり、空も、空の下のものも、なにもかも白く輝いているようだった。セバスチャンは、鷲掴みにしたお札をテーブルに投げつけて走って出たわ。わたしもついて走った。彼ったら、カフェの出口で動けなくなったようだった。いつもセバスチャンの言うなりだったわたしは、めずらしく

「こっちよ！渚に出てタクシーを拾いましょう。さもなきゃ、中に戻ってタクシーを呼んでもらいましょう！」[11]

と大声で勧めたんです。

「あんな汚らしい場所に戻るなんて、気が狂ったのか？けっして行くもんか。あいつらはウエーターに向かってぼくをののしりやがった！」[12]

が、返ってきた返事だった。

「こんなに暑いときに丘をのぼってはいけないわ。下に降りて、船だまりまで行きましょう！」[13]

とわたしは言った。セバスチャンは怒鳴ったわ。

「だまってくれ、どっちに行くかはぼくに決めさせてくれ！いいか、好きにしたいんだ！」[14]

とても広くて急な白い道だった。降りたほうがいいと思ったのに、セバスチャンは胸を押さえながら、どんどん登っていった。彼の足はずいぶん速かったのに、急げば急ぐほど音楽が大きく、近くなるの！どうやってフェンスを超えたのだろう。セバスチャンは走ったわ。子供たちは叫び声をあげて、それこそ、飛ぶように彼に追いついた。

わたしは叫んだわ。あの、羽をむしられた鳥の群れのようなこどもたちが白い坂の途中でセバスチャンに追いつく直前に、彼の叫び声が、たった一度だけ聞こえたような気がする。わたしは、ただただ駆け降りた。降りるのが楽でしょう？道は白くて燃えるようだった。「助けて！」と叫び続けたの。そのうちウエーターやポリスやいろんな人が出て来ていっしょに丘を駆け登った。あの場所まで。彼は、子供たちと同じように裸にされて、白い壁の前に倒れていた！

信じられないことが起きていた。けっして信じてもらえないでしょう。だれひとりとして信じないはずです。信じなくて当然です！

彼らはセバスチャンをむさぼり食ってしまっていたの！手でちぎったり、ナイフや、あの、楽器にしていた潰したカンで切って、獰猛な、小さな、からっぽの口へ詰め込んだんだわ！

物音ひとつしていなかった。だれもも う、いなかった。ただセバスチャンが、いえ、彼の残骸が、ちぎられ、破られ、つぶされて、まるで白い紙につつまれた大きな紅いバラの花束のようだった。まぶしいほど白い壁を前にして……。――


以上が、キャサリンが語ったセバスチャンの生活と、その最期である。順序は時間の経過につれて再構築してあるが、彼女の語らなかったことを書き加えたりしていないことは、ヴェナブル夫人の場合と同様である。ヴェナブル夫人とキャサリンの話を突き合せたとき、我々が読み取れることは何であろうか。これを知るためには、この劇からすこし遠ざかってみる必要がある。

4

群れて暮らす者達は、暗黙のうちに共犯関係を結んでいる。何のために？　平和と調和を感じた者は、今日とおなじ明日のために。今日とは異なる明日を望む者は、あたらしい未来のために。彼ら（「我々」と言うべきかもしれない）の願望はささやかで、自分もその一部である宇宙のありさまのことは目に入らない。群れた羊のように、あるいは群れた豚のように、すぐ前を行く一匹を頼る。彼ら（我々）は目に見える〈現実＝なれあい〉の意味に固執する。

テネシー・ウィリアムズの劇において、普段〈なれあい〉の中に隠されている真実は、いずれ表に現れることを、この稿のはじめに書いた。それはいつも人々が共犯関係——他人との共犯関係、自分自身との共犯関係、意志と行動の共犯関係——を維持できなくなったところから漏れはじめる。なれあいの言葉はしだいに通じなくなり、叫ぶことしかできなくなる。人は、時にそれを狂気と呼ぶ。崩壊から立ち直ろうとして、願望を口にすると、嘘つきといわれる。テネシーは、そうした精神の自立の過程を敏感に感じ取っては描いてきた。「自立」は、「孤立」を経由することも知ったのである。『欲望という名の電車』におけるブランチの、「わたしは真実ではなく、真実であるべきことを話しているのよ」という台詞はあまりにも有名だ。『欲望という名の電車』のブランチも、『焼けたトタン屋根の上の猫』のマーガレットも、壊れかけた自分をなんとか自分なりのやりかたで建て直そうともがいている。ブランチが処女であることも、マーガレットが妊娠していることも、〈真実であるべきこと〉であり、それは彼女たちの目的にかなう「嘘」であった。この点は、ヴェナブル夫人も同様である。

彼女たちには共通の目的がある。それは、「仮面」を受け入れると決意し、みせかけの美しさに甘んじ、これらを守りぬくことだ。しかし、この努力は、結局のところ、以前と同じ〈なれあい〉の回復を目指しているだけなのではないか。たとえば、信じがたい男の愛を信じたふりをして復縁するように、一見やさしげな神との共犯関係をふたたび回復しようとしているだけではないか。そう疑いはじめ、否と答えたとき、テネシーは、時として彼に被せられる、メロドラマ作家の限界をはっきりと脱したのではないだろうか。強靭な精神を持ち、群れを離れ、孤独を嚙みしめ、人間の精神の深みに分け入った者たちの仲間入りをしたのではないだろうか。

すぐれたイェイツ研究家、渡辺久義氏はそうした、いわゆる孤高の人々の例としてドストエフスキー、ニーチェ、そしてイェイツをあげている。彼らが共通して為しえたことは、眼前に在るあらゆるものに象徴を見たことであった。そこまで精神を鍛えた者たちにとっては、すべての眼前のできごとは象徴的な意味を持つに至る。あるいは渡辺久義氏の言葉を借りて、これを「強力な精神は、それ自体が磁場をつくり、周囲のものことごとくに、ひとつの方向性を与える」[15]と言ってもいいだろう。それは、ほとんど狂気を呼びかねないほどの厳かな認識が要求する、これまた狂気に近い、ひたむきな情熱のみが成しうるわざである。

たしかに、たとえばニーチェとイェイツは、強靭な精神力で世界を読み取り、彼ら自身キリスト教の神と対決し、意志的に生きることで神との共犯関係を打ち破り、新しい宇宙を作ろうとした。ニーチェは徹底したニヒリズムに「軽み」を見いだした。運命を愛せよ！運命こそは自由意志であると。イェイツは、絶対的孤独に充足しようとする。彼の残した詩「わたしの肉体はカカシ、私自身は白鳥――」[16]は、自己の肉体への訣別の歌である。彼らは鷺のように首を高くあげ、「灰色の小さい波と意志と魂のうごめき――群がる小さい羊たち」[17]を眼下にして、はるかかなたの宇宙に目を向け、「陽気」(cheerful)になる。なるほど、一面においては、解脱の境地に至ったという言い方をすることもできよう。彼らは完全に自分勝手である。彼らは神と同列にならび、したがって、神を自分自身の内に肯定したのだ。テネシー・ウィリアムズの場合、作家は世界を読み取りはするが、新しい宇宙を作ることが出来るなどとは思っていない。世界を読み取り認識する能力は、最も弱い者にも与えられていることを知っているからだ。姉ローズの錯乱と、彼女が受けさせられたロボトミーがテネシーに投げかけた問題は、あまりに大きかった。それ以来彼は、最も弱い者の立場から人間の認識、および認識の重さの苦悩について考え、苦悩からの解放の道を求めることになったのである。

この章で考察している『この夏突然に』に登場するキャサリンは、心に準備のないまま「恐ろしい真実=ノースロプ・フライの言う〈存在の地獄〉」[18]を直視してしまった、汚れない弱い者の代表であるといえる。この作品を読んだり見たりする者は、テネシーが、(たとえば『欲望という名の電車』や『焼けたトタン屋根の上の猫』を書くことによって)繊細すぎる者には、精神病院に入ることはむしろ幸せなのだと考えようとし、一旦は、「庭」(檻)の中での心の安静を期待したローズの魂と、ここで再び向かい合っていることを知って、深く心を打たれるであろう。テネシーは、ローズがなぜ狂気に陥ったのかをぜひとも解明し、彼女の再生を図らないではいられなかったのだ。

ブランチに起こったことは、悲惨な形での欲望の達成であった。肉体の欲望だけが、最も残酷なかたちで満たされたのだ。しかし、たとえその悲惨を忘れるためではあっても、精神が葬り去られて良いものであろうか。頭から離れなかったこの問題に、テネシーは、『この夏突然に』の中で、積極的な答えを求めようとしている。キャサリンは、ブランチ同様、半ば同意のレイプをされた後、あまりに残酷な体験から茫然自失するが、その深い失望は、キャサリンに新しい視点を与え、これまでとは違った生を与えはしなかったか。彼女には、苦悩の後、セバスチャンの虚偽を見つめる透徹した眼と、彼の最期を見届ける勇気が与えられたのではないだろうか。彼女の叫びを閉じこめるのではなく、逆にこれを聞いていることは、この劇の非常に重要なテーマである。ローズの身におこったことを解明するためには、キャサリンを、彼女にならって狂気のふちまで導き、そこで、慰め黙らせるのではなく、見たものを語らせなければならなかったのだ。この認識と決意がはっきり表現されている『この夏突然に』は、テネシーの心の誠実さを物語る、傑作と呼んでよい作品である。

キャサリンには目的はない。それはキャサリン自身が言うとおり、彼女がセバスチャンを真に愛していたからである。ただじっと見ることで、セバスチャンという強烈な個性を理解し、人間を認識していく。キャサリンは、セバスチャンの冷酷さ、無関心さを「ものごとをありのままに受けとめていた」[19]と誤解していたのだが、一方で、セバスチャンの内心に潜んでいた〈嫌悪〉と〈傲慢〉が彼の転落につながったことを正確に指摘している。キャサリンの話は、あまりに信じがたいものであるために、周囲の人々から「幻想」と呼ばれているが、その無目的であることにおいて、もっとも真実なるものと解すべきであろう。

　弱者の視点に立とうとするテネシーからすれば、地に踊りて孤高を歌うイェイツも、狂気をたのむニーチェも、遠いところに居ると感じられたのではないだろうか。敗北者の怨霊であったろう。とり残された小さい羊ローズとの関わりにおいて自分自身を見つめることで、テネシーは、ナルシスティックではあるが卑怯でも傲慢でない自画像を描いたのである。思えば、彼の決意は、第1章で引用した詩を書いたときにすでに明らかであったのだ。

5

　セバスチャンと彼の庭に話をもどそう。ヴェナブル夫人の話から、セバスチャンは、長いこと神を求めて生きてきたのだということが分かる。生活自体を完璧な芸術品のように磨き上げ完成することが詩人の使命であるという自覚の下に（そうでないとしたら、その詩人は筆先だけで理想を求めるという欺瞞に満ちた二重人格者であろうから）いかに生きるべきかを模索するとき、お手本は〈完璧な存在＝Be〉としての神であろう。そこで、セバスチャンは生きながら神に倣うべく、神の実体を求めたのである。

　ところが、不幸なことに、彼が神を理解したと感じたのは、地球のはじまりを体現しているようなガラパゴス諸島での海亀の産卵と孵化を観察した時のことであった。海岸を真っ黒に覆いつくして自由の海へと進む、孵ったばかりの子亀たちは、彼等と同様に空を真っ黒に覆いつくす飢えた鳥たちに襲われ、あおむけに転がされて、無抵抗な腹を食いちぎられるのである。無傷で海にたどりつくものなど、ほとんどいないのだ。これが〈真実〉と呼ばれる自然の法則であり、これが神の意図である。原始のジャングルの中でも、文明社会と言われる今日の人間社会においても、その真実はすこしも変わりはしない。ヴァイオレットとセバスチャンは、ふたりしてそのことを知ったのであった。それは、実は、テネシーの、次の認識と重なっている。

私たちは、だれも文明人です。どういうことかと言うと、私たちはひとりのこらず心の奥は野蛮で残酷なのに、ちょっとばかり文化的で上品な行いという入れ物をつくり、それに自分をあわせているのです。[20]

残酷な認識にセバスチャンはうなされるが、母は、付ききりで看病し、彼の命を救った。「絶望しても、生きていかなくちゃあならない」――これは、さまざまな劇のなかで独り言のようにつぶやかれるテネシー・ウィリアムズの命題である。ヴェナブル夫人が絶望していなかったとは言えない。

セバスチャンは奥地の寺にこもり、藁のむしろ一枚と木鉢ひとつを持ち物とする修業僧の生活に引きこもろうとしたが、ヴェナブル夫人が必死にこれを止めさせ、俗世に連れ帰ったらしいことも、夫人自身の話によって観客に告げられる。

結局彼らは、自分たちの目の前にジャングルのような庭を作ることでジャングルを制御する者となり、ジャングルのような世界の法則から逃れようとしたのである。いや、逃れたと思っていたと言うべきであろう。その後、セバスチャンは肉食を絶ち、競争社会から遠ざかって美しく暮らしていたはずであった。人間がその中にいやおうなく生まれてくる暴力的世界を、「庭」という建築物の中に閉じこめて認識の対象と化し、自分自身はそこから逃れ、神のように無罪であるはずであった。同時に、母の胎内にいる子供が安全で無垢であるように、セバスチャンは母ヴェナブル夫人に守られて、母の望む、その名のとおり「汚点の無い」〈Venable = Venerable = 徳の高い、敬うべき〉暮らしをしていたはずであった。この母親こそ〈虚構の女王マーガレット〉の同類であり、その経歴の長さにおいてマーガレットに勝る、「擬楽園」における全能の神に近い創造主、独裁者であろう。

ヴェナブル夫人は神を拒まない。神のまねをするのである。自分と子供を守るために、創造主であり、独裁者である神と共犯関係を結ぶことに成功したと言うこともできるかもしれない。(舞台上では、彼女は院長やククロヴィッツ博士を買収しようとする。共犯は彼女の得意とするところであろう。)だが、はたしてふたりは安全であったか。庭園にジャングルをそのまま再現しようとすれば、その庭園にあるものは畢竟原始の暴力の秩序のなかにあらねばならず、たとえば、ひときわ目立つハエジゴクの花には生きたハエが必要であり、いかなる困難をも克服して買い与えなくてはならなかった。セバスチャンは、この現実を神のように冷静に受けとめて、ハエジゴクにハエを提供する。ここに至ってすでに認識と行動の垣根は破られ、セバスチャンは〈暴力の秩序〉に飲み込まれているのだが、彼は、自分は恐ろしい神と同列に並び、暴力の外側にいるものとして、安全であり、手を汚してもいないと錯覚している。これは、ガーデン・ディストリクトに住み、見せかけの安全を手に入れることによって、我々の認識もまた中断されることの比喩に他ならない。そこに住む人々にとっては、眉をひそめたくなるような狂暴な世界は窓のむこうにあり、自分をおびやかしそうにも見えないからである。

ハエを殺すことを考えるだけで気絶しそうだという繊細なヴェナブル夫人にしても、自分を誤解している。世界の残酷、おそろしい神のお顔は、子供を守るために直視しよう。自分たちは被害者であるが、子供のためにはそれ以外の者に対して加害者にもなろう、と決意している。成長をこばむセバスチャンを、あたかも安全な胎内に留めるかのように家にこもらせ、夏になると新たに生み落とし、二人して貧しく汚れた人々を避けながら神の如き傍観者として旅をし、セバスチャンが幼虫の時期を過ぎて蛹となると、羽化しないように、再び胎内に返して守る。この繰り返しを続ける自分が、ほかならぬセバスチャンにとって、生きたハエを食べるハエジゴクと同種の、もっと大きな人食い花のような存在なのだということに気付かない。つまり、ヴェナブル夫人にしても暴力の秩序から逃れられず、守っているつもりでセバスチャンを侵している。セバスチャンが死んでしまった今でも、彼女が、「セバスチャンの血を凍らせたような」[21]ダイキリを食事がわりに飲んでいることからも、テネシーの視点は明らかであろう。

いっぽう若いキャサリンには、こうした神の論理は通用しない。彼女はなにも知らず、羊のように無防備である。フレンチ・クォーター出身の彼女は、これまでに失恋を経験したことがあったかもしれない。しかしそれは自分に理解できる範囲の痛手であった。フレンチ・クォーターでは、暴力は、暴力の顔を持っていた。麗しいはずの場所ガーデン・ディストリクトで、彼女は、まったく思いもよらなかった神の暴力に直面する。すでに述べたとおり、マルディ・グラのパーティーで、彼女はレイプされた。その男がはじめて彼女にかけた言葉が、「送ってあげましょう」[22]だった。そのまま真っすぐ、デュエリング・オークスと呼ばれる公園に向かい、彼は、冷たく暗い地面に彼女を仰向けに倒したのだ。迫ってくる熱い息と赤い唇は、暗い浜辺で子亀をあおむけにひっくり返して腹をちぎる嘴と、基本的には何らの違いもない。抵抗できる暴力ではなかった。それでも彼女は、愛されたと思ったのだ。「おたがい忘れたほうがいい。ワイフには来月子供が生まれるんだ」[23]と言い残して、なにくわぬ顔でパーティーの会場に戻った男を赦すわけにはいかなかった。彼を追い掛けて、会場の真ん中で殴りかかった。それに対してヴェナブル夫人によく似たガーデン・ディストリクトの神々は、顔をしかめた。ヴェナブル夫人は、勝ち誇って言っていたではないか。

「それ以来どなたもキャサリンを『腕利きだ』って、避けるようになりました。」[24]

キャサリンは、この暴力の秩序のまえに為すすべもなく、茫然として、〈周囲から拒絶される自分〉から逃げだす。自我は分裂し、暴力に踏みつぶされた自分がますます無防備なのを知る。セバスチャンは彼女に近付く。悪夢から醒めることのできないキャサリンほど、付け込みやすい者はいなかったろう。神のように残酷であれ、という意図が彼にあったかどうかは定かではない。あるいはほんとうにやさしかったともいえる。理由はあとで述べるが、これは彼にとって運命的な一歩だった。

「息子のセバスチャンだけは彼女をかわいそうがって、去年の夏、私のかわりに旅に連れて行ったのです。」[25]

と証言するヴェナブル夫人の見方は、一面で正しいだろう。セバスチャンはキャサリンにやさしかったと、キャサリン自身が認めている。セバスチャンは、塀やフェンスや壁でかこまれた生活に、退屈と欺瞞を感じていた。優雅に安全に暮らして、自分たちの餌食になった獲物のことは互いに触れないことにしよう——。それがガーデン・ディストリクトに棲む者の暗黙の了解であった。セバスチャンは、神々の掟ともいうべきこの密約を破って、キャサリンに近付いたのだ。セバスチャンだけが、彼女をレイプした男の罪を認めたのである。

6

時満ちて子供が生まれるように、季節がめぐって、こぼれていた種が芽を吹くように、その時が来たのだとしかいいようのないことがある。セバスチャンも人間の掟のなかにいるのだという真実が明らかになるときが来たのだ。キャサリンが自分を見失い空っぽになったこと、母親が倒れたこと、キャサリンが男性を引き付けると判明したこと――真実の露呈にむかって、すべてが一時に集中した。だが、彼はこの時を、自分の力を示す時であると誤解する。蛹の殻を破るときが来たのだと。あるいは、人間らしい生活をしようと決心したと解釈することもできよう。それは彼がプライベート・ビーチに行かずに公共海水浴場に向かったことからも判る。いずれにしても、ヴェナブル夫人の作り上げた世界は崩壊しようとしている。セバスチャンは、もともと詩など書いてはいなかったのだ。いや、書いていたとしても、母親が期待するように生を讃えるものではなく、生への渇望の詩であったのだ。「詩」は、言い換えれば「生」は、ガーデン・ディストリクトではなく、フレンチ・クォーターのものであることを、彼は知っていたのだ。さきほどヴェナブル夫人がククロヴィッツ博士を案内したとき、庭園のテーブルの上に置いてあった、ものものしく金で縁取られたページに一行も書き込まれていない詩集『夏の歌』は、セバスチャンではなくヴェナブル夫人の、文字なき作品集というべきであろう。

セバスチャンとキャサリンは恋人のようにたわむれ合ったが、キャサリンとちがって、セバスチャンは愛を求めてはいなかった。だいいち、セバスチャンにしてみれば、「愛」ほど、まやかしに満ちた言葉があるだろうか。海亀は、命がけの産卵の後ふたたび子亀に会うこと無く、ヴェナブル夫人はおのれの理想と不老のために息子を閉じこめ、神は、厳しく恐ろしい。ここでもキャサリンはセバスチャンの冷淡さから、新たなる認識を迫られることになる。キャサリンは、その認識の重みに耐えた。彼女は言う。

「みんながいを利用し合って、それを〈愛〉と思っている。〈たがいに利用できないこと〉を〈憎しみ合っている〉って言っているわ。」[26]

ノートが白紙であること、愛を信じていないことをキャサリンに見破られたセバスチャンは、仮面を脱ぎ、彼を愛しているキャサリンを利用して、母親と旅をした時のように、神の意図も知らず無自覚に生きている男たちを漁りはじめる。「狼の頭」という名の岬の町で。狼が羊をねらうように。同時に、彼は、フェンスのむこうの飢えた子供たちに、施しをはじめる。

物を乞う他人に与えることと、他人から奪い、あるいは他人を襲うことは、どのような関係にあるのだろうか。セバスチャンは、一方からは奪いつつ、他には与え、彼のまわりの人垣はみるみる膨れあがっていく。これについては、この作品の分析では他の研究者の追随をゆるさないトムソン女史も十分解読しているとはいえない。ただ、こう言うことはできるだろう。たとえばキャサリンに対して、セバスチャンはデュエリング・オークスで彼女に襲いかかった男と自分を重ねたのだと。彼が償ったのは、その男の行いではなく、自分自身の行為であると。しかも、彼女に与えながら彼女を利用し、彼女から日々を奪っていく。貧しい少年たちへの施しも、償いにすぎない。それは、フェンスのむこうに彼の餌食になった若者たちの顔が交じってくることで、しだいに明らかにされる。奪っているものに施しているのだ。施しと剝奪は、表と裏なのだ。奪ったぶんだけ施しを求められ、施しは償いであることが明らかにされる。施しは償いであることを知ったからには、平等が実現されるまで償いは続けられなくてはならない。死が、すべてを償うまで。だから、セバスチャンは怯えはじめる。

　彼が他の者たちと同じになることはありえない。どこへ行っても彼は異邦人であったのだ。キャサリンとも、彼女をおとりに引き寄せる男たちとも、いわんやパンを求めて彼にむらがる子供たちとも、同類にはなれない。対等になれるはずもない。神のように生きる自分は、孤高のものだ。セバスチャンが自分でそう決めたことはすでに述べた。フェンスに頼り、フェンスの存在を受け入れていたセバスチャンは、フェンスをよじ登ってやって来る黒い子供たちの目的を知って、ついに叫ぶ。

「来るな！　ウエーター、止めさせるんだ！ぼくは心臓が弱いんだ！気分が悪くなる！」[27]

これは、あきらかに人間の言葉である。神はなにも言わない。すべてを見、すべてを知り、ただ黙っている。セバスチャンは人間の世界に属し、人間の置かれた状況を知り、弱肉強食の世界の食物連鎖に、ついに参加したのだ。ヴェナブル夫人は、ほぞを嚙む思いであろう。理想の殿堂の、歳をとらぬ永遠の赤ん坊となっていればよかったものを——。

テネシーによれば、正真の愛から発する以外の人間の行いは、すべて相手を利用しているのである。セバスチャンは償いのために行なった施しをさらに贖う必要があるだろう。彼は追い詰められ、群衆を引き連れたキリストのように坂を駆け登る。だが、群衆が贖いを求めたときから、強者と弱者の転倒がおこっている。セバスチャンは弱き者となり、海亀の子が海を求めるようにひたすら走る。子供たちは鳥のように彼の肉を求めて追う。

もっともっと人間のなかへ、そうすれば助かる、とキャサリンは叫んだが、セバスチャンは走り続けたのだ。神とも人間とも訣別するために。このときまでに、キャサリンはとても強くなっている。これまでセバスチャンの言うなりであったのに、さまざまな呼び掛けをしている。キャサリンは、知るための行程に耐えたのだ。彼女が繰り返し

「わたしは彼を愛していました。」

と言うのは、その意味においてである。だから彼女が語るそのあとの光景は、おそらくはヴェナブル夫人が主張するように、幻覚、つまり彼女の目に映った真実であろう。彼女の認める真実は、客観的真実から内的真実へと、文字どおり、危険な鉄条網を越えて移行していったのである。つまり、彼女も、象徴を読み取るに至ったのであった。映画版でエリザベス・テイラーの演じるキャサリンとククロヴィッツのあいだに恋が芽生えたかのようにほのめかしているのは、観客への甘ったるい媚びの結果であろう。テネシーは映画の出来ばえに不満であったというが、当然と言わなくてはならない。

7

キャサリンによれば、セバスチャンは、壁にぶつかって死んだのである。どこにも導かない道の、行き止まりの壁に。彼の死は、傲慢の贖いの死、さらにまた、神の怒りを鎮めるいけにえの死であり、セバスチャンを愛するキャサリンの目には、神が彼を憐れんで変身をゆるしたものとも映ったであろう。しかし、だれをも愛さなかったセバスチャンの変身は、ギリシャ神話で、神の憐れみを受けたものが許された、麗しくも哀れな変身とはうらはらに、ちぎられ踏みつぶされた花束となって、無残に横たわるのだ。キャサリンだけが、彼を「花」と認めるのである。

テネシーはこうして『この夏突然に』において、神の実体を問うた自分の分身セバスチャンを、超人でも神の子でもなく、ちぎられた愛の理想のバラにたとえた。自分にはキャサリンに、言い換えればローズに、愛を語る資格はなく、できることはせいぜい胸のうちをフィクションという紙にくるんで花束にしてさし出すくらいのところです、と。同時に、しかしながら、ほんもののの、刺せば血のながれるバラですという自負もある。テネシーは「作家はいつだって血をながして書いている」と言っている。「作品が正直であるならば、作品と作家は切り離され得ない」[28]とも。

もう一言付け加えることが許されるなら、聖セバスチャンにちなんだセバスチャン・ヴェナブルの名のもとに自画像を描き、神にならった自分の傲慢と暴力を罰したテネシーは、同時に、原始の暴力に対するいけにえとしての死を引き受けることで、逆説的に、殉教者の末尾にひそかに自分を加えたのだということもできよう。Venable = Venerable のもうひとつの意味は、「聖者号のいちばん下の者」である。これは、イェイツやニーチェとは異なり、神の秩序から逃れられなかったということでもあるし、母親からの自立に失敗した息子、大衆という鳥につつかれた作家として自分を見ているということでもあろう。つつかれた肉体の花束は、理想を求める自分への弔いの花でもあり、神に差し出した自分自身の姿でもあろう。

こうして、『この夏突然に』では、これに先立つ作品とは異なり、被害者の少女は、怯え乍らも認識に耐える強い女性に育った。愛し、見据えるところから自立が始まったのだ。一方で、テネシーは、自分のしていることを見つめざるをえなかった。多少は強靭な自分でさえ目をおおいたくなる、存在の避けられない真実を、弱い、やさしい者が知ることに、どうエールをおくればよいのだろうと思い患っていたが、その弱くやさしき者は、苦悩を試練として、非意志的に生きることで、彼よりもはるかに自由であり、象徴の意味を知り、彼女を取り巻く体系の中心に彼女自身を置き得るのだ。この作品において、テネシーはようやく、彼自身より正しく、彼自身よりも確かに〈解放〉に向かっているローズを描き得たと言ってよいだろう。だがもちろん、気狂い扱いされ、自らも自分自身を持てあましている点で、キャサリンはまだ弱者であり、ローズ像は完成されていない。ローズを原型とする「試練をくぐり抜ける者」の像が完成されるのは、次作『イグアナの夜』*The Night of the Iguana* においてである。『この夏突然に』では、テネシーに、何が彼女にとって最良であるか定めかねているところがあるのだろう。実際、彼は、ローズが受けさせられたロボトミーを肯定する試みもしているのだから。

ヴェナブル夫人は、あらんかぎりの手立てをつくしてキャサリンの口を封じようとした。遠く離れた聖マリア病院にキャサリンを入院させ、あらゆる手当てをしたにもかかわらず、彼女が幻影としか思われない話をまき散らすので、最後の手段として夫人がすがったのが、時代の先端を行くライオンズ・ビュー病院でのロボトミーであった。手術の名手ククロヴィッツ博士は、アポロン的理性と正義とを兼ね備えた現代の救世主候補として登場する。キャサリンを理解しようと努めることにおいても並はずれた能力の持ち主であり、自分の仕事は神のなすところを越え得るという、満足感と自信にあふれている。再生を象徴するヴァイオレット（Violet）の名前を持つヴェナブル夫人は、彼の手術によって、キャサリンの犠牲の上に、死んだセバスチャンを、彼女の作り上げたとおりのかたちで再度生まれ変わらせたいと願っているのだ。

「だれも、彼女（キャサリン）の言うことなど信じないでしょう。」[29]

と考える彼女の身勝手が新しい神を招んだのであった。ところが、ことは彼女の思い通りには行かなかった。それは、ククロヴィッツ博士が、キャサリンと対面することで、成長していくからである。最初、博士は自分の腕前に自信と誇りを感じていた。博士によれば、鄙猥な言葉を連発して手こずらせていたある少女は、手術のあと車椅子に乗って表に出るやいなや「ああ、なんて青い空だこと！」[30]と、にっこりして言ったという。

テネシーは、これは再生なのか、搾取なのか？平和なのか、空白なのか？喜んでよいのか、悲しむべきなのか？という問題を提供している。そのとき、空はほんとうに青かったのだろうか？ククロヴィッツ博士は、患者はわずかながら感受性を制限されると言うのだが……。テネシーの態度は、いささか曖昧である。手術の成功をよろこぶククロヴィッツ博士は、この手術がいかに高度な技術を要する危険なものであり、すべてが自分の腕ひとつにかかっているかを自慢げに語るのだが、だとすれば、はたしてこの技術、この救いは、世界に君臨する〈暴力の秩序〉の外にあるものなのだろうか。ククロヴィッツ博士の性格は、テネシーの疑問に答えるかのように劇中で微妙に変化していく、と同時に、劇が出来あがってもなお、変化あるいは成長していくのだ。一九五八年の『この夏突然に』のオリジナル原稿と一九七一年の改訂版では、博士は別人のようだ。一九五八年版の若いククロヴィッツ博士は、劇の最後にしばらく考え込んだ後、

「我々は少なくとも、娘の話が真実であるかもしれないと考えてみる必要があると思います。」[31]

と、宙を見てつぶやくのである。ここでは、「娘」"girl"の語に注目すべきであろう。ここにおいては、キャサリン個人よりも、ククロヴィッツの内面が重視されている。医者として、彼は自分のしたことの重大さと罪の可能性にようやく気づくのだ。

一九七一年版では、ククロヴィッツ博士はすでにロボトミーの危険性を承知しており、キャサリンについても正常を確信している。ヴェナブル夫人はすっかり威厳を失い、セバスチャンの虚像も崩れる。ククロヴィッツとキャサリンの間には、コミュニケーションが成立する気配が確かにある。しかしここで重要なのは、いずれの版にしても、ククロヴィッツ博士はキャサリンにロボトミーを執刀することにはならないという一点であろう。その必要はない、キャサリンは、苦悩の淵を渡り切れるだろうから、とテネシーは、願いをこめて言っているのである。

第7章 *The Night of the Iguana*

ぼくがイグアナだったこと 『イグアナの夜』

1957年7月2日
スポレトにて初演
1961年12月28日
ニューヨーク、ロイヤル・シアターにて開幕

プロローグ

灯のまわりに蛾が集まるように、ぬくもりを求めて人々が集ったはずのニュー・オールリンズ、あるいは、さらにミシシッピを遡り、ディープ・サウスを舞台に戯曲を書き続けはしたものの、どこにも安住出来なかったテネシーの魂は、マイアミ、スポレトでの試演の後一九六一年の暮れにブロードウェイで発表した『イグアナの夜』*The Night of the Iguana* で、とうとう、地の果てともいうべきところまで行き着いたのであった。この劇の舞台に彼が選んだのは、熱帯原

始雨林、劇中の解説によれば「人の住んでいる場所のうち、最も荒々しく、また最も美しい場所のひとつ」[1]である。ただし、テネシーが思い描いていたのは、劇の作成から二十年も以前のメキシコ、プエルト・バリオの、開発の魔手いまだ伸びず、ほとんど自然のままだったにちがいない岬での光景だ。

原住民の住む小さな村を後ろに控えた、渚を見下ろす小高い丘のようなその岬では、棘のあるサボテンさえユーモラスな影を作り、トランペットの形をした花を天に突き出すようにして野性のランが咲き乱れる。テネシーになじんだ読者あるいは観客には、この光景が楽園のものであることがわかるだろう。ひょろ長いココ椰子さえ、「ほら、ココナツ取りにお登り、ラムココをあげよう」[2]と言っているように、わずかに傾いでいる。人が海からやって来たとすれば、かぎりなく広く静かな朝の波打ち際に「命の揺りかご」[3]を感じて心安らぐのは、本能的、普遍的な感覚であろう。テネシーもまた、海辺に導かれたのであった。

だが、この渚の風景には記憶がある。『去年の夏突然に』で、ヴェナブル夫人とセバスチャンが恐ろしい生の現実を目撃した、ガラパゴスの島の浜辺だ。海は生命の揺りかごであり、同時に、トムソン女史が指摘しているように、「水の棺」[4]でもある。同様、楽園かに見える密林も、実体は、セバスチャンがニュー・オールリンズの屋敷内に再現してみせた、食うか食われるかの凄絶な戦いが止むことなく繰り広げられる戦場なのだ。青く輝く海にはサメやカマスが潜み、まやかしのやさしさが横行する文明社会に疲れた者たちを誘う緑の葉の陰には、よしんば猛獣がいないとしても、雨と熱とであらゆるものをどんどん腐らせ、せっせと世代交代を進める熱帯の暴力が控えている。この林の木々がいつも緑なのは、幹や葉が長生きなのではなく、古いものがさっさと消えてしまうからだ。

すると、劇の舞台になっている「コスタ・ヴェルデ・ホテル」を、呑気に「緑の館」などと訳して常夏の国に思いを馳せ、そこでのんびりと冬休みを過ごす夢を見るわけにはいかなくなってくる。テネシーの分身セバスチャンは、ジャングル庭園を作り、自分を取り巻く世界の神に成り済ますことによって自分とその世界を守ろうとしたけれど、それが傲慢であることはもとより明らかで、セバスチャンは人間の傲慢を全て背負って、いけにえとして罰せられたのであった。テネシーが、舞台をジャングル庭園から本当のジャングルに移したことには、彼の視点の広がりの上で大きな意味が感じられる。『イグアナの夜』のセッティングに対するテネシーの指示は比較的あっさりしているが、はっきりとロケーションに触れているのはむしろめずらしく、注目に値するものである。それを読むと、まるで映画のファースト・カットを見るように、登場人物たちの置かれている場所がはっきりと鳥瞰される。大洋と大陸との間、木々が切れて砂丘の始まるところ。まるで南アメリカ大陸という巨大な魚のヒレのような、揺れ動き、海とも陸とも名付けようのない危うい場所。テネシーの考えでは、そこが本来人間に許された、わずかな空間なのだろう。海から上がった人間は、少しばかり雨林に分け入り、戦い、神を信じることで自らの未来と特権を信じ、武器を持ち、もっと遠くまで旅をした。

この旅は、しかし、結局は（この巨大な魚の肉をかじりながら進む）地獄巡りではなかったか。テネシーが現実の世界に地獄を見ていたことは、彼が『地獄のオルフェ』を十七年も大事にあたためていた事実からも推察できる。それでも、地獄には見果てぬ夢があった。殺風景さを慰める、きらめく色とりどりのミラーボールがあり、バースデー・パーティーのざわめきがあった。そしていつも夢やぶれながらも、前へ前へと進んでいたつもりが、林を抜けて丘に登れば、そこに広がるのは、かつて見た光景ではないか。天と地の間にただひとつぽつんとある古びたホテル。世代交代の「緑の館」。重力を集めた場。その一点でしか、なにごとも明らかには起こりえない、隠れようもなく曝された場所。その場所で、テネシーは、人がどこから来てどこへ行こうとしているのかを問うて見せようとしている。その、時間と空間の限りない広がりの中では、人はいやおうなく、点景としての自分の全体像を見つめ、社会の中ではなく、宇宙での自分の場所を知るのである。

1

人はどこから来て、どこへ行くのかという問いの答えをさぐるための手続き、つまり劇のアクションが展開されるのは、ホテルの広いヴェランダである。広いとはいっても、このホテルが天と地の間にぽつんと在る小さな容器であることはすでに明らかだ。すると、ヴェランダの広さ

も、人間のささやかな物差しで測ってのことには相違いない。セッティングの指示には

ヴェランダは、建物をぐるりと回るように取り付けられているのだが、客席から見えるのはニ面だけ。ヴェランダには屋根がある。奥の壁にはドアがいくつも並んでおり、それぞれカプセルのような個室に通じている。ドアには蚊帳が吊られているので、夜ともなれば蚊帳ごしに部屋のなかがぼんやりと見え、さながら劇中劇の舞台のようである。[5]

と記されている。蚊帳も、カプセルも、テネシーを知る者には新しいイメージの小道具である。だが、ここでは、並んでいる小部屋に注目する必要があるだろう。すべての人は旅人であり、同じような小部屋に滞在し、時おり共通の空間に出てきては、また戻っていく。家族から社会、社会からまた家族へと人間の関わりを、時には近づき、時には少し離れて見続けたテネシーは、その都度、象徴的な舞台装置で観客に挑戦し続けたが、ここでようやく、十七歳の時に書いた詩の世界、つまり、人はそれぞれ問題を抱えてはいるが、みな同じなのだという認識を、穏やかな形で表現しているといえよう。『ガラスの動物園』で、神経を露出したまま狭いアパートで犇めいていた未成熟の個人は、今やそれぞれの旅の途中であり、小さく、かりそめのものではあるが個室を獲得している。ガーデン・ディストリクトに象徴される「所有」を否定したテネシーには、この小さなカプセルのような部屋に不足はなく、この劇における舞台設定と装置は、彼がようや

く体得した人生観を表現していると言えよう。関わり合いを持たなければ神秘の蚊帳〈ヴェール〉は上げられず、孵化に失敗した蛹のように、一生を蚊帳の中で終わることになる。だが、人にはそれぞれ出番があり、ドラマは起こるのが普通だ。ヴェランダにいくつか置かれている古びた柳の揺り椅子と籐製のラウンジ・チェアが、いつものとおり、ドラマのきっかけを提供するだろう。

この広がりから徐々に一点に目を絞ると、ヴェランダの柱に吊された白いキャンパス地のハンモックが見える。象徴的な舞台では、すべてのものが語る。存在の意味を集中的に体現しているこの場所に置かれた宙釣りのハンモックは、象徴の中心をなすものだ。人間が乗ったら、ハンモックは小舟のように揺れるだろう。波に揉まれて、思い通りに進むことさえ出来ない小舟には、それでも、誇り高い冒険家たちが乗っているのだろう。だが、柱に括り付けられた屈辱的なハンモックには、いったい誰が乗るのだろうか。この宙ぶらりんのハンモックは、寄る辺無い人間の辿り着く終いの場所、風に乗る棺桶のようにも思える。旅に病んでハンモックで死に、せめて腐らずに干涸びることで、精神的な存在としての自己を主張しようというのだろうか。いや、ここの暑さでは、やはり腐るだろう。ハンモックで死んではいけない。ハンモックは、死者の揺りかごではない。船中に死し、白い帆布に巻かれて水葬されるイメージはテネシーがハート・クレインから親しく受け継いではいる。しかし、ここは海ではない。テネシーはハート・クレインほどロマンティックになりきれない。彼のテーマは、〈生き延びること〉である。彼の書く芝居の主人公たちは、いつも言うではないか。

「絶望しても、生きていかなくちゃならない。」

ここで、人生の終局、デッド・エンドにある〈丘〉の原型を思い出すのは有効かもしれない。そう、ゴルゴタの丘である。キリストが処刑されたゴルゴタの丘もまた、はからずも一つの象徴であり、丘が人生総決算の祭壇であることは論を俟たないが、ゴルゴタの丘の上にあってキリストの生涯を象徴するのが十字架であるように、この岬の宿に吊るされたハンモックも、この劇の主人公シャノンの生涯、あるいは生の在り方を象徴している。迷いの多い、足が地につかないシャノンには、揺れて所を定められないハンモックがお似合いだ。さらにまた、柱に括り付けられたシャノンは、ハンモックごと人目に曝されて、最後の審判を受けようとしている。ここで曝され、裁かれるるシャノンは、いったい何をしたというのだろうか。

2

ローレンス・シャノンは年の頃三十五歳前後、ブラック・アイリッシュの出身である。本来の職業は牧師。厳格な母親に育てられ、神の教えを守るように躾けられた。「神様が見ておいでだ、そんなこと神様はおゆるしにならない！」[6]が、母親の口癖であった。でも、そんなことをやってしまった、やらないではいられなかった。では、彼は母の言うとおり、赦されないのだろうか。赦されないということは、なんと恐ろしいことだろう。彼が牧師になったのは、神様と、もっと近づきになりたかったからだ。神様のお顔を見、神様に赦していただき、願わくば神様に愛されたかったからだ。

彼はいったい何をしたのだろう。きっと、小さいこどもたちがだれでも犯す、ありとあらゆる罪を犯したにちがいない。子供は、罪の大きさに脅え、様々な問いを発するだろう。――大人になるにつれて、人は罪を犯さなくなるのだろうか。でも、犯してしまったときは懺悔をしたら赦されるのだろうか。だが、懺悔をしたら、二度と同じことは出来ないのではないか。二度目には罰が下るのではないだろうか――等々。不安は、人に嘘を吐くことを教える。――隠したほうがいいんじゃないだろうか。隠せば、見つからないんじゃないだろうか。隠して見つからないとしたら、自分が神様なのと同じだ――。

セバスチャンと母親のヴェナブル夫人は、嘘で塗り固めた生活を選んだ。偽善的慈善の日々。それは、テネシーには、程度の差こそあれ、あるいは意識するとしないとにかかわらず、たいていの者が選択していると見えた生活だ。神の羊であるとして優しげな顔をして虫を殺し、卵を食べ、獣を食べ、戦争をし、他人を利用し、他人から搾取する。神は、人間を愛し、人間に、罰されないように嘘を吐く知恵を与えたのだ。――自分だけを守ること。あれをするな、これをするな。こっそりやれ。目立たぬように生きろ。だが、セバスチャンは、目立ってしまった。神は、セバスチャンを、自分の掟から外れたものとして罰した。

シャノンは、神に問いを発することにおいてセバスチャンの兄弟と呼ばれるにふさわしいが、セバスチャンより正直で、粘り強かった。彼は、セバスチャン同様白い麻のスーツを着ているが、そのスーツはセバスチャンのスーツとは対照的に、よれよれで、旅の疲れも露わである。財産らしきものは、使い古したグラッドストンの旅行カバンだけ。世界中を巡り歩いて神に挑戦し、人間に倦み、眼光鋭く、舞台に登場するときには、汗ばみ、喘いでいる。この幕開けはトムソン女史も指摘しているが、新約聖書のアナロジーと考えると理解しやすいだろう。彼女は、この幕開けは、地下より高みへと巡礼を続けるロマンスの原型を踏襲するものと指摘している。[7]彼はキリストと同じように、人生の決算を肩に、丘を登ってきたのだ。キリストは最後まで神の奇蹟を信じようとし、シャノンは、神にあらがうことで神を挑発し、神の本質を見極めようとしている。「神よ、あなたが与えてくれるものが罰であれ、救いであれ、あなたは私に姿を見せるべきです。」と、彼はいつも訴えてきたのだ。よしんばキリストが従順な神の子で、罪を犯さなかったとして、神は彼をどう扱われたか、罪多い人の子を神はどうなさるというのか、そうシャノンは問い掛けている。子供が母親を怒らせて安心するように、彼は答えようとしない神の、人間の目には見えない胸を叩いて、神と自分の関わりを確認しようとしているのだ。罰した後、もしかして抱き締めてくれるのではないだろうかという甘えもある。神は、"all-loving, all-merciful"（すべてを愛し、限りなく優しい）なはずではなかったか？神に最後まで叱られなかったキリストは、とうとう見殺しにされたではないか。たとえ叱責であっても、こっちを向いてもらうことがまず必要だ。

ゴルゴタの丘でキリストを遅しと待っていたのは死刑執行人であったが、コスタ・ヴェルデ・ホテルのヴェランダでシャノンを待ち構えていたのは、最近未亡人になった女将のマキシーンである。リーバイスは履いているが、ブラウスのボタンを半分しか止めていない彼女の後ろには、ペドロが従っている。二人は、いましがた昼寝から起きてきたところだといった風情だ。彼女は四十代半ば。テネシーの作品のうちでは『焼けたトタン屋根の上の猫』のマギーや『バラの刺青』のセラフィーナなどの延長線上にいる、動物的な生命力を豊かに備え、その完全な燃焼を実現してゆく、健康的、誘惑的な女性である。テネシーの表現を引用すれば「愛嬌あり、きわめて男好き」とある。彼女たちは、蜘蛛のように網をはって男を絡めとろうとするサイレンであり、一睨みで男を金縛りにするメドゥーサである。マキシーンの第一声は、これを裏付ける。

「あきれたね。たった今やってきましたって、くたびれた顔をしてるわよ！」[8]

シャノンは、ある事情から、現在は、ちっぽけな「ブレイク旅行代理店」のツアー・コンダクターをしているのだが、彼に言わせれば、その店の客は最低なのだ。そもそも、カメラ片手に団体で旅行する善男善女がシャノンと反りが合うはずはなくて、シャノンは、彼らをこの丘に連れて来て人生の何たるかを考えさせるべく、ついスケジュールには無いオプションをアレンジしてしまったというわけである。だいいち、彼は接客で、もう、くたくたに疲れているのだ。彼の神経はまさに崩壊寸前である。今回は、テキサスのど田舎にある「バプテスト女子短期大学のばあさん教師十一人」[9]に、まるでフットボールの球みたいに振り回っされぱなしなのだ。ここに着いたか着かぬかの今も、彼女たちは待ち切れず、バスのホーンを鳴らしたて、村に帰ると騒いでいる。シャノンは、ほとんど彼女たちを憎み始めてさえいるのだ。だが、このグループからお払い箱になったら、もう「ブレイク旅行代理店」にはいられない。なにしろシャノンの評判はさんざんなのだ。疲れるといつも、この地の果てを思い出して矢もたてもたまらなくなってしまう。マキシーンの夫フレッドの顔が見たくなるのだ。だが、今日、来てみれば、フレッドは、昨年破傷風であっけなく死んでしまったという。彼は、疲れて救いを求めて来るシャノンに、その都度、都会すなわち人々の群れの中へ再び下りて行く力を与えてくれた、いわば無言の父性を代表する男性であった。フレッドの死を告げることによって、これでもうシャノンはいつものようにこの丘から下りていくことは出来ないことが、劇の最初に示されたわけである。

3

実は、バスの上での大騒ぎには、もっと重大な理由があった。教員のなかでもとりわけ厳格な音楽教師が、旅行中も特訓しようと連れてきていた十七歳の歌姫が（道中、彼女の歌だけが慰めだったのだが）おとといの晩とうとうシャノンの方ばかり見て、「君を愛す」“I love you truly”を真剣な眼差しで歌ったのだ。その晩部屋に帰るときには、シャノンにはルームメイトが一緒だった。ルームメイトが彼女だったのか、あるいは別の人間だったのか、シャノンはよく思い出せないのだが。

シャノン「幽霊だったような気がする。幽霊がベッドに腰をおろしていた。影といってもいい。この影はいつも、自分の鼻先をうろちょろする。そいつが歯を剝くと冷汗が出るんだ。あぶりだされてるようでね。影といっても昼は襲ってこないんだ。日が沈むと跳ね回りやがる。」

この亡霊のおかげで、彼は、ひとりでは夜を安らかに過ごせないのだ。そこに彼の弱みがあった。トムスンは、この亡霊はノースロップ・フライが「存在の孤独」と呼ぶ、人間の存在に伴う逃れ得ない孤独が姿をとったもので、シャノンは、これを受け入れられない病的状態にあるとする。[11] しかし、ここで「存在の孤独」を持ち出すのは、少々穿ち過ぎではないか。シャノンの生い立ちに即して、もっと現実的に観察してみると、オナニーを母親に見つかったときの彼女のヒステリックな拒否反応が、その時点で彼の成長をストップさせてしまったことがわかる。母親は蒼白になって叫んだのだった。シャノンの苦悩のきっかけは、孤独とは異なる意外なところにあったのだ。

「やめなさい、汚らわしい！　神様はおゆるしにならないわ！」[12]

震えあがった彼は、それ以来セックスを恥じ、絶対者である神のことをいっそう考えるようになった。同時に彼は、大罪を犯して追放された者として、限りなく孤独になったのである。出来るものならもう一度生まれなおして、母親や神様に愛される子供になりたいとシャノンは願っていたのだろう。そういうふうに辿っていくと、この、海とも陸ともつかぬ粘液質の場所に吊されたハンモックは、いわば生と死の「波打ち際」のアナロジー、生の揺りかご、子宮なのだ。テネシーは、こうして、いつものように、出発点に戻ってしまう。このハンモックに揺られてシャノンはフレッドと話をする。フレッドについては、どういう人間であったか説明はない。彼が静かであったこと、孤独であったこと、妻の男遊びすら淡々と受け入れていたことなどが断片的に語られるのみである。彼は、シャノンが、神もそうあれかしと願った父親像であろう。シャノンは、疲れ果てるとこの場所を訪ね、フレッドに癒やされて、ふたたび神を求める旅を続ける勇気が湧いたのだ。しかもフレッドはもとより神ではなく、自らはさ迷い出ることも無く、力無く、静かにあっけなく死んでしまった。マキシーンは、シャノンを、迷える小羊ではなく、もっと生命力に満ちた存在として見ている。フレッドの死によって孤独になったものの、同時に、解放もされたマキシーンは、彼女の働きかけによってシャノンにも彼自身の生命力を自覚させたいと考えている。ありのままの自分に忠実になってご覧よ、と彼女は言う。「ありのまま」は、とりもなおさず、フレッドの在りようでもあった。もっとも、マキシーンはフレッドを理解したり、彼と同じように在ることはかなわず、ただ、彼の存在に、犯し難い尊厳を感じていたのである。

マキシーン「自分の身の丈に合った自分でいいのよ。いや、実体は、もっとちっぽけなんじゃないかな。風体と中身がぴったりなんて人間は、フレッド以外にはお目にかかったこともないね……。あのひとは、まるで忍耐のかたまりだった。いらつくくらいにさ。男と女って、ちっと違うもんなんじゃあないの？かかっておいでよ、って言いたいのよね。おたがいにね。わたしが若いもんを雇って浜へ夜遊びに出ても、ああそうか、って、毎晩毎晩、夜釣りに出てたっけ。わたしが目をさましたときには、いつだって釣りの支度さ。魚がかかったって逃がすだけの釣りなんだよ。わたしには、とうとう彼がわからなかった。」[13]

枯淡の境地に達したフレッドは、テネシーが老人に見たひとつの理想のかたちであったろう。しかし、テネシーもシャノンも、まだ老いには間がある。マキシーンは無神経にフレッドの靴下、靴、そして部屋までシャノンに提供しようというが、シャノンは、まだ自分がそれらを貰うわけにはいかないと思う。彼は〈道化〉ではないからだ。彼には、気違いじみた過去の挑発の後始末をつけて、もう一度教会に戻りたいという願いがある。教会は古い皮袋であり、新しい酒を必要としないということが、彼にはまだ解らない。

実は、彼はかつて、教区の女の子に手を出して教会を追われたのだ。それ以後の放浪体験をいわば生かして、「ブレイク旅行代理店」に入社してからも、同じことだった。シャノンに言わせれば、相手が望んだからなのだが、周囲の人間たちは「未成年子女強姦」だと責め立てる。女の子は泣きたてる。それは、シャノンが行為のあとで母親を思い出して罪の意識に駆られ、ふしだらな女の子を叩くからなのだが、それでシャノンの罪は決定的になる。ツアーを受け持ってからは、さらにひどいことになった。彼は、会社のブロウシャーを無視してさまざまな人生の〈影〉を見せてきた。今日も、こんな奥地まで参加者を引っぱってきてしまった。それは明らかにシャノンの生真面目さの結果なのだが、これを肯んじるものは少ない。パッケージ・ツアーの中身が本物かインチキかなんて、どうでもいいのだ。彼等が見たいのは博物館、行きたいのは清潔なホテルとおいしい料理店だ。台所を覗きたくはないということくらいシャノンにだって分かるはずなのだが、彼には、我慢できない。彼はつい、「真実」を味わわせたいと考えてしまうのだ。小銭を貯めて旅を楽しみにしていた参加者たちは、慣れない食物で消化不良をおこし、詐欺だ赤痢だと騒ぐ始末である。パック旅行にシャノンが勝手に付け加える「シャノン・タッチ」[14]なんて、笑わせるんじゃゃない！と彼等は言う。そんな味付けは無用だ。彼らが望んでいるのは、観光旅行以上のものではない。旅は、上っ面を覗き見するだけでたくさんだ。自分が傷つく旅など、まっぴらだったのだ。今回は、とくに悲惨だった。グループの代表者ミス・フェロウズは、シャノンの天敵と呼んでも良いくらいだった。彼女は、シャノンを徹底的にやっつけるべく、叫び続ける。

「〈ペテン師流〉ってことよね、それが気に入らないなら、〈追放された牧師流〉かい！みなさん、みなさん、荷物に触らせないように！荷物にしがみつくんです！　バスでア・カ・プ・ル・コに戻るんですから！」[15]

あまりのことに言葉も出ないシャノンに代わって、マキシーンがバスのイグニッション・キーを渡しに行く。

ここまでのシーンで、テネシーは、「告発する女」と、「飲み込む女」という、ふたつのタイプの女性を描いている。「告発する女」の代表格ミス・フェロウズは、厳格なバプテストのクリスチャンであり、教師である。美しいものに触れたいという気持ちはあるが、彼女にとって美しいものとは、整然たるもの、予定調和にほかならない。いかなる乱れもなくことをすすめる。見学も、完成品と彼女が認めるものに限定する。あらかじめ伝えられていることだけが真実である。キリスト様だって予言が実行されるために遣わされなされたではないかと、彼女は言うだろう。彼女にとって、あらゆる衝動は汚らわしく、罪深い。

これに対し、マキシーンは、「飲み込む女」である。見晴らしのよい場所に陣取り、通りかかるすべての男達を誘う。健康で気前がいい。男はいつのまにか彼女の子供になる。彼女はシャノンにも、もうすでに“baby”と呼び掛けている。彼女が解るのは、自分を抱き、自分に抱かれる男だ。自分を自由にさせてくれていたフレッドには圧倒されるものを感じてはいたが、生命の源のような彼女にとって、さしあたっての必要は、セックス・アピールのあるオスである。

ところで、シャノンの両側から彼に迫ったこのふたりの女性を併せると、極めてリアリスティックな母親像が出来上がることに注目する必要がある。ミス・フェロウズは、日々神に祈ってはルールを守り、夫や子供とギヴ・アンド・テイクの確認をしている教育ママだ。「母」あるいは「妻」という看板をかけているから、わかりやすい。一方、一見奔放でだらしなく、厳しくヒステリックな母の対極にありそうに見えるマキシーンは、几帳面なフェロウズ的母親の潜在願望と能力を具現している。彼女は、飼い慣らされていない原始の母性をそのまま表現していると言えるだろう。彼女はひたすらセクシーであり、いっさいのルールから遠いところにいる。それは、彼女自体が原理だからだ。

このふたつの像を身内にかかえる現代の母親たちの代表が、シャノンの母親というわけである。彼女の「教養」と「道徳観」は、夫にも、自分にも、そして子供にも、契約どおり、教科書どおりを迫る。外れることは許されない。契約にしたがって夫と子供を紐でつなぐ。紐では心許ないので、子宮に閉じこめる。すると、この時点で、文明社会の母は、原初の母と重なる。母は自分自身に言うだろう。――これで安心、わたしは永遠に〈母〉。ついでに他の男たちも閉じこめようか。だってわたしは母、母は大地、すべてのものの母なのだから――。でも、と、また我に返った文明社会の母が口を挿むだろう。――これは契約違反なのでやめたほうがいいかもしれない、いや断じて止めるべきだ――。シャノンはどちらにも嫌悪感を感じて拒否し、自分に真の安らぎを与えてくれる別種の完璧なもの、つまり〈神性〉を求め続けているのだが、安らぎに到達できない原因がどこにあるか解らず、神の実体を捉えることもできず、疲れ果てては、いつもこのハンモックに戻り、どこからも逃れ、フレッドの持つ〈父性〉に癒されて一息ついたのだ。フレッドは、ヨセフがキリストに対して果たした義理の父親の役割を、シャノンに対して果たしていたのである。しかし、真の自立のためには、いつまでもフレッドに回帰するわけにはいかない。フレッド亡き今、シャノンは、自力で自分の存在と対峙することを求められている。自己実現を試みるシャノンが、生命力そのものであるマキシーンと向かい合うことは必定であろう。シャノンとマキシーンに何が起こるかを見るまえに、ここで、もう一組の重要な登場人物に触れなければならない。

4

それは、老いた詩人ノンノと、彼の車椅子を押す孫娘ハナである。詩人はもはや九十七歳であり、眼もかすみ、耳もほとんど聞こえないが、警句らしきものを発し続ける彼の声には力が漲り、ト書には、「こざっぱりした正装とも言うべき身なりから、人生に対する適度の誇りをみずからの旗印としていることが察せられる」[16]と、描写されている。このふたりを見たとたん、シャノンは催眠術にかかったように力が抜けていく様子である。実は、先ほどハナがひとりで丘を登ってきて、部屋は空いているかとシャノンに聞いたのであった。彼女はシャノンの"Yes"の返事を聞いて喜び、ノンノを迎えに走って行き、彼の車椅子を押して、密林を抜け、丘を登ってきたのだ。思いも及ばぬ厳しい行程である。彼女は、画家と名乗り、海と陸とが交信し合うこの場所に心から安堵した様子である。彼らは苦しい登り道の途中にも、ホテルのマネージャーであるマキシーンのために道すがら一本のランの花を摘んでくることを忘れない。だが、マキシーンは、彼らが気に入らない。彼女の原始的嗅覚は、彼らが自分とはまったく別種の人間であること、もし泊めたら、コスタ・ウェルデが老人の旅の終点となることを即座に嗅ぎ分ける。それなのに二人は頓着せず、まったくおかしなことを言うのだ。

ハナ「おじいちゃんは、九十七歳の若さです。十月五日には、九十八歳に若返ります。」
ノンノ「わしに乳母車が必要なのはちょっとの間じゃ。すぐにハイハイして、つぎは伝い歩き、あっという間にベテランの山羊みたいに跳ね回るよ。ハナや、マネージャーのお方にそう申し上げておくれ。なるほど、ガラガラの代わりに花など持ち、おしゃぶりがわりにブランデーのビンを持って、乳母車で到来の、百才になろうって赤ん坊のめんどうは見たくないとおっしゃるホテルもありましょうな。もし、わたくしめの恥じさらしの長生きと、ついぞ始まった耄碌をお許しいただけるなら、サインしたての私の詩集をさしあげよう。」[17]

ハナは、ノンノがしゃべりすぎるのにはらはらしながらも、ひたすらほほ笑み続ける。「わたしの説明と違う!」と困惑しながら。シャノンは膝を打つ。なんてことだ、やっと疲れずにしゃべれそうな人間に会えたぞ!彼は、とっさに二人の生の価値が分かったのだ。それからさきの三人の会話は実に楽しい。たとえば、こんなふうだ。

(シャノンはノンノに水を手わたす。)
ノンノ「この美酒はなんですかな?」

ノンノにとって、水と酒は等価である。

（もういっぱい水を汲みながら）

シャノン「おふたりは財政的にいささか脱水状態では？」

ハナ「そうなんです。カラカラよ。ここのご主人はお見通しなんじゃないかしら。論理的な推察だわ。あのかた、論理的な顔つきしてらした。お金があれば、ここまで、車椅子を押したりしませんものね。」[18]

6ドル前払いで払えというマキシーンに、ハナはなんとか自分たちを売り込んで、後払いにしてもらおうと、祖父は世界最高齢の詩人で、客の前で自作を朗唱するし、自分は画家で似顔絵描きをしてお金を作ることなどを語る。しかし、「論理的な」マキシーンは動じない。ハナはついに自分たちは町のすべての宿で断られたのだと白状する。

自然に、ごく自然に、限りないやさしさをこめて、シャノンが、つまずいた老人を助け起こして個室に導く。すでに日はかたむき、夕べの帳が降りようとしている。マキシーンは黙って二部屋のキーを渡す。小切手を現金にかえてくれるかというシャノンの頼みにも頷く。大地の母は、根がおおらかでやさしいのだ。だが、すべてを飲み込む大地母神は、自分と自分の分身である娘以外の女には、あからさまな敵意を燃やす。彼女がハナに提供したのは雨漏りする部屋だ。シャノンは自分の部屋と取り替えてあげようとするが、マキシーンは許さない。シャノンはあきらめて、しかし、解放された心持ちで、ひとり浜へ下りて行く。新生の浜へ。この夜は決定的な体験をすることになるのだが、浜へひとりで下りて行くことは、その導入と考えるべきであろう。一幕の幕切れ、ノンノの部屋から聞こえてくる詩を朗唱する声も、予言とは言わぬまま、予言的である。ノンノの詩は、長い間テネシーの課題であった、絶望した後の生き方について語っている。

なんと穏やかなのだろう
オレンジの枝が空の白むのを見るさまは
泣くこともなく、祈ることもなく、
絶望に騒ぐこともない……[19]

この詩の解釈を試みる前に、とりあえず、ノンノの連れ、孫娘のハナについて考察してみよう。彼女について一幕で与えられる情報は、これまでに触れたことの他に、以下のような彼女独得の個性である。まず、「あのー」と舞台に登場したときの彼女。

シャノンは彼女を見下ろし、茫然と目をみはった。ハナの様子がずいぶんと風変わりだったからだ。存在感が薄く、まるで亡霊がそこにいるようだった。ゴシック様式の教会に置かれた中世の聖人像が、命を吹き込まれてそこに立っているという風情だった。年令は三十歳くらいにも見えたが、さりとて四十歳かと思えぬでもなかった。なんとも女性的でありながら、はたまた男性のようでもあった。「永遠」という言葉がうかんできた。彼女は木綿のワンピースを着て、肩から袋をかけていた。[20]

彼女は、険しい山道が原因で祖父が軽い発作を起こしたのではないかと、とても心配なのだと打ち明けるが、その時の彼女の話し方は、夜遊びをして帰ってきたトムを心配しながらも黙って迎えるローラを思い出させる。彼等の心配は、ミス・フェロウズ達が示すヒステリーの発作とは対照的である。ト書は、彼女の静けさを次のように表現している。

彼女はこれをまるで、夕方遅くには雨になるかもしれないと言うのと変わらない静かな口調で話す。[21]

わずかばかりの彼女の旧式な所帯道具には、長い放浪の旅を語るホテルや旅行会社のステッカーが、ところ狭しと貼ってある。どれほど世界を回ったのかというシャノンの質問に、彼女は再び淡々として次のように答える。

「地球が太陽のまわりを回ったのと同じ回数だけ回ったわ。それも、すっかり歩いたって感じ。」[22]

そして何よりもシャノンを有頂天にした、心から出た「ありがとう、ミスター・シャノン」[23]の言葉。四十歳近いと思われるハナには、すでに登場した二人の女性の持つ「母親」の属性がまったく欠けている。彼女はいったいどういう女性の代表、何を体現しているのであろうか。二幕に入って、浜から戻ったシャノンのヌードに近い姿に、彼女は目をつぶって耐える。さらに、似顔絵を描いて宿賃を稼ごうとしたが仕事が無く、床に落ちて散らばったスケッチを拾い集める彼女の様子は、独りぼっちで花を摘む子供のように悲しげで、こころもとなげであるとテネシーは解説している。彼女は「子供」なのだ。だが、この劇にはほかにも子供は何人も登場している。そして、その子供たちにイニシエーションを与えるのが、これまでシャノンのしてきたことであった。ハナを除いて、ほとんど全員がシャノンとセックスしている。彼女たちとハナはどう違うのだろうか。これまでシャノンが子供と思って接した少女たちは、全員が彼に欲望を示した。シャノンがそれを受け入れると、子供達は皆、同様の反応をしたのだ。つまり、自分の権利を主張したのである。だから、シャノンは「相手が誰だったかな」と言ったり、「またしても怒る」などの反応をするのだ。すると、彼女たちは突然醜くなり、親に泣いて訴えたりするのだ。彼女らが子供であることとハナが子供であることは、全く異なるものである。彼女らは単に未成熟であり、ハナは真の子供なのだ。彼女らとハナは、どちらも、子供の属性である〈イノセンス〉を持つが、彼女らのイノセンスは〈無知〉、ハナのイノセンスは〈無垢〉である。

5

メキシコ・シティでふらふらと一夜をともにしてしまったシャーロッテに追い回され、ミス・フェロウズに訴えられて、シャノンは、またしても教会に救済を求めようとする。しかし、神を信じきれないシャノンに向かって教会の扉は開かないのである。シャノンの倒れ込むのはやはり、宙に浮いた、いつものハンモックしかない。ハナは、ハンモックの上のシャノンを描いてみようとするが、難しいという。それは、彼がアイデンティティを持っていないからだ。ハナは、メキシコの画家シケイロスがハート・クレインのポートレートを描いた時、クレインの目にあまりに多くの苦しみが宿っていたものだから、とうとう、シケイロスは目を閉じたクレインのポートレートしか描けなかったという逸話を聞かせた後で、「でも私は目を開いているあなたを描ける」[24]と言う。シャノンの苦しみは小さいと言っているのだ。目を開けて、自分をよくご覧なさいと。それに促されるように、シャノンはセルフ・ポートレートともいうべき告白を始める。彼は、かつて一週間のうちに神への大逆を二つも犯したのだと。それ以前の彼は、失敗のないスノビッシュな気取り屋のエリート神父だった。

シャノン「まだ幼いといっていいほど若い日曜学校の教師が、個人面接をしてくれと言ってきたんだ。彼女の両親は、まるで双子みたいに、そろって厳格な信者でね。彼女はぼくの書斎に入るとやぶからぼうに切り出した。……どうしようもなくぼくにイカレてる……。いっしょに祈りましょうとぼくは言った。並んでひざまずき……だが、それから……。」[25]

欲望が静まり立ち上がると、彼はもとの牧師に戻り、牧師を誘惑した少女をなぐった。彼の、〈愛〉に対する疑り深さが、愛の存在よりも愛の不在を確かめる結果に終わらせるのだ。ハムレットがオフィーリアを突き放すように、シャノンは、少女のうちに愛の不在を確認する。父親の言いつけを守ってハムレットにさぐりを入れたオフィーリアよりもずっと卑しく、少女は、保身に懸命になった。自分を「被害者」と位置づけたのだ。少女は自殺のまねごとをし、両親に一部始終を話した。つぎの日曜日、彼は謝るつもりだった。会衆の前で読み上げる謝罪文の原稿まで用意していた。だが、彼の内部の何者かが彼の意志を突き崩し、彼は、突然叫んだのだ。

シャノン「ぼくは突然叫んでしまった。おいぼれくそじじいをまつりたてて、お勤めなんかしていられるか！ってね。ヨーロッパの神学のどこをさらっても、神は怒りっぽいだけの老いぼれだ。気難しい子供みたいな、すねたやつさ。老人ホームでジグソー・パズルをやっていて、うまく塡まらないんで、テーブルごとひっくりかえしちまう。自分の作り方が悪かったくせに、世界を気に入らないって腹を立てて、罰するんだ。……ぼくはそれでも、牧師の資格は剝奪されなかった。病院に入れられたのさ。それからぼくがついた仕事は、誰彼れに世界を見せることだ。十字架と丸衿の牧師がご案内する「神の世界旅行」!証拠を集めてるんだ!老いぼれのくそじじいがほんとうの神じゃないって証拠を。あの日も嵐だった。今夜も嵐になるぞ。嵐こそがほんものの神だ。稲妻のようにすべてを照らし、雷のように叱る、燃える夕日のなかに神の啓示がある。」[26]

シャノンはしだいに、荒野でさまよったリア王のように激してくる。彼は、自分と人類の堕落を神が打ちのめしてくれるのを望んでいるのだろうか?これは、セバスチャンとは正反対の問いかけのしかたである。セバスチャンは自分が神になろうとしたが、シャノンはまだ納得も絶望もしておらず、正体を現して自分と対決せよと神に叫んでいるのだ。彼のまわりのすべての人々が恐れるか笑うかして逃げ出した、彼の、この気違いじみた気真面目さを、ハナは恐れず、笑わない。嵐を求めて海を指すシャノンに静かに言う。

ハナ「独善的で自己満足のかたまりのような顔をしていても、みんな本当は、必死になって何か信じられるものを求めている。だから、教会に来るのよ。みんなを静かな渚に連れて行ってあげたらいいのに。みんなが、どんなに、静かな渚を求めているか、あなたには解っているのだから。シャノンさん。」[27]

ハナは、なぜ、シャノンの苦悩と期待を無視するかのように「静かな渚」と言うのだろう。陸を打ち据える波と、陸を洗う波と、どちらが波の実体であるのか。

6

シャノンの自己発見は近い。これを象徴的に予告するのが、右につづくシーンである。メキシコ人の子供たちがイグアナを捕まえたのだ。イグアナは醜い大トカゲだが、肉は絶品だと言われている。イグアナが捕まって柱に縛り付けられ、料理される運命を待っている姿は、シャノンの恐怖心を呼び起こす。シャノンの描くイメージの中で、捕われたものとして、イグアナと自分自身が重なるからだ。おいしい肉を持っていることがイグアナにとって致命的であるように、シャノンの不運のひとつは、彼が動物に近い性的魅力をもっていることだ。天にまで上ろうとするかのようにそそり立つサボテンのすぐ側で子供たちがイグアナを捕まえることとは、イグアナがセックス・シンボルであることをも示唆している。子供たちがイグアナの肉を狙っているように、女たちがこぞって彼を狙ってきたではないか。いまもマキシーンが狙っている。シャノンも、捕まりそうだ。イグアナよ逃げろ！とシャノンは心の中で叫ぶ。イグアナが逃げる。子供たちが追い掛ける。逃げろ、逃げろ！　ここで、イグアナが綱から逃げると、舞台が「ファンタジーの様相を呈するべく照明が薄暗くなる」[28]と指示されることは、この遁走が、イグアナにシンパシーを感じるシャノンの夢想のなかでおこったことを示していると考えることができよう。彼も、逃げ続けて来たのだ。イグアナは雨林に逃げ込もうとするが、きわどいところで捕まってしまう。イグアナは捕まり、一見明るく暖かな電球には、蛾がむらがって死んでいる。明るい電灯に欺かれて、蛾も、イグアナも、捕らわれの身と成り果てるのだ。文明の罠とも言える光であろう。

だが、この遁走は、他にも重要な意味を持つ。この遁走の間に、テネシーは、いよいよはっきりと、自分とイグアナを重ね合わせていると思われるからだ。捕らわれたイグアナは哀れであったが、逃げるイグアナは醜かった。グロテスクな生の迷いや欲望をむき出しにして右往左往するありさまは、自分の姿そのものであった。そのむき出しの欲望が、相手の欲望を誘うのだ。『欲望と言う名の電車』を書いた頃のテネシーは、欲望の大きさを生のダイナモと比例するものとしていたが、ここでは、欲望は極端にグロテスクな表象と化している。テネシーは、自分を狩りたてているパッションを、ようやく客観的に見ているのだ。自分を持て余していたテネシーの、自己正当化の夢は潰えようとしている。そこに至って彼は、それでもなお、人生にディグニティがあるだろうかと聞かずにはいられない。それを、生の終焉を迎えようとしているノンノを描く事で問おうとしているのである。

ノンノの叫び声が、舞台を現実に引きもどす。シャノンが手を引いて、老人を小部屋から連れ出す。老人はすでに、雪のように白い衣と黒い細いネクタイという死装束をまとっており、髪は銀のたてがみのように輝いている。彼にはもはやシャノンとハナの区別がつかない。きわめて地上的な俗物のドイツ人一行にも、媚を売る。彼らは、彼のことなど軽蔑して笑っているというのに。ハナが青春を犠牲にして従い、ともに旅してきたノンノもまた耄碌した老人なのだ。彼が欲しがっているのはお布施だけなのか？彼は、耄碌した神のアナロジーだろうか？神自身が耄碌した老人ならば、神に近づかんとして遠くまで歩いてきた人間が耄碌していくのは当然の事なのか。その証拠に、彼の混乱は増す一方である。シャノンは、彼に詩の朗唱の代価を払い、やわらかな魚のコースでもてなす。ノンノはつまらない冗談を言うばかりだ。そして眠る。

この時、ハナは当惑してはいるが、けっして失望しない。ハナを観察することで、シャノンには少し解ってくる。彼はこれを「ファンタスティック」という言葉で表現する。辞書によれば、多くの使用例において "fantastic" は "extremely good, attractive" の意味を持つが、ここでは次のシャノンの言葉に手がかりを求めるしかあるまい。


「ぼくらはふたつのレベルの上で暮らしている。ひとつはリアリスティック、もうひとつはファンタスティックだ。ファンタスティックなレベルで暮らしているくせに、リアリスティックなレベルでなんとかやっていこうとすると、幽霊が出る。このホテルはファンタスティックな場所で、幽霊を追い払えると思ったのに、もう変わってしまっていたんだ。」[29]

ここで言っている"fantastic"は、むしろ、"strange, unreal"の意味であることが解る。「幽霊」とは、日常生活に割り込む過去の問いかけと罪の記憶であろう。現世のシステムの中で売り買いを繰り返して行く間に、かつて大切であったものは葬られ、亡霊になって浮遊するしかないのだ。

ヨセフ同様、癒しのためにだけ存在していたかのようなフレッドが死んでしまった今、コスタ・ヴェルデは、リアリスティックを忘れさせてくれる場所ではなくなったかと思われた。しかし、どうやらシャノンはここで、別な、ファンタスティックな人物を発見したようである。原始のこの場所でシャノンとハナが出会う事は偶然ではない。迷い、探り続け、問い続けて来た者は、精神（ファンタスティック）と肉体（リアリスティック）の二者の間に浮遊する自分を見ているのだ。マキシーンと、ハナと、シャノン、出会うべき三人がようやく出会ったのである。

「リアリスティック」を体現するマキシーンは、ハナが、自分とシャノンの間を裂くと本能的に感じている。「ファンタスティック」ななにものかを共通の基盤としてシャノンがハナに感じているものを、マキシーンは"vibration"と呼ぶが、これはマキシーンが持ち合わせていない、「魂」の発する精神的電波とでもいえるもので、したがって彼女にとってハナは許容しがたい存在である。彼女は、コスタ・ヴェルデに置いてやるかわりにシャノンに近付かないようにとハナに言いわたす。ここに置いてやるから私を抱くようにとシャノンに言うのとパラレルである。この強引さは、テネシーが女性原理に対して抱いていた確信であった。リアリスティックな社会で札束を数える男達は、生命そのものが有する自己保存の駆け引きを真似ていただけなのだ。

一方、シャノンは、ハナを理解することに懸命であり、自分が何のためにここに来たのか解った、と感じる。それを確かめるために、彼は試す。とても簡単な実験だ。さっきハナが吸おうとして、倹約のため我慢したタバコをねだってみるのだ。ハナは、ためらいもなく、二本だけ残っているタバコを箱のままシャノンに差し出したのであった。そういえば、さっき彼女はノンノの混乱に打ち拉がれ、しかも、一夜の宿のために必要な所持金さえもない切羽つまった状況のなかで、何かシャノンのために自分ができることはないかとたずねたのではなかったか。シャノンは涙ぐむが、実は、この時点ではまだ、なんのために今回もここへ来たのか、ほんとうに解ったとは言えないのである。次に引用するハナのせりふの前半がシャノンを慰撫したところで嵐がひどくなり、劇はひとつの山場を迎える。嵐は、これから起こるクライマックスの予兆であり、シャノンへの啓示のラッパとも言えるものだ。シャノンは、ハナに導かれて嵐に立ち向かう強さを身内に予感する。ハナは言う。

「あなたを手助けしたいと思う人がだれもいなくなってから、ずいぶんになるの？　それとも、あなたはあまりにひとりで苦しんだので、だれかが、ほんの少ししか助けられないけれど、それでも力になりたいと思っているのに、それに気付かなかったんじゃないの?」[30]

激しく降る雨に、シャノンは、神を感じる。彼が待ち望んだ真の父なる神は、これをするな、あれをするなと禁じるだけで罰することすらできない老いぼれの神とは異なり、たたきつけるように降り注ぎ、過去を、そして自己愛を洗い流す荒々しい神であるが、その実体は、見かけの荒々しさとはうらはらに、銀色に繊細に輝いて彼を招く。シャノンはヴェランダから身を乗り出し、両手を、降り注ぐ雨のなかにさし出す。「手は、彼の外にあり、彼よりはるか高みにあるものにむかって差し伸べられているかのようである」[31]とテネシーは解説している。自己から出でよ!と打ちすえられたシャノンは、再び神と対話をする事ができそうな素直な自分を感じている。この嵐は、彼が、あくまでも、キリストを介してではなく、神と直に対話をしたいと願っている事を示すものだ。

7

この終焉の地では、劇の進行も早い。続く第三幕が伝えるのは、その晩の事件である。シャノンはヴェランダで上半身裸になり、一心に司教あての手紙を書いている。マキシーンは、夕食のためにはずしたハンモックを吊りなおしている。蚊帳のむこうにはハナがまるで守護天使のようにまっすぐに座り、シャノンを見ている。ノンノは、ベッドの上で、遺作になるはずの詩の推敲に呻吟している。先ほどの嵐はすっかりおさまり、つかのまの平穏を満月が照らしている。観客にはいささか退屈であるが、シャノンは、安らぎを得る前にもうひとつの試練をくぐらなくてはならない。今は、より激しい嵐の前の静けさである。

シャノンは、教会に帰るつもりになっている。彼は、自分を罰した神は自分を受け入れてくれる神でもあるはずだと、新たな心地で期待している。そこで、懺悔の生活を送るのだ。その彼には、マキシーンのあからさまな誘いはうっとうしい。しかし、マキシーンは、一緒に寝る男に不自由しているわけではない。彼女が求めているのは、生命を実感する落ち着いた暮らしを分け合う相手なのだ。フレッドは立派すぎた、と彼女は思っている。先に述べたとおり、マキシーンが代表しているのは、テネシーがしばしば描く、もっとも平凡で強い女、引き止め、種をふやす女たち、「ここにしか居場所はないくせに」と言う女たちである。「前科があるんだもの。せいぜいインチキ教会に行って、どうせまた床に藁を敷くのがオチよ」[32]とマキシーンはシャノンを引き止める。

マキシーンの誘いには屈しまいと考えているシャノンの前に、ジェイク・ラッタが現れる。彼は「ブレイク旅行代理店」の男で、シャノンのツアーを受け継ぎにきたのだ。しかも、団体客は、すでにバスに乗っているという。つまり、いつの間にか、シャノンは馘になったのだ。ミス・フェロウズが、「ブレイク旅行代理店」に電話をして、シャノンがシャーロッテをたぶらかし、彼女に暴力をふるい、その上グループを旅行案内書に書かれていない、いかがわしい場所に連れてきたとわめきたてたのである。会社は、旅行費用を半分返す約束をして彼女をなだめた。ラッタは、抵抗すれば、シャノンを札付きのガイドとしてアメリカ中のブラック・リストに載せると脅す。それでは職を得るどころか、教会にもどることも絶望的になる。退職金もなし。メキシコ・シティまでは運転席の隣に乗せてやろうというのがラッタの親切だ。シャノンには自分がなぜそれほど攻撃されるのかわからない。旅行者が「真実を見たい」と言うから見せてやったのだというのが、彼の主張だ。彼は言う。

シャノン「ぼくは、神の世界の隅から隅までを旅行して歩いた。ブロウシャーのスケジュールなんかよりも、見たがっている者に見せてやることを優先したんだ。そうさ、あらゆる場所の暗がりをね。感じる心があり、感じたいと思っている人たちに、かけがえのないチャンスを提供したんだ。見た者はけっして忘れない！誰一人として！」[33]

このシャノンの叫びは、テネシーの叫びでもあったろう。ただ、テネシーには自分が追い詰められる理由が解っていた。そしていかに叫ぼうとも、シャノンにも、自分にも、結局のところ、宙吊りのハンモックしか与えられないことも。ここで重要なことは、ハンモックの意味の深刻化である。ハンモックは、シャノンが好んで逃避していた場所から、自他ともに認める、彼に残された唯一の場所に変わっている。彼は、ハンモックに乗ったまま、自分のガイド人生の終わりのさざめきが遠ざかるのを聞くが、ついに耐えられず、ヴェランダの手摺りから身を乗り出し、叫び、彼が生きてきた証しである「問い」のしるし、金の十字架を、首からもぎ取ろうとする。鎖が彼を傷つける。さっきから彼を見守っていたハナが、やっとのことでなんとか鎖をはずすが、シャノンの絶望は鎮めようもなく、彼は、暴れるしか為すすべを持たない。とうとう彼は皆の手でハンモックに縄でぐるぐる巻きに縛り付けられる。

ハンモックに縛られた状態は非常に象徴的だ。ここでは、シャノンに託したテネシーの心的状況が明らかにされているのである。シャノン自身が「幼児回帰」[34]という言葉を使っているとおり、神と母親、ひいては、自分を子宮へと招く女たちに対する彼の反抗は、神と母性、女性への甘えに根ざす二律背反的なものである。彼の認識には、自分の状況は彼らから与えられたものであるという出発点がある。そして、彼らに対して怒りながら、彼らを試し、最後の瞬間に期待を寄せるのだ。信じることを説くキリストは、「試す」という言葉を嫌った。そして最後の瞬間に賭け、一旦は破れたのである。シャノンはいかにも人間らしく、試し続け、問い続け、とうとう最後の場面に到達したのだ。キリストは、十字架の上で「神よ、神よ、なぜ、お見捨てになったのですか？」と叫んだ。シャノンのファースト・ネーム「ローレンス＝Lawrence」から連想される人物は二人。ひとりは皇帝の命に屈せず信仰を守って火あぶりの刑に処せられたローマ時代の殉教者、聖ローレンスであり、もうひとりはテネシーが大いに影響を受けた二十世紀の作家D・H・ロレンスである。伝記によれば、聖ローレンスは熱さに耐え、火もまた涼しと信仰を捨てなかったという。テネシーはもとより、そうした殉教を真似るシャノンを揶揄している。すぐ後のシーンで、タバコの火が背中に落ちたといって喚くシャノンは、殉教などから程遠く、自分を食肉用の去勢された豚にたとえながら、つぎに起こるはずの静けさを半ば期待している。その程度の虐待を受けることが自分を楽にする。これは、彼が経験から学んだ知恵だ。「いつもそうなんだから」[35]というマキシーンの言葉は、それを裏書きしている。たいていは注射、ひどい時は入院、それがいつものパターンだった。今回は違う。この場所がその場所であることはわかっているのに、これまで何度来ても達成されなかったことが、今度はハナを得て達成されるのだ。ハナは、何をするのか。

8

ハナは、沈黙を守ったフレッドとは異なり、まず、次のように述べて、はっきりとシャノンの甘えを否定する。

「死の丘だったゴルゴタの丘の代わりに、こんなに美しい丘の上で、十字架と釘の代わりにハンモックと綱。それで自分自身と人類の罪があがなえるなら、だれだってためらわないんじゃない？……釘もなく、血も流さず、死にもしない。世界の罪のために苦しむには、なかなか快適で、名乗り出たくなるような、磔の刑だわね。」[36]

彼女は、続けて、「受難劇で自分をあまやかすのはもう止めなさい」とも言う。この厳しさは、シャノンには意外であった。彼女は、「平常心で罌粟の実のお茶を入れながら、静かな口調で話す。」[37]と描写される。ここにすでに東洋の影響を見ることができるかもしれない。東洋旅行の主たる目的地としてテネシーが初めて日本を訪れたのは、一九五九年の秋であった。セント・ルイスやニュー・オールリンズの喧騒のなかで日々を生き延びてきたテネシーには、正座し、黙ってお茶を入れ、静かに話す日本の茶道はめずらしく、心落ち着くものであったに違いない。そういえば、先程からハナは、背を真っすぐに立て、茶筅の動きを見守る正客のように、黙って舞台の奥でシャノンを見ていたのである。彼女が提案したのは慎み深さ "decency" と善良さであった。それは、時としてアメリカ人が欠いていた、「生まれの良さ」にも通じる静けさであろう。『焼けたトタン屋根の上の猫』においてもそうであったように、ここでもテネシーは、「初めに持たなかった」アメリカ人は、どうしたらよかったのかと尋ねている。罪の問題は、人類全体が避けて通ることのできない問題であったが、とりわけアメリカにおける略奪と、その償いのようなピューリタニズムは、アメリカに生を受けた、気真面目なテネシーを苦しめたのではなかったか。静かなハナをシャノンは "Thin-Standing-Up-Female-Buddha" [38]（観世音菩薩立像）と描写する。肉体の接触を好み、肉体の魅力を誇示する傾向が強いとされるアメリカの女性を代表するようなマキシーンと異なり、ハナは肉体を感じさせない。これは、日本を訪れたテネシーが、日本の女性に感じた美徳かもしれない。そういえば、「ハナ」という音は、日本で広く普及した女性の名前である。だが、シャノンを救うハナの名の由来は別のところに見出すべきであろう。「ハナ」は預言者サミュエルの母の名であり、アイルランド、ユダヤに多い名前である。なるほど、"decency" をよしとするハナの淡泊さは、生命の貪欲に対し、失われてゆくものの特徴と呼んでもよい消極的な性質である。しかし、ハナの次の台詞は、彼女に独自の、きわめて積極的な存在理由を与えている。いつの間にかハンモックの綱がゆるみ、シャノンの解放が示唆されるときの台詞だ。

ハナ「あなたの問題はね、シャノンさん、信じないではいられないってこと。誰かを、何かを。いいえ、ほとんど何でも、そして誰をも。世界でいちばん古典的な問題よ……。わたしは信じるものをひとつ見つけたわ。」[39]

シャノンは思わず尋ねる。

「神？」

ハナの答えは、"No"だ。

ハナ「人と人の間の垣根の破れ目よ。そこから互いに手を差し伸べることのできる、ね。たとえ一晩で閉じられるとしても。個室から出て外のヴェランダでかわす、束の間のコミュニケーション。わずかな理解。たがいに手助けしたいと思うこと。」[40]

彼女にはシャノンを苦しめた〈過去の亡霊〉がついていないのだろうか。彼女は罪を犯していないのだろうか、傷を負っていないのだろうか。絶望していないのだろうか。そうではなく、彼女は耐えたのである。自分で引き受けたのだ。絶望を、あらゆる方法で克服して生き延びたのである。眠れぬ夜の罌粟茶、ココナツ・ジュース、深呼吸。何のために、どこへ行くために、生き延びるのか？ハナは続ける。少し長いが引用してみよう。

「たぶん、こんなところへ来るために。長い長い、つらい旅の後で、雨林も静かな渚も見下ろすこのヴェランダにね。旅は、もちろん、地球の表面だけの旅ではないわ。地獄の旅よ。亡霊に憑かれた人、自分のうちに罪を見た人たちだけが課せられた旅よ。

そして、罪を犯さない人は、実は、いない……。

わたしには絵があった。絵を描くこと、似顔絵を描くことは、わたしに、自分の内ではなく外を見ることを教えたわ。そしてしだいに、長いトンネルの果てに、ごくかすかな、ぼんやりした明かりが見えるようになった。外界の光よ。わたしは、ただただその光に向かって登り続けたわ。その明かりは、さいしょ灰色だったけれど、白に変わった……。わたしには神様のことはわからない。わたしが見続けてきたのは人間の顔よ。たまに粘土細工みたいな顔があるそんなとき、わたしは描けなくて、ノンノに詩を詠んでもらうわ。でも、たいていは、どの顔にも何かあるわ……。

死んでいく人たちの顔も描いた。恐くて逃げ出しそうだったけれど、その人たちの枕元にある小さな心尽くし、野の花だとか、阿片のキャンデイだとか、お守りだとかそんなものに励まされて、貧しく孤独に死んでいく人たちのことが描けるようになった。そしてね、そのひとたちの目ほど美しいものはないってわかったの。ここの景色さえ、その輝きには及ばない。南十字星みたい。このごろのお祖父ちゃんの目、それに近くなってる。」[41]

ハナが話している間中、ヴェランダの下でイグアナがもがいている。ハナは続ける。

「わたしとお祖父ちゃんは互いのために"home"をつくったの。"home"ってのは空間で、二人がそこでいわば、感情的な意味での巣ごもりをするというか、休息をするというか、生きていくのよ……。」[42]

ここで、通常「家庭」と日本語に訳される"home"をそのまま引用しているのは、"home"に対するハナの概念が、分かりやすいものではないからである。なぜなら、そこにおいては、一般的な「家庭」の概念に登場する〈物〉の要素が希薄なのだ。まず、ハナが巣を作るのは心の中である。その巣づくりの最初にも最後にも"house"という〈箱〉はなく、ただ〈連れ〉がいる。"home"は、ここでは、あくまでも精神的なつながりを指しているのだ。その〈連れ〉がいなくなったら？というシャノンの残酷な問いは、ハナからさらに厳しい答えをひきだす。

「たぶん、旅を続けるでしょう。こんな仕事をしていると、知らない人とでもすぐに仲良くなれるのよ。わたしだけがひとりになるような言い方をしないでね。あなたこそ、ずっとひとりで旅をしてきたのよ。亡霊だけを道連れにね。」[43]

ハナのすすめる罌粟茶をすすりながらシャノンがふたたびハンモックに横になる時、ハンモックの意味は、さらに変化している。かつてシャノンを甘やかし、見せかけのおしおきが行なわれた場は、今や新しい生へのゆりかごだ。それにしても、なぜハナは、このように静かなのか。激しさから逃れられないシャノンは、「きみはぼくの考えるような愛情生活の経験はないの？」[44]と尋ねる。それは先の質問にも増して残酷な質問だった。しかしハナは耐える。

　彼女自身によれば、彼女の性的経験は二度。一度は十六歳のとき映画館で。もうひとつは二年前、シンガポールのホテルで。どちらも、行きずりの見知らぬ男だった。映画館では騒いでしまって、隣に座っていた男は、未成年への悪戯で逮捕された。でも、彼女はすぐ後悔して警察に行き、映画が刺激的で被害妄想に陥ってしまったと説明して、男を釈放してもらった。二年前は下着のセールスマンだった。彼女はその男の頼みを聞いてやった。禿げ頭のでぶっちょで、とてもさみしそうだったから。それに、男は、とても熱心に頼んだのだ。彼女は下着を脱いで彼に貸してあげたのだ。彼は後で返そうとしたが、彼女はあげると言った。なんとさみしく、心に残ることだったろうと彼女は語る。しかし、それっぽっちの経験を、なぜ彼女は“a love experience”（恋愛体験）などと呼ぶのだろう。シャノンは理解できない。ちっぽけで悲しい、薄汚い出来事ではないか。彼女は吐き気をもよおさなかったのだろうか。ハナの答えは、想像を絶している。

　「たしかに悲しいことよ、でも、どうして薄汚いというの？　わたしが人間についてとてもいやだと思うことは、不親切と暴力だけよ。彼は言い訳がましく、恥じていて、そしてとても繊細だった。でも、これはかなり夢のようなことね。」[45]

そんないやらしいことが、赦され得るのだろうか？シャノンは、これまで自分の「そんなこと」のために、いかに苦しんできたことだろう。だが、神でもないこの女性は、すでに赦しているのだ。まさしく夢のようなハナの話に、シャノンは信じられない面持ちである。ハナが赦すまでにどのような苦しみを味わったのか、テネシーは明らかにしようとしない。いかなる人生の影が、一見大した経験もなさそうな彼女に、このような、赦す能力を与えたのだろうか。シャノンはもがく。自分以上に彼女が苦しんだというのか。神に愛されたというのか。自分は彼女に追い付かないのか。シャノンは嫉妬と不理解に苦しみ、思わず彼女を絞め殺したい衝動に駆られるが、思い直して、彼女に付いていくことを願う。弟子のように。だが、彼女は、彼にはまだ旅は無理だと拒む。

ハナの旅は、癒し、赦すための旅であった。シャノンの旅は、癒すためではなく癒されるため、赦すためではなく、赦されるための旅だった。そして、彼は、ハナの話を聞く事によって自分がすでに赦されていた事を知ったのだ。おそらく、同時に、シャノンとハナは、たがいにそれぞれの役割を了解したのである。ハナは罪を犯された人。弱者。彼女は旅の果てで、赦す人となる。シャノンは罪を犯した人。強い者。彼は旅の果てで、赦される人となる。赦す人は旅を続け、赦された人は留まる。彼女について行ったら、いつか彼は彼女を押し倒してレイプするか、彼女をねたみ、殺すだろう。なぜなら彼はまだ、あまりにも人間らしいからだ。彼とハナは、別世界の人間である。この時シャノンに、ようやくはっきりと解ったことがある。自分の正体は、イグアナと変わりないということだ。だからこそ、ハナは自分を拒んだのだ。自分を受け止めて生きるしかない。自分は、肉を食らい、セックスに取りつかれた人間として、生命の真実を見はるかすこの生と死のはざまの美しい場所に、その時が来るまで、肉体の女、マキシーンとともに留まる。違いをはっきりと認めた以上、自分とハナは、もう親しく肩を抱き合うことなど有り得ない。

シャノンは、自分たちは繋がっているということを確認しあうために壁を叩いて合図し合う"wall-tappings"を提案する。一晩のコミュニケーションの後、独房の壁の破れ目が塞がってしまうのなら、せめて壁越しに交信しようというのだ。だが彼自身、自分もまた、夢のような話をしているのだと知っている。シャノンは、張り詰めていた自分が崩れて行くのを感じる。

シャノン「じわじわと、それでいて急激な、自然でありかつまた不自然な、宿命的でありながら偶然でもある、若きT・ローレンス・シャノンの挫折と崩壊。そう、いまだうら若きT・ローレンス・シャノンの。急速かつ遅々たる過程を経て……熱帯の最後の旅は……。」[46]

長かった彼の旅は、挫折に終わったのだ。なぜならば、彼は、自分の限界をまざまざと知ったのである。挫折は自嘲をもたらすが、しかし、汗まみれで敗れたゲームの後にも似て、この時、彼の自嘲には、静かな諦観が奇妙に入り交じっている。

9

シャノンとハナは、最後に、或ることを一緒に実行する。さっきからヴェランダの下で必死にもがいているイグアナを逃がすことだ。先のシーンで、ハナが点けたマッチの火が落ちて綱の一部が焼け、おかげで、ハンモックに綱でぐるぐる巻きにされていたシャノンが解放されたことは、彼が赦されたことを意味する。しかし、彼とパラレルな存在であるイグアナが捕らえられていることは、まだ彼が完全に自由ではないことを物語っている。

繰り返しを恐れずに言えば、イグアナは彼の肉体、「ファンタスティック」ならぬ「リアリスティック」な、避けがたい存在である。それは地を這う醜悪な影、ハナがこれまで見たこともない、剝出しの欲望そのものである。ごそごそ騒ぐイグアナに、ハナが気付かぬはずがなかった。そうなると、シャノンはまた試したくなる。シャノンがまだ完全に自由ではないことの現われだ。ハナが人間である以上、この綱の先でもがくイグアナは、彼女自身の意識の森にも棲みついていないはずはない。彼女は眼をそむけるだろうか、それとも、マキシーンのように、太らせて食べると言うだろうか。シャノンは、あの下着のセールスマンすら恥じてハナに見せようとしなかった、醜い生の現実をそこに取り出したかのようにグロテスクなイグアナに、懐中電灯をつきつける。

シャノン「綱の先から逃げて生き延びようと必死さ。きみと同じ。ぼくとおなじ。そして最後の詩を完成しようと必死のおじいちゃんと同じだ。もがいている。」[47]

醜いだろう、これが生きるってことの下半身だ、とシャノンはハナに迫ったのだ。だが、彼女はたじろがない。

ハナ「イグアナをよく見たわ。可愛いとは言えない生きものね。でも、放してあげなくちゃ。」[48]

「神がお作りになった生きものだからか?」とたずねるシャノンは、やはりまだ神の概念を捨てきれない。しかし彼は、ゆうべ自分を締め付けた十字架をハナに預けて、とても楽になっている。自分が十字架をはずしてもらってようやく息が出来たように、イグアナも、生きるためには首の綱を切ってもらわなければならない。だれが切るのか?創り主の神がお見捨てになるのなら、人間が切るのだ。「あなたが切らないのなら、私が切る」[49]と言いきるハナに力を得て、シャノンは決意する。

シャノン「ぼくらは、廃車や箱でままごとあそびをする子供のように、神様ごっこをするんだ。いいね？さあ、シャノン君が鉈を持って下に降り、トカゲを藪に戻してやる。神様がやらないから、ぼくらが神の役を演るんだ。」50

イグアナの解放は、精神がいかに高みを目指そうとも、神に背くかもしれない身内の暗い衝動もまた生き続ける運命にあることを意味する。これを肯定し、これと和解すること。テネシーは、ハナの受容の哲学に、自分の分身シャノンを預けたのである。

イグアナが逃げていったとたん、ノンノの詩が完成する。彼もイグアナ同様、解放されたのだ。ノンノもまた人生の栄光と尊厳、楽園の亡霊に身を焦がす、先行く人であった。地上に堕ちた人生を、それでもなお肯定し勇気づける、次に引用するノンノの最後の詩は、そのまま『イグアナの夜』のテーマにテネシーが与えたエピローグとなっている。悲惨と見える人生の終末にも、ディグニティが認められるのはこの時だ。

なんと穏やかなのだろう
オレンジの枝が空の白むのを見るさまは
泣くことなく、祈ることなく
絶望にさわぐこともない。

いつとは定かならぬ夜に
輝く木の命の頂は過ぎ
永遠に戻らず、
新たなる歴史がはじまる。

もはや栄光なき年代記
霧雨と土くれにまみれ
やがて折れた幹が
どうと地上に身を落とし

輝きに満ちたものには
無縁であった交わりを結ぶ
かつてあれほど緑高く
地上の淫らなる愛に遠かったものを
それでもなお熟れた実と梢は
空が白むのを見る

泣くことも祈ることもせず
絶望にさわぐこともない。

勇気よ、
あの金色の木に次ぐ
第二の住みかとして
わたしの怯えた心を選んではくれまいか？[51]

10

ところで、ハナはどうなるのだろう。地上の女神マキシーンに誘われて夜の浜辺へ下りてゆくシャノンは、「もう二度とハナに会うことはないのだから」と、振り返る。その時、ハナは、シャノンがくれたタバコに火を付けようと、マッチを擂るのだ。その姿は、誰かを思い出させる。そう、『ガラスの動物園』でろうそくを吹き消したローラだ。母親アマンダと兄トムにむりやり人生の敷居をまたがされ、即座にしたたかに傷ついて、それ以上前に進むことのできなかった彼女を、トムは置き去りにしたのだった。トムが忘れようとしてどうしても忘れられなかったローラは、テネシーが忘れようとしてどうしても忘れられなかった姉のローズに重なる。ローラは、トムの背負っていた幽霊であり、ローズはテネシーがいつも側に感じていた幽霊である。けれども、あの時正視することができず、それ以来忘れることのできなかったローラ＝ローズの清らかな痛々しい顔は、いま、ハナの、穏やかな孤独な顔とだぶる。テネシーは、ここで、キリストにもシャノンにも無かった強さをハナに与えている。ハナの属性は、先にも述べたように〈微笑〉である。優しさは、弱さと紙一重であった。けれども遠く、どこまでも遠く、優しさの実現のためだけに歩いたハナは、ついに何ものも恐れることのない絶対の孤独に辿り着いたのである。そして〈微笑〉を友としたのだ。

とはいえ、ノンノを支え、シャノンを解放したハナは、くたびれ切っている。

ハナ「神様、もう止まってはいけませんか？いいのですね？どうぞ、そうさせてください。こんなに静かなのですから。」[52]

が彼女の、そして劇の最後の台詞である。神は、ハナの呼び掛けに答える。神を知らずと言っていた彼女こそ、神に愛された者、はじめから天上に属する者、「なぜ、私をお見捨てになるのか」と叫んだキリスト以上に神の子であるとして、テネシーは彼女にすべてを託したのだ。『ガラスの動物園』の最後のシーンで、茫然としてアマンダの胸に抱かれていたローラは、今、ハナとなって生まれ変わり、人間の宿命を見届けて安らかに生を終えたノンノを抱き留めている。その姿は自らの宿命を終えて横たわるキリストを抱くマリアよりも、安らけく、穏やかだ。なぜなら、彼女は、個人の人生を生き通した者の傍らにあるからである。つまり、彼女は、いつだって、道行く人のかたわらにあったのだ。この在り方こそ、ハナが“home”と呼んだものの実体である。

これより少し前、ハナがノンノの息を感じようとする姿は、娘コーデリアの息を確認しようとするリア王を思い出させる。『リア王』においては、悲劇を強調するために、若く汚れないものが殺され、老人は、人生の悲惨と我が身の愚かしさを嚙み締める。テネシーのこの作品においては、いわば、リアが死に、コーデリアが生き残るのだ。姉ローズの魂の再生なくしてはテネシー自らの再生はなかった。楽園に戻れぬ自分を確認した時から、自分の卑しい生とは異なる次元に生きる良きものの存続と成長の確認、そして願わくば、その者によって赦されることが、テネシーが自らに課した最大のテーマとなっていたのだ。ローズこそが、テネシーの亡霊であったのは先に述べた通りであるが、亡霊は、罪を思い出させるローラから、守護神となって赦すハナにたくましく成長し、こうしてテネシーは、『イグアナの夜』において、悲劇は終わったとしている。リアリティを与えられたハナには、も早、紗のカーテンは不要だ。

だが、ここでテネシーが、ノンノが詩に書いたような静寂と安らぎに到達したと考えるのは安易に過ぎるであろう。一夜明けてみれば、シャノンもハナも消え去り、テネシーは昨日とあまり変わらぬ悩みの中にいたのではないだろうか。シャノンはハナに「それでいいのよ」と勇気づけられて、最後の不安をふりはらい、マキシーンとの地上の、つつましくもエゴセントリックな生活を受容してゆく。だがこの解決もまた、つかの間の休息にすぎない。海は、フレッドやノンノのように旅を終えた者にだけ、魂の住処を提供する。そしてだれよりもそれをよく知っていたのはテネシー自身であったにちがいない。金の十字架をはずし、売って旅の費用にあてるように、もし彼女が受け取ってくれないなら捨てる、とハナに手渡すシャノンに向かって、ハナは次のように言うのである。

「いいわ、お預かりしておきます……。また欲しいと思うようになりますよ。」[53]

十字架は、旅の象徴である。人間には、超自我に受け入れられるまで旅の終りは無く、未完成のシャノンは、勇気が彼の心を住みかにしたならば、また旅に出るだろうと、ハナは予言しているのだ。そのとき、彼に同行するのはハナだろうか。いや、彼は一人で行く体力がまだ残っているうちに出発するだろう。テネシーがマリア・サン・ジュストに宛てて書いたように、「老練の医師」[54]である太陽と海に癒されて自分を解き放ったとき、シャノンの心は軽やかになり、今度こそ、あらゆるものを受け入れ赦す旅を始めるだろう。それが、人間のディグニティについてのテネシーの答えであったのだから。

注

Tennessee Williams の著書については TW で示す。

まえがき

1　Dakin Williams & Shepherd Mead, *Tennessee Williams: An Intimate Biography*, 156.

序章

1　Donald Spoto, *The Kindness of Strangers*, 3-4.　2　Dakin Williams/Shepherd Mead, *op. cit.*, 10.　3　*Ibid.*　4　Edwina Dakin Williams, *Remember me to Tom*, quoted by Dakin Williams, *op. cit.*, 10.　5　Tennessee Williams, *Memoirs*, 29.　6　Dakin Williams/Shepherd Mead, *op. cit.*, 76.　7　Meade Roberts, "Tennessee Rising." *Vogue* Sept. 1989, 798.　8　TW, *Where I Live*, 18.

1章

1　TW, *Memoirs*, 22　2　*Ibid.*　3　*Ibid.*, 23.　4　*Ibid.*, 222.　5　*The Theatre of Tennessee Williams* vol. 1, 131.　6　*Ibid.*　7　*Ibid.*　8　*Ibid.*　9　*Ibid.*, 141.　10　*Ibid.*, 144.　11　*Ibid.*, 164.　12　*Ibid.*, 165.　13　*Ibid.*, 167.　14　*Ibid.*, 167.　15　*Ibid.*, 175.　16　*Ibid.*, 182.　17　*Ibid.*　18　*Ibid.*, 187.　19　*Ibid.*　20　*Ibid.*, 191.　21　*Ibid.*, 215.　22　*Ibid.*, 221.　23　*Ibid.*, 223.　24　*Ibid.*　25　*Ibid.*, 225.　26　*Ibid.*, 226.　27　*Ibid.*　28　*Ibid.*　29　*Ibid.*, 235.　30　*Ibid.*, 235-6.　31　田島　博訳『欲望という名の電車』後書き　32　*The Theatre of Tennessee* Williams vol. 1, 235.　33　Dakin Williams, *op. cit*,, 298.　34　*The Theatre of Tennessee Williams* vol. 1, 236.　35　*Ibid.*, 236.　36　*Ibid.*, 237.　37　*Ibid.*, 238.　38　Asada Hiroaki, ed. with notes, TW, *The Glass Menagerie-acting edition*, 80.

2章

1 TW, *Where I Live*, 17. 2 *The Theatre of Tennessee Williams* vol. 1, 355. 3 *Ibid*., 355. 4 *Ibid*. 5 *Ibid*., 261. 6 Donald Spoto, *op. cit*., 118. 7 鳴海四郎訳『テネシー・ウイリアムズ戯曲選集I』364. 8 Percy B. Shelley, "Prometheus Unbound", 2. 5. 73. 9 *Ibid*., 2. 5. 94. 10 Hart Crane, "The Broken Tower" quoted by TW in *The Theatre of TW* vol. 1, 354. 11 *The Theatre of Tennessee Williams* vol. 1, 402. 12 *Ibid*., 277 13 *Ibid*., 278–280. 14 *Ibid*., 298. 15 *Ibid*., 302. 16 *Ibid*., 332. 17 *Ibid*., 373. 18 *Ibid*., 319. 19 *Ibid*., 321. 20 *Ibid*., 323. 21 *Ibid*., 329. 22 *Ibid*., 335. 23 *Ibid*., 348. 24 *Ibid*., 355. 25 *Ibid*., 385. 26 *Ibid*., 387. 27 *Ibid*., 398. 28 *Ibid*., 399. 29 *Ibid*., 400. 30 Elia Kazan, "Notebook for A Streetcar Named Desire", in *Twentieth Century Interpretations of A Streetcar Named Desire*, 21. 31 George Steiner, *The Death of Tragedy*, 9–10. 32 *The Theatre of Tennessee Williams* vol. 1, 418. 33 Harold Bloom quoted by Joseph Riddel in "A Streetcar Named Desire–Nietzsche Descending", *Modern Critical Views: Tennessee Williams*, 20. 34 Spoto, *op. cit*., 139. 35 *The Theatre of Tennessee Williams* vol.1, 410.

3章

1 TW, *Memoirs*, 272. 2 *Ibid*., 279. 3 Dante Alighieri, *Inferno*, Canto 1, l. 1, English by TW, in *The Theatre of Tennesse Williams*, vol. 2, 417. 4 John Whiting, "Forward to Camino Real" in *The Rose Tattoo and Other Plays*, Penguin, 117. 5 TW, *Memoirs*, 279. 6 *The Theatre of Tennessee Williams* vol. 2, 419–422. 7 TW, *Memoirs*, 279. 8 *The Theatre of Tennessee Williams* vol. 2, 431. 9 *Ibid*. 10 *Ibid*., 432. 11 *Ibid*. 12 *Ibid*. 13 *Ibid*., 435. 14 *Ibid*., 436. 15 *Ibid*., 436. 16 *Ibid*., 436. 17 *Ibid*., 439. 18 *Ibid*., 439. 19 *Ibid*., 442. 20 *Ibid*., 444. 21 *Ibid*., 446–447. 22 *Ibid*., 458. 23 *Ibid*., 460. 24 *Ibid*., 167. 25 *Ibid*., 470. 26 *Ibid*., 473–474. 27 *Ibid*., 474. 28 *Ibid*., 475. 29 *Ibid*., 478. 30 *Ibid*., 481. 31 *Ibid*.,

482. 32 *Ibid*., 482. 33 *Ibid*., 483. 34 *Ibid*., 485. 35 *Ibid*., 487. 36 *Ibid*., 492. 37 *Ibid*., 500–501. 38 *Ibid*., 506. 39 *Ibid*., 507. 40 *Ibid*., 509. 41 *Ibid*., 511–512. 42 *Ibid*., 513. 43 *Ibid*., 513. 44 *Ibid*., 514. 45 *Ibid*., 515. 46 *Ibid*., 527. 47 *Ibid*., 527. 48 William Shakespeare, *The Winter's Tale*, 5. 3. 94–5. 49 *The Theatre of Tennessee Williams* vol. 2, 529. 50 *Ibid*., 529. 51 *Ibid*., 530. 52 *Ibid*., 533. 53 *Ibid*., 537. 54 *Ibid*., 545. 55 *Ibid*., 556. 56 *Ibid*., 557. 57 *Ibid*., 560–561. 58 *Ibid*., 562. 59 *Ibid*., 566. 60 *Ibid*., 573. 61 *Ibid*., 576. 62 *Ibid*., 578. 63 *Ibid*., 578. 64 *Ibid*., 580. Block 15 の La Madrecita のセリフの1部は，T. S. Eliot の“Four Quartets”からの借用であることが明記されている。 65 *Ibid*., 582. 66 *Ibid*., 582. 67 *Ibid*., 582. 68 Shakespeare, *Antony & Cleopatra*, 5.2. 279. 69 *The Theatre of Tennessee Williams* vol. 2, 584. 70 *Ibid*., 587. 71 *Ibid*., 589. 72 *Ibid*., 589. 73 *Ibid*., 590. 74 *Ibid*., 590. 75 *Ibid*., 590. 76 Spoto, *op. cit*., 187. 77 Elia Kazan, *Life*, 494. 78 Spoto, *op. cit*., 188. 79 *Ibid*., 188. 80 Brooks Atkinson, *New York Times*, March 29, 1953, quoted in Signi Lenea Falk, *Tennessee Williams*, 99. 81 Albert J. Devlin, *Conversation with Tennessee Williams*, 67, quoted in Ronald Hayman, *Tennessee Williams*, 141.

4章

1 TW, *Memoirs*, 101. 2 *The Theatre of Tennessee Williams* vol. 1, 15. 3 *Ibid*. 4 *Ibid*., 15. 5 TW, *Cat on a Hot Tin Roof and Other Plays*, Penguin, 1976, 15. 6 *The Theatre of Tennessee Williams* vol. 1, 39. 7 *Ibid*., 39. 8 *Ibid*., 39–40. 9 *Ibid*., 51. 10 *Ibid*., 30. 11 *Ibid*., 53. 12 Spoto, *op. cit*., 199. 13 *The Theatre of Tennessee Williams* vol. 1, 30. 14 *Ibid*., 59. 15 *Ibid*. 16 *Ibid*., 59. 17 *Ibid*., 57. 18 *Ibid*., 122. 19 *Ibid*., 77. 20 *Ibid*., 104–105. 21 *Ibid*., 93. 22 *Ibid*., 108. 23 *Ibid*., 109. 24 *Ibid*., 116. 25 *Ibid*., 121. 26 *Ibid*. 27 *Ibid*., 124. 28 *Ibid*. 29 *Ibid*., 125. 30 *Ibid*., 127–128. 31 *Ibid*., 128. 32 *Ibid*. 33 *Ibid*., 108. 34 *Ibid*., 13. quoted by TW from *The Collected Poems of Dylan Thomas*, 1946.

35 *Ibid*., 153–154. 36 *Ibid*., 75. 37 *Ibid*., 139. 38 *Ibid*. 39 *Ibid*., 156. 40 *Ibid*. 41 *Ibid*. 42 *Ibid*., 159. 43 *Ibid*. 44 *Ibid*. 45 *Ibid*., 160. 46 *Ibid*. 47 *Ibid*. 48 *Ibid*., 166. 49 *Ibid*., 214. 50 *Ibid*.

5章

1 *The Theatre of Tennessee Williams* vol. 3, 131. 2 *Ibid*., 224. 3 *Ibid*., 220. 4 Maureen Stapleton quoted in Spoto, *op. cit*., 216. 5 *Ibid*., 227. 6 *Ibid*., 227. 7 *Ibid*., 227. 8 *The Theatre of Tennessee Williams* vol. 3, 6. 9 *Ibid*., 230. 10 *Ibid*. 11 *Ibid*., 234. 12 *Ibid*., 230. 13 *Ibid*., 234. 14 *Ibid*., 339. 15 *Ibid*., 315. 16 *Ibid*., 316. 17 *Ibid*., 256. 18 *Ibid*., 333. 19 *Ibid*., 305. 20 *Ibid*., 329. 21 *Ibid*., 339. 22 *Ibid*., 251. 23 *Ibid*., 245. 24 *Ibid*., 252. 25 *Ibid*., 341. 26 *Ibid*., 271. 27 *Ibid*., 272. 28 Hugh Dickinson, *Myth of the Modern Stage*, 278. 29 *The Theatre of Tennessee Williams* vol. 3, 265. 30 *Ibid*., 265. 31 *Ibid*., 265. 32 TW, *Memoirs*, 421. 33 Spoto, *op. cit*., 216

6章

1 Dakin Williams, *op. cit*., 299. 2 Spoto, *op. cit*., 123. 3 *The Theatre of Tennessee Williams* vol. 3, 349. 4 *Ibid*. 5 *Ibid*., 350. 6 *Ibid*., 351. 7 *Ibid*., 375. 8 *Ibid*., 375. 9 *Ibid*., 414. 10 *Ibid*., 419. 11 *Ibid*., 420. 12 *Ibid*., 421. 13 *Ibid*., 421. 14 *Ibid*., 421. 15 渡辺久義『イエイツ』, 4. 16 Peter Allt & Russell K. Alspach eds, *The Variorum Edition of the Poems of W. B. Yeats*, 443. 17 手塚富雄訳『世界の名著46ニーチェ』, 374. 18 Northrope Frye, *Anatomy of Criticism*, 141. 19 *The Theatre of Tennessee William* vol. 3, 419. 20 *Ibid*., 354. 21 *Ibid*. 22 *Ibid*. 23 *Ibid*. 24 *Ibid*., 392. 25 *Ibid*. 26 *Ibid*., 369. 27 *Ibid*., 419. 28 TW, *Where I Live*, 100. 29 *The Theatre of Tennessee Williams* vol. 3, 352. 30 *Ibid*. 31 *Ibid*., 423.

7章

1 *The Theatre of Tennessee Williams* vol. 4, 253. 2 *Ibid*., 253. 3 *Ibid*., 278. 4 Judith J. Thompson, *Tennessee Williams' Plays: Memory, Myth, and Symbol*, 153. 5 *The Theatre of Tennessee Williams* vol. 4, 253. 6 *Ibid*. 7 Thompson, *op. cit*., 154. 8 *The Theatre of Tennessee Williams* vol. 4, 256. 9 *Ibid*., 258. 10 *Ibid*., 263. 11 Thompson, *op. cit*., 157. 12 *The Theatre of Tennessee Williams* vol. 4, 329. 13 *Ibid*., 270. 14 *Ibid*., 276. 15 *Ibid*. 16 *Ibid*., 278. 17 *Ibid*., 280. 18 *Ibid*., 282. 19 *Ibid*., 288. 20 *Ibid*., 266. 21 *Ibid*., 286. 22 *Ibid*. 23 *Ibid*., 287. 24 *Ibid*., 303. 25 *Ibid*. 26 *Ibid*., 305. 27 *Ibid*. 28 *Ibid*. 29 *Ibid*., 317. 30 *Ibid*., 324. 31 *Ibid*., 326. 32 *Ibid*., 330. 33 *Ibid*., 338. 34 *Ibid*., 343. 35 *Ibid*., 286. 36 *Ibid*. 37 *Ibid*. 38 *Ibid*., 346. 39 *Ibid*., 352. 40 *Ibid*. 41 *Ibid*., 356. 42 *Ibid*., 357. 43 *Ibid*., 359. 44 *Ibid*., 364. 45 *Ibid*. 46 *Ibid*., 369. 47 *Ibid*., 368. 48 *Ibid*., 370. 49 *Ibid*. 50 *Ibid*. 51 *Ibid*., 371-2. 52 *Ibid*., 375. 53 *Ibid*. 54 *Five O'Clock Angel: Letters of Tennessee Williams to Maria St. Just 1948-1982*, 291.

初出一覧

第一章　ぼくが最初にやったこと
原題「ぼくには懐せない―*The Glass Menagerie* に見る Tennessee Williams の卑怯さについて」　INFINITY No. 17，一九八八年三月

第二章　はるか楽園を追われて
原題「ぶどうを摘みし者―Tennessee Williams の *A Streetcar Named Desire* における楽園追放」　東京女学館短期大学紀要第10輯　一九八七年三月

第三章　ゴドーを待つのではなく
原題「道の終わりにして始まり―Tennessee Williams の *Camino Real* を読む」　東京女学館短期大学紀要第17輯　一九九五年三月

第四章　虚構の家
原題「虚構の家―Tennessee Williams の *Cat on a Hot Tin Roof* を読む」　東京女学館短期大学紀要第14輯　一九九一年三月

第五章　旅のかたみ
原題「Tennessee Williams の枠のこと―*Orpheus Descending* を考える」　東京女学館短期大学紀要第12輯　一九八九年三月

第六章　キャサリンの薔薇
原題「キャサリンのバラ―Tennessee Williams の *Suddenly Last Summer* を読む」　東京女学館短期大学紀要第16輯　一九九四年三月

第七章　ぼくがイグアナだったこと
原題「ぼくがイグアナだったこと―Tennessee Williams の *The Night of the Iguana* を読む」　東京女学館短期大学紀要第18輯　一九九六年三月

テネシー・ウィリアムズ略年表

一九一一　3月26日ミシシッピ州コロンバスに生まれる
一九一六　重症のジフテリアを患う
一九一九　セントルイスに引っ越す
一九二七　「スマート・セット」の懸賞論文3席に入賞
一九二八　「ウィアード・テールズ」に『エジプト女王の復讐』を投稿
一九二九　ミズーリ大学入学
一九三二　ミズーリ大学中退
インタナショナル靴会社勤務
一九三五　『カイロ、シャンハイ、ボンベイ!』メンフィスで上演
一九三六　ワシントン大学セントルイス校に入る
ママーズによる小品上演
一九三七　アイオワ大学に移る
ローズ、ロボトミーを受ける

一九三八　アイオワ大学卒業
一九三九　初めてテネシー・ウィリアムズのペンネームを使う
『アメリカン・ブルース』グループ・シアター主催のコンテストに入賞
一九四〇　『天使のたたかい』上演、ロックフェラー奨学金（$1,000）を得る
ニューヨーク、ニュー・スクールにて作劇を学ぶ
キップとの同性愛体験
一九四一　ロックフェラー奨学金（$500）を得る
一九四三　MGM映画会社のシナリオ・ライターとなる
一九四四　アメリカ文芸家協会より報奨金（$1,500）を得る
「坊やのお馬」が『1940年度最優秀一幕劇集』に収録される
『ガラスの動物園』シカゴにて開幕
一九四五　『ガラスの動物園』ブロードウェイ、プレイハウス劇場にて上演（ニューヨーク批評家賞）
『ポーカーの夜』、『夏と煙』を書き始める
『ワゴン27台分の綿花ほか』出版
一九四六　ナンタケット島でカースン・マッカラーズと暮らす
一九四七　『欲望という名の電車』ニューヨーク、エセル・バリモア劇場にて開幕（ピュリッツア賞、ニューヨーク劇評家賞）
サントに出会う。イリア・カザンとの協力開始

一九四八　『片腕』出版
　　　　　『ガラスの動物園』ロンドンにて上演
　　　　　フランク・フィリップ・マーロとの同棲生活開始
一九五〇　『ストーン夫人のローマの春』出版
　　　　　『ガラスの動物園』映画化
一九五一　『バラのいれずみ』ニューヨーク、マーティン・ベック劇場にて上演（トニー賞）
　　　　　『欲望という名の電車』映画化（ニューヨーク映画批評家賞）
一九五二　『夏と煙』オフ・ブロードウェイにて上演
一九五三　『カミノ・レアル』ニューヨーク、マーティン・ベック劇場にて上演
一九五四　『ハード・キャンディ』出版
一九五五　『焼けたトタン屋根の上の猫』ニューヨーク、モロスコ劇場にて上演（ニューヨーク批評家賞、
　　　　　ピュリッツァ賞）
　　　　　祖父ウォルター・デイキン没
一九五六　『町々の冬枯れに』出版
　　　　　『ベビー・ドール』ニューヨークにて上映
一九五七　『地獄のオルフェウス』ニューヨーク、マーティン・ベック劇場にて上演
　　　　　精神分析医の治療を受ける
　　　　　父コーネリアス・コフィン・ウィリアムズ没

一九五八　『庭園地区』オフ・ブロードウェイ、ヨーク劇場にて上演
一九五九　『青春の美しい小鳥』ニューヨーク、マーティン・ベック劇場にて上演
　　　　　日本訪問（約一ケ月滞在）
一九六〇　『適応期間』ニューヨーク、ヘレン・ヘイズ劇場にて上演
一九六一　『イグアナの夜』ニューヨーク、ロイヤル劇場にて上演（ニューヨーク批評家賞）
一九六三　『牛乳列車はもう止まらない』ニューヨーク、モロスコ劇場にて上演
　　　　　フランク・マーロ没
一九六四　『イグアナの夜』映画化
一九六六　『どたばた悲劇』ニューヨーク、ロング・エーカー劇場にて上演
　　　　　『風変わりなナイチンゲール』ワシントン（D.C.）シアター・クラブにて上演
一九六七　『2人だけの芝居』ロンドン、ハムステッド・シアタークラブにて上演
一九六八　『地上の天国』ニューヨーク、エセル・バリモア劇場にて上演
一九六九　ローマン・カソリックに改宗
　　　　　2度目の来日（6／20〜7／6）
　　　　　セントルイス、バーンズ病院精神科病棟入院
一九七〇　3度目の来日（9／24〜9／28）
　　　　　『ドラゴン・カントリー』出版
一九七一　『叫び』シカゴ、アイヴァンホー劇場にて上演

一九七二　『小舟注意報』オフ・オフ・ブロードウェイ、トラック・アンド・ウェアハウス劇場にて上演
一九七三　『2人だけの芝居』（3訂版）ニューヨーク、ライシーアム劇場にて上演
一九七四　『死すべき8人の憑かれた婦人たち』出版
　『名だたる歌姫のその後』オフ・オフ・ブロードウェイにて上演
一九七五　『レッド・デヴィル・バッテリー・サイン』ボストンにて上演
　『モイーズと理性の世界』出版
一九七六　『レッド・デヴィル・バッテリー・サイン』ウィーンにて上演
一九七七　『ヴィユ・カレ』ニューヨーク、セント・ジェームス劇場にて上演
　『わが恋人アンドロジーヌ』出版
一九七九　『クレヴクール公園へのすばらしい日曜日』オフ・オフ・ブロードウェイ、ハドソン・ギルド劇場にて上演
一九八〇　『ホテルへの夏服姿』ニューヨーク、コート劇場にて上演
　母エドウィナ・デイキン・ウィリアムズ没
一九八一　『ぼやけたもの、はっきりしたもの』オフ・オフ・ブロードウェイ、ジャン・コクトー劇場にて上演
一九八二　『崩壊の館』シカゴに続いてマイアミで上演
一九八三　2月25日ニューヨーク、ホテル・エリゼにて死亡

主要参考文献

I　テネシー・ウィリアムズの著作

Williams, Tennessee, "The Field of Blue Children," *Story* 15, September-October 1939.

———, *One Arm and Other Stories*, New York: New Directions, 1948 (1967).

———, *Cat on a Hot Tin Roof and Other Plays*, London: Penguin Books, 1956.

———, *In the Winter of Cities*, New York: New Directions, 1964.

———, *Hard Candy*, New York: New Directions, 1967.

———, *Baby Doll and Other Plays*, London: Penguin Books, 1968.

———, *Dragon Country: A Book of Plays*, New York: New Directions, 1969.

———, *The Theatre of Tennessee Williams* vol. 1: *Battle of Angels; The Glass Menagerie; A Streetcar Named Desire*, New York: New Directions, 1971.

———, *The Theatre of Tennessee Williams* vol. 2: *The Eccentricities of a Nightingale; Summer and Smoke; The Rose Tattoo; Camino Real*, New York: New Directions, 1971.

———, *The Theatre of Tennessee Williams* vol. 3: *Cat on a Hot Tin Roof; Orpheus Descending;*

Suddenly Last Summer, New York: New Directions, 1971.
———, *The Theatre of Tennessee Williams* vol. 4: *Sweet Bird of Youth; Period of Adjustment; The Night of the Iguana*, New York: New Directions, 1972.
———, *Memoirs*, New York: Doubleday and Co., 1975.
———, *The Theatre of Tennessee Williams* vol. 5: *The Milk Train Doesn't Stop Here Any More; Kingdom of Earth (The Seven Descents of Myrtle); Small Craft Warnings; The Two Character Play*, New York: New Directions, 1976.
———, *The Rose Tattoo and Other Plays*, New York: Penguin Books, 1976.
———, *Androgyne, Mon Amour: Selected Poems*, New York: New Directions, 1977.
———, *Vieux Carré*, New York: New Directions, 1977.
———, *The Theatre of Tennessee Williams* vol. 6: *27 Wagons Full of Cotton and Other Short Plays*, New York: New Directions, 1981.
———, *The Theatre of Tennessee Williams* vol. 7: *In the Bar of a Tokyo Hotel and Other Plays*, New York: New Directions, 1981.
Woods, Bob, Day, Christine R. eds., *Where I Live: Selected Essays by Tennessee Williams*, New York: New Directions, 1978.

II　主要参考文献（英文）

Allt, Peter, and Alspach, Russell K., eds., *The Variorum Edition of the Poems of W. B. Yeats*, New York:

Macmillan,1957.

Berthoff, Warner, ed., *Great Short Works of Herman Melville*, New York: Harper, 1969.

Bloom, Harold., ed., *Modern Critical Views: Tennessee Williams*, New York: Chelsea House Publishers, 1987.

Boxill, Roger, *Tennessee Williams*, New York: Macmillan, 1978.

Devlin, Albert J., *Conversation with Tennessee Williams*, Jackson: Univ. Pr. of Mississippi, 1986.

Devlin, A. J. & Tischler, N. M. P. eds., *The Selected Letters of Tennessee Williams*, vol. 1 1920–1945, New York: New Directions, 2000.

Dickinson, Hugh, *Myth on the Modern Stage*, Urbana: Univ. of Illinois Pr., 1969.

Falk, Signi Lenea, *Tennessee Williams: A Bibliography*, London: Scarecrow, 1980.

Fleche, A., *Mimetic Disillusion: Eugene O'Neill, Tennessee Williams, & The United States Dramatic Realism*, Tuscaloosa: Univ. of Alabama Press, 1997.

Frye, Northrope, *Anatomy of Criticism; Four Essays*, Princeton: Princeton UP, 1957.

———, *The Secular Scripture; A Study of the Structure of Romance*, Cambridge: Harvard UP, 1976.

Gunn, Drewey Wayne, *Tennessee Williams: A Bibliography*, London: Scarecrow, 1980.

Gross, R. F., *Tennessee Williams; A Casebook (Casebooks on Modern Dramatists, vol. 28)*, Hamden: Garland, 2000.

Hayman, Ronald, *Tennessee Williams: Everyone Else is an Audience*, New Haven: Yale UP,1993.

Kazan, Elia, *Life*, New York: Knopf, 1988.

Kolin, Philip C., *Confronting Tennessee Williams' A Streetcar Named Desire*, Westport: Greenwood Pr., 1993.

———, ed., *Tennessee Williams: A Guide to Research and Performance*, Westport: Greenwood Press, 1998.

Leavitt, Richard, ed., *The World of Tennessee Williams*, New York: G.P. Putnam's Sons, 1978.

Leverich, Lyle, *Tom The Unknown Tennessee Williams*, London, Hodder & Stoughton, 1995.

Martin, R. A., ed., *Critical Companion to Tennessee Williams*, New York: G. K. Hall, 1997.

Miller, Jordan Y., ed., *Twentieth Century Interpretations of "A Streetcar Named Desire"*, New Jersey: Prentice Hall, 1971.

O'Connor, Jacqueline, *Dramatizing Dementia: Madness in the Plays of Tennessee Williams*, Bowling Green: Bowling Green State University Popular Press, 1997.

Rasky, Harry, Tennessee Williams: *A Portrait in Laughter and Lamentation*, Buffalo: Dodd, Mead & Company, 1972, (Reprint 2000).

Roudane, Matthew C., ed., *The Cambridge Companion to Tennessee Williams*, Cambridge: Cambridge UP, 1987.

Saddix, A. J., *Politics of Reputation: The Critical Reception of Tennessee Williams' Later Plays*, Dickinson: Dickinson UP, 1999.

Shelley, Percy B., *Poetical Works*, Oxford: Oxford UP, 1970.

Siebolt,T., et al., eds., *Readings on The Glass Menagerie*, St. Diego: Greenhaven, 1998.

Smith, Bruce, *Costly Performances: Tennessee Williams–The Last Stage*, New York: Paragon House, 1990.
Spoto, Donald, *The Kindness of Strangers: The Life of Tennessee Williams*, Boston/Toronto: Little, Brown and Co., 1985.
Steiner, George, *The Death of Tragedy*, Oxford: Oxford UP,1961.
St. Just, Maria, *Five O'Clock Angel: Letters of Tennessee Williams to Maria St. Just 1948–1982*, London: Penguin Books/New York: Alfred Knopf, 1990.
Thomas, Dylan, *The Collected Poems of Dylan Thomas*, New York: New Directions, 1946.
Thompson, Judith. J., *Tennessee Williams' Plays: Memory, Myth, and Symbol*, New York: Peter Lang, 1987.
Tischler, N. M. P., *Student Companion to Tennessee Williams*, Westport: Greenwood Pr., 2000.
Williams, Dakin/Mead, Shepherd, *Tennessee Williams: An Intimate Bibliography*, New York: Arbor House, 1983.
Williams, Edwina Dakin, *Remember Me to Tom*, New York: Putnam's, 1963.
Windham, Donald, ed., *Tennessee Williams' Letters to Donald Windham 1940–1965*, Verona: Sandy Campbell, 1976 (Athens: University of Georgia Press, 1996).

III　主要参考文献（邦文）

浅田　寛厚『欲望という名の電車』〈注釈書〉東京　金星堂、一九七九（一九八五）
浅田　寛厚編『ガラスの動物園―上演版』東京　鶴見書店、一九三九

石塚　浩司『テネシー・ウィリアムズ　暗がりの詩人』東京　冬樹社、一九八五
岡田　春馬『テネシー・ウィリアムズ　作品に見る幻想の真実』東京　八潮出版社、一九八三
喜志　哲雄　他『シンポジウム英米文学3　現代演劇』東京　学生社、一九七五（一九七九・一九八三）
倉橋　健『演劇らいぶらり1　現代アメリカの演劇』東京　南雲堂、一九七八
現代演劇研究会『現代演劇 No. 2（テネシー・ウィリアムズ）』東京　英潮社新社、一九八九
現代演劇研究会『現代演劇8』東京　南雲堂、一九六九
佐多　真徳『悲劇の宿命―現代アメリカ演劇』東京　研究社、一九七二
末永　国明・石塚　浩司共編『戦後アメリカ演劇の展開』東京　文英堂、一九八三
鈴木　周二『英米文学シリーズ3　現代アメリカ演劇』東京　評論社、一九七七
高島　邦子『20世紀アメリカ演劇―アメリカ神話の世界』東京　図書刊行会、一九九三
田川　弘雄・鈴木　周二編著『アメリカ演劇の世界』東京　研究社出版、一九九一
山田　勝『*The Glass Menagerie*「ガラスの動物園」』〈注釈書〉東京　北星堂書店。一九八五・一九八八
手塚　富雄他訳『世界の名著46　ニーチェ』東京　中央公論社、一九六六
渡辺　久義『イエイツ』京都　あぽろん社、一九八二

Ⅳ　翻訳

1　テネシー・ウィリアムズの著作

小田島　雄志訳『ガラスの動物園』東京　新潮社、一九八八・一九九九

小田島　雄志訳『欲望という名の電車』東京　新潮社、一九八八・一九九八
小田島　雄志訳『やけたトタン屋根の猫』東京　新潮社、一九九九
斎藤　偕子訳『テネシー・ウィリアムズ小説集　ストーン夫人のローマの春』東京　白水社、一九八一
坂本　和男・川辺純子訳『イグアナの夜』東京　南雲堂『現代演劇8』、一九六九
田島　博訳『欲望という名の電車』東京　新潮社、一九五六
田島　博訳『ガラスの動物園』東京　新潮社、一九五七
田島　博訳『やけたトタン屋根の上の猫』東京　新潮社、一九五九
寺門　泰彦訳『テネシー・ウィリアムズ小説集　ハード・キャンディ』東京　白水社、一九八一
鳴海　四郎訳『テネシー・ウィリアムズ一幕劇集』東京　早川書房、一九六六
鳴海　四郎訳『欲望という名の電車』東京　早川書房、一九七七
鳴海　四郎訳『テネシー・ウィリアムズ戯曲選集Ｉ』東京　早川書房、一九七七
鳴海　四郎訳『回想録』東京　白水社、一九七八
鳴海　四郎訳『テネシー・ウィリアムズ戯曲選集II』東京　早川書房、一九八〇
西田　実訳『テネシー・ウィリアムズ小説集　夜のドン・キホーテ』東京　白水社、一九八一

2　研究書

ブルース・スミス　鳴海　四郎訳『テネシー・ウィリアムズ―最後のドラマ』東京　白水社、一九九五
デイキン・ウイリアムズ／シェパード・ミード　奥村　透訳『テネシー・ウィリアムズ評伝』京都　山口

書房、一九八八

あとがき

「偉大な作家」などという言葉がある。偉大な作家とは一体どのような作家を呼ぶのだろう。一人の人生では生き尽くせない多様の人生をシミュレートして見せる人なのか、生きる喜びを確認させてくれる人なのか、それとも、苦しみを理解し、表現することで、癒してくれる人なのだろうか。人間の運命を語る語部か。

一部の作家は、疎外感が強く、書いて多くの人に示さねばならぬ、のっぴきならない心情を抱えているようにも思う。少なくともテネシーは、そうした作家の一人である。幼いトーマスが書くことに熱中したのも、書くことがクラスメートの間での唯一の存在証明だったからだ。彼は、コミュニケーションが苦手だったのだ。

彼の場合、彼がいちばん知りたがり、また、知らせたがっていたのは自分自身についてだった。「ここにいるよ、ここにぼくはいるんだよ」と合図を送っている、不安におののく存在について彼は繰り返し書いている。知らせるためには、まず、「ぼく」をよく見なければならなかった。自分が何者であり、何を欲し、どう動くかを真剣に見る必要があった。それは自己主張のようにも見えるが、必死の自己確認と弁明だった。なぜなら、凝視した目に映ったのは、孤独と、罪と、にもかかわらず理想を求めようとする自分だったからだ。畢竟、彼は、安心を求めてどんどん遠くまで旅をすることになった。そうして、彼は、孤独が自分ひとりのものではないこと、罪もまた自分ひとりのものではないことを知り、演劇というかたちに納得したのではないだろうか。個人という「独房」の、壁の割れ目からでも他者と交信したいと、彼は、登場人物に言わせている。だれもが痛切にそれを望んでいるはずだと考えたのだろうか。人間の日常の姿をそのまま（といってもむしろその本質としての象徴によって）再現すれば、それによって、あらためて解り合え、癒されるとでも期待したのだろうか。

だが、見れば見るほど、書けば書くほど、テネシーは苦しくなっていったと思う。彼は、一見破滅的な生活を送りながら、自分自身も、他人も、厳しすぎるほどの基準と切実すぎる願望で測っていたからである。テネシーは、虚構のなかで叫んでみるしかなかったのだろう。そして、そのフィクショナルな旅の中で、彼は、悲母観音のようなハナに出会った。ハナは、彼の心の奥に住んでいた姉のローズがトランスフォームした姿だ。つまり、テネシーは、自分を見つけるためにローズを捨てて旅に出、旅の最後に、淡々と生きてきたローズを、願いをこめて描きあげたのである。ローズを捨てた彼は、心の中でずっとローズを育て続けていたのだ。こうしてローズを育て上げることで、彼の想像上の人生は、ひとつの解決を見たと言えるだろう。

では、テネシー自身については、何が言えるだろう。人は、はじめから自分であったつもりでいたりもするけれど、じつは、ある時自分になるのではないだろうか。つまり、本当に自由になり、自分を受け入れて生きるのだ。そういう意味では、テネシーは『イグアナの夜』を書き上げてようやく遅い出発点に立ったとさえ言えるかもしれない。テネシーにとっては、自分のアイデンティティを確認する過程が作家活動だったのだ。自分の血や肉を材料にして仕上げた料理を売っていたようなものだから、『イグアナの夜』を書き上げる頃には、もう、シャノン同様、へとへとに疲れていたのではないだろうか。へとへとになるまで問い続けたことが、作家としての彼の偉大さと言ってもいいかもしれない。理想から程遠く醜い自分を受け入れることで、彼は楽になっただろうか。シャノンに向かって、ハナに「自分の内面をのぞくのでなく、外界を見なさいね」と言わせたテネシーがその後書いたものについては、今後整理したい。

そして最後に……

鳴海弘先生、先生の集中講義を聴くきっかけを作ってくれた新潟の苅部朝子さん、中島信子さん、今は茅ヶ崎の犬丸由紀子さん、講義に出席の許可を下さった当時新潟大学教授の二宮一次先生、そして誰にもまして、難産の原稿の完成を見守り、出版の労をとって下さった南雲堂の原信雄さんがいらっしゃらなかったら、この本は生まれなかったでしょう。各章は、同人誌「INFINITY」と東京女学館短期大学の紀要に書かせていただくことで形になったものです。永年励まし合って研究活動を続けてきた「インフィニティ英文学研究会」の仲間たち、研究の時間を与えてくださった職場に感謝いたします。

貴重な時間を割いて校正に協力して下さった友人の友清蓉子さん、飯塚和恵さん、伏谷幸子さん、中居ジェニファーさんに深く感謝いたします。かつてのテネシーの住まいをつきとめに、マルディ・グラのデコレーションが残るニュー・オールリンズの下町を、一緒にうろうろ歩いてくれた同僚の高瀬はま子、山本芳美両先生、ありがとうございました。テキサス大学オースティン校ヒューマニティズ・リサーチ・センターへの道を開いて下さった当時青山学院大学教授の浅田寛厚先生、収蔵庫へいくども往復して、センターが誇る、テネシー・ウィリアムズ関連の貴重な写真や資料を見せてくれたアン・パテラさんはじめ、同センターの係員のみなさんにも、お礼を申し上げたいと思います。隣町の分院から駆けつけて、私の訪問を歓迎し、貴重な資料を提供して下さった、ローズが再晩年を過ごしたニューヨーク州オシニング、ベセル・メモリアル・ホーム所長のジャネット・ビアド、マネージャーのピーター・ガラバー両氏に感謝します。また、テネシーが死んだニューヨークの小さなホテル、ホテル・エリゼに今も住まわれ、テネシーの友人でもあったレオン・クウェイン氏と話すことにより、私にとってのテネシーとローズは、よりはっきりした姿を持ったと思います。拙文を読まれて、テネシーの提示している問題は、まさしく今の私たちの問題だと励ましてくださった友人たちのおかげで出版への勇気が湧きました。その他、情報収集にご協力下さった東京女学館短期大学図書館の成田雅子さん、コンピュータ処理に戸惑う私を助けて下さった同メディア・センターの橘川昌代さん、オシニング旅行を可能にして下さった槌矢美穂子さんなど、お世話になった方々は枚挙にいとまがありません。サンタ・フェから、今は無き「王者の路」カミノ・レアルを想い起こす旅を実現して下さったサンタ・フェ在住の小林志寿子さん、そして、原稿の仕上げに難儀していた私を手伝い、完成まで後押しして下さった村上美貴さん、心から感謝しています。

テネシーを追う私の旅に耐えた家族のみんな、有難う。この書物をあなた方に捧げます。

私は、この読解レポートを、研究書であると同時に、私が受けとめたテネシーのメッセージをより広く伝える書物として書きたかったのです。本書が、これからテネシー・ウィリアムズの作品に触れる方々にヒントを与え、今、彼のように心の旅の途中にいる方々を、多少なりとも元気づけてくれればうれしいと思います。あるいはこれから旅を始める方々にも、何かの参考になれば幸いです。また、内容についてのご批判、ご質問など、お待ちしています。

二〇〇〇年　秋

市川　節子

索　引

アイオワ大学（University of Iowa）23, 24
アダム（Adam）131, 228, 240, 264
アトキンスン，ブルックス（Atkinson, Brooks）204, 205
アポロン（Apollo）263, 297, 302, 303
『アメリカン・ブルース』（*American Blues*）25, 256
アリスタイオス（Aristaeus）263
アレゴリー 147
イェイツ，W. B. 336, 339, 350
『イグアナの夜』（*The Night of the Iguana*）351, 355, 357, 402, 406
　コスタ・ヴェルデ・ホテル（Costa Verde Hotel）357, 364, 372, 385
　シャノン（シャノン，ローレンス）（Shannon, Lawrence）361, 363-9, 370-9, 380-9, 390-4, 396-9, 400-2, 404-7
　ノンノ（Nonno）373-6, 383-4, 386, 388, 395, 402, 405-7
　ハナ（ジェルクス，ハナ）（Jelkes, Hanna）373-9, 381-2, 385-6, 388, 390-4, 396-9, 400-7
　フレッド（Fred）365, 367-9, 372, 385, 391, 407
　マキシーン（Maxine）364, 368, 370-3, 375-6, 385, 387-8, 391-3, 399, 404, 407
　ミス・フェロウズ（Miss Fellows）370, 371, 377, 379, 388
イグアナ（iguana）382, 383, 395, 399, 400, 401, 402
イノセンス（innocence）379
イプセン（Ibsen, Henrik）22
インターナショナル靴会社（International Shoe Company）18, 47
『インフェルノ』（*Inferno*）145
ヴァージニア 90
『ウィアード・テールズ』（*Weird Tales*）20, 21
ヴィアレッジオ（Viareggio）177
ウィリアムズ，エドウィナ・デイキン（母）（Williams, Edwina Dakin）14, 15, 16, 17, 20, 23, 258
ウィリアムズ，コーネリアス・コフィン（父）（Williams, Cornelius Coffin）14, 16, 18, 21, 23, 47, 75, 76, 258, 277, 315
ウィリアムズ，ウォルター・デイキン（弟）（Williams, Walter Dakin）14, 19, 23, 77
ウィリアムズ，トーマス・ラニア（Williams, Thomas Lanier）14-24, 31-2, 36-7, 76, 307-9, 310
ウィリアムズ，ローズ・イザベル（姉）（Williams, Rose Isabel）14, 15, 16, 19, 20-4, 34-7, 47, 75, 76, 84, 92, 141, 258, 277, 315, 337, 339, 350, 351, 405-6

「プラスティック・シアター」（"plastic theatre"） 38
プランテーション（plantation） 211, 212, 216, 226, 241, 250
ブリューゲル（Brueghel, Pieter） 157
ブルー・マウンテン（Blue Mountain） 51, 279, 304
ブルーマウンテン・バラード（The Blue Mountain Ballad） 304
ブルーム，ハロルド（Bloom, Harold） 137
フレンチ・クォーター（French quarter） 99, 100, 109, 145, 322, 343, 345
プロヴィンスタウン（Provincetown） 25, 210
ブロードウェイ（Broadway） 25, 38, 41, 82, 146, 249
プロデューサーズ・シアター（Producer's Theatre） 256
プロメテウス（Prometheus） 109
文学座 1
ベケット，サミュエル（Beckett, Samuel） 148
ベラクルス（Vera Cruz） 150
ペルセポネ（Persephone） 263, 264, 289
ベル・リーブ（Belle Reve） 88, 93, 94, 96, 100, 103-5, 110, 113, 134
ポー，エドガー・アラン（Poe, Edgar Allan） 90
『ポーカーの夜』（*Poker Night*） 96
"ホーム"（"home"） 395
ボウルズ，ポール（Bowles, Paul） 304
牧師館 4, 5, 14
ホクター，エメット（Hoctor, Dr. Emmet） 23
ホテル・フラミンゴ（Hotel Flamingo） 121
ボヘミアン（Bohemian） 2, 3, 159, 175
ホモセクシュアル 4, 17, 21
ホランド，ウィラード（Holland, Willard） 23
ポルカ（Polka） 92, 123, 225
マーロ，フランク（フランキー）（Merlo, Frank） 142, 315
マクバーニー，クラーク・ミルズ（McBurney, Clark Milles） 36
『マクベス』（*Macbeth*） 30
マザー・グース（Mother Goose） 222
マジック 126
マックスウェル，ギルバート（Maxwell, Gilbert） 76
『魔法の塔』（*The Magic Tower*） 22
ママーズ（Mummers） 23, 24
マルディ・グラ（Mardi Gras） 325, 328, 343
ミシシッピ（Mississippi） 13, 88, 213, 355
ミズーリ大学（University of Missouri） 21
ミス・ナンシー（Miss Nancy） 20
『身近な伝記』（*An Intimate Biography*） 14
ミラー，アーサー（Miller, Arthur） 1
民芸 1
ムーン・レイク（Moon Lake） 92
メイビー，E. C.（Mabie, E. C.） 23
メルヴィル，ハーマン（Melville, Herman） 322
メロドラマ 38
メンダシティ（mendacity） 229, 230, 231, 232-8, 241-7, 249, 250-2
モラリティ・プレイ（morality play） 260, 267
『焼けたトタン屋根の上の猫』（*Cat*

on a Hot Tin Roof） 209, 218, 224-5, 228, 239, 240, 246, 249, 251, 278, 314-6, 335, 337, 364, 392
グーパー（ポリット，グーパー）（Pollitt, Gooper） 229, 231, 243
ジャック・ストロウ（Straw, Jack） 212-4, 217, 225-6, 233, 252
スキッパー（Skipper） 219, 220, 221-4, 229, 233-5, 252, 278, 314
ピーター・オチェロウ（Ochello, Peter） 212-4, 217, 225-6, 233, 252
ビッグ・ダディ（Big Daddy） 214-8, 225-9, 230-8, 241-4, 246, 248-9, 250-2
ビッグ・ママ（Big Mama） 227, 230-1, 236, 241, 244-7
ブリック（Brick） 215-9, 220-5, 228-9, 230-8, 243-5, 247-9, 250, 252, 314
マーガレット（Margaret） 215-9, 220-5, 228-9, 234, 241, 245-8, 250-2, 315, 335, 341
メイ（ポリット，メイ）（Pollitt, May） 229, 231, 243
ユニコーン 64, 66-8, 84, 88-90
『欲望という名の電車』（*A Streetcar Named Desire*） 1, 87, 89, 90, 94, 102, 124, 131, 133-4, 139, 141, 218, 227, 256, 266, 274, 275, 308, 335, 337
アラン（Allan） 89, 90-3, 103-6, 126, 139
スタンレー（コワルスキー，スタンレー）（Kowalski, Stanley） 99, 100, 105, 107-9, 111, 113-4, 119, 120, 124-6, 128-9, 131-6, 227-8
ステラ（コワルスキー，ステラ）（Kowalski, Stella） 90, 94, 95, 100-3, 105-6, 111-2, 117-9, 121, 131-4, 227
ブランチ（デュボワ，ブランチ）（DuBois, Blanche） 87-9, 90-6, 99, 100-106, 110-2, 114-9, 120-2, 124-9, 130-5, 141, 225, 275, 276, 282-3, 287, 316, 335, 337-8
ミッチ（Mitch） 108, 114-5, 120, 122, 125-6, 128-9, 131, 135
ユーニス（ハベル，ユーニス）（Hubbell, Eunice） 117
ヨセフ（Joseph） 372, 385
楽園 208-210, 212-3, 223-4, 226-8, 232-3, 235, 238-9, 264-5, 240-1, 244, 247, 252-3, 274, 276-7, 298, 406
楽園喪失 209
「ラ・ゴロンドリーナ」（"La Golondrina"） 166, 168
リア（Lear） 33, 137, 232, 237, 316, 381, 406
『リア王』（*King Lear*） 33, 137, 232, 316, 406
リアリスティック 384-6, 400
ローズ=ローラ（Rose=Laura） 43, 68, 84, 87, 139
ローレル（Laurel） 125, 128
ロス・アンジェルス（Los Angeles） 24
ロックフェラー助成金（Rockefeller grant） 25
ロバーツ，ミード（Roberts, Mead） 24
ロボトミー（lobotomy） 23, 75, 84, 277, 326, 327, 337, 351, 353
ロマンティック・マインド（romantic

mind) 195, 197, 198, 200, 202-3, 205
ロレンス，D. H.（Lawrence, D. H.） 21, 26, 50, 110, 112, 391
ワーズワース（Wordsworth, William） 181
ワィティング，ジョン（Whiting, John） 146
「ワイン・メナジェリー」（"The Wine Menagerie"） 70
ワシントン大学（University of Washington） 22
渡辺久義 336
ワルシャワ舞曲 103, 125

著者について

市川節子（いちかわ　せつこ）

一九四三年生まれ。
一九六九年　津田塾大学大学院文学研究科修士課程修了　文学修士。
一九七三年　津田塾大学大学院文学研究科博士課程修了。
一九九九年　School for International Training, Summer Master of Arts Program (Language Teaching) 修了。
新潟大学教養部講師を経て、現在、東京女学館短期大学教授。
編著書『愛の航海者たち―イギリス文学の場合』（南雲堂）その他シェイクスピア関係の論文多数。

ぼくがイグアナだったこと　テネシー・ウィリアムズの七つの作品

二〇〇一年三月三十日　第一刷発行

著者　市川節子
発行者　南雲一範
装幀者　岡孝治〔戸田事務所〕
発行所　株式会社南雲堂

東京都新宿区山吹町三六一　郵便番号一六二-〇八〇一
電話東京（〇三）三二六八-二三八四（営業部）
　　　　（〇三）三二六八-二三八七（編集部）
振替口座　〇〇一六〇-〇-四六八六三
ファクシミリ（〇三）三二六〇-五四二五

印刷所　日本ハイコム株式会社
製本所　長山製本所
乱丁・落丁本は、小社通販係宛御送付下さい。
送料小社負担にて御取替えいたします。

〈1B-266〉〈検印廃止〉

ISBN4-523-29266-3　C3098